本书由上海市马克思主义学术著作出版基金资助出版

胡晓鹏 著

# 不平衡增长格局下
# 中国区域产业发展的实证研究

BUPINGHENG
ZENGZHANG
GEJU
XIA
ZHONGGUO
QUYU
CHANYE
FAZHAN
DE
SHIZHENG
YANJIU

上海财经大学出版社

# 序

  《不平衡增长格局下中国区域产业发展的实证研究》是胡晓鹏同志在其博士论文的基础上修改成书的。得知该著作获得上海市第十七次马克思主义学术著作出版资助的消息，心中着实为他高兴。作为他的导师和该著作申请的推荐人，我非常乐意为本书作序。该书从理论阐释、现实剖析两个方面对中国的区域产业发展进行了较为系统的研究，是一部具有较高学术价值和实用价值的力作。

  改革开放以来，中国经济保持了快速的增长势头，并一跃成为世界上经济增长最快的国家之一。但作为一个地域辽阔的发展中大国，在这期间，地区间经济增长水平和人均国民收入都在显著地拉大，并逐渐成为制约国民经济持续增长的一大隐患。与此同时，地区经济增长差距的拉大也使得地区间产业发展水平呈现出明显的分化，这种分化的结果是：各个地区的产业竞争力出现很大的差异，并进一步加强了区域差距的扩大趋势。由于产业是区域经济体系的重要载体，产业发展是产业经济学的核心问题之一。因此，研究区域产业发展问题不仅对促进区域经济的协调发展和全国经济的持续发展具有较强的现实意义，而且对于区域经济和产业经济在理论研究上的融合具有一定的推动作用。

  该书是区域经济与产业经济综合研究著作中颇有一定特色的专著，其主要特点如下：

  第一，数据量大、涉及面宽、难度较高。

　　对于中国这样一个地域广阔的大国而言,区域经济问题历来被认为是一个涉及面宽广的问题,不仅牵涉的层面多,而且量化分析中涉及的数据样本多。该书研究的核心是区域产业发展问题,但研究的对象却是双元性命题——区域经济增长与区域产业发展,这是个研究难度较大的领域。作者敢于迎难而上,这本身就表明了他具有很大的学术研究勇气。在书中,作者整理、加工了大量的统计数据,不仅描述与分析了我国区域经济发展水平的基本特征,而且测算了中国区域产业发展水平的基本格局,同时还深刻地揭示了区域经济增长水平的变动对区域产业发展影响的因素特点。这一切都表明了作者在区域经济方面占有相当丰富的资料,具有扎实的理论功底、较强的分析数据和解读数据的能力。

　　第二,逻辑思路严谨,创新点较多。

　　作者从复杂的现象中把握住了区域经济增长与区域产业发展关系形成的关键环节,即传导机制。该书针对区域经济研究中存在的重视区域发展差距而相对忽视区域间关系问题的缺陷,把研究重心放在了区域间经济联系与区域产业发展差异形成的问题上,这应该说是很有新意的。为了构建新颖的理论分析框架,在对相关理论综述的基础上,作者紧紧围绕区域经济增长的联动关系,以及区域间经济联系所诱发的区域产业发展的变化等问题,分别从理论分析、因素分析和总量分析三个方面展开了深入研究。在理论分析中,作者运用现代经济学的研究范式从数理意义上推导了在不同区域经济发展政策导向下的经济增长联动关系,随后又将产业结构因素融入到经济增长的结构方程之中,进而从理论层面上提炼出了区域经济增长与区域产业发展联动关系形成的传导机制。因素分析这一部分是针对理论研究中传导机制的现实解析,分别研究了区域消费、区域间资本流动、劳动力流动和区际贸易的特征,它在全书中具有承前启后的作用。最后一部分是总量分析,这既是对研究主题的回归,也是具有结论性含义的部分。

第三,研究框架新颖,研究方法综合性强。

现代经济发展趋势表明,区域的产业发展与空间经济增长两者密切联系,共同作用于区域间经济的协调发展。有必要在研究中将两者作为一个整体,来研究其与区域经济协调发展的作用。一个区域的产业发展与空间经济增长相互联系、相互作用的结果,可以用"空间增长—区域产业发展"这一概念来描述。正是在这样的起点上,全书将研究的核心问题锁定在"空间增长—区域产业发展"的研究框架上。从研究方法上看,全书涉及产业经济学、发展经济学、宏观经济学、区域经济学等,但主要是区域经济学和产业经济学。因此,区域分析和产业分析构成了本书的主要分析方法。此外,作者还交错运用了静态分析、动态分析、关联分析和比较分析相结合的研究方法等。

综上所述,呈现在读者面前的这本专著是一位青年学者倾注了心血撰写的学术专著,其视角新颖,资料丰富,论证扎实,观点明确,理论意义和现实参考价值兼备,相信读后不乏给人以思索和启迪。

百尺竿头,更进一步。虽然作者获得了一些研究成果,但由于该书涉及的是一个复杂问题,具有很强的理论开拓性和与现实紧密结合的特点,肯定存在许多尚待进一步研究的问题。我希望作者在区域产业发展方面继续研究下去,为我国区域经济的协调发展提供更多、更好、更实用的研究成果,作者在这方面也正准备继续努力跟踪研究并加以完善。

杨建文

2005 年 4 月 30 日

# 目　录

# 绪　论

## 一、选题的背景

可以肯定地说,目前国内外学者关于区域经济理论和实证研究的文章已经很多。在这一基础上,进一步突破原有的分析框架绝非一件易事。在本书的研究中,笔者依旧从我国学者关于区域经济研究的基本问题出发,但将问题研究的角度着重放在了不平衡增长下区域产业发展的问题上来。之所以选题于此,有以下考虑:一是长期以来笔者较为关注中国区域差距的问题,并认为我国的区域差距是在 20 世纪 80 年代初期中央政府发展战略指导下逐步演进形成的。而在区域差距不断变动的过程中,区域间的经济联系、区域内的发展状态都产生着剧烈的变动,并在最终出现了中国区域差距"Γ"型的演化路径。二是从 90 年代后期起,中国政府明确提出了西部大开发战略并很快地付诸实施,这显然与中国区域差距拉得过大引起了许多不良社会问题有关,同时也反映出区域差距拉大将很可能对国民经济的持续发展造成严重的威胁。基于此,作为一名经济学研究者就有必要对我国区域差距的演变进行深刻反思,同时更有必要对区域差距演变下的区域经济持续发展的影响进行深入研究。三是由于区域差距拉大后对区域经济的影响是全方位的,那么究竟将区域差距对地区经济增长的影响定位在什么角度呢？显然这是一个较为棘手的问题。经过笔者的反复思考，最终将其定位在区域产业发展上，这是因为产业发展是经济增长的核心，任何经济增长的问题都可以分解到具体的产业层面，而产业之间的结构性变化则更是历来研究的重点。它不仅是分工和专业化，即经济效率提高程度的体现，也是衡量经济增长的质的表征。四是改革开放以来，我国在区域发展道路的问题上选择了不平衡的发展战略，在迅速推动中国经济高速增长的同时，区域间以及区域与国民经济间的关系也在发生着深刻的变化。具体而言，这种变化主要体现在两个方面：区域经济增长格局非均衡性加强和区域之间经济增长的关联性变化。前者是后者发生的基础，后者则是研究区域产业发展的基本前提。应当说，后者的这种变化也就是本书所指"增长的空间联动"或"区域经济增长联动"的真实含义。那么，在这种联动关系的作用下，区域产业发展将呈现出怎样的变化呢？两者之间究竟存在怎样的关系呢？正是在上述原因的驱使下，笔者最终选定了"不平衡增长格局下区域产业发展"这一论题。

就本书而言，笔者试图构造出一个"空间增长—区域产业发展"的研究框架。正如前文所述，经济增长与产业结构的相关研究已经多如牛毛，但就中国空间层面上关于区域经济增长和区域产业发展关系的探讨却并不多。而这恰成为本书所致力研究的核心。具体而言，笔者在"空间增长—区域产业发展"的分析框架下集中研究了以下几个问题：(1)中国经济增长区域联动的总体特征和联动模式；(2)在经济增长空间差异和区域经济增长的双向作用下，中国区域间的要素流动、经济活动的空间特征以及区域消费的空间差异究竟如何；(3)深入探讨并研究中国三次产业的空间结构特征和各产业内部各行业的空间特征，并通过一定的定量分析，测算了我国区域增长水平与区域产业发展的联系程度等。

## 二、研究价值和研究方法

中国的渐进式改革是在农村率先展开的,因此在 20 世纪 70 年代末、80 年代初农村经济有了快速的发展,农民生活水平也得到了很大的改善。然而,从 80 年代中期开始,在中央政府的指导下改革的路径不仅由农村转向了城市,也由内地大幅度地转向了沿海。随着经济特区、沿海开放城市等的建立,资金、劳力、技术、人才等要素迅速地涌向了东南区域,产生了 80 年代末"孔雀东南飞"的现象。总体来讲,这一时期,中国的经济改革在区域间产生了不同作用,东南沿海区域抓住了改革的机遇,迅速崛起了一批乡镇企业和少量民营企业,而中西部区域则仍旧保持大比重国有企业的格局。90 年代后期,中国经济改革走向了大转折的时代,随着发展社会主义市场经济构想的实施,企业开始脱离了政府的保护而独立地在市场竞争的大潮中寻求生存和发展。国有企业不适应新环境的一面立即表现出来,加上宏观经济紧缩的缘故,大量的国企陷入到全面的危机之中,并对企业所在区域的经济发展产生了极其强大的影响。在此背景下,许多专家学者开始讨论中国区域差距的问题,并针对这种差距进行了激烈的争论。主要集中在:差距是合理的,是提高效率的正常反映,还是不合理的并已危及到社会的稳定、经济的持续增长。于是,与此讨论相关的一些问题也进入学者们研究的视野:区域差距形成的原因、缓解区域差距的政策、区域经济的运行等等。尤其是从 90 年代中期,中国进入过剩经济之后,许多经济学研究工作者开始对结构性失衡的现象倍加关注。与此相应,许多专家学者逐步将经济学关于结构分析的相关理论和方法引入到了区域研究之中,并对区域发展过程中存在的结构现象进行研究。其中,结构性的问题主要包括区域的投资结构、区域所有制结构、区域产业结构以及改革本身的区域结构等等。可以肯定地说,这种研究思路开始将经济学尤其是发展经济学的主要分析手段运用到区域经济问题之中,在某种程度上更加体现出了区域问题的经济学特征。

与此相对应,本书在前人研究的基础上,试图在某些方面做出更进一步的探索。首先,在理论研究中,笔者运用哈—马模型和IS-LM模型深入研究了区域经济增长的联动关系,并通过数理推导证明了区域经济增长与产业结构变化的联系。同时,在区域增长联动对区域产业发展的作用上构建了直观的关联模式。其次,在实证研究中,深入剖析了区域经济增长的联动关系和关联模式,并测算了区域增长与区域产业发展的关联程度。同时,也揭示出了中国区域产业发展的状况和三次产业内部的具体情况等。基于此,本书在理论方面和实证方面的有益探索及相关结论,不仅较为客观、准确,也有着较强的理论价值和实际意义。

从方法论上看,本书采用了多种分析方法。

首先,从学科角度讲,本书涉及产业经济学、发展经济学、宏观经济学、区域经济学等,但主要是区域经济学和产业经济学。因此,区域分析和产业分析构成了本书的主要分析方法。

其次,本书属于应用经济学研究,因此特别注重实证分析,并在此基础上将理论研究和实证探讨结合起来。

再次,在具体的研究中涉及大量数据,通过对这些数据的整理,直观地体现了经济运行的规律和特点。因此定量分析和定性分析的结合是本书的主要方法之一。

最后,在书中还交错运用了静态分析、动态分析、关联分析和比较分析相结合的方法来揭示区域增长联动的特征、区域增长与区域产业发展的关系以及区域产业的空间特征等。

### 三、研究的预期目标和主要观点

(一)预期目标

(1)在通常情况下,人们研究产业发展问题,往往是建立在宏观分析的基础上的,而得出的结论也仅仅适合于总体的政策思路与决策。但在本书中,笔者试图运用区域分析的方法,通过区域差距这一客观的现实来揭示产业发展在区域层面上的运行规律及特征。也就是说产业分析与区域分析的有机结合成为了本书首先所要达到的目标。

(2)从当前实际的研究情况来看,对于区域差距问题的分析不在少数,但更多的论述则集中于对区域差距原因的分析,以及它所可能产生的社会、经济问题的讨论。而在本书中,笔者将集中探讨区域差距究竟是如何影响到产业发展的,换句话讲,变量的合理选择以及传导机制的设计成为本书的第二个预期目标。

(3)区域经济的发展从客观上讲是非均衡的,那么产业发展的演进轨迹究竟是什么样的呢? 笔者认为,产业发展也和区域差距相同,严格遵循着非均衡发展的路径,并且区域的这种非均衡性最终导致了我国目前产业发展的多重二元性的特征。

(4)笔者试图通过对新中国成立以来特别是改革开放二十多年来区域差距与经济增长关联变化轨迹的研究,从数值上计算出区域差距(区域增长)与产业发展水平确切的关联程度,并在此基础上,期望确定出区域差距与区域产业竞争力的相互关系。

(5)通过研究,笔者发现如果仅仅从全国角度研究产业发展将很难切实地找出中国目前产业竞争力比较落后的真实原因,但从区域发展的角度来看,这一问题将显得比较清晰。从根本上讲,国家产业竞争力是各个区域竞争力加权之和,而各个区域竞争力水平的高低归根到底取决于该区域的产业发展水平是否和自身的经济发展状况相适应,无论是超前的还是落后的产业结构或产业水平都无法保持区域竞争力的持续增长,自然也无法实现国家总体产业竞争力的持续提高。因此确定出地区产业结构与区域增长水平的适应性程度就成为本书最后一个预期实现的目标。

（二）主要观点

通过笔者的研究，最终得出了以下重要结论：

（1）从改革开放以来历经二十多年的发展，中国地区间经济增长的格局产生了巨大的变化，一方面地区间增长水平呈现出了东高西低的基本态势，另一方面地区间增长差距具有进一步扩大的趋势。在这两种变动力量的作用下，以三大地带为基本地缘格局的地带经济增长与国民经济增长产生了显著的联动关系。具体而言，20世纪90年代以前，地带经济增长与国民经济增长及地带增长差距呈现出显著的正关联，即地带经济增长越高，国民经济增长就越高，而地带增长的差距也就越大；而1995年以后地带经济增长与地带增长差距为显著正向关联，但地带经济增长与国民经济增长却表现出明显的负向关联，即地带经济增长越高，地带间的增长差距就越大，同时国民经济增长却较低。由此可见，随着地带经济增长的变化，它对国民经济增长的作用已经发生了急剧的转变。

（2）伴随着中国地带及省区经济增长的联动，产生了两个总量的特征：一是各地区的人均收入相对于全国平均水平的比重，即人均PPS发生了明显的变化——人均PPS在空间上也表现出了东高西低的基本形态。二是各地区的三次产业发展水平出现了分化，虽然整体上也显示出东高西低，但在具体省区上却出现明显的差异。其中第一产业发展水平以海南、河北、河南、辽宁、四川为最高；第二产业发展水平以江苏、广东、山东、上海、浙江为最高；而第三产业发展水平以上海、广东、北京、江苏、浙江为最高。特别是，当人均PPS与区域产业发展水平联系起来时，就会发现以下重要结论：

伴随着东部地区的快速增长，三次产业对该地带的贡献水平也发生特异的变化，即第一、第二产业对人均收入水平提高的潜力迅速降低，取而代之的是第三产业；与此不同的是中部地带经济发展水平在全国处于中等水平，工业化水平也远未达到东部地区的水平,因此工业即第二产业能否快速发展乃是中部地区提高人均收入水平的关键和主要突破口;与前两类地区不同的是,西部地区无论是第一、第二产业,还是第三产业对经济增长或人均收入的提高都有着积极的作用,这实际上表现出西部地区三次产业的发展都比较落后的现状。之所以出现上述的现象,取决于三次产业对经济增长贡献不同而已。

（3）就三次产业内部各行业发展状况的区域间差异及其与地区增长差距的联系而言,第一产业各行业的发展状况更多的是与自然条件、资源禀赋等非经济因素紧密相连,与各地区实际的经济发展水平没有呈现正的相关关系,与地区人均PPS的差异也没有太多的联系。第二产业内部各行业的发展水平在空间上没有显示出东高西低的特点,而是各个地带内都有着各具优势的具体行业,显然这些优势行业的分散化、区域化充分体现出地区分工的合理性。同时,将第二产业划分为制造业和初级产品加工业两个具体部门后,可以明显地看出大多数地区增长水平的高低与其制造业区位商——制造业发展水平的高低有着显著的正关联性,但也发现广西、湖北、湖南、河南、新疆、江西、宁夏和西藏八省区与初级产品业的发展水平密切关联。第三产业内部各行业的发展情况,东部地区开始显示出与国外中等发达国家和地区相一致的变动趋势,而中西部地区内部则呈现出不同程度的超前和滞后情况。从第三产业的四个层次与地区经济增长的关系来看,东部地带内部各区人均PPS与各层次区位商的关系基本表现出和全国较为一致的特点。只不过在第三层次与人均PPS的关系上,东部呈现为弱的正向关系。中西部地带各省人均收入的高低与本省各层次区位商的关系不是很明显,最大的关联系数也只不过0.444,由此充分说明在经济发展较低的地区,其第三产业各个层次发展水平的状况并不是影响人均收入高低的直接的、重要的因素。这同时也表明,在经济欠发达地区,第三产业对其经济增长的作用还相对弱小。因此,中西部地区,尤其是西部地区各省(区),将面临着总量调整和结构调整的双重任务。

(4)要素流动、经济活动与区域产业发展的联系。很明显,中国区域差距的先缩小后拉大是与区域产业发展的分化有着极其重要联系的。①长期以来,资本存量在空间上表现出东高西低的形态,且资本存量的多少与地区经济增长水平有着完全的正相关性。在20世纪90年代以前,资本基本是向东部地带流动,90年代之后才出现了向中西部地区移动的趋势,但力度和速度都比较小,并且由于长期支持东部的原因,同量的资本在东部的效率要远远高于在中西部地带的效率,从而制约着中西部地区产业发展水平的提高。②人口流动是地区间的重要联系方式,在我国,基本上以向东南沿海移动为主导方向,而产业间的转移在空间上显示出向第二、第三产业移动的主导方向。③消费支出、消费规模和消费档次是东高西低,消费模式的地带差别却不大,消费在各区域的分布与GDP占全国比重的分布是一致的,变动的方向也基本是一致的。④地区间区际贸易的输出结构与各地区的产业结构不仅具有极大的相似性,也具有强烈的互动联系特性。

# 第一章  区域经济研究回顾

## 一、关于区域概念的分析

与经济学相比,区域经济学是一门相当年轻的学科。虽然区域经济学的许多领域涉及的基本理念、基本理论乃至基本方法都与经济学有着内在的联系,但区域经济学却比经济学要复杂得多。这是因为,在一般的经济分析中考虑的实际上是单一的空间问题,如一个国家、一个地区或一个企业的资源配置仅仅是一个具体时间点、具体时间段上的配置问题;但在区域经济分析中却要在时间—空间及其交互作用的两元层面上展开问题的研究[①]。因此,如果说经济学解决的是经济变量在时间变动中"两难困境"(dilemma)的折中问题的话,区域经济学就是要在空间和时间的复合系统中处理经济变量的"两难"折中。那么,究竟什么是区域呢?以及经济学究竟是如何将区域有机地引入到经济学分析的框架之中呢? 显然,这是在理论和实际研究中所必须首先解决的重要问题。

作为一定空间范围的抽象概念——区域,是可以从不同角度

---

① 在这方面具有开创性研究的是克鲁格曼,其在《地理与贸易》的著名演讲中系统地论述了这一伟大思想。

加以理解的。如果从感性的、现实的地域空间来分析,区域就完全可以理解为一个具体的城市、具体的省区,甚至一个具体的国家。这也在一定程度上表明,区域的现实解释是划分为多个层次的,而这些不同层次的关系,完全可以依据分析对象的不同而加以理解和运用。比如,分析一个国家内部经济发展时,省区、城市就是很好的区域概念;但是,在分析全球经济形势时,国家甚至洲就成为了一个具体分析的区域。

尽管我们可以在实践层面有效地区分并利用区域,但要给区域下一个科学的定义却并非易事。西方著名区域经济学家 H. 理查森曾深有感触地写道:"精确地定义区域是如此可怕的一个梦魇,以至于大多数区域经济学家宁可回避这项工作。"[①]而著名经济学家 W. 里昂惕夫则在无可奈何的情况下,干脆建议将区域的定义视为一种政治选择。由此可见,区域概念的精确界定是一件具有相当难度的事情。在此,笔者将一些经典专家对区域的定义列出以供参考。

(1)H. 西伯特将区域作为一个中间性范畴描述,他认为"一个区域概念是一个中间性范畴,它介于无空间维的总量经济与定义为一系列空间点的高度分散的经济体系之间……这一概念是一个类似于部门的中间范畴,它使得人们可对众多单个企业作某种程度的总量分析而无需对整个国民经济作全面的总量分析"[②]。

(2)美国经济学家哈特向提出,"一个区域是一个具有具体位置的地区,在某种方式上与其他地区有差别,并限于这个差别所延伸的范围之内"[③]。

(3)罗伯特·迪金斯(R. Dickinson)认为,"区域概念是用来研

---

①　引自 H. 理查森《区域与城市经济学》,企鹅出版公司 1978 年版,第 17 页。

②　H. 西伯特:《区域经济增长:理论与实践》,国际教科书出版公司 1969 年版,第 76 页。

③　哈特向:《地理学性质的透视》,商务印书馆 1981 年版,第 129~130 页。

究各种现象(物质的、生物的和人文的)在地表特定地区结合成复合体的趋向的。这种结合在某种意义上来说,将给予这类地区以区别于其周围地区的特点……这些复合体有一个场所、一个核心和它们边缘地区的、明确程度不同的变化梯度。"①

(4)中国学者王铮认为"区域是空间的特化"②,所谓特化就是地域空间的一部分被赋予特定的资源、环境与人口特征。而这种特化使得一个空间范围在地理学性质上区别于另一个空间范围,它们分别都成为区域。

(5)中国学者张可云认为:"区域,在这里是经济区(域)的简称,是在经济上具有同质性或内聚性的地区,地方是与中央相对应的各级行政区的统称。区域并不完全等同于地区或地方。区域的划分是以社会劳动地域分工为依据的,根据一定的经济标准与研究目的而进行的;存在不同类型的经济区,因为反映经济标准的指标与研究目的具有多样性。③"

此外还有许多专家学者对区域有着相近但不完全相同的理解,在此笔者不再一一列举。通过上面的简要分析,笔者更加倾向于张可云先生的定义,且在本书的实际研究中,基本上采用了这一定义的思想,即以地带或省区作为区域的基本单元。

## 二、西方区域经济的理论研究与发展

从当前来看,人们普遍认为区域经济的主要研究对象就是经

---

① 罗伯特·迪金斯:《近代地理学创造人》,商务印书馆 1984 年版,第 202~203 页。另外,罗伯特·迪金斯在这一区域概念的基础上进一步提出了内聚性这一区划标准,每个区域均由核心及对其有向心倾向的边缘组成。80 年代中国学者提出的城市经济区就是它的具体运用。如顾朝林先生提出的"九大城市经济区",对此顾先生认为区域经济是以中心城市为轴心进行辐射发展的,他根据全国城市综合实力和地区特点,提出以沈阳、京津、西安、上海、武汉、重庆、广州、乌鲁木齐、拉萨等中心城市为轴心,带动周围地区发展,形成九大城市经济区。

② 王铮等:《理论经济地理学》,科学出版社 2001 年版,第 2 页。

③ 张可云:《中国区域经济调控体系研究》,《学术研究》,1993 年第 1 期。

济活动的空间分布与协调问题。然而为了搞清楚区域对经济活动的影响，几乎花了几代人不懈的努力，出现了比较成本理论、国际贸易理论等，冯·杜能、韦伯、霍特林、克里斯泰勒、廖什、帕兰德等学者也为空间经济分析作出了开创性的工作。但直到第二次世界大战以后，区域经济学才作为地理区位——配置问题研究的分析框架，被人们接受。目前，一些经济学家仍在努力把区域经济理论研究纳入主流经济学的研究视野，把空间因素引入主流经济学的研究模型。从区域经济基本理论的研究来看，可以划分为以下三个阶段。

1. 古典区位论

古典区位论是西方区域经济理论的源头，最早可以追溯到 19 世纪初，是由杜能(Tunen,1826)创立的。他从区域地租出发探索因地价不同而引起的农业分带现象，创立了农业区位论，奠定了区域经济理论的学科基础。20 世纪初，资本主义进入垄断阶段，德国经济学家韦伯(Weber,1909)提出了工业区位论。30 年代初，德国地理学家克里斯泰勒(Christaller,1933)根据村落和市场区位，提出中心地理论。随后，另一德国经济学家廖什(Losch,1940)利用克里斯泰勒的理论框架，把中心地理论发展成为产业的市场区位论。

总的来看，这一时期的区域经济分析基本上是将区域作为一种成本因素打入了经济活动的分析之中。比如，农业和工业区位论立足于单个厂商的区位选择，着眼于成本和运费的最低；中心地理论和市场区位论立足于一定的区域或市场，着眼于市场的扩大和优化。并且，这些区位论都采用新古典经济学的静态局部均衡分析方法，以完全竞争市场结构下的价格理论为基础来研究单个厂商的最优区位决策，因而又叫古典区位论。但古典区位论将区位选择引入到区域经济分析的框架之后，区位选择就成为了区域经济学的重要主题之一[①]。

## 2. 现代区位论

第二次世界大战以后,空间相互作用模式、各种规划模式、网络和扩散理论、系统论及运筹学思想与方法的应用使区位论获得迅速发展,对区域经济运行的动态性、总体性研究促使地域空间结构理论、现代区位论逐渐形成。从其研究的范围来看,现代区位论一方面使区位研究从单个厂商的区位决策发展到区域总体经济结构及其模型的研究,从抽象的纯理论模型推导,发展为建立接近区域实际的、具有应用性的区域模型。另一方面,使区位决策客体扩大到第三产业。从其研究的目标来讲,现代区位论的区位决策目标不仅包括生产者利润最大化,而且包括消费者的效用最大化。第二次世界大战后区位理论的发展主要是由美国学者推动的。其中,艾萨德(Isard,1956)把古典区位论动态化、综合化,根据区域经济和社会综合发展要求,把研究重点由部门的区位决策转向区域综合分析,建立区域的总体空间模型,研究了区域总体均衡及各种要素对区域总体均衡的影响。

特别值得强调的是,在现代区位论快速发展的时期,人们将研究的视角集中到了区域发展的均衡性问题上,并提出了一系列的相关理论:(1)区域均衡增长论。利用索罗增长模型,人们认为在生产要素自由流动与开放区域经济的假设下,随着区域经济增长,各国或一国内不同区域之间的差距会缩小,区域经济增长在地域空间上趋同,呈收敛之势。同时,美国经济学家威廉姆森(Williamson,1956)在要素具有完全流动性的假设下,也提出了区域收入水平随经济的增长最终可以趋同的假

---

① 区位选择与区域经济发展是西方区域经济理论的两大主题,微观经济活动主体理性的区位选择导致经济活动在某一优势区位的聚集和扩散,在中观和宏观上表现为区域经济增长。西方区域经济理论的形成和演进始终沿着区位论和区域经济发展两条线索进行,其间对区域经济理论的研究日益深化。

说。(2)区域不平衡增长论。与人们经验判断不相吻合的是，20世纪50年代以来，发展中国家在经济发展的同时，与发达国家的差距日益拉大。为了对这一现象给出一个合理的解释，先后出现了一系列的不平衡增长理论。主要有缪尔达尔(Myrdal,1957)的"循环积累因果理论"，该理论认为市场力作用倾向于扩大区域差距而不是缩小区域差距。一旦差距出现，则发达区域会获得累积的竞争优势，从而遏制欠发达区域的经济发展，使欠发达区域不利于经济发展的因素越积越多。赫希曼(Hirschman,1958)的"核心—边缘区理论"认为，增长在区际间的不均衡现象是不可避免的，核心区的发展会通过涓滴效应在某种程度上带动外围区发展，但同时，劳动力和资本从外围区流入核心区，加强核心区的发展，又起着扩大区域差距的作用。60年代，美国发展经济学家P.弗里德曼从国家角度提出"中心边缘理论"对赫希曼的"核心—边缘区理论"进行补充。瑞典经济学家俄林(Olin)把区际贸易引入新古典经济学，使其成为一般均衡理论的重要组成部分。此外，俄林从贸易角度研究了要素流动、要素价格与商品价格之间的关系。认为区际贸易、国际贸易与要素自由流动会带来区域之间生产要素价格与商品价格的平均化。

　　总而言之，现代区位论开始立足于整个国民经济，着眼于地域空间经济活动的最优组织，但其整个理论框架仍然是新古典经济学的完全竞争和规模报酬不变假设，这极大地影响了现代区位论对现实区域经济问题和区域运行的解释力。

　　3. 新经济区域经济理论

　　与传统的以新古典经济理论为基础的区域经济理论不同，新经济区域经济理论从运输成本的降低及由此所引起的聚集经济、递增收益、规模经济性、外部性或者说溢出效应(如技术的溢出效应)等角度探讨了企业区位选择及区域经济增长模式等①。许多经济学家对此进行了深入的研究,如克鲁格曼(Krugman)、马丁(Martin)、阿明(Amin)、弗塞尔(Feser)、伯格曼(Bergman)、沃纳伯尔斯(Venables)及杨小凯(Young)等。集中起来,新经济区域经济理论主要在以下方面作出了巨大贡献。

第一,在区位理论上,新经济区位理论突破了传统区位理论分析的框架。一方面,它把从注重工业区位的区位理论分析延伸到了关注办公区位(Office Location)、零售区位(Retail Location)等的区位理论分析;同时给出了决定这些区位选择的因素。另一方面,通过模型(克鲁格曼,1991)的方式证明出:一个经济规模较大的区域,由于前向和后向联系,会出现一种自我持续的制造业集中现象,经济规模越大,集中越明显。运输成本越低,制造业在经济中所占的份额越大,在厂商水平上的规模经济越明显,越有利于聚集,"中心—边缘"结构的形成取决于规模经济、运输成本和区域国民收入中的制造业份额②。此外,新经济区位分析将马歇尔的关于某一特定产业(信息产业)的外部性经济扩展到了一般性的外部经济。而这里的外部经济概念则是与需求及供给关系相联系的,不是纯粹的技术外溢效应。

第二,运用内生增长理论重新对区域经济增长的收敛或发散问题进行了解释。与现代区位理论不同,新经济区域经济理论随着以罗默(Romer,1986)和卢卡斯(Lucas,1988)为代表的内生增长理论的诞生,通过引入规模报酬递增假说,在20世纪80年代由小阿莫斯(Amos Jr,1988)提出了"经济发展后期阶段区域收入趋异"的假说。也就是我们常提到的区域发散的观点。对此,新经济

---

① 最早对该问题进行论述的是迪克斯特与斯蒂格利茨,见《垄断竞争与最优产品多样》,《美国经济评论》1977年。

② Paul Krugman: "Increasing Returns and Economic Geography", *Journal of Political Economic*, 1991, 99(3).

理论有三种解释:(1)生产技术内生地有利于技术领先者,从而在规模报酬递增条件下的结果必将是区域间马太效应的增强。(2)俱乐部趋同。根据巴罗等人的研究发现,即使区域间存在着一定的趋同,这种趋同性也是很难观测到的,同时,这些趋同的现象也要有很强的条件约束,如区域间具有同质性或相同的经济稳定状态等。因此人们通常将这种趋同称为"俱乐部趋同"①。(3)条件收敛(Conditional Convergence)。由于规模经济对区域经济增长具有强烈的、正向的内生性作用,最终的结果是区域经济增长差距越来越大。根据巴罗与萨拉—艾—马丁(Barro and Sala-I-Martin,1991)的解释,虽然在理论上国家间收入水平在长期趋势上的差距越大,其增长也应越快,但是由于缺乏长期增长的潜能,递增收益将阻碍着各国经济增长差距的缩小,各国经济增长最终趋向发散。

总而言之,笔者认为,如果说在早期的区域经济分析中是将区域以成本的形式加入到了分析模型或框架之中的话,在后期区域经济学则把重点放在了地理空间内在本质以及复杂空间经济系统的时空演化方面。这一点,可以在空间选择行为的离散选择模型以及创新和空间动态的演化理论中寻找出这种努力取得的绩效。

### 三、中国区域经济问题研究

中国是一个地域辽阔的发展中大国,改革开放以来在国家宏观政策的引导下,客观上加强了从东向西经济发展水平依次降低的梯度地缘特征。在这种背景下,国内外对于中国区域经济发展的问题掀起了一股浪潮,尤其是伴随着西部开发战役的打响,这股浪潮更有加强的趋势。从改革开放以来,对于中国区域经济问题

---

① Baumol,William J. ,1986,"Productivity Growth, Convergence, and Welfare: What the Long-Run Data Show", 1072~1085.

的研究主要集中在以下几个方面：一是地区生产力布局和区域规划的研究。二是区域差距问题的探讨，主要集中在区域差距形成的原因、缓解区域差距的政策、地区经济的运行等方面。三是区域经济结构的研究。应当说经过了多年的积累，这些方面都取得了显著的进展。

### 1. 关于生产力区域布局的讨论

中国区域经济学的研究起步于 20 世纪 80 年代。改革开放以后，传统体制下经济发展的弊端日益暴露，在区域经济发展中表现为产业均衡布局所导致的资源低效利用。而提高资源利用效益是市场经济条件下经济社会发展的核心问题。因此围绕区域生产力均衡布局的问题成为了当时的热点问题。

具体来讲，改革开放以来，中国的理论界和实际工作部门在认真总结历史经验，深入分析中国国情和地区经济发展的状况后，对区域生产力布局的理论展开了深入的讨论，提出了许多理论和主张，如"均衡配置"论、"梯度推移"论、"点轴开发"论和"反梯度"的跳跃发展论等。在布局展开的方式上，有的主张均衡布局、平衡发展；有的主张从发达地区向落后地区的梯度推移；有的主张实行点轴开发，由点到面的扩散；有的主张在中部突破，带动两翼；有的主张落后地区要跨越阶段，跳跃发展。应当说，这些理论都具有一定的合理性，但也有一些偏颇之处。

首先，均衡配置论是从社会主义的根本目的出发，认为生产力布局要均衡展开，尽快消除地区差别。这种看法是有道理的，符合中国经济长远发展的观点；但问题在于，当时的中国经济基础还非常薄弱，根本没有物力、财力的支持，把布局搞散，只能导致社会宏观效益下降，欲速则不达。

其次，梯度推移论[①]从中国空间上客观存在的东中西地缘格

---

① 　周起业：《梯度理论是怎么一回事》，《地区发展战略研究》，1987 年第 2 期。

局出发，以实现我国经济效益最大化为目标，指出应当把资源集中放在经济技术比较发达的高梯度地区，随后再向低梯度地区扩散。这一理论尊重中国的客观实际，有重点、分阶段地实施区域经济发展，是有道理的。但它所遭受最多的攻击也主要来自反梯度理论[1]，按照这一做法进行生产力布局，最终很可能使中国的区域差距过分地拉大。与此不同，反梯度理论则是从中国各级梯度地区具有的资源优势的角度来论证，低梯度地区也具有跨越发展的可能。

最后，点轴开发理论。该理论认为，所有产业特别是工业、交通运输业、第三产业都是产生和集中于"点"上，并由线状交通运输设施联系起来。因此，在地区布局上，应通过点轴式的开发，使产业实现点—线—面的扩散和空间转移，使各地区的国土资源得到充分的相对均衡的开发利用。这种主张对于重点建设区位的选择是可行的，但没有阐明地区间不同的建设重点。

总之，在20世纪80年代的很长一段时期里，人们围绕着生产力布局问题展开了热烈的讨论。但从中国区域经济实际所走的道路来看，我国基本上采用了梯度转移论的思路。这一点，从邓小平同志的两个"大局"观能够清楚地看到。

2. 关于区域差距问题的讨论

从20世纪80年代末到90年代末的一段时期，区域经济研究的重点主要是围绕着中国区域差距问题展开的。在此背景下，许多专家学者开始讨论中国区域差距的问题，并针对这种差距进行了激烈的争论。

1989年杨开忠在其博士论文[2]的基础上对中国区域经济发展问题展开了系统的理论和实证研究。他指出，新中国成立40年

---

① 郭凡生：《何为反梯度理论》，《开发研究》，1986年第3期。
② 杨开忠：《中国区域发展研究》，海洋出版社1989年版。

来，东、中、西三大地带经济水平的关系没有发生变化。并且，随着人口和国民收入区域间增长趋势的叠加，致使我国以人均国民收入所表示的区域经济差异呈 U 形变化的趋势。1992 年青年学者蒋岳、刘垠等人[①]利用计量工具对中国地区经济增长进行了比较研究。在对各省区经济实力全面评价的基础上，全面展示了中国各省经济实力和发展潜力的差异。尤其是 1995 年胡鞍钢等发表的《中国地区差距报告》更是将人们对区域差距问题的关注引向了顶峰，不仅引起舆论界和学术界的关注，也引起中央决策层的高度重视。在该书中，胡鞍钢尖锐地指出："中国地区经济差距过大，解决这一问题已是当务之急；中央政府的重要职能之一，不是扩大而是缩小地区收入差距；缩小贫富地区差距的思路，不是'压高就低'、'杀富济贫'，而是通过国际通行的财政转移支付制度、基本公共服务均等化……"[②]此外，还有许多专家学者对区域差异问题进行了探讨。

首先，青年学者魏后凯和他的同事们就中国地区经济发展问题发表了两本有影响的专著。一是魏后凯编著的《区域经济发展的新格局》，用"失衡的中国区域经济"概括分析了中国区域经济发展的新特点和新问题，继而探讨了"建立区域经济新格局"的政策途径；二是他和其他学者合著的《中国地区发展》，全面探讨了中国地区经济发展、经济增长、人均收入水平的地带、地区与省际的差异以及促进地区经济协调发展的政策。

其次，著名经济学家林毅夫在其《中国经济转型期的地区差距分析》一文中系统地对我国地区差距问题进行了深入分析，并按基尼系数的方法测算了我国的地带及地带间差异对区域差异的贡献。他指出："1995 年由东、中、西之间的差异造成的贡献率为

①　蒋岳、刘垠：《中国地区经济增长比较研究》，辽宁人民出版社 1992 年版。
②　胡鞍钢、王绍光、康晓光：《中国地区差距报告》，辽宁人民出版社 1995 年版。

51.72%，由东部内部造成的贡献率为 22.86%，由中部内部造成的贡献率占 12.53%，由西部内部造成的贡献率为 12.88%。"[①]

第三，蔡昉等人在对中国区域差距问题分析的基础上，运用计量工具从制度、人文的角度进一步验证了中国区域经济增长趋同特征。他指出，"在中国各省区、直辖市之间也同样不存在 β 型趋同，但存在条件型 β 趋同"[②]，之所以如此，他进一步解释道："在中国，省、自治区、直辖市之间经济增长条件的异质性表现得相当突出，使得我们至少可以说，在东部地区与中西部地区之间存在着大相径庭的经济稳态。这种稳态的差异主要是由人力资本禀赋的差异、制度或体制对市场机制的贴金程度所导致。"[③]

第四，从中国优惠政策和区位位置的角度对中国区域经济增长的研究。Sylvie Demurger 等人将区位因素和政策因素系统引入中国地区经济增长模式中，并指出："省际收入差距变动的条件收敛较弱，这反映在现行体制通过劳动力和资本要素流动的限制和对 Stolper-Samuelson 机制的限制，阻碍了省际收入差距的收敛过程。"同时他还指出："假如政策类似，中部省份在 1996～1999 年期间应该增长最快（8.7%～9%），而沿海省份应比东北、西北、西南的省份都有更快的增长。此外，由于优惠政策对内地经济增长有正面的影响，取消优惠政策使各省在政策上平等将会对内地省份带来负面冲击。因为问题并不在于优惠政策有无效果，而在于优惠政策享受机会均等。因此，解决的办法并非取消优惠政策，而是扩大内地省份享受优惠政策的范围。"[④]

此外还有许多专家学者的相关研究，如厉以宁、王梦奎、张敦

①  林毅夫:《中国经济转型期的地区差距分析》，《经济研究》，1998 年第 6 期。
②  蔡昉等:《制度、趋同与人文发展——区域发展和西部开发战略思考》，中国人民大学出版社 2002 年版。
③  同②。
④  Sylvie Demurger 等:《地理位置与优惠政策对中国地区经济发展的相关贡献》，《经济研究》，2002 年第 9 期。

富、张可云、叶裕民、覃成林等,在此笔者不再——赘述。总体上讲,这一时期的讨论是比较激烈的,问题也主要集中在:差距究竟是合理的、是提高效率的正常反映,抑或是不合理的并已危及到社会的稳定、经济的持续增长? 中国的区域差距究竟是存在趋同还是存在趋异? 以及区域差距形成的原因、缓解区域差距的政策,等等。研究的方法也逐步地从传统的定性分析为主向计量分析、模型分析转变。

3. 关于区域经济结构的探讨

伴随着中国区域差距的拉大,经济运行本身许多结构性的问题开始暴露出来。尤其是从 20 世纪 90 年代中期进入过剩经济之后,中国的经济学研究工作者更是对结构性的失衡现象备加关注。正如著名经济学家钱纳里说过,发展就是经济结构的成功和转变。与此相应,许多专家学者逐步将经济学关于结构分析的相关理论和方法引入到了区域研究之中,并对区域发展过程中存在的结构现象进行研究。其实,关于区域经济结构问题的讨论一直就没有停止过。不仅区域生产力布局问题是空间经济结构的一种表现,而且在 80～90 年代期间,当人们热衷于区域差距问题的研究时,区域经济结构的问题也一直被作为一个重要的方面有机地融入分析框架之中。总的来讲,关于区域经济结构的研究主要集中在两个方面:对区域的产业结构和空间结构的研究。

首先,对区域产业结构的研究。自从钱纳里提出,“经济增长是生产结构转变的一个方面,生产结构的变化应能更有效地对技术加以利用”[①]的观点之后,越来越多的经济学家提出和证明了经济结构(主要是指产业结构)随经济增长和发展而变动,并且反过来作用于一国或地区的经济增长的观点。而这种观点,经过库兹

①　霍利斯·B. 钱纳里:《工业化和经济增长的比较研究》,上海三联书店 1989 年版,第 22 页。

涅茨、钱纳里等著名经济学家们的杰出工作,已经被各国经济学家普遍接受。

从我国的实际研究状况来看,对于区域产业结构的研究主要集中在产业结构与经济增长的互动关系上。就这方面而言,有的学者集中研究了产业结构变动对经济增长的贡献程度(胡振华、周久文,1997),有的学者则深入探讨了中国产业结构对经济增长作用的机制(姚愉芳等,1998)[①]等。就所用方法来看,有的运用产业关联,从投入产出表的角度进行研究(钟学义、王丽,1997);有的根据中国产业结构的层次性差异,通过分类、分层进行研究(陆大道、薛凤旋,1997);还有的则通过"标准的结构转换"为参照物来归纳其基本特征,从而对我国产业结构变动模式的深层原因进行分析(周振华,1992)。从根本上讲,这些学者对于产业结构和经济增长的研究是从国家宏观层面上展开的,由此所采用的基本分析方法和所得出的重要结论也基本适合区域层面。20世纪90年代后期, 系列关于区域产业结构研究的专著出现,如孙久文(1999)的《中国区域经济实证研究——结构转变与发展战略》、魏后凯(2000)的《21世纪中西部工业发展战略》、厉无畏和王振(2002)的《中国沿海地区产业升级》、程选(2001)的《我国地区比较优势研究》等等。这些研究文献都从不同侧面深入探讨了中国区域经济发展过程中区域产业结构变动的规律和特征。

其次,关于区域空间结构的研究。空间结构是区域发展状态的一个重要方面。区域发展状态是否健康,与外部关系及内部各部分的组织是否有序,以及处于萌芽而有活力的因素是否被置于有利的空间区位等有着密切的联系。这一部分研究的内容主要包

---

　　①　姚愉芳等人认为,产业结构对经济增长的影响是通过结构效果实现的,所谓结构效果就是指由于经济结构的变化所带来的经济效果,经济效果的提高可以在不增加投入的情况下实现经济增长,是内涵式扩大再生产。详见《中国经济增长与可持续发展——理论、模型与应用》,社会科学文献出版社1998年版,第101~106页。

括以下几个方面：一是关于产业发展与规划当中的空间集中与分散的问题；二是正确处理和对待沿海与内地、东中西三大地带的关系，核心在于研究效率与公平的问题；三是城镇合理规模和城镇体系的问题，这方面的研究主要体现在一些省区的案例研究中；四是中国空间发展战略问题，从一定意义上讲，这一部分的研究是区域经济研究中关于生产力空间布局问题的进一步延伸。限于篇幅，笔者不再详述。

# 第二章 区域经济增长联动的理论分析

从绝对意义上讲，国民经济总量应该等于各区域经济总量之和，国民经济增长率也应该等于各区域经济增长率的加权之和。两者之间是局部与整体的关系。但是从根本上来看，国民经济增长的实现必须落脚到具体的区域经济增长层面上来，两者又是宏观与微观的关系。当我们努力探索区域经济增长规律时，发现区域经济与宏观经济之间有着难以割舍的微妙联系，尤其是在不同增长条件下，区域与区域之间、区域与国民经济之间的联动关系也会表现出不同的路径。

理论上说，各国追求的核心目标就在于实现高速、稳定、健康增长的同时保持各区域的平衡增长。但在现实中，各国又采取着不尽相同的经济政策和指导方针，比如有的国家是以区域平衡增长作为初始目标，而将国民经济的高增长作为约束条件，而有的国家却是以国民经济的高速增长视为最高目标，将区域平衡增长当作约束条件的，特别是把不同的条件如经济运行机制、经济开放程度以及区际要素流动融入现实之后，更使得各国的区域增长呈现出近乎于无规律可循的状态。因此，能否有效地描述区域经济增长中各个变量之间的相互关系以及能否恰当地表明区域增长与国民经济增长之间到底是一种怎样的联动关系，已经成为理论界长期以来较为困惑的一个问题。

从发展历程来看,我国既经历了区域平衡增长时期(新中国成立后到 1978 年),也经历了区域不平衡增长时期(1978 年到现在)。在平衡增长时期,国家基本上是以牺牲高效率区域的增长为代价换取增长的平衡,但也确实使得一些工业基础极为落后的区域获得了较快的发展,在一个较短的时期内使国民经济总量得到了迅速积累;在不平衡增长时期,国家是以效率优先作为指导方针,在较短的时间里取得了国民经济的快速增长,极大地提升了国民经济的综合竞争实力,但同时也使区域差距过大并由此引发了一系列的问题。近几年国家提出的西部大开发可以说就是对区域平衡增长的一次复归。我国几十年的发展历程,在实现国民经济高速增长与区域经济平衡增长问题上一直是一个难以处理的矛盾,也是困扰我国经济发展的一个内在矛盾。

基于此,本章将从理论抽象的角度对不同增长条件下,区域经济增长的联动关系加以探索,并运用新古典增长理论(哈马模型)和 IS-LM 曲线给予更为直观的描述。

**一、区域经济增长联动关系的理论界定**

在引入正文之前,笔者要将理论模型研究的基本内容、大致的形式以及有关前提予以说明。

(一)研究的内容和形式

区域经济在实际的发展当中要么采取平衡发展战略,要么采取非平衡发展战略。但无论它们采取何种形式,区域与国民经济的联系、区域与区域之间的联系却是客观存在的,并且这种客观的实在性决定了它也是有规律可循的。比如,在平衡发展道路上,对不发达区域的投资支持,究竟能不能对不发达区域的经济增长起到应有的刺激作用,这在区域面临不同的经济条件下是难以准确回答的问题。因为,从国家来看,要对不发达区域进行投资支持就意味着国家必须具备应有的财力和必要的控制力,而这些力量的获得往往要靠对各区域征收税收以提高中央的财政收入。尤其是对不发达区域投资支持越大,这种税收也就会越高。较高的税收对以后不给予支持的发达区域而言,无疑是经济增长的阻力;对给予支持的不发达区域而言,虽然会比在提高税率后经济增长要大得多,但能否真正超过提高税率以前该区的经济增长水平,却是一个需要进行研究的问题。另外,在存在区际要素流动的情况下,国家可以实施具体政策的空间会拓宽,比如除了采用投资支持以外,给予区域优惠政策措施也是一种较好的选择方案,这一方案的优点在于可以避免因税率提高所产生的负的激励效应。但是在区际要素能够流动的情况下,要素往往是从低收益率的区域向高收益率的区域转移,这种主动的转移会使得没有获得优惠政策的区域短期内经济发展后劲不足,投资率和储蓄率下降,经济增长率也会降低。而获得优惠政策的区域必然会因为从其他区域吸收要素(在开放经济条件下,国外资金也有可能进入)提高了本区的储蓄率和投资率,实现经济增长的提高。但是从国民经济整体来看,能否实现国民经济增长率的提高或最大化,却与这种优惠政策对两区域所带来的正、负激励效应的相对程度有关。此外,当我们考虑到现实中不同区域存在着生产能力的差距,存在着分工水平和市场容量大小的差距,那么国家所实行的区域发展政策就很可能无法完全实现,使得政策本身发生较大的外溢性,最终的结果也很可能与中央的初衷相反。正是由于这种复杂的联系,就使得系统地研究区域经济增长问题成为了非常迫切的要求。

为了较为准确地对区域经济增长过程中各种经济变量的关系加以描述,本章的研究将分为两大基本体系,一是区域平衡增长要求,二是区域非平衡增长要求。这两大基本结构又会在不同的经济运行机制下以及不同的开放程度和有无区际要素流动情况下,衍生出多种结构。需要强调的是,无论这一分析结构多么复杂,我们所要集中探讨的是各个变量之间的传导关系,以及由此产生的对国民经济和区域经济增长的影响。

(二)基本前提的设定

任何理论性的研究都脱离不了既定的前提条件,这不仅是为了研究的便利,同时也是对极其复杂现实的一种抽象和浓缩。当然,本书进行的理论探索也有着与此相关的前提。大致来讲,主要有以下几个方面。

(1)模型中设为两大区域 A、B,其中 A 为发达区域,B 为不发达区域。A 区域分工水平高,市场容量大,具有较大的潜在生产能力;B 区域分工水平低,市场容量小,潜在生产能力不足。

(2)在没有区际要素流动和区际贸易的情况下,我们不考虑优惠政策对增长的影响,只分析国家宏观投资对区域和国民经济增长的效应;而在有要素流动区际贸易的情况下,我们则既考虑国家的投资作用,也考虑优惠政策的功能。

(3)国家宏观投资的资金来源于对各区域所征收的税收,并且投资支持的力度越大,税率提高得越快;而各区域和国民经济增长率的大小取决于本区域的储蓄率和资本产出率,并且 A 区域的资本产出率大于 B 区域的资本产出率,储蓄率的大小与国家征收税收的税率高低呈现负相关关系。

(4)虽然在现实经济活动中,国家实现区域平衡或不平衡发展的手段很多,如税率调整、优惠政策的实施、转移支付等;但在本模型的分析中,主要以税率水平的变动作为分析、研究的对象。理论上讲,这些手段导致区域增长差异的机理基本相似。

(5)储蓄额的大小与可支配收入和消费额的大小密切相关,而对于消费,我们假定居民是依照持久收入消费理论[①]进行消费,因

---

① 持久收入消费理论是由弗里德曼在研究家庭跨时期消费行为时提出的一种理论假设,该理论是指家庭消费不仅取决于现在收入,而且也取决于未来的预期收入。其核心前提在于家庭对稳定消费的偏好胜过不稳定消费的偏好。在本书中,笔者引入持久消费理论的目的在于利用增长模型解释区域间增长联动时突出储蓄的影响,从而在技术上更具有操作性。

此税率的暂时变动将不会对消费产生明显的影响,只会使储蓄发生变化。并且两大区域不受货币量变动的影响,各区域的 LM 曲线保持固定。

## 二、平衡增长条件下区域联动模型分析

### (一)没有区际贸易条件下区域经济增长的新古典分析

新古典增长理论中的哈马模型告诉我们,一国的经济增长率等于该国的储蓄率($S$)除以资本产出率($C$),因此我们在研究区域增长的时候依旧采取这一观点。假如在完全市场经济条件中,没有区际贸易,此时国家为了实现平衡增长战略目标,也就是公平优先的目标,就必须对不发达区域 B 进行大规模投资,其投资额为:

$$I_g = m(t)(y_A + y_B)$$

式中,$t$ 为税率,$y_A$,$y_B$ 分别为 A、B 区域的 GDP,$m(t)$ 为 GDP 的投资支持,并且 $dm(t)/dt > 0$。

下面笔者将对此问题展开详细的讨论。

首先,国家没有决定投资之前,税率为 $t$,此时两区域经济增长率见下式:

$$g_A = \frac{S_A(t_0)/y_A}{K_A/y_A} = \frac{S_A(t_0)}{K_A}$$

$$g_B = \frac{S_B(t_0)/y_B}{K_B/y_B} = \frac{S_B(t_0)}{K_B}$$

上式中隐含着 $(1-t)y_i$ 为区域 $i$ 可支配收入的假定,并且上面两个公式就是哈马模型在区域经济增长中的具体运用。现在假如国家要实现区域平衡增长,提高税率对不发达区域进行投资支持,两区域的经济增长率见下式:

$$g_A = \frac{S_A(t)/y_A}{K_A/y_A} = \frac{S_A(t)}{K_A}$$

$$g_B = \frac{[S_B(t) + m(t)(y_A + y_B)]/y_B}{K_B/y_B} = \frac{S_B(t) + M(t)(y_A + y_B)}{K_B}$$

从式中我们发现,$dg_A/dt < 0$,表明国家对不发达区域的投资

增加,提高税率之后必然会降低发达区域在原税率水平上的经济增长率;对于不发达区域而言,究竟这种投资支持能不能使它的经济增长率超过税率没有提高时候的增长率,取决于投资支持的力度是否大于因为税率提高导致储蓄降低的程度。对此我们可以通过推导加以分析。

$$(1-t)y_B - \bar{c} + m(y_A + y_B) > (1-t_0)y_B - \bar{c} \Rightarrow m(t) \geqslant \frac{y_B}{y_A + y_B}(t-t_0)$$

分析结果告诉我们,要想使得在提高税率之后依旧保持不发达区域的经济增长率,国家的投资率必须要大于 B 区域 GDP 占全国 GDP 的份额 $L_B$ 乘以税率差距,这一关系可以用曲线的形式描述,定义为区域 B 优先增长曲线 $L_1$。

其次,由于国家在增长道路上采取的平衡增长方式,这就在客观上要求两区域的经济增长率相等。具体分析见下面:

$$g_A = g_B \Rightarrow \frac{S_B(t) + m(t)(y_A + y_B)}{K_B} = \frac{S_A(t)}{K_A} \Rightarrow m(t)$$

$$= t(L_B - \alpha L_A) + (\alpha L_A - \alpha\beta - L_B + \theta)$$

式中,$L_A$、$L_B$ 分别为区域 A、B 的 GDP 与国民经济 GDP 的比值,$\alpha$ 是 B 区域与 A 区域资本存量的比值,$\beta$ 是 A 区域消费与国民经济 GDP 的比值,$\theta$ 是 B 区域消费与国民经济 GDP 的比值。因为 B 区域的资本产出比大于 A 区域的资本产出比,所以从上述等式我们可获知 $dm(t)/dt > 0$,即 $(L_B - \alpha L_A) > 0$。并且这一关系可以用曲线的形式反映,在此定义为区域平衡增长曲线 $L_2$。

最后,当我们从全国的角度来分析这种平衡增长政策究竟会对国民经济增长率产生何种影响的时候,可以用下述推导加以描述。

$$g(t_0) = \frac{S_A(t_0) + S_B(t_0)}{K_A + K_B}$$

$$g(t_1) = \frac{S_A(t_1) + S_B(t_1) + m(t_1)(y_A + y_B)}{K_A + K_B}$$

这两式表示的是没有实施平衡增长战略时候的国民经济增长率和

实施平衡增长战略之后的国民经济增长率。而两者之间的关系则是我们关注的焦点。假如，要保持 $g(t_1) > g(t_0)$ 的状态，可以得到下述关系式：

$$g(t_1) > g(t_0) \Rightarrow m(t) > (t - t_0)$$

于是我们就得到了第三条曲线——国民经济优先增长曲线 $L_3$，并且三条曲线的斜率关系是 $k_3 > k_1 > k_2$。根据上面所得出的三条曲线，我们可以画出图 2—1，以表示区域之间以及区域和国民经济之间的相互关系。

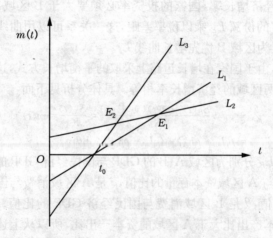

**图 2—1　区域之间及区域和国民经济之间的相互关系**

图 2—1 大致反映了在市场经济条件下(也包括计划经济条件下)，在平衡增长战略的指导下以及没有区际贸易和封闭的经济前提下，区域增长的各个变量的关系。总结如下。

(1)为了保证区域的平衡增长，经济增长的轨迹必须沿着曲线 $L_2$ 运动。这时就有 $g_A = g_B$，它存在于经济增长的整个过程，并且 A 区域的经济增长率较未提税时有所降低。

(2)在 $E_1$ 点的右方，B 区域的经济增长率比没有提高税率的时候还要低,相应地国民经济的增长率会大幅度降低。在 $E_1$ 点的左方和 $E_2$ 点的右方时,B 区域的经济增长率比没有提高税率的时候提高,但是提高的幅度却小于 A 区域经济增长率降低的幅度,于是国民经济的增长率会轻微下降。在 $E_1$ 点上的时候,B 区域的经济增长率与没有提高税率的时候相等,国民经济增长率会降低,降低的幅度等于 A 区域自身降低的程度。

(3)在 $E_2$ 点上时,B 区域的经济增长率比没有提高税率的时候提高,并且其提高的幅度等于 A 区域经济增长率降低的幅度,国民经济的增长率则与税率提高前相等。而在 $E_2$ 点的左方时,B 区域的经济增长率比没有提高税率的时候大幅度提高,提高的幅度会超过 A 区域经济增长率降低的幅度,于是国民经济的增长率明显上升。

(4)值得说明的是,在这种情况下,区域之间经济增长的联系完全是由国家所控制的,区域 A 或 B 经济增长水平的变动完全取决于国家税率和财政支持力度的大小。

(二)有区际要素流动和区际贸易条件下区域经济增长的 IS-LM 分析

现在我们把问题转向了存在区际贸易时的区域经济增长,实际上有区际要素流动和区际贸易时,国家为了实现平衡增长,仍然可以采取投资支持的政策,但也可以采取提供优惠政策的方法来做。前者的分析与前面大致相同,此处不再赘述。而采取优惠政策的时候,其实也是通过对各区域的储蓄和投资产生影响而间接使得区域经济增长发生变动。因为,在提供优惠政策之后,必然会强化获得优惠政策区域对资源的吸收能力,这就会在降低其他区域储蓄和投资总量的前提下,提高自己的投资总量。所以,大致的思路与前文基本相同。但是当区域之间有了资源的流动时,区域与区域之间必然会发生所谓的"外部效应",尤其是需求的外溢体现得更为明显。下面,笔者将试图运用经典的总需求分析方法与

IS-LM 区域来描述。

首先用变形的国民经济恒等式来表述区域的总需求关系。

$$y_A = c_A + i_A + g_A + (RE_A - RI_A)$$
$$y_B = c_B + i_B + g_B + (RE_B - RI_B)$$

式中，$C_i$、$I_i$ 为区域性 $i$ 的总消费与总投资；而 $g_i$ 是国家对区域 $i$ 的投资支持总额，$(RE_i - RI_i)$ 表示区域 $i$ 接受的外溢需求净额，$RE_i$ 与 $RI_i$ 分别指区域 $i$ 商品流出总额和其他区域流入总额。

上面公式说明，区域的总需求与国民经济的总需求一样主要是由消费与投资构成。所不同的是在封闭条件下，区域的总需求除了消费和投资之外，还包括国家的投资 $g_i$，这个可以理解为国家为实现既定战略目标而采取的措施；同时还有区际贸易净额这一块，净额越大表明其他区域对本区域的外溢需求就越大，反之反是。对上面区域总需求公式的各个组成部分做进一步分析我们可以发现：(1)整个国民经济的区域外溢需求为 0，可表示为 $(RE_A - RI_A) + (RE_B - RI_B) = 0$。(2)对区域性的投资，我们可以将它看作是利率、税率变动率和优惠政策的函数。其具体关系是利率 $(r)$ 越高，本区域投资就越少；税率变动率 $(dt/dT)$ 越大并且为正值，本区域投资会变小；对本区域提供的优惠政策 $(P)$ 越是充足，本区域的投资越大，但如果对其他区域的优惠政策越是充足的话，本区域的投资反而会越小。

图 2-2 分为两组，1-a,1-b 表示区域 B 的 IS-LM 曲线和总需求、总供给曲线；而 2-a,2-b 代表区域 A 的 IS-LM 曲线和总需求、总供给曲线。并且两个区域之间的曲线移动也反映了国家平衡战略方针指导下的投资或提供优惠政策所产生的联动关系。该四幅图的联系大致是这样的：最初，区域 A 和区域 B 处于稳定状态，区域 A 生产 $y_{A0}$，区域 B 生产 $y_{B0}$，两区域面临相同的利率 $(r_1)$ 和价格水平 $P_0$。当国家对不发达区域 B 进行投资支持之后，发生了两个效应：开始时提高税率引起两区域投资减少，使得

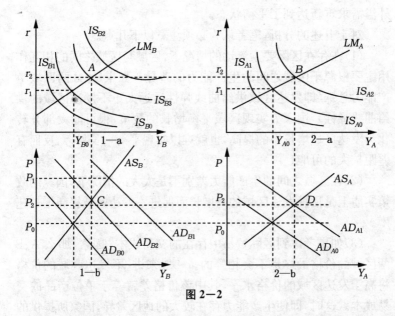

图 2—2

它们的 IS 曲线从 $IS_{N0}$ 向左移动到 $IS_{N1}$ 的位置，同时总需求曲线也
会向左移动（图中没有标出）；然后，国家对区域 B 投资以后，其 IS
曲线右移到 $IS_{B2}$ 的位置，相应地，区域 B 的总需求曲线也右移到
$AD_{B1}$ 的位置，价格上升至 $P_1$，远远大于区域 A 的价格（没有区际
要素流动时，此时就达到了稳定状态），正是由于这一差价的存在
使得区域 B 对区域 A 产生了外溢需求，导致区域 A 的 IS 曲线和
总需求曲线发生右移，最终两区域又回到了稳定状态，面临着相同
的利率（$r_2$）和价格水平 $P_2$，如图 2—2 中显示的 A、B、C、D。从另
一个角度讲，如果国家是通过提供优惠政策来实现区域平衡增长
目标的话，曲线移动的过程大致与上面相同，所不同的是推出政策
之后区域 B 的 IS 曲线和总需求曲线没有发生向左移动，而直接会
向右移，区域 A 则因为资源的流出使得 IS 曲线和总需求曲线左
移，然后同样是因为价格差的拉大，导致区域 A 接受了 B 区域的

外溢需求重新达到了平衡状态。

对于上述的分析,笔者认为必须注意以下几点。

(1)在存在区际要素流动的情况下,区域与区域之间的相互作用主要根源于区域之间的生产能力的差异。如果 A、B 两区域生产能力悬殊(即发达区域供给曲线弹性远远大于不发达区域的供给曲线弹性),国家为实现区域平衡增长的政策,很可能大部分转化为发达区域增长率的提高,也就难以实现平衡增长目标,反而有差距扩大的可能。

(2)在区域之间的生产能力差别不是太大的情况下,国家的政策实质上是牺牲发达区域的高增长而促进不发达区域提高增长速度。

(3)如果考虑到区际贸易中存在的交易成本①因素,那么 A、B 两区域的价格最终是不会相等的。一般来讲,不发达区域的价格将高于发达区域的价格水平,其中该价格差就等于单位产品的交易成本。这时,即使生产能力存在较大的地区差异,国家所提供的增长激励也会有一部分成为无谓的浪费,对整个经济是一种净损失。在生产能力差别不是很大时,尽管不发达区域得到了较快的增长,但这种损失还是会存在的。

(4)在这种情况下,区域之间可以通过资本流动、劳动力流动、区际贸易等形式实现彼此经济增长的联动,也就不完全取决于国家的战略导向了。

(三)开放条件下的分析

开放情况与封闭情况的分析基本上是相同的,差别在于开放经济中有可能会引起赤字或盈余。并且一国的赤字或盈余等于该国的国民储蓄与投资总额的差额,如果差额为正值即是盈余,为负

---

① 所谓交易成本是指获得准确的市场信息所需支付的费用,以及谈判和经常性契约费用。在本书中,区际之间的商品交易除了上述的交易成本外,还包括跨区域商品流动的无形阻碍,如地方政府对当地企业或产品的保护等。

值就是赤字。大致来讲,我们总结了以下几种情况。

(1)没有区际贸易时,如果B区域有对外经济联系,A区域没有对外经济联系,那么本国会因为B区域的投资扩大,并有一部分转化为对国外的需求,而产生贸易赤字;如果A区域有对外经济联系,B区域没有对外经济联系,那么会因为A区域的投资快速降低而产生贸易盈余;如果A、B两个区域都有对外经济联系,是产生盈余还是赤字就要看上面两种力量的对比程度了。

(2)有区际贸易时,如果B区域有对外经济联系,而A区域没有对外经济联系,赤字额会降低,其降低的幅度取决于B区域对从国外进口或从区域A输入的偏好以及两者的成本;如果A区域有对外经济联系,B区域没有对外经济联系,所产生的盈余也会降低,原因同上;如果A、B两个区域都有对外经济联系,是产生盈余还是赤字还是要看上面两种力量的对比程度。

最后要说明的是,如果在开放条件下国家执行的是计划经济体制,无论有没有区际贸易,是否产生盈余或赤字不是受上面变量的变动决定的,而是由国家政策的导向影响,可以被看作外生变量。

### 三、区域非平衡条件下各变量变动分析

在非平衡的条件下,区域与区域之间和区域与国民经济之间各变量的联动关系也可以运用前文的分析方法加以研究。我们秉承前文的前提条件,同样运用新古典增长模型和IS-LM曲线进行描述。

在封闭的市场经济体制中,假如没有区际贸易,即资源不能跨区域自由流动,此时国家为了实现非平衡战略目标,也就是要实现效率优先的指导思想,就需要对发达区域A进行投资支持。但是这一投资举措能不能使发达区域提高税率后的经济增长率超过提税前的经济增长率,取决于下式:

$$t_0 \geqslant t_1 \, y_A - m(t)(y_A + y_B) \Rightarrow m(t) \geqslant \frac{y_A}{(y_A + y_B)}(t - t_0)$$

满足了该式的条件就可以实现区域 A 的增长率在提税后还要高于提税前的增长率。与前文相同,区域 B 的增长率因为提税对储蓄和投资负的影响,其经济增长率必定会低于提税前的增长率。该条件所描述的轨迹我们称为区域 A 优先增长曲线 $L_1$。

从全国经济增长率的角度来看,我们可以得到国民经济增长优先增长曲线 $L_2 : m(t) \geqslant (t - t_0)$,具体推导过程可参阅前文,并且曲线 $L_1$ 的斜率小于曲线 $L_2$ 的斜率。基于此,可以画出图 2—3,以反映非平衡条件下各变量之间的关系。

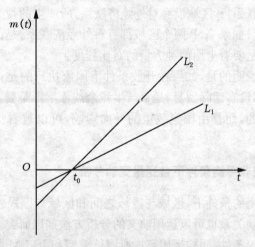

图 2—3  非平衡条件下各变量之间的关系

图 2—3 体现了以下四个特点:(1)在曲线 $L_1$ 与 $L_2$ 的交点处,表示最初的税率水平 $t_0$。(2) $t_0$ 点右方和曲线 $L_1$ 下方的各点:不仅 B 区域的经济增长率降低,而且 A 区域的经济增长率也会比提税前降低,从而国民经济增长率也要降低。(3)曲线 $L_1$ 与曲线 $L_2$ 之间的各点:B 区域的经济增长率降低,A 区域的经济增长率提高

并且高于提税前的增长率,但其提高的幅度却低于 B 区域增长率降低的幅度,所以国民经济增长率会有所下降。(4)曲线 $L_2$ 上方的各点:B 区域经济增长率降低,A 区域经济增长率大幅度提高,不仅高于提税前增长率的水平,而且提高的幅度也大于 B 区域增长率降低的幅度。

在封闭的市场经济中,如果资源可以在区域之间自由流动,那么国家为了实现非平衡目标既可以采取投资支持,也可以提供优惠政策。在进行投资支持时,情况与前面相似,此处不再赘述。而在提供给区域 A 优惠政策($P_{rA}$)时,我们可以得到以下方程:

$$g_A = \frac{S_A(P_{rA})}{K_A} \tag{2-1}$$

$$g_B = \frac{S_B(P_{rA})}{K_B} \tag{2-2}$$

其中,$dg_A(P_r)/dP_{rA} > 0$,$dg_B(P_r)/dP_{rA} < 0$,$g_A >> g_B$。

式(2—1)、式(2—2)是代表国家提供给区域 A 优惠政策之后,A、B 两个区域各自的经济增长率。下面的两个导数方程式分别是指区域 A 的经济增长率与国家对本区域提供的优惠呈正向关系,而区域 B 的经济增长率与国家提供给 A 区域的优惠政策呈负相关关系。因此国民经济增长率要实现最大的增长率,在提供优惠政策的力度选择上,要符合下列条件:

$$dS_A(P_r)/dP_{rA} + dS_B(P_r)/dP_{rA} = 0$$

该式的经济含义是指国家提供的优惠政策给各个区域引起经济增长变动的关键变量储蓄带来的正负边际激励的总和为 0。只有符合这个条件,国民经济才能够在非平衡情况下通过进行政策激励达到最大的经济增长率。

当我们考虑到区域之间生产能力的差别以及彼此之间的作用时,仍然可以采用 IS-LM 模型进行直观的描述。基本图形见图 2—4。

我们对图 2—4 进行分析,有区际贸易时,无论是国家投资还

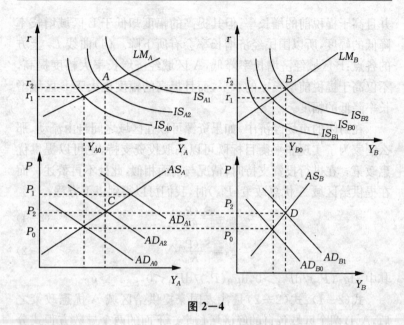

图 2—4

是政策诱导,区域 A 的 $IS$ 曲线都会向右移动到 $IS_{A1}$ 位置,同时伴随着总需求的扩张,$AD$ 曲线右移到 $AD_{A1}$ 位置(无区际贸易条件下,此时已达到了稳定状态,并保持着这一价格差),价格上升至 $P_1$,远远大于初始时两区域相等并且 B 区域仍旧保持的价格水平 $P_0$,于是价格差的作用使得 A 区域的总需求外溢到 B 区域,引起 B 区域 IS 和总需求曲线的移动,最终两区域市场重新达到稳定状态,面临相同的价格($P_2$)和利率($r_2$)。最后要强调的是:

(1)由于 A 区域为发达区域,其供给曲线也相对较为平缓(供给弹性较大),当两区域市场达到新的平衡时,A 区域有部分超额需求外溢到 B 区域,由 B 区域分担,但是 A 区域的经济增长率会远远高于 B 区域的经济增长率。

(2)在某些情况下,A 区域对 A 区域的极化(吸收)能力较强,B 区域的 IS 曲线左移的幅度大,导致 B 区域经济萎缩;而 A 区域对 B 区域的需求外溢效应或扩散能力却往往要在很长时期里完成,这就造成 A、B 两区域在一个相当长的时段上差距拉得过大。

(3)如果考虑到区域间的交易成本的话,B 区域所能够得到的来自 A 区域的外溢效应将会更小,并且 $P_A$ 大于 $P_B$,其价格差等于单位产品的交易成本。

与前文相同,开放经济条件下,区域与区域之间以及区域与国民经济之间的关系大致如下。

(1)没有区际贸易时,如果只有 A 区域有对外经济联系,国民经济会产生赤字;只有 B 区域有对外经济联系时,国民经济会产生盈余;当两区域都有对外经济联系时,国民经济是否产生赤字或盈余,无法准确判断的。

(2)有区际贸易时,如果只有 A 区域有对外经济联系,国民经济的赤字额会减少;只有 B 区域有对外经济联系时,国民经济盈余会降低;当两区域都有对外经济联系时,国民经济是否产生赤字或盈余,也是无法准确判断的。

(3)开放经济中,国外也可以对提供优惠政策的区域进行跨国投资,这一投资实质上是增加了该区域的总需求,并且会使前文的最优增长率公式发生变形,如下:

$$\mathrm{d}S_A(P_r)/\mathrm{d}P_{rA} + \mathrm{d}S_B(P_r)/\mathrm{d}P_{rA} + \mathrm{d}IF_B(P_r)/\mathrm{d}P_{rA} = 0$$

该式意指,要达到最大的国民经济增长率,提供的优惠政策必须使该政策对两区域的储蓄和国外投资的边际激励的正负作用总和为零。

(4)最后说明一点,计划经济体制中,贸易余额由国家政策决定,是外生变量。

# 小　结

本章以理论模型的形式揭示了区域经济增长的联动关系,尽管它只是一种理论的抽象,所研究对象也仅仅是经济总量的关系,但它却描绘出了任何一个国家在不同经济增长战略指导下,区域经济增长间以及区域与国民经济增长间的基本关联形态。值得说明的是,伴随着区域间经济增长的互动,造成了区域间经济增长水平的差异,由此对区域产业发展产生强烈的影响。具体而言,在经济增长的区域联动下,区域产业发展受到的影响有两个方面:一是区域经济增长水平的差异,客观上引起了区域内有关经济变量的变动,如消费、技术等,从而影响各区域的产业发展;二是区域经济增长的差异改变了区域之间的经济联系,进而通过这些联系作用到了区域产业发展。最终,在以上两个方面的作用下,造成区域产业发展的差异。

# 第三章　不平衡增长格局与区域产业发展

　　经济增长作为一个总量的概念,特指一个国家或区域一定时期内国民生产总值或国内生产总值增加的幅度或程度。伴随着这一总量的变化,其内部各种组成部分也会发生剧烈的变动,其中最为明显的就是产业结构的变动。这就是我们通常所说的经济增长对产业结构的作用。但是,当我们从宏观层面回落到区域这一层面时,尤其是把问题落在不平衡增长下经济增长的空间联动与区域产业发展的关系时,问题就显得比较复杂。首先,区域经济增长在此时不仅仅作用于国民经济增长,同时也作用于其他区域的经济增长,而区域经济增长与国民经济增长以及区域之间的经济增长,无论是变动方向,还是变动程度都可能不同,这就必然造成产业发展在区域层面上更大的差异。其次,区域产业结构不会像衡量国家产业结构时那样,结构指标只需用各区域平均水平测度而显得单一。考虑到区域层面以后,区域产业结构表现出多样性。一个包含众多区域的国家,每一个区域内部都有一个产业结构的比例关系,并且不同区域之间产业结构也是不尽相同的,此时国家意义上的产业结构成为了虚拟化的指标,仅仅被作为区域之间进行比较的平均尺度而已。基于此,本章将分为三个方面来探讨经济增长空间联动对区域产业发展的影响。第一个方面着重比较一些重要概念,如经济增长与产业发展、国家产业结构与区域产业结构,并在此基础上探讨区域产业结构的生成机理。第二个方面从基本数理模型分析入手,集中研究了区域经济增长对区域产业发展的影响和作用机制。第三个方面则详细地分析了作用机制中涉及的因素。

**一、基本概念的比较与区域产业结构的形成**

在我们分析区域经济增长联动对区域产业发展影响之前,有必要对本书一些重要概念的基本内涵及其相互关系有一个了解。

(一)区域经济增长与区域产业发展的内涵

经济增长与产业发展属于两个不同层次的概念,前者是宏观经济理论的三大目标之一①,也是实践中各国所致力的重点。而后者则是产业经济的研究重点,它既可以被视为宏观经济的中观层面,也可被视为产业经济的宏观层面。因此,经济增长与产业发展在不同场合下的使用是存在明显差异的。具体而言,这种差异主要表现在以下几个方面。

1. 概念的差异

经济增长通常是指一个国家或一个区域的产品和劳务数量的增长,既可以用国民生产总值的增量来表示绝对的增长水平,也可以用国民生产总值的增长率来表示相对的增长水平。严格地说,这里的国民生产总值是剔除了价格变动因素,以不变价格计算的实际国民生产总值。因此,经济增长实质上就是一个总量指标,研究的核心乃在于如何最大化促进经济总量的提高。与此不同的是,产业发展是产业经济学的宏观层面,它不仅是产业结构和产业组织有机融合的载体,也是产业经济学从静态研究向动态分析的转折点。与经济发展演进规律类似,"产业发展是一个从低级向高

---

① 宏观经济学的三大目标包括快速的经济增长、较低通货膨胀水平和较低的失业率。

级演进、具有内在逻辑、不以人们意志为转移的客观历史过程。它所要研究的对象是由单个企业构成的产业以及由单个产业构成的产业群体,研究的目标是产业或产业群体的产生、成长和进化过程"①,因此其所要研究的核心就是一个产业结构问题。

2. 经济增长与产业发展体现的内涵不同

由于经济增长仅仅是反映经济总量增长的指标,因此指标优劣的判断就与增长绝对量或相对量的高低有着客观的对应关系。显而易见,供给能力的差异也就成为决定各国经济增长差异的关键变量之一。最早论述经济增长问题的经济学家亚当·斯密在其经典名著《国民财富的性质与原因的研究》(1776 年)中提出了许多认识经济增长的真知灼见。在他看来,经济增长的动力就在于劳动分工、资本积累和技术进步。而细细品味的话,我们不难发现,所谓劳动分工、资本积累和技术进步皆是生产函数的变量,这些因素的变化仅仅影响到供给的水平。这就再次表明在早期的研究中经济增长与供给能力的提高是同一含义,实际上这一结论无非是早期古典经济学理论赖以支撑的"供给创造需求"论点的衍生而已。然而 20 世纪 30 年代,一场在资本主义社会爆发的大危机彻底动摇了古典经济学的统治地位,也从根本上扭转了人们对"供给创造需求"法则的认识。随着以"需求决定论"为支撑点的凯恩斯理论的创建,对于经济增长的研究也从主要研究资源的有效配置转向了研究经济增长本身。在这方面具有首创性的研究是哈罗德(Roy Harrod)的《动态理论》(1939)以及多马(Evsey Domar)的《资本扩张,增长率和就业》(1946)。他们所得出的理论共识——哈马模型也成为了现代经济增长理论的开端。此后,对经济增长的研究逐步走向深入。从这时起,供给能力的高低就不再是影响经济增长水平的惟一因素,需求变动对经济增长的影响成为了现

---

① 苏东水:《产业经济学》,高等教育出版社 2000 年版,第 474 页。

代经济增长的主要因素。一般来讲,现代经济增长理论非常重视投资的作用,在他们看来,投资一方面引起了生产能力的变化,另一方面也引起了需求的变化。而在总供给与总需求均衡的前提下,需求的变动必然通过内在因素①的传导引致供给的变化,从而实现经济增长水平的变化。

　　然而作为总量分析的现代经济增长理论却始终无法避免一个矛盾——缺乏对经济增长的阶段性的认识和需求结构与供给结构适应性的认识。对此,围绕产业发展的理论研究恰恰弥补了经济增长理论研究的不足。由于产业发展更多地将注意力集中在结构转换方面,因此伴随着经济增长阶段性的转换,产业结构也呈现出剧烈的变动。在这方面具有开创性研究的是罗斯托的经济成长阶段论,在罗斯托看来,人类社会发展可以分为六个"经济成长阶段":(1)传统社会;(2)为起飞创造前提阶段;(3)起飞阶段;(4)成熟阶段;(5)高消费阶段;(6)追求生活质量阶段。并且,他还认为经济成长的阶段是依次推进的,表现为主导产业部门是顺序变化的②。由于每一个阶段的主导产业在技术含量、增长潜力上都优于上一个阶段的主导产业,因此经济增长在每一个阶段总能够表现出与上一阶段不同的特征。比如,假设其他外生条件相同,即使在同样投资水平的前提下,处于农业社会的经济和处于工业社会的经济增长率一定是不同的,并且后者必定大于前者。这里关键的原因是在工业社会里作为主导产业的工业技术含量高,且对整个国民经济的扩散效应远远超过后者的作用,使得经济增长表现为更高的速率。由此可见,经济增长的水平只能反映出经济总量的累积和运行的特征,而不能体现经济成长的阶段特征。而后者却往往是我们在实际制定经济政策时必须考虑的因素。此外,产

---

　　① 供给大于需求,经济萎缩,失业提高,供给降低;需求大于供给,经济繁荣,就业提高。

　　② 罗斯托:《经济增长的阶段》,1960 年版。

业发展理论也极其重视供给结构和需求结构的适应性问题。由于现代经济不仅表现为经济总量的庞大，也表现为产品种类的复杂化和多样化，因此总量的增长也就掩盖了产业增长的非同步性——产业结构变动——的特征。理论上讲，在现代经济社会中，收入水平的变动是非常高的，那么由收入决定的消费结构的变化也是非常快的。与此不同的是，除非有大的技术突破，供给能力的变化并不快。同时由于较大沉没成本和资产专用性的存在，产业的转产也并非易事，这就使得与需求结构相比，供给结构具有较强的刚性。当供给结构与需求结构不相适应时，经济增长就会受阻，而产业发展也必定受阻。

（二）国家产业结构与区域产业结构

产业结构是反映国民经济各个产业部门之间相互关系的综合性指标，也是用以表示产业发展"质"的特征的重要尺度。人们习惯上以三次产业间的关系来反映这种结构变动状况。同样，区域产业结构表现为区域内各种类型的产业部门之间的相互关系，用区域内三次产业的比例关系来衡量。总体来讲，区域产业结构与国家产业结构既有着一致性，也存在着不一致性。

首先，区域产业结构是国家产业结构的基础，国家产业结构则是区域产业结构进行比较分析的尺度。

当我们撇开区域概念时，产业结构是指国民经济发展过程中各个产业部门的扩张与收缩的状况，其衡量的主要指标也不过是各个产业部门产值的比例关系。一旦引入区域概念之后，就会发现各个产业部门都是依附在某一区域之内，而各个区域相对独立的产业结构特征使得国家产业结构就转化成各区域产业结构的加权之和，其权数就是区域内各产业产值在整个国家该产业总产值的比例。所以，如果没有区域产业结构，国家产业结构也就无从谈起。但是，这并不是说国家产业结构在被"虚拟化"以后就毫无用处，一方面由于各个区域都有着不尽相同甚至千差万别的产业结构衡量指标,那么比较这些结构指标优劣的一个重要尺度就落在了国家产业结构上;另一方面,在一个所辖区域众多的国家中某一区域产业结构的变动,虽然会影响到全国产业结构的变动,但并不完全等于全国产业结构的变动。特别是当产业结构作为衡量经济增长"质"的指标时,综合反映和体现该国经济增长质量的指标也只能是国家产业结构。

其次,两者的变动规律是相同的。

由于国家产业结构是区域产业结构的加权之和,所以两者在变动上都遵循着相同的规律。即:(1)从三大产业的变动趋势上看,产业结构的演进是沿着第一产业为主导到第二产业为主导,再到第三产业为主导的方向发展的。(2)从资源结构的变化来看,随着工业结构的重心由轻工业转到重工业,从原材料工业向组装加工业的转移,工业资源结构的重心也会相应从劳动密集型工业转到资本密集型工业,再到技术密集型工业。(3)从三次产业内部变动来看,第一产业内部产业结构从技术水平低下的粗放型农业向技术含量高的集约型农业,再向生物、环境、生化、生态等技术需求更高的绿色农业、生态农业发展;种植型农业向畜牧型农业,野外型农业向工厂型农业方向发展。第二产业内部,产业结构的演进朝着轻纺工业—基础工业—加工型重化工业方向发展。第三产业内部,产业结构沿着传统型服务业—多元化服务业—现代型服务业—信息产业—知识产业的方向演进。

但是,由于区域产业结构与国家产业结构反映的是一个国家经济增长中不同层面质的状况,故而两者也有一定的矛盾和冲突。首先,从衡量是否合理的尺度上来看,国家产业结构虽然反映一国产业结构的平均水平,但仍旧取决于区域产业结构的优劣状况。所以在衡量国家产业结构时不仅要考察单个区域产业结构是否合理,即全区域内成千上万的企业是否组成一个由生产、分配和技术联系结合起来的、部门间比例协调的、相辅相成的整体;又要考察区域间产业结构是否实现合理分工，即在全国范围内各区域的产业结构是否建立在合理的地域分工基础上，每个区域的产业结构是否成为一个相对独立的、完整的国家产业结构的组成部分等。而与此不同的是，区域产业结构是依附于某一区域之内的，它的合理与否以是否充分了解本地比较优势、是否在本区域建立了合理的分工体系等作为尺度的。这样，就使得衡量区域产业结构和国家产业结构的标准并不一致，从而产生冲突。比如我国一些区域所建立的"大而全、小而全"的工业体系，从本区域的角度讲，不能说是不合理的，但从全国的分工布局来看却不一定是合理的。

最后，从产业结构调整过程中两者演进的方向看，也存在着冲突。

国家产业结构的调整方向和目标是由中央政府确立的，它代表着国家的全局利益。而区域产业结构的调整是在遵循国家产业结构调整目标的前提下，由区域政府制定的。它的演进方向代表着区域政府的局部利益。由于行为主体和利益主体的异化性，利益导向的结果就会使区域政府在尽可能的权限范围内最大限度地扭曲国家调整目标中那些不利于本区域短期利益实现的政策，使区域产业结构的演进方向与国家产业结构的演进方向产生矛盾和冲突。

（三）区域产业结构的形成机制

产业结构形成与发展究竟是企业行为还是政府行为，究竟是应以市场安排为主还是应以政府安排为主，一直是理论界争论不休的难题。推崇市场机制的人们，自然强调"看不见的手"的作用，并且主张尽力减少政府的干预。理由不外乎是市场机制能使企业自觉有效地进行资源配置，能解决人们主观上难以预料的许多难题；政府干预过度会导致价格信号紊乱，并且推行产业调整政策引起的"政府失效"问题更甚于"市场失效"问题，"把国民经济的正常运行依托于管理者的素质和先进的管理手段，是一种'乌托邦'的想法"①。因此,产业结构形成与发展应当是企业行为,以市场行为为主,尽可能地减少政府影响。然而,强调政府作用的观点,认为在公共物品提供、外部性问题、垄断、信息不完善不对称以及科学技术研究开发等方面市场存在明显的失效问题;以及落后国家的新兴产业、新兴企业面对国外强大竞争对手需要政府的保护政策;高速经济增长伴随着产业结构的剧烈变化以至于出现某些行业生产能力过剩和退出障碍问题,需要政府实施必要的援助政策;后起国家在借鉴先行国家的经验和相关研究成果的基础上,可以采用比发达国家更广泛和更有力的产业政策,发挥"后发优势",实现赶超目标。

现实情况总是相当复杂的,以至于独尊一种理论观点往往不利于实际问题的解决。实践经验表明,在转型经济时期,中国产业结构形成与发展既离不开市场机制的积极作用也离不开政府的合理干预,尤其在市场机制影响力较弱的时期或领域,通过政府安排来推进产业结构调整步伐,要比等到市场机制充分确立后通过市场行为来解决产业结构调整更为有利,其总成本可能较低②。同样,区域产业结构在演变过程中,也存在着支配其运动的内在、外在机制,亦即"无形的手"——市场机制和"有形的手"——政府干预。

## 1. 区域产业结构演变的市场机制

市场经济体制下,资源的基础配置功能是通过"市场调节"完成的,也就是说主要依靠价格机制对资源进行配置。这种资源配置机制在区域经济运动过程中形成一种内在的自行调整力量,这

---

① 杨君昌:《微观宏观经济学》,立信会计出版社 1998 年版,第 4 页。

② 中国能在长达 20 年的时间里保持几乎全球最高的增长率,社会稳定性未受到持续、严重的冲击,产业结构较计划经济时期有了明显的改进。这些成就说明了中国经济的这种混合型体制的有效性。诚然,这些虽然不足以说明这一时期中国政府采取的所有行为都是最合理的、效率最高的,但是它起码说明了在转型经济时期在市场机制确立过程中政府行为是较为有效的,总收益高于总成本,否则又如何解释 20 年取得的成就。

种调整力量在完善的市场条件下能够促使区域产业结构由不协调趋于协调。

市场机制对于区域产业结构的调整,主要是通过价格机制来实现的。首先,在完善的市场机制条件下,生产要素在各区域间可以自由流动。通过流动,各生产要素可以找到发挥自身最大效用的"最佳区位",在那里,集聚了一批资源配置效益最高的部门和企业,该区域由此形成全国范围内的优势产业或优势产业群,形成合理的全国范围的地域分工。其次,在完善的市场机制条件下,价格体系趋于合理。在价格体系合理的基础上,竞争表现为某些产业迅速发展,在区域经济中的比重上升,某些产业发展迟缓甚至衰落,在区域经济中的比重下降,进而形成优化的区域产业结构体系。最后,在完善的市场机制下,竞争是完全的,完全的竞争机制促使各产业尽可能地采用最先进的生产技术和管理方法,最充分地发挥资源的作用,推动区域产业结构的升级。

市场机制是商品经济条件下区域产业结构演进的重要机制。但是,单纯依靠市场机制自行调整区域产业结构,很显然是有一定局限性的。这是因为:第一,市场机制调整区域产业结构,要求市场必须是完全竞争的,这样,才能保证价格体系不会发生失真、扭曲乃至误导,而完全竞争的市场在现实中是不存在的。第二,市场机制调整区域产业结构,要求信息充分、对称。只有这样,企业才能根据市场的信息做出及时、灵敏的反应,而现实生活中信息总是不充分、不完全对称的。第三,市场机制运作是建立在对企业、地方政府"经济人"假定的基础上的,而现实生活中大量非经济因素的客观存在,使企业、地方政府的经济行为不完全理性,进而市场机制对区域产业结构的自行调整作用受到很大约束。第四,完全依靠市场机制调整区域产业结构,不仅区域产业结构的变化程度具有不确定性,而且调整过程极为缓慢,所需时间也长,以及由于事后调整,已经给经济造成重大损失。

## 2. 区域产业结构演进过程中的政府调控

区域产业结构演进过程中的政府调控,指中央政府从整个国民经济发展目标出发,为从总体上及时、有效地协调区域产业结构所运用的一切宏观经济杠杆及产业政策的总称。

政府对于区域产业结构的调整,主要是通过产业结构政策来实现的。首先,中央政府主动、积极地深入到区域社会再生产过程的内部,根据具体情况从全国大背景下确定各大区域产业发展的方向、重点、规模和速度,对全国区域产业结构的分工配置勾画一个大体的轮廓。其次,中央政府通过运用财政、税收、信贷、补贴、价格、工资等经济杠杆,甚至采取经济立法措施,保护和扶持新兴产业的发展,缩小和遏制某些特定产业的发展,从而引导区域产业结构向着国家规划的目标演进。第三,中央政府从宏观经济的角度为区域产业结构的市场机制调整创造良好的宏观环境,即国家有计划地调节国内社会总需求和总供给的矛盾,保证社会总需求和总供给的基本平衡,使市场诱导有利于向着政府的意图倾斜,这样,在区域产业结构调整上,形成政府意向和市场诱导两者同向化。

如同单纯依靠市场机制自行调整区域产业结构存在局限性的问题一样,单纯依靠政府也有其局限性。这样,一方面需要中央政府从客观上对区域产业结构进行直接调控,以克服和弥补市场机制调整作用的缺陷;另一方面需要市场机制从微观上对区域产业结构进行间接调整,以克服和弥补行政调控作用的不足。实践证明,市场机制与政府调控只有密切联系、彼此配合,才能实现区域产业结构的合理化。

## 二、经济增长空间联动下的区域产业发展

### (一)一个理论范式:产业结构变动下的区域经济增长

为了对区域经济增长联动对区域产业发展的影响有一个彻底

的认识,笔者试图从基本原理出发,运用数理工具对其进行研究。一般来讲,一国内某一个区域经济总量的增长应表现为三大产业的增长的加权之和。显然,经济增长速度的高低将取决于各个产业增长速度的快慢和权数的大小。一旦产业增长速度或权数发生变化,经济增长也会发生相应变动。从这一点出发,我们可得出以下关系式:

$$\frac{\Delta Y}{Y} = \frac{\Delta Y_1 + \Delta Y_2 + \Delta Y_3}{Y_1 + Y_2 + Y_3}$$

$$= \frac{(\Delta Y_1/Y_1) + (\Delta Y_2/Y_2)(Y_2/Y_1) + (\Delta Y_3/Y_3)(Y_3/Y_1)}{1 + (Y_2/Y_1) + (Y_3/Y_1)} \qquad (3-1)$$

式中,$\Delta y$、$y$、$\Delta y_i$、$y_i$ 分别表示区域 GDP 的增量、区域 GDP、各产业产值的增量和各产业产值。从其推导结果来看,$\Delta y_i/y_i$ 为第 $i$ 产业的经济增长率,它主要是由 $i$ 产业劳动生产率、技术水平、创新程度等因素决定,可将它们视为拉动经济增长的外生力量;$y_2/y_1$、$y_3/y_1$ 两个指标反映二、三产业产值分别与第一产业产值的比例,体现了三次产业的结构状况,此处我们将所有涉及产业的指标(产业增长率和结构)都作为影响产业发展的因素,而结构指标则是其中的核心。

通过式(3—1),我们不难发现,区域经济增长确实与产业增长和反映产业结构指标的权数有关。为了简化所要分析的问题,在此假设:(1)区域三次产业增长率保持不变,但产业结构指标却发生变动,即三次产业产值变化并形成 $y'_1$、$y'_2$、$y'_3$。可表示为:

$$\frac{\Delta y_1}{y_1} = \frac{\Delta y'_1}{y'_1}, \frac{\Delta y_2}{y_2} = \frac{\Delta y'_2}{y'_2}, \frac{\Delta y_3}{y_3} = \frac{\Delta y'_3}{y'_3}$$

(2)第二产业与第三产业的增长率与第一产业增长率的比值都是固定值,即:

$$\frac{\Delta y_2/y_2}{\Delta y_1/y_1} = \theta; \qquad \frac{\Delta y_3/y_3}{\Delta y_1/y_1} = \gamma$$

于是我们可以清晰地看出随着区域经济增长率变化,产业结构表现出快速的变动。具体参见下述推导:

$$G_2 = G_1 \Rightarrow \frac{\dfrac{\Delta y'_1}{y'_1} + \dfrac{\Delta y'_2}{y'_2} \cdot \dfrac{y'_2}{y'_1} + \dfrac{\Delta y'_3}{y'_3} \cdot \dfrac{y'_3}{y'_1}}{1 + \dfrac{y'_2}{y'_1} + \dfrac{y'_3}{y'_1}}$$

$$= \frac{\dfrac{\Delta y_1}{y_1} + \dfrac{\Delta y_2}{y_2} \cdot \dfrac{y_2}{y_1} + \dfrac{\Delta y_3}{y_3} \cdot \dfrac{y_3}{y_1}}{1 + \dfrac{y_2}{y_1} + \dfrac{y_3}{y_1}}$$

$$\Rightarrow \left( \frac{y'_2}{y'_1} - \frac{y_2}{y_1} + \frac{y_3}{y_1} \cdot \frac{y'_2}{y'_1} - \frac{y_2}{y_1} \cdot \frac{y'_3}{y'_1} \right) \frac{\Delta y_2}{y_2}$$

$$+ \left( \frac{y'_3}{y'_1} - \frac{y_3}{y_1} + \frac{y_2}{y_1} \cdot \frac{y'_3}{y'_1} - \frac{y_3}{y_1} \cdot \frac{y'_2}{y'_1} \right) \frac{\Delta y_3}{y_3}$$

$$+ \left( \frac{y_2}{y_1} + \frac{y_3}{y_1} - \frac{y'_2}{y'_1} - \frac{y'_3}{y'_1} \right) = 0$$

$$\Rightarrow \left( \frac{y'_2}{y'_1} - \frac{y_2}{y_1} \right)(\theta - 1) + \left( \frac{y'_3}{y'_1} - \frac{y_3}{y_1} \right)(\gamma - 1)$$

$$+ (\gamma - \theta)\left( \frac{y_2}{y_1} \cdot \frac{y'_3}{y'_1} - \frac{y_3}{y_1} \cdot \frac{y'_2}{y'_1} \right) = 0 \tag{3-2}$$

从式（3—2），可以清晰地看出：如果 $\left(\dfrac{y'_2}{y'_1} - \dfrac{y_2}{y_1}\right) > 0$，必有 $(\theta - 1) > 0$。这是因为，假设第一产业的增长速度为 $\alpha$，那么，第二产业增长速度应为 $\alpha\theta$，于是：

$$\frac{y'_2}{y'_1} = \frac{y_2(1 + \alpha\theta)}{y_1(1 + \alpha)}$$

显然，要使第二产业相对于第一产业的产值比重提高，就要求 $\alpha\theta > \alpha$，即 $\theta > 1$。反之，如果 $\left(\dfrac{y'_2}{y'_1} - \dfrac{y_2}{y_1}\right) < 0$，必有 $(\theta - 1) < 0$。对于第三产业也是如此。由此可见，式（3—2）的前两项必为非负值[①]。基于此，我们对上述结果进一步讨论，最终得出以下推论：

Ⅰ．如果 $\theta > 1$、$\gamma > 1$，且 $\theta > \gamma$，要使变动后的区域经济增长速

---

① 也可能出现三次产业产值增长速度相同，这时产业结构指标就不产生变动。前两项为零。

度大于变动前的区域经济增长速度的话,必有$\dfrac{y'_2}{y'_3}>\dfrac{y_2}{y_3}$。这意味着,已知在第二产业、第三产业产值增长速度都大于第一产业产值增长速度的前提下,如果有第二产业产值增长速度高于第三产业的增速,那么,当区域较其他区域或较本区域前一时期的经济增长速度提高的话,客观上就使得第二产业相对于第三产业的比重提高①。

Ⅱ. 反过来讲,如果$\theta>1$、$\gamma>1$,且$\gamma>\theta$,要使变动后的区域经济增长速度提高的话,必有$\dfrac{y'_2}{y'_3}<\dfrac{y_2}{y_3}$。这意味着,已知第二产业、第三产业产值增长速度都大于第一产业产值增长速度,若第二产业产值增长速度低于第三产业增速的话,那么当区域经济增长速度加快,客观上就会出现第二产业相对于第三产业的比重降低。

Ⅲ. 假使$\theta<1$、$\gamma<1$,如果$\theta>\gamma$,结论同Ⅰ;反之,如果$\gamma>\theta$,结论同Ⅱ。这就表明,在三次产业增长速度保持不变且第二产业、第三产业增长速度都小于第一产业的增长速度时,区域经济增长速度提高,就一定会出现结论Ⅰ中产业结构的变动。

Ⅳ. 如果出现$\theta>1$、$\gamma<1$或$\gamma>1$、$\theta<1$的情况,结论将分别对应于上面$\theta$和$\gamma$大小比较的结论,在此不再赘述。但要说明的一点是,除了$\gamma>1$、$\theta<1$的情况,其他各种情况均与某种现实的经济状态相对应②。

---

① 实际上,如果第二产业的增长速度快于第三产业的增长速度的话,第二产业产值与第三产业产值的比例一定会提高。就这一点而言,笔者认为它恰恰是经济增长通过产业发展对下期经济增长产生内生影响的具体体现。但在本书中笔者仅仅突出了经济增长对产业发展的影响。

② 表面上看,$\gamma>1$、$\theta<1$的情况是指第二产业增长速度慢于第一产业的增长速度,但第三产业却快于第一产业的增长速度的现象。但基本经济理论告诉我们,第二产业是技术含量和附加值较高的产业,一般情况下是不会出现低于第一产业增长速度的现象。当然,如果出现宏观经济萎缩或其他因素干扰,也可能产生这种情况,但我们通常将其视为异常现象。故而,本书不作分析。

至此,经济增长与产业发展数理分析的结论共分成了上述四种类型。其实,对推导过程仔细研究的话,不难发现 $\theta$ 和 $\gamma$ 的数值大小及其变动关系,就是我们研究区域经济增长对区域产业发展影响的核心。关于这一点,我们可以从基本经济理论窥见一斑。

首先,$\theta<1$、$\gamma<1$,表示第二产业、第三产业的增长速度都小于第一产业增长速度的经济状态。当我们试图从现实经济的运行中找到与其对应的状态时,发现那将是一件非常困难的事情。因为几乎没有任何一个国家的第二产业、第三产业的增速会低于第一产业的增速。但是,从人类社会经济发展的历史进程加以考察的话,就可以清楚地看到:在长期的以农业生产为主的农业社会当中,最发达的、产值比重最大的产业恐怕就是第一产业。因此,$\theta<1$、$\gamma<1$,应当是那个漫长时期的典型特征。尤其强调的是,这一时期虽占据了人类历史的大部分时间,但并没有带来明显的经济增长,也就是说按人口平均计算的实际产出即人均实际产出不存在明显的增长。尽管奴隶主和封建主通过侵占和剥削积聚了大量财富,成千上万的奴隶、民众和工匠们建造了金字塔、长城和各种艺术杰作;但是,决定人类福利水平的劳动生产率在几千年中几乎没有增长。相关数据表明[①]:在 1700 年至 1785 年期间,荷兰的劳动生产率基本上没有增长;在 1785 至 1820 年期间,英国的劳动生产率按每年 0.5% 的比率增长。与此相对应,工业和服务业发展也极为缓慢。

其次,$\theta>1$、$\gamma<1$。这种情况实际上告诉了我们第二产业的增长速度大大加快,而第三产业增长速度却变动不大,仍旧低于第一产业。这一时期,我们暂且将其视为农业社会后期、工业社会的萌芽时期。因此,$\theta>1$、$\gamma<1$ 就成为这个时期的重要特征。伴随着经济的增长,第二产业相对于其他产业的产值开始快速地增加,工

---

① 舒元等:《现代经济增长模型》,复旦大学出版社 1998 年版,第 1 页。

业作为经济增长的"引擎"产业开始进入到了推动经济增长的历史舞台。

再次，$\theta>1$、$\gamma>1$ 且 $\theta>\gamma$。此时的经济状态发生了质的变化，不仅经济增长速度和人均收入水平大为提高，而且生产技术不断进步，经济结构多样化的趋势日益加强。这一时期就是人们通常所说的工业化加速的时期，伴随着经济的快速增长，工业以及相关配套服务行业（即第三产业）也得以高速增长，正如马克思所说：工业革命的 100 多年来，人类所创造的财富将远远超过在此以前 2 000 多年创造的财富总和。例如，在 18 世纪末期和 19 世纪初期，即"产业革命"时期，劳动生产率增长停滞的状况发生了根本的变化，经济增长开始起步。19 世纪中期经济增长加速，并在 20 世纪达到史无前例的增长率。由此可见，在过去的 200 多年，经济增长的加快，使发达国家的人均收入达到了古人难以想象的高水平。可以肯定地说，这一时期无论是工业增长速度还是工业产值比重都大幅度地提高了。

最后，$\theta>1$、$\gamma>1$，且 $\gamma>\theta$。在这一时期，人们进入了一个新的时代——偏好享受娱乐的时代。此时经济增长对工业发展促进的作用开始降低，取而代之的是服务业、金融业等第三产业的迅速崛起。从现实来看，这个时代在 20 世纪 60 年代中期成为美国的现实，加尔布雷斯提出的"丰裕社会"指的也正是这一时代。日本、西欧各国在 60 年代后半期也开始呈现出这个时代的特征。

总之，上述分析所揭示的四种状态是人类社会发展过程的一个理论概括和抽象。在这一漫长的历史进程中，经济增长对产业发展（或结构转换）的依存关系从来都没有间断过，并且也将贯彻人类社会发展的始终。与此类似，区域经济增长联动对区域产业发展的影响也是如此。从深层次讲，区域经济增长对区域产业发展的影响是内生的、自发的关系。也就是说，区域经济增长速度的变化将通过某种渠道对区域产业增长速度及产值总量产生影响，进而引起区域产业结构变化,最终导致各个区域产业发展水平的变动。那么究竟经济增长是通过什么样的传导中介作用于产业发展,$\theta$ 与 $\gamma$ 的数值及其关系是怎样变动呢,这些恰恰成为下部分探讨的核心。

(二)经济增长空间联动对区域产业发展的作用机制

由于区域经济增长联动本身包含了区域经济增长和区域间增长差异两层含义,因此,经济增长空间联动对区域产业发展的作用也就有了两种形式。

1. 区域经济增长对区域产业结构的作用

结构主义的观点认为,经济增长是生产结构转变的一个方面,生产结构的变化适应需求结构的变化;资本和劳动从生产率较低的部门向生产率较高的部门转移能够加速经济增长。显然在结构主义者看来,经济增长与产业结构有着良性的互动关系,自然其中也就蕴涵了经济增长对产业结构的作用。具体可参见图 3—1。

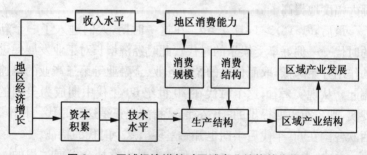

**图 3—1  区域经济增长对区域产业结构的作用**

图 3—1 揭示出:区域经济增长将分成两条大的线路影响到区域产业发展。

首先,区域经济增长作为经济总量的扩张指标,主要体现了区域经济总量或物质财富扩张的程度。而另一方面,随着物质财富总量的增长,区域内人均占有财富量以及人均收入水平也会呈现正向的增长。这一点已经从我国实际经济发展的历史进程得到了证明。比如,我国 1978 年后,凡是经济增长率较高并持续增长的区域,其人均收入增长也较快。这时与人均收入相关联的另一经济变量——区域消费能力也就发生了变化。值得强调的是,在消费能力变动的条件下,就会使人们产生更强烈的多样化消费偏好,并表现出对某些产业的产品需求增长率高于收入增长率,而对其他产业产品的需求增长率低于收入增长率,即产生了不同的需求弹性。最终,在不同需求弹性的引导下,区域需求结构发生了规律性的变动。例如,随着经济增长,在消费结构中,食物比重剧减,杂物比重猛增。关于这一规律的研究,早在 300 多年前著名经济学家配第发现英国农民收入是船员的 1/4;荷兰人均国民收入比其他欧洲国家要高得多。经过深入细致的研究,他得出结论:"比起农业来,工业的收入多;而商业又比工业多。"[1]也就是说,配第通过其敏锐的观察在经验判断上证明了工业比农业、商业又比工业的人均附加值大的结论。后来,克拉克又重新发现并第一次研究了由经济增长所引起的产业结构的演进过程,终于发现:随着全社会人均国民收入水平的提高,就业人口首先由第一产业向第二产业转移,第二产业产值比重迅速提高;当人均国民收入进一步提高时,就业人口便大量涌向第三产业,第三产业产值将迅速提高……为了纪念配第与克拉克在这一方面的突出贡献,人们把这一发现称为"配第—克拉克"法则。直到近代,被称为世界统计之父的库兹涅茨在继承和吸收配第与克拉克等人研究成果的基础上,仔细挖掘了各国的历史资料并通过科学的统计分析,对经济增长与产业结构的关系进行了更为彻底的考察,进一步证明了人均国民收入引起产业结构变动的规律,而这种产业结构的变动最终体现为产业发展水平的变化。

---

[1] 配第:《政治算术》,商务印书馆 1978 年版,第 19~20 页。

其次,从深层次来看,区域经济增长之所以能够引起区域产业发展,是有其内在的传导机制的。具体而言,随着区域经济的持续增长,人均收入和消费能力不断增长,边际消费倾向持续降低,从而资本增量加速。表现为:库存资本比重下降,固定资本投资比重提高,其中尤以生产设备投资比重提高得快。进一步讲,当区域经济达到了一个较为成熟的、发达的时期,企业实物资本增量的提高就不足以保证其能够在激烈的市场竞争中生存。此时大量的资本就必定投向技术开发部门,表现为整个社会的研发投入的增加,技术水平的进步。这就足以说明,经济增长越快,资本积累、实际投资和技术进步也就越快。而消费结构与供给结构就会在这些因素变动的牵引下产生交互作用。就技术变动而言,它一方面引起了区域经济总体供给能力或供给总量的变化,另一方面技术在不同产业的非同步性的变动,引起产业供给能力的分化,致使供给结构发生变动。与此不同,投资既是一种需求,但也是形成供给能力的主要因素。表现为,投资总量的提高,首先提高了区域经济的供给能力,其次在不同的产业需求弹性的引导下,投资结构发生变动,从而影响到产业产值比重,即供给结构的变动。由此可见,区域经济增长对区域产业结构的内生影响主要集中在需求的传导上;而来自技术和供给的传导就比较小。这是因为,尽管经济增长直接表现为供给总量的变动,但供给结构的变化却更多的是由需求结构的变动引起的。而技术的变化,其实也主要是由于作为需求的投资所带来的。可见,在经济增长对产业发展的内生作用上,需求是主导因素。基于此,笔者将在下文的因素分析和实证研究中着重对需求进行分析。

但从现实来看,区域经济增长对区域产业结构的作用是不能成立的。这是因为结构主义者的结论是建立在两个不现实的前提之上的,一是特指在完全的、发达的市场经济条件下;二是生产结构不仅能够完全适应于需求结构,而且能够随需求结构的变化而迅速变化。现实中,尤其是在我国,不仅市场经济不发达,而且生产结构刚性普遍存在。这就使得产业结构变动本身并不完全是经济增长自然而然的产物,很大程度上是政府行为的结果。特别是当立足于区域这一层面时,国家产业结构被区域产业结构取代之后,区域产业结构的变动又烙下了中央政府和区域政府双重行为的痕迹[①]。因此,区域消费的变化究竟引起区域产业结构多大的变化,在现实中恐怕是难以确定的事情。此时我们也只能够通过相关指标来测定区域产业结构的变动。从这个意义上讲,区域经济增长对区域产业结构的影响具体的、形象的联系,如图3—2所示。

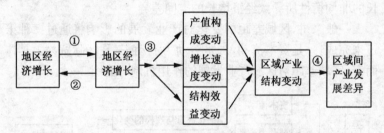

**图3—2　区域经济增长对区域产业结构的影响**

图3—2所揭示的区域经济增长对区域产业结构的作用如下:图标①和②表示区域间经济增长存在互动作用。图标③表示区域经济增长变动在构成上表现为区域产业结构的变动。而这种区域产业结构的变动包含三种形式:一是产业速度构成的变化,表明产业的增长情况;二是产业比值的变化,指在经济增长过程中各个产业产值占总产值的比重在发生变化,表明各产业部门的收缩和扩张情况;三是结构效益的变动,表明伴随着各产业部门比值的变

---

①　此处,区域并非指所有区域,那些国家调整方向与自身利益目标一致的区域,其产业结构的变动不存在中央政府和地方政府的冲突;而那些国家调整方向不利于本区域短期利益实现的区域,就会产生中央与区域之间的双重调整痕迹。

动,劳动力构成也会发生相应的变动,从而显示出产业的结构效益也在变化。并且,三种结构变动汇集在一起综合表现为区域产业结构的变动。图标④指出,各区域产业结构的变化集合在一起引起了区域间产业发展的差异。

2. 区域经济增长差异对区域产业发展的作用

一定意义上讲,在经济增长空间联动作用下,当所有区域经济增长水平产生非同步变化时,就出现了区域经济增长的空间差异。这种增长的空间差异不同于一般意义上的区域差异,后者包含的范围较为广阔,既有经济上的差异也有社会上、自然环境上的差异等。在本书中,笔者反复强调的区域差异则特指区域之间由于增长的非均衡性所导致经济增长的空间差异。

一般来讲,区域差距的变化对产业发展的影响将通过三种渠道来完成:一是资本流动,二是劳动力流动,三是区际贸易。具体而言,区域差距对区域产业发展的作用机制可见图3—3。

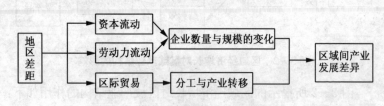

**图3—3　区域差距对区域产业发展的作用机制**

下面,我们就图3—3做一简单总结。

(1)关于资本和劳动力的流动问题。根据新古典经济学,由于工资差距的存在使劳动力流动成为了可能,而由于收益率差距的存在又使资本流动成为了可能。但在新古典理论中,工资或收益率的差距却是依据各种要素的稀缺状况而定的,即要素相对短缺的地方,该要素回报就高,反之则低。显然,新古典的结论最终导致了区域增长趋同的观点,但其明显与现实不符。这是因为在新古典分析中一开始就作出了生产条件没有差别、生产能力没有差别、劳动是同质的以及制度是既定的等假设前提。但是,在一个较大国家的不同区域中是不会存在上述假定的情况的,自然也就不会出现趋同的结果。那么,究竟是什么原因导致产业发展水平的变化呢? 对此,笔者认为,企业是关键。它首先在要素的吸收与整合上起到了关键作用,然后以企业为基本构件的产业通过其产值结构和增长速度的变动改变了产业的发展水平。

(2)区域差距的变化使得不同区域的市场需求、生产能力出现了差距,为了弥补这种差距以及促使各区域能够集中精力发展自己的优势产业,客观上就有了对区际贸易产生的要求。区际贸易对产业发展最大的影响就是集中在分工网络扩大而产生的区域分工经济上。所谓区域分工经济是指由于区域专业化程度的提高,引起技术和生产效率提升所产生的较没有区际贸易时的额外收益。同时,因为市场交易规模越大,交易成本也就越高,当分工经济额外收益增量小于交易成本提高的增量时,分工达到了极限。此时,就不如利用产业转移的方式能够更有效地推动区域产业的发展。

### 三、不平衡增长格局下区域产业发展的因素分解

#### (一)要素流动与区域产业发展

在一个相对封闭的经济状态中,一种产业(行业)的建立与发展或一种产品的生产,有赖于劳动力、资本、原料、技术、人力资本、信息等生产资料和条件。由于各区域自然条件、地理位置、社会经济和文化发展诸方面存在着差异,不同区域同一生产要素和同一区域不同生产要素的丰缺情况不一,会导致各区域诸生产要素供给价格水平的不同,最终反映为同种产品不同区域生产费用的差异或为同一区域不同产业(产品)经济效益水平的差异。因此,作为一个理性的经济人,必然要求本区域的产业布局与全国的产业

分工有机地协调起来,大力发展那些有利于充分发挥本区域比较优势的产业。但由于不同产业的技术含量高低不同、产品的增值能力不同,必定会引起产业经济效益的不同。显然,即使严格地按比较优势原则——"优中择优、劣中择优"的原则指导区域分工,差距也是无法避免的。尤其要强调的是,在一个开放的经济环境中,当区域差距与市场机制联系在一起时,比较优势就会因为资源的转移和流动而遭到弱化,区域间的产业分工以及区域内产业的发展水平也就会发生新的变化。

一般来讲,区域差距引起生产要素的流动主要体现在三个方面:劳动力的区际转移、资本的区际转移和技术与创新的区际传播①。随着要素的集中与分散,在宏观层面上将直接表现为经济增长与产业的结构变化,而在微观层面上则显示出企业数量与规模的空间组合格局的变动。并且,企业规模与数量的扩张过程既是企业行为空间效应的积累过程,也是空间要素流动被吸收和企业实力不断积累的过程。这种积累从区位规模经济到城市规模经济,最后发展到经济区,企业既充当了吸纳要素的载体,又成为了促进经济区域成长的基础力量。从区域经济运行和产业发展的角度考察,也正是企业数量与规模的扩张,才推动着区域经济实力的增强,促进着产业的逐步升级。可见,企业是构筑区域经济运行的基础力量。下面,笔者将进一步分析其内在的机理。

任何一个国家或区域,其产业快速成长的动力机制之一就是企业扩张,企业规模的扩大是产业成长的主要而持久的动力。主导产业群及其若干伴生企业群在空间上的极化,便形成经济中心,成为区域经济成长的增长极。增长极的规模分化仍然是与企业扩

---

① 理论上讲,技术与创新区际传播的方向往往具有单向性的特点,即从发达区域向不发达区域扩散。这是因为,发达区域有比较丰富的技术要素供给,而且技术向外扩散的过程中可以获得各种形式的转移收入。因此,在本书的分析中,主要集中探讨劳动力与资本的转移。

张的潜能有关，正是经济中心内部企业潜能级别的大小，造成经济中心的分异。当各种生产要素在空间上沿既定方向持续扩散时，当地生产与销售所形成的交易网络促使经济中心的辐射功能加强，密切了同周边相邻区域的经济联系，便形成经济区。企业对要素的集聚功能卓有成效地促使了经济区的成长壮大。

其实，早在英国工业化时代，恩格斯就注意到了企业扩张的空间绩效累积过程。他认为："大工业企业需要许多工人在一个建筑物里面共同劳动；这些工人必须住在近处，甚至在不大的工厂近旁，他们也会形成一个完整的村镇。他们都有一定的需要，还需要有其他的人，于是手工业者、裁缝、鞋匠、面包师、泥瓦匠、木匠都搬到这里来了……当第一个工厂很自然地已经不能保证一切希望工作的人都有工作的时候，工资就下降，结果是新的厂主搬到这个地方来。于是村镇就变成小城市，而小城市又变成大城市。城市越大，搬到这里就越有利，因为这里有铁路、运河、公路，可以挑选的熟练工人越来越多。由于建筑业和机械制造业中的竞争，在这种一切都方便的地方创办新的企业，比起不仅建筑材料和机器要预先从其他地方运来，而且建筑工人和工厂工人也要预先从其他地方运来的比较遥远的地方，花费比较少的钱就行了。这里有顾客云集的市场和交易所，这里跟原料市场和成品销售市场有直接的联系。这就决定了大工厂城市惊人迅速地成长。[1]"由此可见，在经济发展的最初阶段，那些具有良好地缘优势或企业率先发展的区域，一开始它们就具有了较强的吸收要素的能力，当各种要素在此停留并被企业吸纳之后，企业规模扩张，市场网络扩大，分工与专业化程度也得以深化。当市场容量远远大于企业经济规模的时候，新的企业不断被建立，外来要素迅速转移过来，然后发展形成

①　恩格斯：《英国工人阶级状况》，《马克思恩格斯全集》（第2卷），人民出版社1957年版，第300～301页。

城市规模经济,最后导致若干城市群的出现,形成城市连绵区,构成现实世界纵横交织的经济区域体系。在这一漫长的经济规模集聚过程中,区域产业结构不断地由低级向高级形态演进,产业综合竞争力不断增强。

综上所述,要素的流动与集聚并不是直接对产业的发展和经济的增长产生作用的,而是首先被微观主体——企业吸纳之后,才形成对发展的积极作用的。这种作用主要体现为:加速企业规模的壮大,改变现有产业结构比;要素在增长潜力高、效益高的企业迅速集中,大大促进了本区域主导产业的形成;扩大了当地市场容量,提高了本区域收入水平,有利于在全国空间范围内形成层次分明、梯度明显的产业分工格局。但从另一个角度讲,要素的空间流动也具有双向性的特点。

第一,从不发达区域向发达区域的要素流动除了与发达区域收入高、效益好有关外,还与发达区域精神文化充足、生存与发展环境健全等因素有着直接联系。而　且这种要素空间流动格局形成,客观上在促进当地经济增长和产业升级的同时,也会给其他区域带来影响。区域差距总体上表现为先缩小、再扩大的状况。

第二,从发达区域向不发达区域的要素流动。严格地讲,这种流向的要素转移实际是我们通常所讲的区际产业转移。它既是区域要素流动和区际贸易的一种替代行为,也是影响产业发展的一个关键因素。之所以产生这种流向的要素转移,根据弗农产品生命周期的解释乃是因为:不同产业的产品都存在不同的生命周期,而处于不同技术阶段的产品对不同要素的质与量也有不同的要求,相应地,最佳区域的选择也不同。当产品处于创新和扩张期时,要素流动自然表现为向发达区域集中;但到了成熟与成熟后期阶段,市场饱和、技术停滞、劳动力成本成为关键因素,于是产业就要从高成本的发达区域迁移到低成本的不发达区域,从而形成要素由发达向不发达区域的逆向流动。此时,区域差距会缩小。

　　基于此,笔者认为:要素的空间流动除了引起空间经济总量的变动外,它对区域经济发展的作用还表现为阶段性。

　　首先,当要素还没有允许流动而区域差距客观存在的初期,全国经济资源与生产能力在空间上的分布显得极不平衡。一方面,发达区域劳动力的边际生产力很大而劳动力短缺,与不发达区域劳动力的边际生产力为零甚至为负,但劳动力充足形成了鲜明的对比;另一方面,相对于不发达区域而言,发达区域基础设施完备、市场体系较为健全、技术实力强,这必然会造成资本在发达区域所获得的配套服务要比不发达区域好得多、优得多。在现代产业簇群效应的驱使下,资本在发达区域的边际生产力以及所可能获得的预期利润率一定会比不发达区域高。很明显,封闭经济中的这种要素分布格局是极为不合理的,对产业发展是极大的阻碍。一旦允许要素流动,由不发达区域向发达区域的要素流动不仅会扭转不合理的要素分布格局,也会形成新一轮的区域经济增长格局。而不发达区域也会表现出较快经济增长的特征。这是因为,相对于资本而言,劳动力对空间的依附性较弱,在要素刚刚开始流动时必然表现出劳动力的流出量远远超过资本迁出量的特征。虽然资本的迁出不利于经济的发展,但富余劳动力(特别是没有技术专长)的转移将给不发达区域起到促进经济发展的作用,因此总体上会出现前者的负效应小于后者正效应的特点,表现为区域差距的缩小。

　　其次,当发达区域经济发展到一定阶段之后,其自身强烈的极化作用将吸引越来越多的资本流入,使原本资本存量就少的不发达区域更是雪上加霜,从而形成了对不发达区域的第一层负面影响。同时,发达地区对流入的劳动力也有了多方面的限制。对发达区域而言,它更多的是希望那些年轻的、受过教育且有一技之长的劳动力流入,而尽量限制毫无技能,只增添区域公共物品供应负担的劳动力流入。显然,这种限制从发达区域产业发展本身来看是合理的,但对不发达区域而言,却是不公平的,形成了对其的第二层负面影响。尽管不发达区域会采取措施予以对抗,然而要素的流动依然会持续下去。这就绝不会像新古典经济学所讲的那样,要素的自由流动最终缩小了差距,促进了增长的趋同,而是会使不发达区域在两层负面效应作用下增长乏力,进一步拉大区域差距。

再次,随着区域差距的拉大,劳动力成本差距也迅速拉大,区域间产业的梯度转移具备了较大的可能性。一旦产业转移实际发生,就会对全国的经济发展带来较大的正效应。一方面不仅缓解了高梯度发达区域衰退产业在区内用地、用电、用水、用工等的压力,而且解决了区域产业拥挤、资源短缺的危险,适应了发达区域进行产业结构调整的需要;另一方面,接受产业转移的不发达区域不仅大大降低了生产成本,增加了就业机会,提高了人民收入水平,而且很可能以此为契机积累起经济起飞的经验,如亚洲"四小龙"。总体上讲,在产业转移的初期,无论对发达区域还是对不发达区域可能更多的是带来正效应,所以产业转移在共同提高区域产业发展水平的同时,也有利于区域差距的缩小。

但是,值得强调的是,这种产业的梯度转移对不发达区域作用的发挥也是有条件的。落后区域必须具备接受转移的条件,如人口素质、技术水平、基本设施、市场环境等等。否则,这种正效应就难以发挥。并且,一般来讲,区际间产业转移的速度较慢,对不发达区域的正效应也是较小的。因此,区域差距在产业转移的影响下,会稍微缓和之后,再走向扩大。

进一步讲,当区域差距继续扩大之后,众多的负面影响接踵而至,此时仅仅靠经济运行的自行调整难以为继,政府必会介入。新的增长格局和产业发展状况在政策的引导下出现了新的变化,如此往复。上述分析在我国二十多年的发展实践中已得到证实,如改革开放以来先有"民工潮"、后有"孔雀东南飞",直至近期的区域发展思路的转变,如西部大开发、中部崛起等。

（二）消费与区域产业发展

首先是个人消费结构。在需求结构中,对产业结构变动影响最大的是个人消费结构。这是因为个人消费结构不仅直接影响着最终产品的生产结构和生产规模,而且间接地影响中间产品的需求,进而影响中间产品的产业结构。随着个人收入水平的提高,不仅消费的总量要扩大,而且消费结构也会升级,消费物品的档次更加趋于高级化,个人需求趋向多层次化和多样化。最终多层次化的消费结构将会带动产业结构的递进升级。

其次是消费和投资的比例。消费和投资的比例关系直接决定了消费资料产业和资本资料产业的比例关系。根据霍夫曼法则可知,在工业化的第一阶段,消费资料工业的生产在制造业中占有统治地位,资本资料工业的生产是不发达的;在第二阶段,与消费资料工业相比,资本资料工业获得了较快的发展,但消费资料规模显然还比资本资料工业的规模大得多;在第三阶段,消费资料工业和资本资料工业规模达到大致相当的情况;在第四阶段,资本资料工业的规模将大于消费资料工业的规模。这就充分表明,相对于人们的收入水平提高的幅度,消费资料产业的收入需求弹性的提高是大大小于人们对生产资料产业的收入需求弹性的,从而生产资料产业不断发展,推动着产业结构的逐步高级化。从另一角度讲,消费支出结构与生产投资结构的变动及其交互影响,也影响着产业发展的轨迹。这是因为,伴随着人们收入的提高,消费支出中花费在那些需求价格弹性较小商品的支出就会越来越小,而那些需求价格弹性相对较大的商品支出比重会越来越大。这实际上也是恩格尔定律的基本含义。此时,生产厂商为了能够使其生产的产品得到社会的认可,就必须生产那些社会所需要的产品,并将调整生产规模以适应社会对其产品需求的规模。值得注意的是,在企业力图调整生产规模的同时，整个社会生产体系的内部也在经历着巨大的结构变动——比如，从劳动密集向资本密集以及技术密集的转变等，这种资源配置方式的转变客观上造成生产技术的变化，从而，产业结构的发展水平在需求、供给以及技术的三重作用下逐步向高级化方向前进。

最后是投资的变化。投资是企业扩大再生产和产业扩张的重要条件之一。资金向不同产业方向投入所形成投资配置量的比例就是投资结构。不同方向的投资是改变已有产业结构的直接原因：对创造新需求的投资，将形成新的产业而改变原有的产业结构；对部分产业投资，将推动这些产业比没有投资的那部分产业以更快的速度扩张，从而影响原来的产业结构；对全部产业投资，但投资比例不同，则会导致产业结构的相应变化，最终影响到产业发展程度的差别。

(三)区际贸易与区域产业发展

随着社会的发展、制度的完善，社会的分工必然要求打破区域的界限，产生区域与区域之间贸易的往来。同时区际贸易的产生、发展和壮大也与区域间要素的流动有着内在的联系。对此，西伯特认为："作为均衡机制，要素流动性越高，则商品贸易范围越小；要素流动性越低，则对贸易的依赖越大。"[①]由此可导出，区域间要素流动程度与区际贸易之间存在一定的替代性。从本质来讲，区际贸易是指在一国疆域的空间范围内，通过区域产品的出口刺激本区域需求增长和其他区域产品的进口以增加本区域供给来影响区域内产业结构。通过区际贸易有利于各区域发挥自己的优势，获得比较利益。具体来讲，它对区内产业发展的主要影响有：提高了区域专业化程度；扩展了社会经济联系的分工网络，使各区域有

---

① 西伯特：《区域经济增长：理论与实践》，国际教科书出版公司1969年版，第76页。

能力集中发展对本区域有利的产业；随着区际贸易的日益深化，区域发展水平和人均收入的不断提高，产业结构也逐步升级，最终为区际产业转移奠定了物质基础。

### 1. 区际贸易的产生及其制约因素

区际贸易作为一种经济行为，是影响区域产业发展的重要外部因素。根据传统经济学的观点，区域之间之所以进行区际贸易，是因为区域之间的外生比较优势[①]不同；于是当各个区域倾心发展那些本区域具有较大外生比较优势产业时，客观上也使区域之间形成了技术上的或是需求上的经济联系。在这一基本假定的前提下，传统理论认为，区际贸易取决于以下两点：一是区域之间的需求，二是区域之间的贸易障碍。如果外部区域对某一区域生产的商品有广泛的需求，这无疑会构成该区域经济发展的强大动力。广泛的需求会使该区域贸易商品生产的规模不断扩大，各种生产要素会向该产业集中而形成规模经济。为了提高生产效率，技术进步明显加快，与此同时，许多与贸易商品生产相关联的产业部门也获得了迅速的发展。相反，如果其他区域对本区域的生产缺乏需求，那么该区域生产只能局限在区内狭小的市场范围之内，需求难以扩张，生产也难以扩张，经济成长动力不足，产业发展严重受阻。

如果说区域之间的需求与区域贸易成正比的话，那么区域之间的贸易障碍与区域贸易就构成反比关系了。瑞典经济学家俄林将区域间的贸易障碍概括为"转运费用"[②]，包括运输商品的进出

---

① 所谓外生比较优势是指经济系统本身初始给定的，它可能与最初的资源禀赋、历史发展轨迹、政策作用的结果等因素相关，该概念类似于李嘉图的比较优势。与此相对应，内生比较优势是指由于初始的选择和人为的作用导致的地区优势不同，比如两个地区即使所有条件完全相同，即不存在初始的外生比较优势，但通过合理的、人为的分工，也能够塑造出各具特色的优势。该观点可参见杨小凯的《经济学原理》，中国社会科学出版社 2001 年版。

② 俄林：《地区间贸易和国际贸易》，商务印书馆 1986 年版，第 23 页。

口关税,以及在各种不同区域销售商品所遇到的各种特殊困难,等等。不同区域商品的转运费用是不同的,因此商品的价格也就不同,如果转运费用高于区域间生产成本的差别,那么各个区域就不会采用贸易方式获得这种商品,而是采用自己生产的方法来满足需要。这种商品可以称为"区域内商品"。在这种情况下,由于区域贸易障碍过高,区际贸易就不会发生。可见,只有在商品转运费用小于区域间生产成本差别的情况下,才可能开展区际贸易。俄林把区际贸易商品称为"区域间商品"。

但是,这种分析有着其内在的不合理之处,依据新兴古典经济学的观点,即使没有所谓的区域外生比较优势,区际贸易依然会出现。这是因为,一方面由于先天的自然条件的差别和长期区域发展政策的引导,区域差距的存在可能就是先天的,这种初始的区域差距本身就意味着区域市场容量、需求层次、供给能力的不同,从而与本区域供给相匹配、与需求相适应的优势产业也就不同,这就在客观上决定了区际贸易的产生。另一方面,传统经济学之所以特别强调外生比较优势,乃是因为它不仅在事前假定了规模经济不变,而且也将分工不产生收益递增视为既定公理。因此,在讨论区际贸易时,新古典经济学只能依靠外生比较优势和资源配置来寻求区际贸易产生的依据。一旦将分工引入分析框架之后,即使没有外生比较优势的差别,但通过分工也能够产生内生的比较优势。可见,对于分工经济的忽视是新古典理论分析的重大缺陷。

但是,仅仅将分工经济引入分析当中,还不足以说明区际贸易的产生与演进,这是因为,分工既然大幅度地增进了区域利益,那么为什么区际贸易一开始并不存在呢? 显然,回答这一问题主要切入点就是分工除了带来专业化程度提高的分工经济外,也不可避免地带来了负的效用。一般来讲,随着分工的扩展和交易规模扩大,交易成本相应也在提高,而这种交易成本除包括上文所指的外生交易费用，也包括内生交易费用。[①] 只有当分工经济大于由分工而带来的交易成本时，区际贸易才会产生。反之则反是。而一旦区际贸易产生，就会进一步推进分工、促进产业的发展。

2. 区际贸易——分工与产业发展的联系

随着区际贸易的逐步加强，必然强化空间的分工格局。而分工作为区际贸易的伴生物，不仅涉及区域内部产业发展的主要问题，而且由于经济活动在空间上的联系还涉及区域之间的发展关系，因此，分工是我们研究区际贸易与产业发展联系的分析起点。

从本质上讲，区域分工意味着在区际贸易地缘差异的指导下，生产在区域间、产业间以及产业内部间更加精细的任务分派。由于技艺的改进与知识的积累、劳动时间的节约和机械发明与应用的可能，劳动生产率的提高和分工天然地相关，源于分工的技术进步是推动区域经济发展的主要原因，从长期看甚至是惟一重要的原因。分工的演进导致相对的各专业活动之间的技术联系在区域之间以及区域内各产业之间必须以协调为前提，逐步推进产业结构的优化和产业组织的合理演进。

分工与区域产业发展的关系主要表现为：分工即为产业分工，分工的演进决定了区域产业发展的内容。区域的产业发展是以产业为载体而展开的，它不仅是产业活动的综合体现，也是各个产业相互作用和共同发展的结果。区域的产业发展主要有两方面的表现：一方面表现为产业集合内各产业的技术创新；另一方面表现为产业的发展日益以一种"迂回"生产方式凸现出来——中间投入范围的不断扩大和产业集合边界的拓展。这些变化来自于自我扩张的分工深化过程，以及由分工所带来的两大伴生效应——专业化

①　所谓外生交易费用是指在经济主体交易决策之前可以预测到的费用，如税收、运输成本等。而内生交易费用则是指在经济主体交易决策之后才能看到的费用，它主要是那些在信息不对称条件下，由机会主义行为产生的损失，如制度运行的差异、经济主体的矛盾和争夺。参见杨小凯《经济学原理》，中国社会科学出版社 2001 年版。

效应和多样化效应。

分工的动态累积过程反映了分工的深化，表现为专业化经济和多样化经济。所谓专业化经济，是指基于分工的经济优势而产生的生产活动的细化。分工的可能性使得区域内原有的产业部门不断分解，衍生出越来越多的新产业，反映了区域产业经济的突进过程。多样化经济则是指分工深化导致的产业集合边界的外延。在产业发展水平上，专业化经济和多样化经济既构成了区域经济的两个方面，也使产业之间形成了一种基于技术上的亲和力。专业化经济决定了分工水平，反映了区域经济专业化水平的提高。多样化经济拓宽了中间投入范围，反映了区域经济分工范围的扩大。区域经济的发展是以各产业部门的"均衡"发展为基础的，是一个内生的演进过程。均衡绝非等同于平均，而仅仅是指一种内在的产业间的纯粹技术上的联系，或者说区域经济发展从产业结构上看，表现为连续的结构转换。作为区域产业结构高级化的决定因素和体现指标的技术创新是分工水平提高的结果，而产业结构合理化则又是分工持续演进的隐含前提。因此，由区际贸易所带来的分工对区域产业发展有着举足轻重的作用。

# 小 结

本章从纯理论的角度分析了区域经济增长联动后所带来的区域经济增长和区域间经济增长的双重变化对区域产业发展的影响。其中着重研究了对区域产业发展影响的传导机制和中间因素。一定意义上讲，本章是理论分析部分的核心，是继第二章揭示了经济增长空间联动关系之后，将问题的核心或主要研究的对象放在了区域产业发展上。同时，本章也隐含地表达出了正是由于区域经济增长的联动，才导致了区域内因素和区域间联系关系的变化，也才最终造成区域产业发展较大空间差异性的结果。

# 第四章　中国地带经济增长的联动性和区域产业发展

## 一、中国区域经济发展格局的演变轨迹

一个国家区域经济的发展以及地缘格局的形成,既是历史、自然、经济、政治、社会变迁的结果,也是国家宏观体制、战略、政策和内外部环境变化等因素的产物。使得国家各区域的社会经济发展在不同历史时期呈现出不同的运行轨迹,导致了不同的发展结果。概括起来,新中国成立以来我国区域经济格局的演变,以及东、中、西部非均衡发展的过程,大体上可以归纳为以下几个阶段。

### (一)改革开放以前的区域发展格局

在我国实行计划经济的历史时期,尤其是在对外缺少经济联系的封闭发展条件下,我国较为注重国内各区域的协调发展、生产力的均衡布局,以及国防建设的迫切需要。国家的发展战略和投资策略也相应实行了向内地倾斜的方针,不仅促进了我国西部区域的经济建设和社会发展,而且在一定程度上缩小了各区域间的发展差距。

### 1. 新中国成立初期的基本状况(1953～1966 年)

新中国成立初期,我国的区域经济发展极不平衡。全国 75％的工业和交通运输设施集中在占全国面积不到 12％的东部沿海

12 个省市狭长地带①。当时,重工业集中于辽宁省中南部区域,轻纺工业和机械修配工业集中于上海、无锡、青岛、广州等少数城市。除了武汉、重庆等几个长江沿岸城市外,广大内地城市几乎没有近代工业。"一五"期间,人均国民收入最高区域(上海)与最低区域(贵州)差异程度达 7.5 倍。

针对这一状况,区域经济布局的基本方针是以内地尤其是中部为重点发展区域,以重工业为重点发展产业,以据点式开发为主要方式,其主要目的是平衡沿海与内地的关系。经过几年的努力,区域发展的不平衡程度得到了初步的缓解,中西部区域的经济增长速度曾经一度高于东部沿海区域。在这一阶段,"一五"是最重要的五年,发展重点确立在中部,布局重点除东部的北京、辽宁和河北以外都在内地,重点建设鞍山、包头、武汉钢铁基地,抚顺、阜新、开滦、大同、淮南、焦作煤炭基地,沈阳重型机械工业基地,玉门油田等等。由于此阶段的宗旨是平衡沿海与内地关系,实施的是"均衡布局战略",东、中、西差距有"均衡化"缩小趋势。

"一五"时期初步改变了我国区域经济的格局,1953～1957年,我国工业总产值的增长速度达到 8%,其中东部沿海区域为16.8%,中西部区域为 20.4%,中西部区域比东部沿海区域高出近 4 个百分点。1957 年同 1952 年相比,中西部区域工业总产值在全国所占的比重上升了 3.4 个百分点,区域差距呈缩小趋势。"二五"时期,国家建设重点进一步向内地倾斜。中西部区域基建投资占全国的 50%,这一时期中西部区域工业平均年增长率为5%,沿海为 3.2%,至 1962 年,中西部工业总产值占全国的比重比 1957 年又提高了 2 个百分点。

---

① 当时最大工业部门纺织工业,其纱锭和纺机总数的 85%～90%,以及钢铁、煤炭、电力和主要机械工业的 80%都集中在沿海地区。内蒙古、宁夏、青海、新疆、西藏等省区几乎没有现代工业。京广线以东及东北地区还集中了全国铁路总长度的 94%。

**2.三线建设时期及"五五"时期的东、中、西格局(1966~1978年)**

三线建设时期集中在"三五"、"四五"期间,当时主要从备战的需要出发,提出了建设"战略大后方"的方针,将全国分为一线区域(包括东部沿海和东北的省区市)、三线区域(包括四川、贵州、陕西、青海、宁夏、广西、湖北、湖南、山西等省区)和二线区域(其余省区)。工业布局和经济建设的重点放在三线区域。有关数据显示,在"三线建设"期间,国家先后投资2 000亿元,形成固定资产原值1 400亿元[①],其中"三五"期间全国基建投资达976亿元,分布在东部的占26.9%,中部占29.8%,西部和部分地区分别占34.9%和8.4%。投资比重占全国4%以上的8省(自治区、直辖市)中,西部有5个,中部有3个,东部一个没有。[②]

由于"大跃进"时期盲目铺摊子,追求高速度使我国经济建设遭受重大损失,因此,在1966年开始实施第三个五年计划前有一个三年的调整期。而在这三年里,三线区域在全国基建投资中的比重为38.2%(不包括部分区域的投资在内)。"四五"期间,中西部区域基建投资占全国的比重仍达到54.5%。"四五"后期到"五五"时期,国家投资重点开始东移。1978年,中西部区域工业总产值占全国的比重为39.1%,比1952年上升9个百分点;固定资产原值占全国的比重也从1952年的28%上升到56.1%。

(二)改革开放以后的东西部格局

改革开放以后,中国调整了区域发展政策,实施"非均衡发展战略"。1978年12月13日,邓小平在党的十二届三中全会上提出了我国区域经济发展的新战略。在经济政策上,他说:"允许一部分区域、一部分企业、一部分工人农民,由于辛勤努力成绩大而

①《建设"三线地区"》,新华通讯社网站。
②《建国以来我国区域经济发展的战略模式选择》,重庆市委党校网站。

收入多一些,生活先好起来。"[1]在 20 世纪 80 年代,邓小平同志创造性地提出了"沿海开发"、"长江开发"和"中西部开发"三个使中国人民脱贫致富的经济和社会发展的战略设想。90 年代初,邓小平又提出了"两个大局"的思想:一个大局是东部沿海区域加快对外开放,使之较快发展起来,中西部要顾全这个大局。另一个大局是当发展到一定时期,比如 20 世纪末全国达到小康水平时,就要拿出更多的力量帮助中西部区域加快发展,东部沿海区域也要服从这个大局。这些都是我国部署新的区域经济发展战略的重要指导思想。

1989 年后,以江泽民为核心的党中央在全面继承邓小平同志关于区域经济发展战略方针的基础上,又提出和完善了一系列缩小区域差距及开发西部的决策方略。重大举措有:(1)将缩小区域差距确立为经济发展的指导方针;(2)将扶贫开发作为攻坚任务;(3)将西部大开发列为我国跨世纪发展全局的一项重大发展战略。

改革开放以来,随着这些战略指导思想逐一付诸实施,我国从强调区域均衡发展转向注重整体发展速度和宏观经济效益,着重充分发挥和利用各区域优势尤其是沿海区域的经济技术区位优势,按三大地带序列分阶段、有重点、求效益地展开布局。"六五"以来,国家投资的重点大幅度向沿海区域倾斜。"六五"期间沿海区域的基本建设投资(含全民所有制)比重为 47.7%,比"五五"上升了 5.5 个百分点,1986～1989 年达到 52.5%,1990 年为 50.9%,1991 年为 48.7%,1992 年为 50.2%。并且,国家在财政、税收、信贷等方面给予了沿海区域更多优惠和自主权,使沿海省市的自我发展能力大大增强。90 年代以后区域差距扩大的速度加快。1978 年,东、中、西部占全国 GDP 的比重分别为 52%、31%、

---

① 邓小平:《解放思想,实事求是,团结一致向前看》,《邓小平文选》(1975～1982 年),人民出版社 1983 年版。

17%。到 1997 年则变化为 61.46%、23.74%、14.8%。不仅西部区域 GDP 总量占全国比重逐年下降，人均 GDP 的差距也与东部区域逐步扩大。如改革开放初期，西北各省区人均 GDP 均高于福建，其中青海省甚至高于广东省。但是，到 1998 年广东与福建的人均 GDP 都已超过 1 万元，上海人均 GDP 基本达到29 000多美元，西北各省区除新疆达到6 435元外，其他区域均不到4 500元。①

具体来讲，改革开放以来的二十几年，东、中、西地带发展格局有以下几个方面的表现：

(1)改革开放以后的一段时期(1978~1995)，我国各区域之间的经济增长差距仍然呈现出继续下降的基本态势。

其中，1979~1980 年，中部区域（9.13%）和西部区域（8.61%）的年均 GDP 增长速度都高于东部区域（8.25%），那是改革开放前发展趋势的延续或惯性；在 1981~1988 年间，由于沿海区域率先开放和优先发展战略的实施，我国东部区域的经济增长速度开始加快，年均 GDP 增长率（10.81%）超出中部区域（9.65%）和西部区域（9.87%），但差距并不很大，仅 1 个百分点左右；在 20 世纪 80 年代末 90 年代初我国三年治理整顿时期，西部区域的经济增长速度（5.35%）甚至还高于东部区域（5.08%）；1992~1995 年间差距有所扩大，但 1993 年以后又呈平移之势。1995 年的人均 GDP 区域差距水平甚至比改革初期还要小②。

(2)1995 年以后，广东、浙江和江苏继续保持增长强势，上海、天津、北京以及山东、福建等东部省市的发展速度也大大超过了全

————————

① 具体内容可参阅《经济参考报》2000 年 3 月 15 日。
② 这一统计结果与人们实际感受之间似乎并不完全一样，那主要是因为，在 80 年代，云南、福建、新疆、山东、安徽、贵州、河南、宁夏等一批人均 GDP 水平低于全国平均水平省区的发展速度，超过了全国平均水平，而上海、天津、辽宁、黑龙江等东部省市却在这一时期低于全国平均水平。东部地区只有广东、浙江、江苏三省的人均 GDP 和 GDP 增长速度都高于全国平均水平。因而，在统计上反映的东西部地区发展差距并未急剧拉大。

国平均水平。除东部区域增长速度快于中西部区域外,中部区域也超过了西部。正是由于这一时期增长速度高于全国平均水平的区域大多为人均 GDP 水平高于或接近于全国平均水平的省区,因此使得区域差距扩大。

(3)居民消费水平的区域差距小于人均 GDP 和经济增长的区域差距,但 20 世纪 90 年代以后,消费水平差距逐步与经济水平差距接近。这说明政府的转移支付和要素的区外收入等因素,对于缩小区域间居民消费生活水平差距产生了实际的影响,由于近年来中央政府的财政能力和预算支出结构的变化,使得这种作用有所削弱。

## 二、改革开放以来地带经济增长的联动性

改革开放二十多年来,伴随着中国经济的快速增长,以三大地带为基本地缘格局的地带差距也在不断地扩大与升级(此处所谓的地带差距乃是指以人均 GDP 或 GDP 反映的地带之间经济增长水平差距)。并且,这种差距表现为多层次和全方位的。从三大地带来看,不仅三大地带之间的差距在拉大,而且三大地带内部的差距也有不断扩张的趋势。传统的新古典经济学认为,区域间增长的差距是经济发展的伴生现象,随着经济发展水平的进一步提高,区域差距会自行缩小。然而,根据巴罗等人的研究发现,即使区域间存在着一定的趋同,这种趋同性也是很难观测到的,同时这些趋同的现象也要有很强的条件约束,如区域间具有同质性或相同的经济稳定状态等。因此,人们通常将这种趋同称为"俱乐部趋同"[①]。从我国现实的区域经济发展轨迹和相关的研究都已表明,"无论是长期还是短期,在经济发展的过程中仅仅依靠市场力量不

---

① Baumol, William J., 1986, "Productivity Growth, Convergence, and Welfare: What the Long-Run Data Show", pp. 1072~1085.

仅无法使区域经济差距缩小,反而有扩大的迹象。① 那么,区域经济增长之间以及区域经济增长与国民经济增长之间到底存在什么样的关系,这就成为本节探讨的核心问题。

(一)三大地带差距与国民经济增长的联系

从一定意义上讲,国民经济增长是三大地带经济增长的加权之和,而权数的大小取决于各地带对国民经济总量扩张的相对贡献率大小。在大部分的研究中,往往采用国民经济和三大地带的总量指标即 GNP 或 GDP 来反映增长的速度和差距的大小,但是这一方法的最大缺陷就是它不能准确反映地带及其内部差距的实际情况。因此,在本书的分析中一律使用人均 GDP 来反映经济增长和区域差距情况。从我国现实情况来看,为了反映改革开放以来国民经济和区域经济之间的基本动态关系,笔者针对 1978～2002 年间的基本经济发展数据②,作出了图 4—1 和图 4—2。

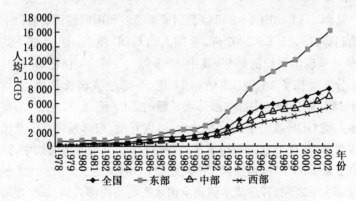

图 4—1　全国与地带人均 GDP 变动趋

① 王绍光、胡鞍钢:《中国:不平衡发展的政治经济学》,中国计划出版社 1999 年版,第 34～35 页。
② 文中涉及的任何数据,均参见附表。

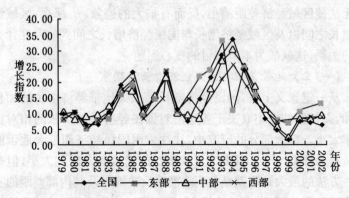

资料来源:《中国统计年鉴》(1997～2003)和《改革开放 17 年来中国地区统计年鉴》。

注:图中数据参见附表 4—1。

**图 4—2 全国和地带人均 GDP 增长指数趋势**

从图 4—1 和图 4—2 可以看到地带经济和国民经济有着以下变动趋势:(1)1978～2002 年,全国人均 GDP 和东、中、西部人均 GDP 均呈现出增长的趋势,其中 2002 年与 1978 年相比,东、中、西部分别增长了 24 倍、22 倍和 18 倍,东部经济增长最快,人均 GDP 增长额分别是中部和西部增长额的 2.29 倍、2.96 倍。(2)将全国人均 GDP 视为平均标准的话,可以看出,东部始终高于全国平均水平,并且与全国平均水平差距越拉越大;在四条曲线中,西部位于最低的位置,远远低于平均水平;中部则处于全国平均水平和西部水平之间,并逐步地偏离全国水平而与西部人均 GDP 逐渐接近。(3)正是由于人均 GDP 在三大地带之间分布的非均衡性,使得三大地带对全国人均 GDP 形成的作用不同,东部地带对人均 GDP 有提高和拉动的正效应,中、西部地带却表现为降低和抑制的负效应。(4)从 GDP 指数变动的趋势来看(图 4—2),其中以东部波动幅度最大,变异系数达到 0.55;振幅最小的是西部区域,变异系数为 0.44;而且地带与全国人均 GDP 变动指数收缩或扩张的趋势基本上是一致的,其中东部地带收缩与扩张的幅度相对更为明显,这就说明东部地带要比中、西部地带对于国家经济增长波动的反应更为敏感[①]。

在认识和了解三大地带与全国人均 GDP 增长及变动的基本形态之后,进一步对附表 4-1 的数据加工,计算出来反映三大地带之间的绝对差距与 GDP 变动额、相对差距与 GDP 变动指数之间依存关系的相关指标。其中,绝对差距是指在任一年份中、任意两大地带之间人均 GDP 的差值;相对差距则是任一年份、任意两大地带绝对差距与这两个地带之中人均 GDP 最大值的百分比。我们用图 4-3、图 4-4 反映它们之间的关系。

**图 4-3 全国人均 GDP 变动与地带间绝对差距关系**

从图 4-3 和图 4-4 可以看到:(1)1978～1990 年的 13 年,东中与东西地带之间的绝对差距较小,1990 年以后开始拉大,并呈现出快速拉大的趋势。具体分析,东中、东西绝对差距 1990 年

资料来源:根据附表 4—1 整理,具体参见附表 4—2、附表 4—3。

**图 4—4 全国人均 GDP 增长指数与地带间相对差距关系**

比 1978 年提高 688 元和 826 元,平均每年增长 57 元与 69 元;但是进入 90 年代之后形势剧变,东中、东西绝对差距 2002 年比 1978 年提高 8 902 元和 10 450 元,平均每年增长 371 元与 435 元。(2)1978～1993 年这一时期,全国人均 GDP 的变动与东中、东西地带的绝对差距表现为明显的正相关关系,而 1994 年以后则表现为负相关关系。这表明当绝对差距拉大到一定程度时,全国人均 GDP 的提高受到抑制。(3)相对差距一直在较高的水平上波动,大致位于 55% 的相对差距水平。其中,东中地带相对差距一直小于东西地带的相对差距;在变动趋势上,东中和东西地带的相对差距均呈现出"雁形"形态。1978～1990 年,相对差距在东部与中、西部地带之间没有明显的变化或只是小幅度的下降,东中和东西地带相对差距的绝对值在 1990 年比 1978 年降低了 5.33 和 0.88 个百分点,1990 年以后两大地带间的相对差距明显上升。

总之,随着人均 GDP 的提高,地带间绝对差距在不断拉大,而随着绝对差距的拉大,全国人均 GDP 又表现出下降的趋势。这充分说明东部地带尽管可能在总量上对全国经济总量的扩张有着较高的贡献,但在全国人均 GDP 的形成上,它只能充当三股力量中的一股。在三股力量相互作用的过程中,东部地带的这股力量最初发挥着主导作用,使人均 GDP 迅速上升。但是当差距拉大到一定程度时,其对人均 GDP 提高的力量不仅逐步在缩小,而且逐渐地小于其他两个地带抑制提高的力量,又使得人均 GDP 不断下降。

(二)地带经济增长与三大地带内部差距分析

如前所述,东中和东西地带之间,无论是相对差距还是绝对差距都已到了较高的水平。2002 年与 1978 年相比,东中绝对差距提高了 26 倍,相对差距也提高了 14.46%;东西绝对差距提高了近 29 倍,相对差距拉大了 19.67% 的幅度。可见,东部与西部之间的差距更大、更为明显。由于各个地带包括农村和城市两大基本部分,那么随着各地带经济的增长,其内部城市与农村的人均收入也表现出不尽相同的增长格局和差距表现形式(详见附表 4—4、附表 4—5)。

首先,从绝对值上看,东部、中部和西部的城市人均收入以及农民人均纯收入均表现出增长的趋势,且地带内两者之间的差额,即城乡绝对差距也同样表现快速增长的势头(个别年份除外)。这一点表明,各个地带城市工业的发展,尤其是城市制造业的迅速发展与壮大很可能是扩大地带内城乡差距的主要因素。

其次,在城乡绝对差距上存在一个有趣的现象,东部与西部之间虽然经济实力差距悬殊,但两者的城乡绝对差距却相差不大。将中部地带考虑进去,1978~1992 年期间,东、中、西城乡绝对差距的基本格局是:西部大于东部,都大于中部;1993~2002 年期间,三大地带城乡绝对差距的基本格局是:东部大于西部,都大于中部。对于这一情况的解释是:第一,西部城乡差距之所以较大,主要是源于其农村居民人均纯收入在三大地带中最低,城市居民人均收入却比较高。因此,过去国家虽然集中了不少资金对西部区域进行投资,但大部分资金都是流向了城市,促进了城市工业的发展;而对于广大贫瘠的、生存条件恶劣的西部农村区域来说,在缺乏资金注入的情况下,经济发展的速度相对较慢,从而拉大了西部的城乡差距。第二,在东部,其所辖的 12 个省市自治区基本上都是全国人均 GDP 水平最高和增长最快的省份①,其工业化程度和城市化水平相对也是最高的;而农村尽管在城市的强大辐射下,发展得比较快,农村收入提高也比较迅速,但还是与经济发达城市地区的人均收入相去甚远,这在 1993 年以后显得更为明显。第三,中部地带的 9 个省区大都是农业大省,农业经济相对较为发达,但由于农业人口基数比较高,所以农村居民人均纯收入水平在三大地带中位于中间水平。中部区域的城市发展水平虽然在总体上比西部地带要高,可是国家在对城市发展的支持和援助力度上却远远小于西部地带,故而其城市人均收入又低于西部。

最后,从三大地带城市居民人均收入和农村居民人均纯收入的增长率来看:(1)东部地带 1979～1984 年、1995～1996 年两个时期农村居民人均收入增长率大于城市居民人均收入增长率,1985～1994 年(1987 年除外)、1997～2002 年表现为前者小于后者;中部地带 1979～1983 年、1994～1996 年两个时期农村居民人均收入增长率大于城市居民人均收入增长率,1984～1993 年(1987、1990 年除外)、1997～2002 为后者大于前者;西部地带除了 1979～1983 年、1988 年、1990 年和 1996 年表现为农村居民人均收入增长率大于城市居民人均收入增长率,其他年份是前者小于后者。(2)总体上讲,1979～2002 年三大地带城市居民年均人均

<hr />

① 　关于这方面的详细论述和有关数据可参阅程建国等的《中国地带差距与中西部开发》,清华大学出版社 2000 年版,第 21～22 页。

收入增长率①和农村居民年均人均纯收入增长率,东部分别是
15.48%和14.47%,中部分别是13.66%和13.35%,西部分别是
14.14%和12.18%。

(三)地带经济增长与三大地带间差距分析

地带内部城市与农村发展的非协调性,使得地带之间城市与
城市人均收入差距、农村与农村人均纯收入差距显得极不平衡。
用图4—5、图4—6来反映东中和东西之间区域差距与城市、农村
变动的关系。

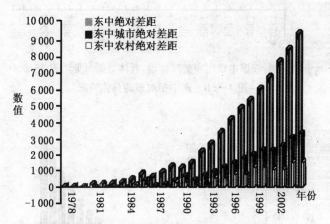

资料来源:根据本章附表整理而得,具体数据参见附表4—2、4—3。

**图4—5A　东中绝对差距的总体情况**

图4—5A表示,东中两大地带绝对差距和城市与城市人均收
入绝对差距、农村与农村人均纯收入绝对差距的关系,图4—6A
反映东西之间的同类关系。图4—5B描述,东中两大地带相对差

---

① 各地带1979～2002年的年均增长速度具体公式为:$V_i = e^{(\frac{1}{23} \times \ln\frac{z_{2002}^i}{z_{1990}^i})} - 1$;其中,$V_i$为$i$地带的年均增长速度,$z_t^i$为$i$地带的第$t$年指标的数值。

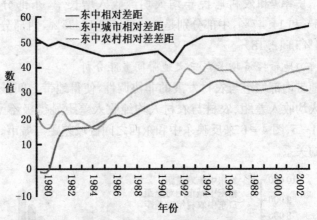

资料来源:根据本章附表整理而得,具体数据参见附表4—2、4—3。

**图4—5B　东中相对差距具体情况**

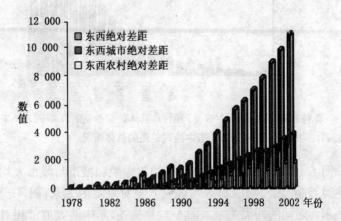

资料来源:根据本章附表整理而得,具体数据参见附表4—2、4—3。

**图4—6A　东西绝对差距的总体情况**

距与地带城市相对差距、地带农村相对差距的关系,图4—6B与此相同。通过分析,我们发现以下变动规律:(1)随着东中地带绝

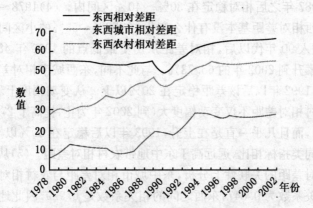

资料来源:根据本章附表整理而得,具体数据参见附表 4—2、4—3。

**图 4—6B　东西相对差距具体情况**

对差距的拉大,除了 1978、1979 年两地带之间的城市人均收入绝对差距远远小于农村人均纯收入绝对差距外,从 1980 年开始,前者逐步与后者拉开了差距,其差额从 1980 年的 8 元扩大到 2002年的 1 363元。(2)随着东西地带绝对差距的拉大,东西城乡差距表现为两个阶段性的特征:一是 1978～1992 年,城市人均收入绝对差距小于农村人均纯收入绝对差距;二是 1993～2002 年,城市人均收入绝对差距大于农村人均纯收入绝对差距(1996 年除外)。(3)1978～1991 年,东中相对差距有小幅的上下波动,但基本上稳定在 45%～50%之间,并呈现缓慢下降的趋势;1992 年以后,东中相对差距保持在 50%以上,上升势头明显。从城市和农村两个相对差距指标看,1980～1992 年,东中城市人均收入相对差距虽然一直提高,但直到 1991 年也不过是 28.78%的差距,较 1980 年上升了 14 个百分点。进入 1992 年以后,城市相对差距稳定在 30%以上,与东中相对差距的演变格局基本一致。此外,东中农村人均纯收入相对差距在 1979～1986 年间的波动比较明显,但幅度都不大,1987年之后相对稳定在30%~40%区间内。(4)1978~1989年东西相对差距基本没有什么变化,在52%~55%的小区间内震荡,进入90年代以后,相对差距从历史最低点的1990年48.4%一路攀升到2002年的65.73%。与此不同,东西城市相对差距并不大,1992年以后该差距稳定在20%以上。从变动幅度上看,东西农村相对差距不仅变动幅度大(到2002年为止,提高了27个百分点),而且几乎一直是在上升,1993年以后稳定在50%以上;与东中同类指标相比,远远高于东中地带农村相对差距。(5)从地带间相对差距的关联性上分析,东中城市相对差距与农村相对差距的相关系数为0.847,东西之间的相关系数是0.929,因此地带间城市与农村的相对差距有着较高的正相关联性。笔者认为,之所以存在这种关系,乃是因为地带内部城市经济发展对农村经济发展有着较强的辐射作用,换句话说,地带内城市经济活力越高,其对应的农村经济就越为发达。对这一假设,笔者经过推算也验证了它的可靠性,东、中、西地带内部城市人均收入的变动额与农村人均纯收入变动额的相关系数很高,分别达到了0.827、0.679和0.813。可见,地带之间城市和农村相对差距的拉大与缩小,在本质上还是取决于地带内部城市经济发展水平的高低。

### 三、中国区域经济增长的联动模式

#### (一)改革开放以来中国区域发展战略的演变

改革开放以来,中国的区域经济发展战略在指导思想上首先经历了从注重公平的"均衡发展论"向注重效率的"非均衡发展论"的转变。在实践上则以经济特区的设立为标志,为适应对外开放和发展外向型经济的需要,各种促进沿海区域经济发展的政策举措陆续出台。这成为整个20世纪80年代中国区域政策的基本特点与内容。

在1980年3月国务院召开的关于长期计划的座谈会上,邓小平同志指出要"发挥比较优势,扬长避短,要承认不平衡",体现了经济建设的指导思想已经开始突破过去片面强调均衡发展的窠臼。中央在 1980 年 5 月正式作出了在广东的深圳、珠海、汕头和福建的厦门设立经济特区的决定。以此为起点,沿海的对外开放区域逐步扩展。1984 年 4 月,中央决定开放沿海的天津、上海、大连、秦皇岛、烟台、青岛、连云港、南通、宁波、温州、福州、广州、湛江、北海 14 个港口工业城市;1985 年 2 月,珠江三角洲、长江三角洲和闽南三角洲区域又被确定为经济开放区。经济特区、沿海开放城市和沿海经济开放区的确定以及在这些区域实行相应的优惠政策,是 20 世纪 80 年代前期国家在对外开放和区域经济发展上最重要的战略举措。

"七五"计划(1986～1990 年)中提出,在"七五"计划期和 90 年代初,要首先加速东部沿海区域的发展,同时把能源、原材料的开发重点转移到中部,西部的任务则是为 21 世纪的大规模开发打基础。这是中国在五年计划中第一次按照东部、中部和西部进行地域划分和提出了开发的顺序,明确体现了效率优先、非均衡发展的战略思想。

这种非均衡发展战略随后在吸纳"'国际大循环'经济发展战略"构想的基础上进一步演变成为"沿海区域经济发展战略"。"'国际大循环'经济发展战略"于 1988 年初提出。该战略构想认为,中国为了实现产业结构的转换和经济的高速增长,必须发展外向型经济,即加入"国际大循环"。具体而言,要发展劳动密集型的加工工业,一方面解决农村剩余劳动力的出路问题,另一方面在国际市场上获得经济发展所必需的外汇资金。在区域上则应把开发的重点放在条件相对较好的沿海区域。这一构想得到当时中央主要负责同志的认可,并在此基础上提出了以沿海区域的乡镇企业为主力,"两头在外,大进大出"为主要内容的"沿海区域经济发展战略"。在 1988 年 3 月国务院召开的沿海区域对外开放工作会议上,"沿海区域经济发展战略"作为国家的方针被正式提出。与此同时,沿海经济开放区域的范围被大大扩展。同年4月,第七届全国人大第一次会议批准举办海南经济特区。至此,形成了包括经济特区、沿海开放城市在内的,共有293个市、县,2.8亿人口,42.6万平方公里面积的沿海开放地带,基本上所有沿海市、县都进入了对外开放的行列。

进入20世纪90年代以后的中国区域经济发展战略,可以说是以"全方位开放"和"区域经济协调发展战略"的提出为基本特征的。"全方位开放"的提出,既是中央实施改革开放政策以来的既定政策部署,也是现实经济发展中各方面因素综合作用的结果。早在1985年1月召开的珠江三角洲、长江三角洲、闽南三角区域座谈会上,当时的中央负责同志就提出,开放要"从沿海到内地,由点到面地逐步推进",充分表明了中央逐步扩大开放范围的政策考虑。另外,国家在开展制定"全国国土规划纲要"的工作中吸收了有关专家学者的意见,该纲要根据"点轴发展战略"的思路将沿海区域和沿长江区域作为第一级发展轴,提出了"T"字型发展轴构想,沿长江区域的开发和开放成为国家的重要战略部署。

关于现实经济发展中的促进因素,主要可以举出以下几点:第一,为各区域的发展创造公平竞争环境的需要。20世纪80年代由于对外开放政策在沿海区域的率先实行,一部分沿海区域取得了大大高于全国平均水平的发展速度,引起了内陆省份对于区域发展差距的极大关注,要求公平竞争环境的呼声空前高涨。第二,分权改革使地方政府在区域经济发展中的作用大大增强。由于分权改革的实施,地方政府拥有了在企业管理、财政收支和投资项目审批等方面大大多于过去的经济管理权限,地方政府对于本区域经济发展极为关心。在这种背景下,各地政府均在探讨适合本区域的经济发展战略,在此过程中内陆省区提出了希望国家实行"全方位开放"的强烈要求。第三,边境贸易的发展。从80年代中期开始,中国与周边国家的关系趋于缓和,而且周边各国也大多开始了发展市场经济的探索,中国与这些国家之间的边境贸易自发地发展起来。边境贸易的发展首先促进了边境口岸区域的繁荣,并对边境省份的经济发展起到一定的促进和带动作用。因此边境省份和中央政府都把发展边境贸易作为振兴边疆区域经济的重要手段,给予了积极的支持和鼓励。"沿边开放"与沿长江开放的提出使中国的对外开放在空间上首先发展为"三沿开放",并进一步发展成为"全方位开放"。

在与上述相同的背景下,政策研究部门和理论界关于国家的区域发展战略的研究也很活跃,有不少研究成果问世,"区域协调发展战略"的思路逐步形成并成为主流意见,为政府所采纳。"区域协调发展战略"的基本思路如下:在中国这样一个发展中国家,发展政策的目的应是在兼顾公平的同时最大限度地获得和保持国民经济的有效高速成长。为此,应给予各区域以平等的发展机会,充分发挥各区域的比较优势,加强区域间的经济协作。作为具体手段:(1)应以区域间的竞争优势为基准促进区域产业结构的合理优化;(2)在国家统一指导下实现全国市场的一体化;(3)按照社会持续发展的要求,合理补偿,调节区域间人均收入差异。这一思路随着研究的深入和实践的发展,得到了不断深化和完善。

1996 年 3 月,八届全国人大四次会议通过了国民经济和社会发展"九五"计划与 2010 年远景目标规划纲要。纲要中专设了题为"促进区域经济协调发展"的一章,比较系统地论述了国家的区域发展战略。这一战略与以往的五年计划中对区域发展战略的表述相比,一个突出的特点是强调了逐步缩小区域发展差距和提出了促进中西部区域发展的六个方面的政策措施。纲要指出,引导区域经济协调发展、逐步缩小区域发展差距、最终实现共同富裕,是体现社会主义本质的重要方面。纲要提出的促进中西部区域发展的六个方面的政策措施主要包括:优先在中西部区域安排资源开发和基础设施建设项目,引导资源加工型和劳动密集型产业向中西部区域转移;理顺资源性产品价格,增强中西部区域自我发展的能力;实行规范的中央财政转移支付制度,逐步增加对中西部区域的财政支持;加快中西部区域改革开放的步伐,引导外资更多地投向中西部区域;加大对贫困区域的支持力度;加强东部沿海区域与中西部区域的经济联合与技术合作。

综观中国区域经济发展战略的演变过程可以发现:改革开放以前,区域发展战略在很大程度上从属于国防的需要。改革开放以后,20世纪80年代的区域经济发展战略在指导思想上更多地从属于国家的经济赶超战略,在实际执行中更多地从属于国家的对外开放政策。进入90年代以来,随着建立社会主义市场经济体制这一改革总体目标的确立,也由于以区域差距问题为代表的区域经济问题的显现和受到广泛关注,区域经济发展战略开始将注意力转向解决区际公平问题,开始有了较为独立的政策目标和政策内涵。

(二)中国地带经济增长的联动模式

通过前文的分析,我们已经看到国民经济增长与区域经济增长之间确实存在着某种互为因果的联动机制,只不过这种联动关系比较复杂,涉及因素众多,但它们联动的趋势还是比较明显的和容易把握的。人均GDP在三大地带之间的不均衡分布首先导致各地带内部城市人均收入和农村人均纯收入的变动,进而造成地带间城市、农村差距的扩大或缩小,而这些差距在对地带经济增长产生影响的同时,总体上汇集成绝对差距或相对差距。并且,当它们拉大到一定程度时,反过来又对全国人均GDP的变动产生累积性的影响,从而完成了一个完整的联动周期。

根据这一具体的联动关系,回顾并总结改革开放二十多年来中国经济增长与区域增长差距历史演变的轨迹,笔者认为,国民经济增长—区域(增长)差距—区域增长三者之间遵循着三种不尽相同但又密切联系的联动模式。详见图4—7。

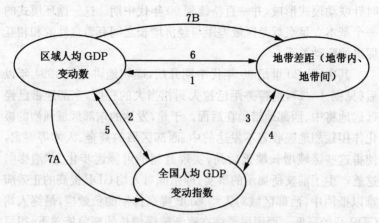

图4—7　中国区域差距与经济增长联动模式

图4—7所包含的三种模式是：1、2、3的逆时针联动模式，4、5、6的顺时针联动模式，7A、7B的发散型联动模式。这三种联动模式也是在我国经济发展进程中依次出现的。

首先，20世纪70年代末，国家在对过去片面强调"区域均衡发展战略"进行反思的情况下，果断地提出了"两个大局"的战略思想，从而使始于80年代初的区域不平衡发展战略开始实施，并随着经济特区、沿海经济开放城市、沿海经济开放区的建立和形成逐步地走向深入。一定意义上讲，这一战略的核心思想是集中有限力量促进有条件的和经济基础较好的区域率先增长，暂时将相对落后区域的经济发展在时序的安排上放在后位，因此该战略的起点和出发点就是要使区域差距拉大。这也是为什么图4—7中的起点位置是区域差距的缘故。在图4—7中，图标1、2表示，在区域差距拉大的同时，起初表现为区域人均GDP的提高，进而实现了全国GDP提高的联动关系；图标3的含义是，由于国家人均GDP提高本身就是建立在区域不平衡发展的前提下实现的，故而随着人均 GDP 的提高,区域差距进一步拉大,从而 1、2、3 这一逆时针联动模式形成,并一直持续到 90 年代中期。这一循环模式的一个基本立足点就是区域差距与经济增长之间有着良性的和相互促进的联动关系。

其次,从 20 世纪 90 年代中期开始,确切地讲是从 1994 年以后(见图 4-1),地带差距已拉大到相当大的程度,东部地带已经远远地将中、西部地带抛在后面。于是,发达的东部区域强烈的极化作用猛烈地吸收着不发达的中、西部区域的资金、人才等要素,使得这些区域增长缺乏后劲,实现赶超的可能逐步化为"泡影"。这就产生了前文所揭示的事实,即东部对人均 GDP 提高的正效应难以抵消中、西部区域对人均 GDP 提高抑制的负效应,最终人均 GDP 开始降低。而国民经济在逐渐放慢增长的现象掩盖下,很可能在酝酿着新的危机[1]。图标 4 就表示了这一含义。一般来讲,国民经济增长出现衰退迹象时,最先受到抑制的区域是发达的东部区域,然后才是中、西部区域[2]。图标 5、6 表示,当国民经济衰退时,全国人均 GDP 的变化反过来会对区域人均 GDP 产生影响,形成新的空间增长格局,并且是朝着缩小区域差距的方向演进,这样就完成了 4、5、6 表示的顺时针联动模式。这里要指出的是:(1)这一联动模式的形成是源于区域差距拉得过大而对国民经济增长产生了较强的负效应,使联动关系由原来的逆时针传导突然转变为顺时针型。(2)在这一模式中,区域差距缩小的力量来自于经济系统运行本身的自行调整,其调节的方向很明显,但是调节力度非常小,最终,区域间依旧保持着很大的差距。

最后,发散型模式的含义是,由于较大的区域差距对经济增长

---

① 1998 年之后的内需不足问题严重困扰着我国经济的稳定增长,并成为一个长期性的问题。从某种意义来说,内需不足是和区域差距拉得过大有着密切联系的。

② 有关这一观点的详细论证可参见程建国等人所著的《中国地区差距与中西部开发》(清华大学出版社 2001 年版)。

产生负的抑制作用,特别是会对整个社会的稳定带来不良影响,所以国家必须借助外力,通过政策措施缩小差距。这也就是我国自1998年后西部大开发提出的依据。图标7A、7B是同时产生的两股力量,表明对不发达区域的投资支持或政策援助,在直接提高人均GDP的同时,也实现了区域差距的缩小和全国人均GDP的提高两个目标。在这一模式中,由于以国家政策等为主要表现形式的外力基本上影响着整个过程,因此区域差距本身对人均GDP变动的影响就显得无能为力了。

### 四、中国区域经济增长与产业发展水平的空间关联分析

中国是一个幅员辽阔的发展中大国,伴随着经济总量的变动,国民经济三大产业不仅在产业结构和增长速度上表现出极大的不平衡性,而且在不同发展水平的区域之间也呈现出非均衡发展的格局,从而使得中国的产业发展表现出很强的空间特征。

（一）中国产业不平衡发展的演进轨迹

自改革开放以来我国的经济实力得到了迅速的增强,不论是经济总量的扩张速度,还是总量内的产业结构关系都发生了明显的改观。相应地,伴随着中国经济的高速增长,三次产业的增长速度以及产业之间的产值比例也发生了剧烈的变动,表现出极大的不平衡性。具体可参见表4—1。

表4—1　　　　　　中国产业不平衡发展的基本数据　　　　　单位:%

| 年份 | 第一产业产值构成 | 第二产业产值构成 | 第三产业产值构成 | 第一产业增长指数 | 第二产业增长指数 | 第三产业增长指数 |
|------|------|------|------|------|------|------|
| 1980 | 30 | 48 | 21 | 7.98 | 14.55 | 11.62 |
| 1985 | 28 | 43 | 29 | 10.72 | 24.5 | 44.43 |
| 1990 | 27 | 42 | 31 | 18.66 | 6.04 | 7.59 |
| 1994 | 20 | 48 | 32 | 37.42 | 36.18 | 31.85 |

续表

| 年份 | 第一产业产值构成 | 第二产业产值构成 | 第三产业产值构成 | 第一产业增长指数 | 第二产业增长指数 | 第三产业增长指数 |
|------|------|------|------|------|------|------|
| 1995 | 20 | 49 | 31 | 26.81 | 27.56 | 20.21 |
| 1996 | 20 | 50 | 30 | 15.77 | 17.78 | 17.55 |
| 1998 | 18 | 49 | 33 | 2.73 | 3.93 | 13.36 |
| 2001 | 15 | 51 | 34 | −0.13 | 9.20 | 7.95 |
| 2002 | 15 | 51 | 34 | 4.58 | 9.83 | 5.97 |

资料来源:《中国统计年鉴》(2003 年)。

根据产业结构演进的一般规律,三次产业是沿着第一产业为主导到第二产业为主导,再到第三产业为主导的方向发展。而这一点也在我国产业演进的过程中得到了证实,正如表 4—1 所揭示的那样,从 1980 年到 2002 年的十几年中,第一产业的产值结构基本上呈现出递减的趋势,从 1980 年的 30%降到 2002 年 15%,相应地,第二、第三产业产值结构则是以不断的提高作为其基本趋势的,其中,第三产业产值结构上升的幅度更为明显。这充分说明改革开放以来,伴随着经济的快速增长,产业结构逐步向高度化方向演进。

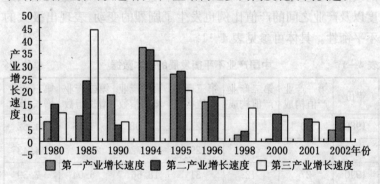

图 4—8　三次产业增长速度柱状图

从各产业的增长速度来看,趋势相对不是太明显,各个产业的增长速度都有很大的波动性。但通过图 4—8 可以看出,在大多数年份里,第一产业的增长速度都是低于第二、第三产业的,虽然个别年份中第一产业增长速度大于第二、第三产业,但仔细研究就会发现这些年份大多是国民经济出现了严重衰退的时期。与此不同,第二、第三产业的增长速度基本是比较接近的,在 20 世纪 90 年代初期,第二、第三产业的增长速度非常快,显示出国民经济持续繁荣的局面;但 1994～2001 年间,第二、第三产业的增长速度则一年比一年低,我国经济呈现出衰退迹象;2002 年以后衰退局面出现逆转。

总体来讲,随着我国经济的快速增长,三次产业在产值结构和增长速度方面都显示出了极大的不平衡性。一方面,第二、第三产业的产值结构持续提高,而第一产业的产值比重不断降低;另一方面,第二、第三产业的增长速度又比较快,第一产业的增长速度相对较慢。这充分表明产值结构与产业增长速度的不平衡性演变与发展彼此之间必然有着某种联系。一般来讲,三次产业产值构成的变化是一个逐步演进的过程,而且这一演进过程对各个产业本身增长速度的影响也是显著的,我国自然也不例外。基于此,笔者根据 1980～2002 年的实际数据,测算了我国三次产业产值结构与产业增长速度的相关系数,具体可参见表 4—2。

表 4—2　　　　　　　　　　关联矩阵表

| 产　　业 | 第一产业增长速度 | 第二产业增长速度 | 第三产业增长速度 |
|---|---|---|---|
| 第一产业产值构成 | −0.150 | −0.615 | −0.287 |
| 第二产业产值构成 | 0.265 | 0.182 | −0.258 |
| 第三产业产值构成 | 0.260 | 0.572 | 0.476 |

注:本表数据依据表 4—1 计算而得。

通过表 4—2 可以看出:(1)第一产业产值构成与三次产业各

自的增长速度呈现负相关关系,即第一产业产值比重越高,三次产业的增长速度就可能越低;(2)第二产业的产值构成与第一、第二产业的增长速度呈正的相关关系,而与第三产业增长速度呈弱的负相关关系;(3)第三产业产值构成与三次产业的增长速度都表现出正的关联性。之所以出现这种关联结构,笔者认为,三次产业产值结构的变化实质就是经济系统自我扩张的过程,而伴随着经济系统的扩张,产业之间的关联性逐步增强并表现出良性的互动关系。具体来讲,当第一产业在国民经济中占据很大比重时,整个经济系统所表现出的自给自足特征非常明显,不仅全社会分工的规模很小,而且整个经济系统内在的创新能力、增长潜力也受到极大抑制,从而不利于三次产业的增长。反之,当第三产业产值结构较高时,情况自然也相反。在此,我们可以将第二产业产值比重高的形态视为一种中间结构。总之,表4—2在一定程度上验证了我国改革开放二十多年来三次产业增长速度内生地取决于三次产业产值构成的变化这一客观事实。

(二)中国区域产业发展水平的空间特征

在不平衡的经济增长格局下,产业发展水平在空间上显示出较大的分化。为了客观地反映出区域产业发展的差异,笔者将首先运用相关统计指标进行测算。具体指标有4个:产业规模系数、产业扩张系数、产业劳动生产率系数和产业产品市场占有系数。然后,将4个指标连乘而得出一个综合性的指标,并将其称为产业发展水平系数。一定意义上讲,该系数综合体现出了各产业在生产规模、需求规模、经济效益等方面的差异。值得说明的是,这种关于产业发展水平指标衡量的计算方法只是一个基于对产业发展概念理解基础上的感性认识,可能还有许多因素没有考虑到,但就粗略地比较各区域产业发展水平以及确定与区域经济增长的关系而言,却是完全可行的。

1. 中国区域产业规模优势比较

区域产业规模优势指标是反映各产业的生产规模在空间上的集中情况。其具体公式为：

$$CC=\frac{C_{ik}/C_i}{C_k/C}$$

式中：$CC$ 为比较规模系数，$C_{ik}$ 为 $i$ 区域 $k$ 产业的产值，$C_i$ 为 $i$ 区域所有产业的产值，$C_k$ 为全国 $k$ 产业的产值，$C$ 为全国所有产业总产值。

如果系数大于1，说明 $i$ 区域 $k$ 产业在产业规模上处于优势，反之则反是。基于此，笔者测算了2002年中国三大地带及地带内各省份的三次产业规模状况（见表4—3、图4—9）。

表4—3　　　　　　　中国各区域产业规模优势

| 地　带 | 一产比例（%） | 二产比例（%） | 三产比例（%） | 一产规模系数 | 二产规模系数 | 三产规模系数 |
|---|---|---|---|---|---|---|
| 东部区域平均 | 10.7 | 48.4 | 40.9 | 0.69 | 0.95 | 1.22 |
| 北京 | 3.0 | 34.8 | 62.2 | 0.20 | 0.68 | 1.86 |
| 天津 | 4.1 | 48.8 | 47.1 | 0.27 | 0.96 | 1.40 |
| 上海 | 1.6 | 47.4 | 51.0 | 0.11 | 0.93 | 1.52 |
| 江苏 | 10.5 | 52.2 | 37.3 | 0.68 | 1.02 | 1.11 |
| 浙江 | 8.9 | 51.1 | 40.1 | 0.58 | 1.01 | 1.18 |
| 福建 | 14.2 | 46.1 | 39.7 | 0.92 | 0.90 | 1.18 |
| 山东 | 13.2 | 50.3 | 36.5 | 0.86 | 0.98 | 1.09 |
| 广东 | 8.8 | 50.4 | 40.8 | 0.58 | 0.98 | 1.23 |
| 河北 | 15.6 | 49.8 | 34.6 | 1.02 | 0.97 | 1.03 |
| 辽宁 | 10.8 | 47.8 | 41.4 | 0.70 | 0.94 | 1.23 |
| 海南 | 37.9 | 20.7 | 41.4 | 2.38 | 0.46 | 1.19 |
| 广西 | 24.3 | 35.2 | 40.5 | 1.58 | 0.69 | 1.21 |
| 中部区域平均 | 17.8 | 46.5 | 35.7 | 1.16 | 0.91 | 1.06 |

| 地　带 | 一产比例（%） | 二产比例（%） | 三产比例（%） | 一产规模系数 | 二产规模系数 | 三产规模系数 |
|---|---|---|---|---|---|---|
| 吉林 | 19.9 | 43.5 | 36.6 | 1.29 | 0.85 | 1.09 |
| 湖北 | 14.2 | 49.2 | 36.6 | 0.92 | 0.96 | 1.09 |
| 湖南 | 19.5 | 40.0 | 40.5 | 1.24 | 0.79 | 1.21 |
| 山西 | 9.8 | 53.7 | 36.5 | 0.63 | 1.03 | 1.13 |
| 内蒙古 | 21.6 | 42.0 | 36.4 | 1.40 | 0.82 | 1.09 |
| 黑龙江 | 11.6 | 55.6 | 32.8 | 0.74 | 1.10 | 0.97 |
| 安徽 | 21.6 | 43.5 | 34.9 | 1.41 | 0.85 | 1.04 |
| 江西 | 21.9 | 38.8 | 39.3 | 1.42 | 0.76 | 1.17 |
| 河南 | 20.9 | 47.8 | 31.3 | 1.36 | 0.94 | 0.93 |
| 西部区域平均 | 19.7 | 42.2 | 38.1 | 1.28 | 0.83 | 1.14 |
| 贵州 | 23.7 | 40.1 | 36.2 | 1.54 | 0.78 | 1.08 |
| 陕西 | 14.9 | 45.5 | 39.6 | 0.97 | 0.89 | 1.18 |
| 甘肃 | 18.4 | 45.7 | 35.9 | 1.20 | 0.89 | 1.07 |
| 青海 | 13.2 | 45.1 | 41.7 | 0.86 | 0.88 | 1.24 |
| 云南 | 21.1 | 42.6 | 36.3 | 1.37 | 0.84 | 1.08 |
| 宁夏 | 16.1 | 45.9 | 38.0 | 1.04 | 0.90 | 1.13 |
| 西藏 | 24.6 | 20.4 | 55.0 | 1.60 | 0.40 | 1.64 |
| 四川 | 21.1 | 40.7 | 38.2 | 1.37 | 0.80 | 1.14 |
| 新疆 | 19.1 | 42.1 | 38.8 | 1.24 | 0.82 | 1.16 |

　　资料来源：根据《中国区域经济统计年鉴》(2003)计算而得，表中数据省略全国指标。

　　首先从图4－9可以看出，东部区域产业规模中，第二、第三产业远远优于第一产业，并且第三产业较其他两个地带而言，具有强的规模比较优势；而中西部区域除了第一产业具有突出的规模比

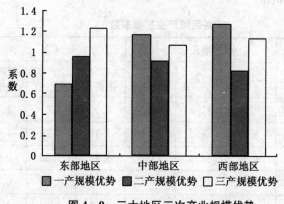

**图4—9　三大地区三次产业规模优势**

较优势外,第二、第三产业都没有明显的优势。

其次,从表4—3中的数据可以看出三大地带内部各省份的产业规模的分布和偏离情况。东部地带内除三大直辖市外其他省区的第三产业的规模分布较为均匀,但第一、第二产业规模差异较大,其中,海南的第二产业远远偏离了地带内其他省市,而三大直辖市的第一产业规模则远远偏离了其他省区。与此不同,中西部地带内部各省份的三次产业规模虽然也有差异,但差异并不算大,因此中西部地带的产业规模也基本上反映出了其内部各省份的规模状况。

2. 中国区域产业扩张优势比较

所谓产业扩张指的是各产业增长速度相对全国同类产业平均增长速度变动的程度。具体公式为:

$$CX = \frac{X_{ik}}{X_k}$$

式中:$CX$ 为产业扩张优势系数,$X_{ik}$ 为 $i$ 区域 $k$ 产业的增长速度,$X_k$ 为全国 $k$ 产业的增长速度。如果系数大于1,说明 $i$ 区域 $k$ 产业在产业规模的扩张上处于优势,反之则是。具体计算结果参见表 4—4 和图 4—10。

表 4—4　　　　　　　各区域产业扩张系数

| 地　带 | 年均增长(%) | | | CX | | |
|---|---|---|---|---|---|---|
| | 一产 | 二产 | 三产 | 一产扩张系数 | 二产扩张系数 | 三产扩张系数 |
| 东部区域平均 | 4.1 | 11.3 | 12.5 | 0.95 | 1.01 | 1.07 |
| 北京 | 5.0 | 8.5 | 12.0 | 1.16 | 0.76 | 1.03 |
| 天津 | 6.1 | 14.3 | 11.2 | 1.41 | 1.28 | 0.96 |
| 上海 | 3.0 | 12.1 | 10.0 | 0.69 | 1.09 | 0.86 |
| 江苏 | 3.5 | 13.7 | 11.2 | 0.81 | 1.23 | 0.96 |
| 浙江 | 4.5 | 13.4 | 13.5 | 1.04 | 1.20 | 1.16 |
| 福建 | 2.7 | 14.2 | 9.5 | 0.63 | 1.28 | 0.82 |
| 山东 | 2.5 | 14.8 | 10.6 | 0.58 | 1.33 | 0.91 |
| 广东 | 4.4 | 13.4 | 11.3 | 1.02 | 1.20 | 0.97 |
| 河北 | 5.4 | 10.6 | 10.2 | 1.25 | 0.95 | 0.88 |
| 辽宁 | 8.4 | 8.8 | 11.3 | 1.94 | 0.79 | 0.97 |
| 海南 | 9.1 | 12.5 | 8.1 | 2.11 | 1.12 | 0.70 |
| 广西 | 7.3 | 11.3 | 11.9 | 1.69 | 1.01 | 1.02 |
| 中部区域平均 | 4.4 | 10.7 | 10.3 | 1.02 | 0.96 | 0.89 |
| 吉林 | 6.3 | 10.5 | 10.1 | 1.46 | 0.94 | 0.87 |
| 湖北 | 2.0 | 10.3 | 10.3 | 0.46 | 0.93 | 0.88 |
| 湖南 | 2.6 | 10.9 | 10.5 | 0.60 | 0.98 | 0.90 |
| 山西 | 13.6 | 14.4 | 7.7 | 3.15 | 1.29 | 0.66 |
| 内蒙古 | 4.8 | 16.5 | 11.8 | 1.11 | 1.48 | 1.01 |

续表

| 地　带 | 年均增长（%） | | | CX | | |
|---|---|---|---|---|---|---|
| | 一产 | 二产 | 三产 | 一产扩张系数 | 二产扩张系数 | 三产扩张系数 |
| 黑龙江 | 8.1 | 10.7 | 10.2 | 1.88 | 0.96 | 0.88 |
| 安徽 | 3.9 | 10.7 | 9.9 | 0.90 | 0.96 | 0.85 |
| 江西 | 4.4 | 18.5 | 6.9 | 1.02 | 1.66 | 0.59 |
| 河南 | 4.5 | 11.5 | 10.0 | 1.04 | 1.03 | 0.86 |
| 西部区域平均 | 4.6 | 11.2 | 10.0 | 1.07 | 1.01 | 0.86 |
| 贵州 | 2.2 | 13.6 | 9.1 | 0.51 | 1.22 | 0.78 |
| 陕西 | 4.2 | 12.2 | 9.2 | 0.97 | 1.10 | 0.79 |
| 甘肃 | 5.8 | 10.8 | 9.6 | 1.34 | 0.97 | 0.82 |
| 青海 | 4.5 | 16.6 | 10.4 | 1.04 | 1.49 | 0.89 |
| 云南 | 3.9 | 9.4 | 9.4 | 0.90 | 0.84 | 0.81 |
| 宁夏 | 6.1 | 12.5 | 9.4 | 1.41 | 1.12 | 0.81 |
| 西藏 | 4.4 | 18.1 | 15.0 | 1.02 | 1.63 | 1.29 |
| 四川 | 4.8 | 14.3 | 10.1 | 1.11 | 1.28 | 0.87 |
| 新疆 | 5.0 | 8.4 | 9.3 | 1.16 | 0.75 | 0.80 |

资料来源：根据《中国区域经济统计年鉴》（2003）计算而得，表中省略全国数据。

通过图 4－10 可以清晰地看出：（1）2002 年较 2001 年而言，中部区域和西部区域三次产业相对扩张程度呈倒序排列，即一产扩张速度大于二产，二产扩张速度大于三产，可见第一产业增长速度最快。而东部区域三次产业相对扩张程度表现为正序排列，其

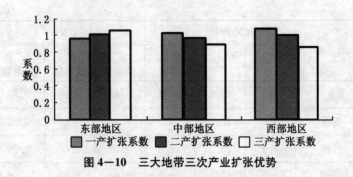

**图 4—10　三大地带三次产业扩张优势**

相对于平均的产业扩张速度而言,二产和三产具有一定优势,一产并没有什么优势可言。(2)从省区数据来看,中部区域内部第一产业扩张的省际差别较大,一产扩张系数最高的省区是山西,而最低的则是湖北。相对而言,除了内蒙古、山西和江西与其他省区有一定偏离外,二产和三产的省际差异不大。东部区域第一产业扩张程度有 8 个省区均高于全国水平,总体呈现高于全国水平,二产和三产的省际差异也不大。西部区域三产扩张程度普遍落后于全国水平,一产当中有 6 个地区高于全国平均水平,二产的扩张优势虽然总量水平不大,但相对水平却并不低,有 6 个省份的二产扩张优势指数大于 1,这可能与这些地区的二产产值基数水平低有关。

　　3. 中国区域产业劳动生产率比较

　　产业劳动生产率是将产业产值和产业吸纳劳动力综合进行考察的一个指标,它反映了产业的效率状况。具体公式为:

$$CP = \frac{P_{ik}}{P_k}$$

式中:$CP$ 为比较扩张优势系数,$P_{ik}$ 为 $i$ 区域 $k$ 产业的劳动生产率,$P_k$ 为全国 $k$ 产业的平均劳动生产率。如果系数大于 1,说明 $i$ 区域 $k$ 产业的生产效率较全国的平均水平处于优势,反之则反是。同样,笔者计算了我国 2002 年三次产业各区域劳动生产率的状况,分别见表 4—5、图 4—11。

表 4—5　　　　　　　各区域三次产业比较劳动生产率指数

| 地　带 | 一产生产率（万元/人） | 二产生产率（万元/人） | 三产生产率（万元/人） | 一产比较劳动生产率指数 | 二产比较劳动生产率指数 | 三产比较劳动生产率指数 |
|---|---|---|---|---|---|---|
| 东部区域平均 | 0.67 | 4.50 | 3.17 | 1.52 | 1.33 | 1.90 |
| 北京 | 1.45 | 4.75 | 5.31 | 3.30 | 1.40 | 3.18 |
| 天津 | 1.02 | 4.88 | 4.71 | 2.32 | 1.44 | 2.82 |
| 上海 | 1.05 | 7.99 | 7.12 | 2.38 | 2.36 | 4.27 |
| 江苏 | 0.81 | 5.14 | 3.76 | 1.85 | 1.52 | 2.25 |
| 浙江 | 0.78 | 3.72 | 3.39 | 1.78 | 1.10 | 2.03 |
| 福建 | 0.87 | 4.84 | 3.67 | 1.99 | 1.43 | 2.20 |
| 山东 | 0.61 | 4.15 | 1.96 | 1.38 | 1.22 | 1.18 |
| 广东 | 0.66 | 4.85 | 3.53 | 1.49 | 1.43 | 2.12 |
| 河北 | 0.58 | 3.48 | 2.83 | 1.31 | 1.03 | 1.69 |
| 辽宁 | 0.85 | 4.50 | 3.00 | 1.92 | 1.33 | 1.81 |
| 海南 | 1.11 | 4.40 | 2.25 | 2.53 | 1.30 | 1.35 |
| 广西 | 0.38 | 3.20 | 1.33 | 0.87 | 0.94 | 0.80 |
| 中部区域平均 | 0.46 | 3.30 | 1.86 | 1.05 | 0.97 | 1.12 |
| 吉林 | 0.76 | 4.47 | 2.16 | 1.73 | 1.32 | 1.29 |
| 湖北 | 0.61 | 5.47 | 2.14 | 1.38 | 1.61 | 1.28 |
| 湖南 | 0.41 | 2.29 | 2.06 | 0.92 | 0.68 | 1.23 |
| 山西 | 0.29 | 3.03 | 1.92 | 0.67 | 0.89 | 1.15 |
| 内蒙古 | 0.68 | 4.19 | 1.75 | 1.54 | 1.24 | 1.05 |
| 黑龙江 | 0.55 | 6.47 | 2.77 | 1.26 | 1.91 | 1.66 |
| 安徽 | 0.40 | 2.45 | 1.35 | 0.90 | 0.72 | 0.81 |

续表

| 地 带 | 一产生产率(万元/人) | 二产生产率(万元/人) | 三产生产率(万元/人) | 一产比较劳动生产率指数 | 二产比较劳动生产率指数 | 三产比较劳动生产率指数 |
|---|---|---|---|---|---|---|
| 江西 | 0.56 | 1.97 | 1.41 | 1.26 | 0.58 | 0.84 |
| 河南 | 0.38 | 2.90 | 1.74 | 0.86 | 0.86 | 1.04 |
| 西部区域平均 | 0.32 | 3.18 | 1.57 | 0.72 | 0.94 | 0.94 |
| 贵州 | 0.17 | 4.36 | 1.44 | 0.38 | 1.29 | 0.86 |
| 陕西 | 0.30 | 3.00 | 1.44 | 0.69 | 0.88 | 0.86 |
| 甘肃 | 0.24 | 1.90 | 1.25 | 0.55 | 0.56 | 0.75 |
| 青海 | 0.21 | 7.00 | 2.37 | 0.49 | 2.07 | 1.42 |
| 云南 | 0.27 | 4.63 | 1.92 | 0.62 | 1.37 | 1.15 |
| 宁夏 | 0.34 | 2.74 | 1.75 | 0.77 | 0.81 | 1.05 |
| 西藏 | 0.44 | 4.12 | 2.85 | 1.01 | 1.21 | 1.70 |
| 四川 | 0.41 | 2.60 | 1.35 | 0.93 | 0.77 | 0.81 |
| 新疆 | 0.78 | 7.01 | 2.91 | 1.77 | 2.07 | 1.74 |

资料来源:根据《中国区域经济统计年鉴》(2003)计算而得,全国三次产业的生产率依次为 0.44、3.39、1.67。

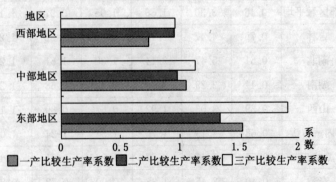

图 4—11　三大地带三次产业比较生产率系数

由图4—11可知,东部地带三次产业的劳动生产率都高于全国平均水平,且都高于中西部区域同类产业的生产率水平。而在东部地带三次产业中,以第三产业劳动生产率为最高,其次是第一产业,最后才是第二产业。与此不同,西部区域三次产业劳动生产率都低于全国同类产业水平,并表现出西部区域三次产业生产率都落后于中部区域同类产业的局面。中部地区第一、第三产业的生产率高于全国水平,但第二产业的生产率却比较低。从产业劳动生产率的省份分布来看,在东部区域内,只有广西三次产业的劳动生产率处于较低水平,其他省市都超过了平均水平;在中部区域内,吉林、内蒙古、黑龙江和湖北三次产业劳动生产率在中部地带内处于最高水平,其余省区三次产业劳动生产率则具有一定的劣势;西部区域内只有新疆和西藏有一定优势,其他各个省份三次产业生产率劣势较为明显。

4. 中国区域产业市场占有情况比较

产业的市场占有情况反映的是产业发展的外部环境——市场需求状况,它既是影响产业发展水平的重要因素,也是促进产业结构升级的动力。理论上讲,产业的市场占有情况要用产业产品的销售额与全国同类产业产品销售总额比较。但根据经验判断,销售额的大小必然与其产值有很强的正向关联,因此笔者将用产业的产值来代替分析,其结果可能会有一定偏差,但并不影响本书分析的结论。

反映市场占有情况的公式为:

$$CM = \frac{M_{ik}}{M_k}$$

式中:$CM$ 为市场占有系数,$M_{ik}$ 为 $i$ 区域 $k$ 产业的产值,$M_k$ 为全国 $k$ 产业的平均产值。$k$ 产业系数越大,说明该产业在全国同类产业占据的地位越重要,反之则反是。中国各区域产业市场占有情况见表4—6。

**表 4—6** 中国 2002 年各区域三产市场占有率指数

| 地 带 | 一产产值（亿元） | 二产产值（亿元） | 三产产值（亿元） | 一产市场占有指数 | 二产市场占有指数 | 三产市场占有指数 |
|---|---|---|---|---|---|---|
| 东部区域平均 | 628.68 | 2 848.88 | 2 406.70 | 0.040 | 0.052 | 0.053 |
| 北京 | 98.10 | 1 116.50 | 1 998.10 | 0.006 | 0.020 | 0.044 |
| 天津 | 84.00 | 1 001.90 | 965.26 | 0.005 | 0.018 | 0.021 |
| 上海 | 88.24 | 2 564.69 | 2 755.83 | 0.006 | 0.047 | 0.061 |
| 江苏 | 1 119.12 | 5 550.98 | 3 961.65 | 0.070 | 0.102 | 0.087 |
| 浙江 | 694.00 | 3 982.00 | 3 065.00 | 0.044 | 0.073 | 0.068 |
| 福建 | 663.00 | 2 159.94 | 1 859.03 | 0.042 | 0.040 | 0.041 |
| 山东 | 1 390.00 | 5 309.00 | 3 851.00 | 0.088 | 0.097 | 0.085 |
| 广东 | 1 032.80 | 5 835.63 | 4 801.30 | 0.065 | 0.107 | 0.106 |
| 河北 | 957.01 | 3 046.00 | 2 119.52 | 0.060 | 0.056 | 0.047 |
| 辽宁 | 590.20 | 2 609.85 | 2 258.17 | 0.037 | 0.048 | 0.050 |
| 海南 | 228.95 | 146.09 | 249.85 | 0.014 | 0.003 | 0.006 |
| 广西 | 598.68 | 863.96 | 995.72 | 0.038 | 0.016 | 0.022 |
| 中部区域平均 | 621.56 | 1 620.48 | 1 243.37 | 0.039 | 0.030 | 0.027 |
| 吉林 | 446.20 | 978.40 | 821.60 | 0.028 | 0.018 | 0.018 |
| 湖北 | 707.00 | 2 446.05 | 1 822.58 | 0.045 | 0.045 | 0.040 |
| 湖南 | 827.25 | 1 737.20 | 1 756.49 | 0.052 | 0.032 | 0.039 |
| 山西 | 195.00 | 1 050.80 | 756.00 | 0.012 | 0.019 | 0.017 |
| 内蒙古 | 374.69 | 728.34 | 631.28 | 0.024 | 0.013 | 0.014 |
| 黑龙江 | 447.00 | 2 188.50 | 1 266.00 | 0.028 | 0.040 | 0.028 |
| 安徽 | 772.55 | 1 552.21 | 1 244.34 | 0.049 | 0.028 | 0.027 |
| 江西 | 535.98 | 951.77 | 962.73 | 0.034 | 0.017 | 0.021 |
| 河南 | 1 288.36 | 2 951.06 | 1 929.31 | 0.081 | 0.054 | 0.043 |
| 西部区域平均 | 304.29 | 653.23 | 589.05 | 0.019 | 0.012 | 0.013 |

| 地 带 | 一产产值<br>（亿元） | 二产产值<br>（亿元） | 三产产值<br>（亿元） | 一产市场<br>占有指数 | 二产市场<br>占有指数 | 三产市场<br>占有指数 |
|---|---|---|---|---|---|---|
| 贵州 | 280.83 | 474.68 | 429.53 | 0.018 | 0.009 | 0.009 |
| 陕西 | 303.79 | 925.78 | 806.39 | 0.019 | 0.017 | 0.018 |
| 甘肃 | 214.00 | 530.00 | 417.00 | 0.013 | 0.010 | 0.009 |
| 青海 | 44.90 | 154.01 | 142.20 | 0.003 | 0.003 | 0.003 |
| 云南 | 469.94 | 955.99 | 805.95 | 0.030 | 0.017 | 0.018 |
| 宁夏 | 52.84 | 151.16 | 125.28 | 0.003 | 0.003 | 0.003 |
| 西藏 | 39.68 | 32.93 | 88.81 | 0.003 | 0.001 | 0.002 |
| 四川 | 1 027.60 | 1 982.40 | 1 865.10 | 0.065 | 0.036 | 0.041 |
| 新疆 | 305.00 | 672.10 | 621.18 | 0.019 | 0.012 | 0.014 |

资料来源：根据《中国区域经济统计年鉴》(2003)计算而得，表中省略全国数据。

5. 中国区域三次产业发展水平的综合比较

为了全面反映各区域产业发展情况，笔者根据上述统计指标，对中国各地区三次产业发展的综合水平进行计算。其公式为：

$$CS = CC \cdot CX \cdot CP \cdot CM \cdot 100$$

具体结果参见表 4-7，并根据表 4-7 中数据做出了图 4-12、图 4-13、图 4-14。

表 4-7　　　　　　中国 2002 年各产业发展指数

| 地 带 | CS1 | CS2 | CS3 |
|---|---|---|---|
| 东部平均* | 3.985 | 6.636 | 13.145 |
| 北京 | 0.459 | 1.447 | 26.806 |
| 天津 | 0.442 | 3.185 | 7.959 |
| 上海 | 0.108 | 11.244 | 34.049 |
| 江苏 | 7.133 | 19.451 | 20.859 |

续表

| 地　带 | CS1 | CS2 | CS3 |
|---|---|---|---|
| 浙江 | 4.724 | 9.732 | 18.895 |
| 福建 | 4.844 | 6.589 | 8.728 |
| 山东 | 6.057 | 15.424 | 9.949 |
| 广东 | 5.730 | 17.994 | 26.811 |
| 河北 | 10.022 | 5.315 | 7.200 |
| 辽宁 | 9.647 | 4.741 | 10.798 |
| 海南 | 17.787 | 0.201 | 0.675 |
| 广西 | 8.828 | 1.048 | 2.172 |
| 中部平均 | 4.845 | 2.542 | 2.853 |
| 吉林 | 9.123 | 1.898 | 2.202 |
| 湖北 | 2.628 | 6.468 | 4.911 |
| 湖南 | 3.559 | 1.685 | 5.224 |
| 山西 | 1.590 | 2.247 | 1.458 |
| 内蒙古 | 5.744 | 1.956 | 1.618 |
| 黑龙江 | 4.908 | 8.068 | 3.968 |
| 安徽 | 5.596 | 1.645 | 1.933 |
| 江西 | 6.205 | 1.244 | 1.218 |
| 河南 | 9.853 | 4.496 | 3.577 |
| 西部平均 | 1.874 | 0.946 | 1.198 |
| 贵州 | 0.537 | 1.105 | 0.652 |
| 陕西 | 1.234 | 1.465 | 1.443 |
| 甘肃 | 1.150 | 0.483 | 0.592 |
| 青海 | 0.131 | 0.814 | 0.470 |
| 云南 | 2.293 | 1.643 | 1.811 |
| 宁夏 | 0.339 | 0.245 | 0.288 |

续表

| 地 带 | CS1 | CS2 | CS3 |
|-------|------|------|------|
| 西藏 | 0.330 | 0.079 | 0.719 |
| 四川 | 9.193 | 2.839 | 3.294 |
| 新疆 | 4.837 | 1.528 | 2.261 |

资料来源:根据表4—3、表4—4、表4—5、表4—6计算而得。

*东、中、西三大地带在第一产业、第二产业和第三产业总的市场占有指数分别为48%、35%、17%;61%、27%、12%和63%、26%、11%。其中所谓平均是指分摊在一个省的值。

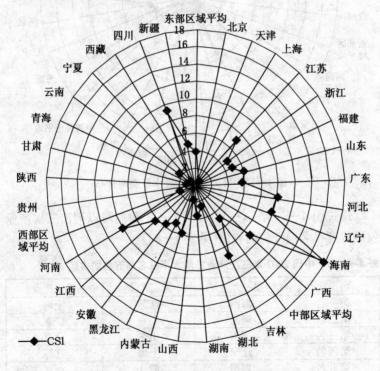

图4—12 第一产业发展水平空间分布

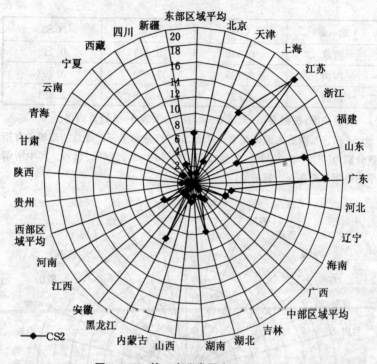

图4—13 第二产业发展水平空间分布

通过图4—12、图4—13和图4—14我们可以列出三次产业发展程度排名前5位的省份(见表4—8。)

表4—8 　中国2002年三次产业发展水平排名前五名的省区

| 名　次 | 第一产业 | 第二产业 | 第三产业 |
|---|---|---|---|
| 第一名 | 海南 | 江苏 | 上海 |
| 第二名 | 河北 | 广东 | 广东 |
| 第三名 | 河南 | 山东 | 北京 |
| 第四名 | 辽宁 | 上海 | 江苏 |
| 第五名 | 四川 | 浙江 | 浙江 |

注:本表根据表4—7统计而得。

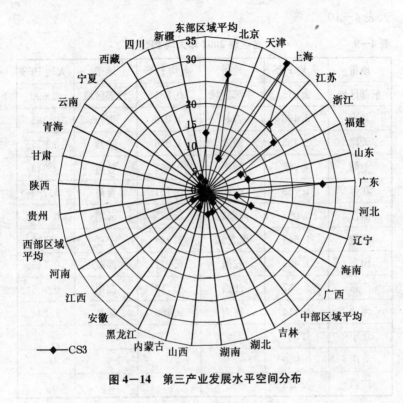

图4—14 第三产业发展水平空间分布

**(三)我国区域经济增长与区域产业发展的关系探讨**

衡量区域经济增长的主要指标是各区域的人均GDP,在此为了测算三次产业的竞争力与相应区域的人均收入情况的相关关系,笔者试采用新指标人均PPS来表示各区域收入的实际情况。所谓人均PPS是指各区域的人均GDP与全国人均GDP的比重,指标大于1就表示该区域经济发展水平高于全国平均水平;反之,则表示区域人均GDP低于全国的平均水平。一定意义上讲,该指标既反映了各区域在全国经济发展中的作用,也体现了各个区域相互之间发展水平的综合差异。有关数据及计算结果参见表4—

9、表 4-10。

**表 4-9** 　　　　　　　　　　**各区域 2002 年人均 PPS**

| 地带 | 人均 PPS | 地带 | 人均 PPS | 地带 | 人均 PPS |
|------|----------|------|----------|------|----------|
| 东部区域 | 2.015 | 中部区域 | 0.881 | 西部区域 | 0.690 |
| 北京 | 3.476 | 吉林 | 1.018 | 贵州 | 0.385 |
| 天津 | 2.735 | 湖北 | 1.016 | 陕西 | 0.675 |
| 上海 | 4.967 | 湖南 | 0.802 | 甘肃 | 0.549 |
| 江苏 | 1.758 | 山西 | 0.751 | 青海 | 0.785 |
| 浙江 | 2.057 | 内蒙古 | 0.885 | 云南 | 0.633 |
| 福建 | 1.649 | 黑龙江 | 1.244 | 宁夏 | 0.709 |
| 山东 | 1.423 | 安徽 | 0.711 | 西藏 | 0.745 |
| 广东 | 1.837 | 江西 | 0.712 | 四川 | 0.705 |
| 河北 | 1.114 | 河南 | 0.786 | 新疆 | 1.024 |
| 辽宁 | 1.587 | | | | |
| 海南 | 0.953 | | | | |
| 广西 | 0.623 | | | | |

资料来源:根据《中国区域经济统计年鉴》(2003)计算而得。

**表 4-10** 　　　　　**产业发展水平与区域人均 PPS 关联矩阵**

| 产 业 | 全国 | 东部区域 | 中部区域 | 西部区域 |
|--------|------|----------|----------|----------|
| 第一产业 | −0.199 | −0.761 | 0.002 | 0.316 |
| 第二产业 | 0.456 | 0.110 | 0.769 | 0.099 |
| 第三产业 | 0.879 | 0.792 | 0.427 | 0.348 |

注:本表数据根据表 4-9 和表 4-7 计算而得。

表 4-10 所显示的统计结果说明,产业发展水平与区域经济

增长的能力有着内在的联系。它主要表现为:东部区域是我国经济发展水平较高的区域,相应地经济增长的速度也是比较快的。在东部地区人均 GDP 增长的过程中,三次产业对它的贡献能力出现显著的分化,即第一、第二产业对人均 GDP 提高的推动作用迅速降低,取而代之的是第三产业。中部地带经济发展水平在全国处于中等水平,工业化水平也远未达到东部区域那样的水平,因此,工业即第二产业能否快速发展仍是中部区域提高人均 GDP 的关键点和主要突破口。与前两类区域不同的是,西部区域无论是第一、第二产业,还是第三产业对经济增长或人均 GDP 的提高都有着较小的推动作用,这实际上表现出西部区域三次产业的发展都比较落后的现状。其实,之所以出现上述的现象,根本上取决于三次产业对经济增长的贡献力不同。关于这一点,我们可以从前人的相关研究中得到证实。根据孙久文先生的研究[①],他认为各区域人均 3 000 元以下的时期,第三产业的贡献高于第二产业,属不发达的阶段。3 000~5 000 元时期,第二产业的贡献高于第三产业,而这个阶段多是工业化的初期。5 000~7 000 元时期,第二产业和第三产业同步增长。7 000~10 000 元阶段,又进入第二产业增长加快、贡献超过第三产业时期。10 000 元以上,进入相对发达时期,第三产业对增长贡献明显加大。尽管本书所得出的结论是相关系数,但这也从另一个角度论证了三次产业对处于不同发展阶段的经济增长在贡献方面有着显著的差异。需要说明的是,表 4-10 的相关系数有的为正、有的为负,它没有什么具体数值上的含义,旨在表现一种依存方向。此外,尽管三大地带在整体上体现出经济发展水平的高低,但地带内有些省区并不像地带本身那样具有与其相近的经济发展水平,因此所得出的相关系数也就有

---

① 孙久文:《中国区域经济实证研究——结构转变与发展战略》,中国轻工业出版社 1999 年版,第 133 页。

一定的偏差。

# 小　结

本章从实证的角度详细地分析了我国地带经济增长之间以及地带和国民经济增长的关系;在充分考虑到中国现实的前提下,将中国二元经济结构特征有机地融入了本章的分析框架,并在此基础上,提出了中国区域经济增长的联动模式,从而将区域增长联动这一重要概念嵌入了本书的研究体系。继而笔者又深入地研究了中国区域产业发展的情况,在以量化的形式给予直观描述的同时,又对区域产业发展和区域经济增长之间的总体关系做了探讨。

附表 4—1　　　1978～2002 年我国区域经济发展的基本情况

| 指标　年份 | 人均 GDP(元) | | | | 人均 GDP 变动指数①(%) | | | |
| --- | --- | --- | --- | --- | --- | --- | --- | --- |
| | 全国 | 东部 | 中部 | 西部 | 全国 | 东部 | 中部 | 西部 |
| 1978 | 379 | 687 | 333 | 300 | | | | |
| 1979 | 417 | 742 | 378 | 335 | 10.03 | 8.01 | 10.51 | 8.41 |
| 1980 | 460 | 818 | 409 | 370 | 10.31 | 10.24 | 8.20 | 10.45 |
| 1981 | 489 | 860 | 446 | 392 | 6.30 | 5.13 | 9.05 | 5.95 |
| 1982 | 525 | 928 | 489 | 422 | 7.36 | 7.91 | 9.64 | 7.65 |
| 1983 | 580 | 1 007 | 550 | 465 | 10.48 | 8.51 | 12.47 | 10.19 |
| 1984 | 692 | 1 174 | 647 | 549 | 19.31 | 16.58 | 17.64 | 18.06 |
| 1985 | 853 | 1 401 | 759 | 664 | 23.27 | 19.34 | 17.31 | 20.95 |
| 1986 | 956 | 1 535 | 840 | 724 | 12.08 | 9.56 | 10.67 | 9.04 |
| 1987 | 1 104 | 1 771 | 974 | 815 | 15.48 | 15.37 | 15.95 | 12.57 |
| 1988 | 1 355 | 2 189 | 1 186 | 1 004 | 22.74 | 23.60 | 21.77 | 23.19 |

　①　该指标体系均未剔除价格变动的影响,由于本书主要目的在于分析地带与全国之间的趋势和相对关系,故而并不影响本书结论。

续表

| 指标 年份 | 人均GDP(元) | | | | 人均GDP变动指数[①](%) | | | |
|---|---|---|---|---|---|---|---|---|
| | 全国 | 东部 | 中部 | 西部 | 全国 | 东部 | 中部 | 西部 |
| 1989 | 1 512 | 2 427 | 1 311 | 1 113 | 11.59 | 10.87 | 10.54 | 10.86 |
| 1990 | 1 634 | 2 483 | 1 441 | 1 279 | 8.07 | 2.31 | 9.92 | 14.91 |
| 1991 | 1 879 | 3 033 | 1 564 | 1 423 | 14.99 | 22.15 | 8.54 | 11.26 |
| 1992 | 2 287 | 3 760 | 1 850 | 1 635 | 21.71 | 23.97 | 18.29 | 14.90 |
| 1993 | 2 939 | 5 015 | 2 346 | 1 986 | 28.51 | 33.38 | 26.81 | 21.47 |
| 1994 | 3 923 | 6 584 | 3 065 | 2 496 | 33.48 | 11.35 | 30.65 | 25.68 |
| 1995 | 4 854 | 8 207 | 3 829 | 3 022 | 23.73 | 24.65 | 24.93 | 21.07 |
| 1996 | 5 576 | 9 553 | 4 554 | 3 462 | 14.87 | 16.40 | 18.93 | 14.56 |
| 1997 | 6 053 | 10 649 | 5 079 | 3 805 | 8.55 | 11.47 | 11.54 | 9.91 |
| 1998 | 6 392 | 11 523 | 5 393 | 4 098 | 5.60 | 8.21 | 6.18 | 7.70 |
| 1999 | 6 534 | 12 340 | 5 551 | 4 335 | 2.22 | 7.08 | 2.92 | 5.78 |
| 2000 | 7 086 | 13 698 | 6 045 | 4 714 | 8.45 | 11.01 | 8.90 | 8.74 |
| 2001 | 7 651 | 14 950 | 6 572 | 5 166 | 7.97 | 9.14 | 8.71 | 9.59 |
| 2002 | 8 184 | 16 474 | 7 218 | 5 647 | 6.97 | 10.20 | 9.84 | 9.30 |

**附表 4—2  1978～2002年中国东中、东西地带绝对差距情况    单位:元**

| 指标 年份 | 1978 | 1979 | 1980 | 1981 | 1982 | 1983 | 1984 | 1985 | 1986 | 1987 | 1988 | 1989 | 1990 |
|---|---|---|---|---|---|---|---|---|---|---|---|---|---|
| 东中 | 354 | 364 | 409 | 410 | 439 | 457 | 527 | 642 | 695 | 797 | 1 003 | 1 116 | 1 042 |
| 东西 | 378 | 407 | 448 | 464 | 506 | 542 | 625 | 737 | 811 | 956 | 1 185 | 1 314 | 1 204 |

| 指标 年份 | 1991 | 1992 | 1993 | 1994 | 1995 | 1996 | 1997 | 1998 | 1999 | 2000 | 2001 | 2002 | |
|---|---|---|---|---|---|---|---|---|---|---|---|---|---|
| 东中 | 1 469 | 1 910 | 2 669 | 3 519 | 4 378 | 4 998 | 5 570 | 6 130 | 6 789 | 7 653 | 8 378 | 9 256 | |
| 东西 | 1 610 | 2 125 | 3 029 | 4 088 | 5 185 | 6 091 | 6 844 | 7 425 | 8 005 | 8 984 | 9 784 | 10 828 | |

附表 4—3　1978～2002 年中国东中、东西地带相对差距情况　　　单位：%

| 指标 年份 | 1978 | 1979 | 1980 | 1981 | 1982 | 1983 | 1984 | 1985 | 1986 | 1987 | 1988 | 1989 | 1990 |
|---|---|---|---|---|---|---|---|---|---|---|---|---|---|
| 东中 | 51.5 | 49.1 | 50.0 | 48.1 | 47.3 | 45.4 | 44.9 | 45.8 | 45.3 | 45.0 | 45.8 | 46.0 | 42.0 |
| 东西 | 55.0 | 54.9 | 54.8 | 54.4 | 54.5 | 53.8 | 53.2 | 52.6 | 52.8 | 54.0 | 54.1 | 54.1 | 48.5 |

| 指标 年份 | 1991 | 1992 | 1993 | 1994 | 1995 | 1996 | 1997 | 1998 | 1999 | 2000 | 2001 | 2002 | |
|---|---|---|---|---|---|---|---|---|---|---|---|---|---|
| 东中 | 48.4 | 50.8 | 53.2 | 53.4 | 53.3 | 52.3 | 52.3 | 53.2 | 55.0 | 55.9 | 56.0 | 56.2 | |
| 东西 | 53.1 | 56.5 | 60.4 | 62.1 | 63.2 | 63.8 | 64.3 | 64.4 | 64.9 | 65.6 | 65.4 | 65.7 | |

附表 4—4　1978～2002 年中国东、中、西地带内部城、乡发展情况　　　单位：元

| 年份 指标 | 城市居民人均收入 | | | 农村居民人均纯收入 | | | 城、乡差距绝对额 | | |
|---|---|---|---|---|---|---|---|---|---|
| | 东部 | 中部 | 西部 | 东部 | 中部 | 西部 | 东部 | 中部 | 西部 |
| 1978 | 335 | 333 | 315 | 168 | 127 | 121 | 167 | 206 | 194 |
| 1979 | 372 | 375 | 340 | 203 | 170 | 140 | 169 | 205 | 200 |
| 1980 | 447 | 381 | 390 | 248 | 190 | 175 | 199 | 191 | 215 |
| 1981 | 478 | 400 | 418 | 288 | 232 | 198 | 190 | 168 | 220 |
| 1982 | 515 | 424 | 455 | 337 | 270 | 230 | 178 | 154 | 225 |
| 1983 | 540 | 448 | 479 | 389 | 327 | 258 | 151 | 121 | 221 |
| 1984 | 638 | 512 | 565 | 464 | 369 | 289 | 174 | 143 | 276 |
| 1985 | 776 | 604 | 708 | 515 | 385 | 329 | 261 | 219 | 379 |
| 1986 | 916 | 720 | 830 | 567 | 405 | 347 | 349 | 315 | 483 |
| 1987 | 1 035 | 784 | 927 | 649 | 441 | 369 | 386 | 343 | 558 |
| 1988 | 1 252 | 926 | 1 060 | 779 | 506 | 435 | 473 | 420 | 625 |
| 1989 | 1 484 | 1 072 | 1 200 | 880 | 543 | 470 | 604 | 529 | 730 |
| 1990 | 1 627 | 1 173 | 1 323 | 948 | 641 | 549 | 679 | 532 | 774 |
| 1991 | 1 821 | 1 297 | 1 500 | 1 042 | 634 | 573 | 779 | 663 | 927 |
| 1992 | 2 186 | 1 525 | 1 731 | 1 167 | 717 | 626 | 1 019 | 808 | 1 105 |
| 1993 | 2 892 | 1 908 | 2 093 | 1 408 | 821 | 692 | 1 484 | 1 087 | 1 401 |
| 1994 | 3 969 | 2 579 | 2 833 | 1 853 | 1 115 | 890 | 2 116 | 1 464 | 1 943 |
| 1995 | 4 832 | 3 173 | 3 453 | 2 360 | 1 432 | 1 064 | 2 472 | 1 741 | 2 389 |
| 1996 | 5 371 | 3 576 | 3 975 | 2 776 | 1 789 | 1 271 | 2 595 | 1 787 | 2 704 |
| 1997 | 6 277 | 4 318 | 4 547 | 3 029 | 1 978 | 1 399 | 3 248 | 2 340 | 3 148 |

续表

| 指标<br>年份 | 城市居民人均收入 | | | 农村居民人均纯收入 | | | 城、乡差距绝对额 | | |
|---|---|---|---|---|---|---|---|---|---|
| | 东部 | 中部 | 西部 | 东部 | 中部 | 西部 | 东部 | 中部 | 西部 |
| 1998 | 6 575 | 4 492 | 4 842 | 3 154 | 2 054 | 1 476 | 3 421 | 2 438 | 3 366 |
| 1999 | 7 146 | 4 837 | 5 236 | 3 237 | 2 058 | 1 496 | 3 909 | 2 779 | 3 740 |
| 2000 | 7 682 | 5 165 | 5 615 | 3 341 | 2 068 | 1 533 | 4 341 | 3 097 | 4 082 |
| 2001 | 8 448 | 5 641 | 6 127 | 3 542 | 2 155 | 1 603 | 4 906 | 3 486 | 4 524 |
| 2002 | 9 186 | 6 334 | 6 610 | 3 758 | 2 269 | 1 701 | 5 428 | 4 065 | 4 909 |

**附表4—5  1978~2002年东、中、西地带内部城、乡发展情况**　　　　单位:%

| 指标<br>年份 | 城市居民人均收入变动率 | | | 农村居民人均纯收入变动率 | | | 城、乡差距绝对额变动率 | | |
|---|---|---|---|---|---|---|---|---|---|
| | 东部 | 中部 | 西部 | 东部 | 中部 | 西部 | 东部 | 中部 | 西部 |
| 1979 | 11.04 | 12.61 | 7.94 | 20.83 | 33.86 | 15.70 | 1.20 | −0.49 | 3.09 |
| 1980 | 20.16 | 1.60 | 14.71 | 22.17 | 11.76 | 25.00 | 17.75 | −6.83 | 7.50 |
| 1981 | 6.94 | 4.99 | 7.18 | 16.13 | 22.11 | 13.14 | −4.52 | −12.04 | 2.33 |
| 1982 | 7.74 | 6.00 | 8.85 | 17.01 | 16.38 | 16.16 | −6.32 | −8.33 | 2.27 |
| 1983 | 4.85 | 5.66 | 5.27 | 15.43 | 21.11 | 12.17 | −15.17 | −21.43 | −1.78 |
| 1984 | 18.15 | 14.29 | 17.95 | 19.28 | 12.84 | 12.02 | 15.23 | 18.18 | 24.89 |
| 1985 | 21.63 | 17.97 | 25.31 | 10.99 | 4.34 | 13.84 | 50.00 | 53.15 | 37.32 |
| 1986 | 18.04 | 19.21 | 17.23 | 10.10 | 5.19 | 5.47 | 33.72 | 43.84 | 27.44 |
| 1987 | 12.99 | 8.89 | 11.69 | 14.46 | 8.89 | 6.34 | 10.60 | 8.89 | 15.53 |
| 1988 | 20.97 | 18.11 | 14.35 | 20.03 | 14.74 | 17.89 | 22.54 | 22.45 | 12.01 |
| 1989 | 18.53 | 15.77 | 13.21 | 12.97 | 7.31 | 8.05 | 27.70 | 25.95 | 16.80 |
| 1990 | 9.64 | 9.42 | 10.25 | 7.73 | 18.05 | 16.81 | 12.42 | 0.57 | 6.03 |
| 1991 | 11.92 | 10.57 | 13.38 | 9.92 | −1.09 | 4.37 | 14.73 | 24.62 | 19.77 |
| 1992 | 20.04 | 17.58 | 15.40 | 12.00 | 13.09 | 9.25 | 30.81 | 21.87 | 19.20 |
| 1993 | 32.30 | 25.11 | 20.91 | 20.65 | 14.50 | 10.54 | 45.63 | 34.53 | 26.79 |
| 1994 | 37.24 | 35.17 | 35.36 | 31.61 | 35.81 | 28.61 | 42.59 | 34.68 | 38.69 |
| 1995 | 21.74 | 23.03 | 21.88 | 27.36 | 28.14 | 19.55 | 16.82 | 18.92 | 22.95 |
| 1996 | 11.15 | 12.70 | 15.12 | 17.63 | 24.31 | 19.45 | 4.98 | 2.64 | 13.19 |
| 1997 | 16.87 | 20.75 | 14.39 | 9.11 | 10.56 | 10.07 | 25.16 | 30.95 | 16.42 |
| 1998 | 4.75 | 4.03 | 6.49 | 4.13 | 3.84 | 5.50 | 5.33 | 4.19 | 6.93 |

续表

| 指标<br>年份 | 城市居民人均收入变动率 | | | 农村居民人均纯收入变动率 | | | 城、乡差距绝对额变动率 | | |
|---|---|---|---|---|---|---|---|---|---|
| | 东部 | 中部 | 西部 | 东部 | 中部 | 西部 | 东部 | 中部 | 西部 |
| 1999 | 8.68 | 7.68 | 8.14 | 2.63 | 0.19 | 1.36 | 14.26 | 13.99 | 11.11 |
| 2000 | 7.50 | 6.78 | 7.24 | 3.21 | 0.49 | 2.47 | 11.05 | 11.44 | 9.14 |
| 2001 | 9.97 | 9.22 | 9.12 | 6.02 | 4.21 | 4.57 | 13.02 | 12.56 | 10.83 |
| 2002 | 8.74 | 12.29 | 7.88 | 6.10 | 5.29 | 6.11 | 10.64 | 16.61 | 8.51 |

**表 4—6　　　　1978～2002 年东、中、西之间城镇、农村差距情况**

| 指标<br>年份 | 城市之间绝对差距<br>（元） | | 城市之间相对差距<br>（%） | | 农村之间绝对差距<br>（元） | | 农村之间相对差距<br>（%） | |
|---|---|---|---|---|---|---|---|---|
| | 东中 | 东西 | 东中 | 东西 | 东中 | 东西 | 东中 | 东西 |
| 1978 | 2 | 20 | 0.60 | 5.97 | 41 | 47 | 24.40 | 27.98 |
| 1979 | −3 | 32 | −0.81 | 8.60 | 33 | 63 | 16.26 | 31.03 |
| 1980 | 66 | 57 | 14.77 | 12.75 | 58 | 73 | 23.39 | 29.44 |
| 1981 | 78 | 60 | 16.32 | 12.55 | 56 | 90 | 19.44 | 31.25 |
| 1982 | 91 | 60 | 17.67 | 11.65 | 67 | 107 | 19.88 | 31.75 |
| 1983 | 92 | 61 | 17.04 | 11.30 | 62 | 131 | 15.94 | 33.68 |
| 1984 | 126 | 73 | 19.75 | 11.44 | 95 | 175 | 20.47 | 37.72 |
| 1985 | 172 | 68 | 20.16 | 9.70 | 100 | 100 | 23.24 | 36.12 |
| 1986 | 196 | 86 | 21.40 | 9.39 | 162 | 220 | 28.57 | 38.8 |
| 1987 | 251 | 108 | 24.25 | 10.43 | 208 | 280 | 32.05 | 43.14 |
| 1988 | 326 | 192 | 26.04 | 15.34 | 273 | 344 | 35.04 | 44.16 |
| 1989 | 412 | 284 | 27.76 | 19.14 | 337 | 410 | 38.30 | 46.59 |
| 1990 | 454 | 304 | 27.90 | 18.68 | 307 | 399 | 32.38 | 42.09 |
| 1991 | 524 | 321 | 28.78 | 17.63 | 408 | 469 | 39.16 | 45.01 |
| 1992 | 661 | 455 | 30.24 | 20.81 | 450 | 541 | 38.56 | 46.36 |
| 1993 | 984 | 799 | 34.02 | 27.63 | 587 | 716 | 41.69 | 50.85 |
| 1994 | 1390 | 1136 | 35.02 | 28.62 | 738 | 963 | 39.83 | 51.97 |
| 1995 | 1659 | 1379 | 34.33 | 28.54 | 928 | 1 296 | 39.32 | 54.92 |
| 1996 | 1 795 | 1 396 | 33.42 | 25.99 | 987 | 1 505 | 35.55 | 54.21 |
| 1997 | 1 959 | 1 730 | 31.21 | 27.56 | 1 051 | 1 630 | 34.70 | 53.81 |
| 1998 | 2 083 | 1 733 | 31.68 | 26.36 | 1 100 | 1 678 | 34.88 | 53.20 |
| 1999 | 2 309 | 1 910 | 32.31 | 26.73 | 1 179 | 1 741 | 36.42 | 53.78 |
| 2000 | 2 517 | 2 067 | 32.76 | 26.91 | 1 273 | 1 808 | 38.10 | 54.12 |
| 2001 | 2 807 | 2 321 | 33.23 | 27.47 | 1 387 | 1 939 | 39.16 | 54.74 |
| 2002 | 2 852 | 2 576 | 31.05 | 28.04 | 1 489 | 2 057 | 39.62 | 54.74 |

# 第五章　中国资本流动的空间特征与差异

世界各国经济发展的历史表明,经济总量与社会固定资产投资和资本存量之间基本上呈同步增长的关系,而且具有经济增长率普遍高于或逐步趋近于投资增长率的特点,这在很大程度上印证了科技进步因素与效率因素在经济发展中的作用日益增强以及经济发展的集约化程度不断提高的事实。基于此,有关学者对中国区域经济发展与投资增长所作的相关分析也表明,近几年投资增长对区域经济增长的贡献率高达50%以上[①]。一方面两者之间存在比较明显的正相关关系,一定时期区域 GDP 增长速度的高低分别对应着固定资产投资增长速度的高低;另一方面,资本存量在区域分布上的不均衡变动,也是导致区域发展水平差距产生或扩大的主要原因。在 20 世纪 80 年代,东中西区域之间因资金投入增长率差异引起的工业增长率差异大约是实际工业增长率差异的1.9 倍。

## 一、中国区域经济增长与资本的空间分布

资本作为引致经济增长的重要生产要素,其数量的多寡不仅

---

① 　王梦奎、李善同:《中国地区社会经济发展不平衡问题研究》,商务印书馆 2000年版,第 111~115 页。

直接体现了经济增长的集约化程度,而且也决定着经济增长的潜力。由于我国地域广阔,发展水平又极为不平衡,客观上就使得资本在区域之间的分布表现出集中与分散相统一的二元特征。但是,资本的空间分布果真与增长差异的空间格局相一致吗?显然,这既是理论上,又是实践中所必须回答的问题。鉴于此,笔者测算了我国若干年份各区域的资本存量、人均资本存量的数据[①]。参见本章附表 5—1。

　　从附表 5—1 可以看出,从 1990 年到 2002 年的 13 年间,资本存量、人均资本在各区域的分布不仅在总量上有着较大的差异,而且也呈现不同的增长速度。就三大地带而言,2002 年东部区域基本占据了全国资本存量的 60% 以上,整个中西部区域合起来也不到 40%。同时,资本存量排名前五位的省份分别是:广东、江苏、山东、浙江、上海;而居于后五位的分别是:贵州、海南、青海、宁夏、西藏。可见,资本总量的空间分布在我国基本处于  种失衡状态。

　　虽然总量的分布显得极为不平衡,但考虑到各区域从业人员权数的不同,也许这种情况会有所改变。在此笔者进一步分析了各区域人均资本的情况。具体而言,从 1990 年到 2002 年,各区域的人均资本都表现出不同程度的扩张,在三大地带中,东部区域扩张的程度为最大,平均每年以 21.60% 的速度递增,而中、西部区域相对较慢,中部为 19.17%,西部为 20.56%;同时全国各省中资本扩张程度较大的省份也大多集中在东部地带。但是,从这两年人均资本增长的速度来看,这种情况发生了很大的不同,一方面在

---

　　①　由于中国统计年鉴中并没有各地区资本存量的基础数据,故而笔者假设了以 1980 年作为起点,以该年的全社会固定资产投资作为初始资本的存量,以后各年资本存量总额均为累积值;而人均资本则是用资本存量除以全社会从业人员来计算。客观上讲,这种处理方法会产生较大的误差,但由于本人分析的目的在于揭示资本的空间特征,因此结论仍具有很强的适用性。

三大地带上,东部扩张的速度低于中部和西部区域。其中,东部为
14.68%,中、西部分别为 15.18% 和 17.04%。另一方面,在西部
区域,一些省份的扩张程度也迅速快于了东部内的省份。具体参
见表5—1。

表5—1　　　　　　　　　中国各省区人均资本增长排序

| 项　　目 | 三大地带排序 | 增长最快的8个省份 | 增长最慢的8个省份 |
|---|---|---|---|
| 1990~2002 年人均资本平均增长速度 | 东部>西部>中部 | 浙江、上海、江苏、海南、福建、湖北、河北、广东 | 河南、安徽、山东、宁夏、辽宁、山西、黑龙江、青海 |
| 2002 年人均资本平均增长速度 | 西部>中部>东部 | 贵州、青海、宁夏、陕西、新疆、内蒙古、甘肃、浙江 | 黑龙江、广东、湖北、福建、北京、海南、上海、西藏 |

资料来源:《中国统计年鉴》(1990~2003)。

　　正是由于人均资本在不同区域的增长速度的差异,到 2002 年
时,各区域人均资本的占有量出现很大的分化。2002 年东部区域
的人均资本几乎是中、西部两区域的总和,而上海的人均资本量则
相当于全国平均水平的 5.23 倍,也是东部区域平均人均资本的
3.67 倍,更不要说与中西部区域的绝对差异了。除了上海以外,
东部区域只有广西低于全国平均水平,中部则除了吉林、湖北、黑
龙江以外,其他省区均低于全国水平,西部有新疆和青海高于平均
水平。由此可见,人均资本在全国的空间分布上是极为不平衡的,
占全国资本总量 60% 的东部区域同样也是人均资本占有最多的
区域。

　　针对资本空间分布的特征,我们试结合 GDP 或人均 GDP
来研究资本与 GDP 的相互关系。运用附表数据,笔者首先测
算了 2002 年全国及三大地带 GDP 与资本存量,1990~2002
年 GDP 增长速度与同期资本存量平均增长速度的相关系数,
2002 年人均资本与人均 GDP,1990~2002 年人均 GDP 平均
增长速度与同期人均资本平均增长速度的关联系数,同时做出
了有关图形。

**表 5—2**　　　　**全国及三大地带 GDP 与资本指标关联系数**

| 区　域 | RKG | RKZGZ | RRKG | RRKZGZ |
|---|---|---|---|---|
| 东部地带 | 0.999 | 0.686 | 0.971 | 0.513 |
| 中部地带 | 0.999 | 0.434 | 0.841 | 0.388 |
| 西部地带 | 0.998 | 0.662 | 0.907 | 0.559 |
| 全国 | 0.999 | 0.683 | 0.959 | 0.608 |

注:RKG 表示 2002 年资本存量与 GDP 总量的相关系数;RKZGZ 表示 1990～2002 年资本平均增长与 GDP 平均增长的相关系数;RRKG 表示人均资本与人均 GDP 相关系数;RRKZGZ 表示 1990～2002 年人均资本增长速度与同期人均 GDP 增长速度的相关系数。

从表 5—2 可以看出:(1)不论在哪一个层面上,资本总量均与 GDP 总量呈现较高的关联性,这说明国民经济增长的高低与资本额的大小有着密切的联系。(2)相比较而言,西部地带资本与 GDP 之间的相关程度较高,这种相关性既体现在总量的关系上,也体现在增长速度上,因此,西部区域增长能力的大小与资本的多寡有着更强的联系。而东、中地带的 GDP 与资本在数量上的关联程度较高,在速度上的关联性很小。(3)从四个关联指标来看,数量指标的关联性要明显高于速度指标的关联性,这说明资本存量或人均资本数量的差异是导致各区域 GDP 或人均 GDP 绝对差距的显著因素。(4)从图 5—1 可以更为直观地看出:在我国资本存量或人均资本的多少与 GDP 或人均 GDP 呈现几乎完全正向的线性关系。(5)图 5—2 则说明,尽管 GDP 与资本的增长速度并没有很强的线性关联,但两者在各个波段的走势上却是基本一致,即资本或人均资本年平均增长速度越高的省份往往对应着 GDP 或人均 GDP 增长速度较高的省份。这也在某种程度上证实了,在我国资本增长速度的高低也是造成我国区域国民增长速度差异的重要原因。

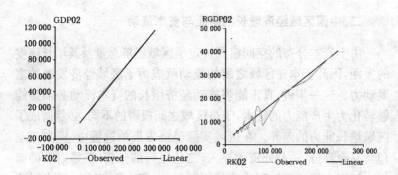

注：GDP02 和 K02 分别表示 2002 年各区域 GDP 总值和资本存量总额；RGDP02 和 RK02 分别表示 2002 年人均 GDP 和人均资本存量。

**图 5—1　2002 年 GDP、人均 GDP 与资本存量、人均资本存量关系**

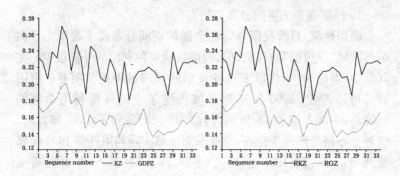

注：KZ 和 GDPZ 分别表示 1990～2002 年资本和 GDP 平均年增长速度；而 RKZ 和 RGZ 则分别表示 1990～2002 年人均资本和人均 GDP 平均增长速度。

图中横轴数字表示地区，纵轴表示各指标数值。

**图 5—2　1990～2002 年 GDP、人均 GDP 增长率与资本存量、人均资本存量增长率关系**

### 二、中国区域经济增长的差距与资本流动

由于资本分布的空间格局决定了区域经济总量及其增长速度的差距,因此资本在区域之间的流动就成为了区域经济发展的主要动力。进一步讲,真正能够推动经济增长的资本流动必须是能够转化为生产能力的资本,于是区域之间投资的不同,必然造成了区域增长能力的差异。在区域实际经济发展的过程中,资本流动包含三个部分:一是外资的进入,二是银行的信贷,三是财政的倾斜。随着中国经济体制改革的不断深化,资本不仅在区域之间流动的活跃程度逐步提高,而且资本流动的三部分构成也表现出独特的运行规律。下面,笔者将就这三个部分的资本流动进行分析和研究。

#### 1. 外资流动的空间分布与特点

确切地说,目前我国外资在全国的空间分布几乎表现出了向东部区域"一边倒"的现象,中、西部区域实际利用的外资很少。尤其是 20 世纪 90 年代以来这种流动的倾向显得更为明显。由图 5-3 可以看出,1990 年东部区域占据了全国外资利用总额的 86.2%,中部占据了 10.92%,西部为 2.88%;到了 1995 年以后,这种分布格局出现变化,一方面东部区域实际利用外资 1995 年降低到 83.5%,到 1998 年提高到 83.68%,2002 年再次提高至 87.76%;另一方面,中、西部区域出现小幅的波动,具体而言,中部地区从 1995 年的 12.48% 上升到 1998 年 13.13%,然后又减少到 2002 年的 9.92%;西部地区从 1995 年的 4.02% 降低到 1998 年 3.19%,然后又减少到 2002 年的 2.32%。

从地带内部的省份来看,外资的省际分布差异表现得更为明显。仅就 2002 年而言,实际利用外资比重的变异系数在全国、东、中、西地区内部分别为 1.447、0.897、0.606 和 1.0,显然西部地带内省际外资差异更大,中部的省际差异最小。此外,20 世纪 90 年

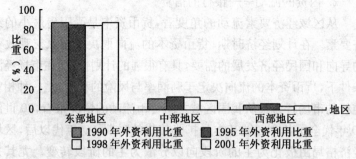

注:本图由《新中国50年地区统计资料汇编》、《中国区域经济统计年鉴》(2003)整理而得。

**图5—3　三大地带实际利用外资比重**

代是中国经济发展最为迅速、体制改革最为深入的时期,相应吸引外资的力度在各个区域也都得到了不断加强,特别是在"九五"期间,我国明确指出要加大力度引导外资优先向中西部投入,要加强对中西部区域经济发展的支持与政策倾斜。虽然,这些有利于中西部发展的吸引外资的区域政策的执行并没有在利用外资绝对规模上使中西部区域出现显著的优化,但是在相对规模的扩张上却起到了明显改善。从1990年到2002年全国外资扩张最大的十个省份中,东部区域占5个,中、西部占5个;而外资比重收缩最大的十个省份中,东部区域与中西部分别占了6个和4个(见表5—3)。

**表5—3　　1990～2002年全国外资扩张和收缩前十名省区**

| 省　份 | | 外资比重扩张最大前10个省区 | 外资比重收缩最大前10个省区 |
|---|---|---|---|
| 省　份 | | 江苏、山东、浙江、福建、江西、四川、河北、河南、湖北、内蒙古 | 广东、辽宁、上海、北京、天津、海南、湖南、新疆、黑龙江、吉林 |
| 扩张与收缩幅度 | 东部 | 23.81% | −22.17% |
| | 中西部 | 3.28% | −4.30% |

资料来源:根据《新中国50年地区统计资料汇编》整理而得。

### 2. 内资的流动——银行的信贷

从区域经济要素流动的角度看,货币资本是受阻碍最小的经济要素。在计划经济时期,货币资本的流向取决于国家宏观政策的导向和国民经济发展的需要,具有很强的计划性;而在市场经济条件下,货币资本的流向决定于利润率与风险的程度,是一种相对纯粹的市场行为。从我国区域之间货币流动的情况来看,20世纪80年代全国各个区域基本是扩张信贷的时期;90年代以后,区域经济格局由极化为主的阶段向以分散为主的阶段转变。尤其是90年代中后期,东部区域出现了"存差"现象,中西部则出现了"贷差"现象,表明我国东部资金开始出现向西扩散的特征。

首先,从三大地带金融资源分布的结构特征看,1984～2002年无论是银行存款还是银行贷款东部区域都占据了很大的比重,达到60%左右;相对而言,中、西部区域则很小。这种严重倾斜的区域性金融资源分布格局使区域自我积累能力也表现出极大的非均衡性(见表5—4)。

表5—4　　　　　　　　三大地带银行存贷比重变动情况　　　　　　单位:%

| 区　域 | 1984～2002年 | | 1984～1990年 | | 1991～2002年 | |
|---|---|---|---|---|---|---|
| | 存款比重 | 贷款比重 | 存款比重 | 贷款比重 | 存款比重 | 贷款比重 |
| 东部区域 | 65.40 | 59.06 | 62.55 | 58.39 | 65.58 | 59.13 |
| 中部区域 | 21.82 | 27.21 | 26.25 | 31.92 | 22.54 | 27.76 |
| 西部区域 | 12.78 | 13.73 | 11.20 | 9.69 | 11.88 | 13.11 |

资料来源:根据《中国区域经济统计年鉴》(2000～2003)和《中国地区社会经济发展不平衡问题研究》整理而得。

观察表5—4可以看出以下问题:第一,较20世纪90年代前期,存款的地带分布在1991～2002年期间有所变化,集中体现为东部区域和西部控制金融资源比重略有上升,而中部区域则下降幅度较大,接近 4 个百分点。第二,与存款地带变动相对照,90 年代以后与 90 年代以前相比,东部和西部区域的贷款比重都有所提高。其中,东部提高 0.74%,而西部提高幅度较大,上升近 3.5 个百分点。这在某种程度上体现出了我国 90 年代后对西部区域政策倾斜与支持发展的成效。

其次,从三大地带金融资源分布的总量特征来看,虽然 1984～2002 年时期内各个年份中,东部区域存款、贷款总额都远远超过中、西部区域的存、贷款总额,但是金融资源的流动趋势和方向却发生明显的逆转。由表 5—5 可以看出,在整个 90 年代以前的各个年份,三大地带普遍处于信贷扩张的状态,如果考虑到贷款总量的差距,那么东部区域不仅利用银行资金的绝对能力非常强大,而且还要挤占那些可能分配到中、西部区域的金融资源。1991～1997 年间,地带存贷状况发生显著的变化,中西部始终处于"贷大于存"的状态,而东部区域则基本上处于"存大于贷"的状态,表明东部的金融资源已明显地出现了向中西部转移的现象。然而这种转移并不是完全的,从 1995 年开始,东部区域剩余的金融资源并没有完全转化为中西部区域的生产能力,在全国层面上表现为信贷萎缩的局面。尤其自 1998 年以后,三大地带持续出现了存大于贷的现象。这在一定程度上说明,一方面,东部资金在寻求低成本生产要素的情况下开始向中西部转移;另一方面则反映出我国中西部区域自我积累能力长期低下造成即使这些地区经济发展水平提高,也无法有效吸收东部区域的剩余资金。

**表 5—5**　　　　　**1984～2002 年全国及地带存贷差情况**　　　　单位:亿元

| 区域＼年份 | 1984 | 1985 | 1986 | 1987 | 1988 | 1989 | 1990 | 1991 |
|---|---|---|---|---|---|---|---|---|
| 东部区域 | −416.4 | −743.4 | −952.8 | −1 023.2 | −1 264.6 | −1 322.7 | −1 069.8 | −650.2 |
| 中部区域 | −491.0 | −769.6 | −974.1 | −1 036.3 | −1 148.2 | −1 284.0 | −1 559.5 | −1 765.4 |
| 西部区域 | 85.7 | −42.9 | −89.3 | −105.2 | −182.4 | −209.6 | −220.6 | −238.8 |
| 全国 | −821.8 | −1 555.9 | −2 016.3 | −2 164.7 | −2 595.1 | −2 816.4 | −2 849.8 | −2 654.3 |

续表

| 年份<br>区域 | 1992 | 1993 | 1995 | 1996 | 1997 | 1998 | 2001 | 2002 |
|---|---|---|---|---|---|---|---|---|
| 东部区域 | 266.9 | 55.9 | 4 579.7 | 7 359.0 | 8 492.0 | 10 569.7 | 24 206.3 | 30 617.5 |
| 中部区域 | −1 904.6 | −2 293.9 | −2 267.7 | −2 239.5 | −2 817.7 | −2 466.2 | 2 716.3 | 4 712.3 |
| 西部区域 | −429.9 | −622.7 | −563.6 | −347.4 | −80.5 | 204.1 | 2 818.4 | 3 551.6 |
| 全国 | −2 067.6 | −2 860.6 | 1 748.3 | 4 772.2 | 5 593.7 | 8 307.6 | | |

资料来源:同表5—4。

注:表中数据为各区域同期存款总额减去贷款总额。

再次,从地带内部各省区存贷情况来看,1984～1990年东部区域除北京以外11个省市的存贷差都为负值,其中信贷总额扩张最大的前四位是广东、江苏、山东和辽宁,几乎占据了整个东部区域同期信贷扩张总额的80%。从1991年起,原先的信贷省际差异产生了新的变化。具体而言,1991～1998期间,北京仍旧保持存大于贷的状态,而辽宁、海南则始终处于“贷大于存”的状况。从1998年开始,东部区域所有省份均出现“存大于贷”的状态。中部区域内省区的信贷差变动情况比较单一。1984～1995年这一时期,中部地区所有省区均表现出“贷大于存”,1996～1998年,也只有山西省出现了小额的贷小于存的情况,中部地区整体上仍处于存小于贷的状态。从1998年以后,中部地区存贷差格局产生显著逆转,除吉林还保持一定“贷大于存”外,其余省份均出现“存大于贷”。相对而言,西部地带省份信贷差变动的规律不明显。大致来讲,在1984～1997年这一阶段里,西部虽然整体保持了“贷大于存”的状态,但主要是由四川和陕西大额“贷大于存”情况造成的。而云南省是整个西部区域内保持“贷小于存”额度最大、时间最持久的省份,几乎从1990年的15.1亿元开始一路递增到1998年的266亿元的存贷差额。在1999～2002年这一阶段,西部持续出现高额“存大于贷”,并且内部各省也表现为“存大于贷”。由此可见,地带内部的存贷差分布也是极为不均匀的。

### 3. 财政的倾斜

理论上讲,投资是拉动经济增长的"引擎",但这种拉动作用的发挥却是建立在资本增量在一定空间以一定的规模、一定的分布结构为基础的。这里所说的空间分布结构就是指区域性的资本流动,而规模则强调了资本流动的倾斜程度。从过去的一段时期来看,投资确实在推动经济增长方面起着较大的作用,据有关学者测算,1979～1996年资本增长的贡献高达58.4%(王梦奎,2000),可见国家投资的倾斜必然会对区域经济增长产生巨大作用。

就我国而言,改革开放之后中国的经济实力得到了迅速提高,特别是进入20世纪90年代以后平均经济增长率几乎保持在10%以上的速度,这是世界任何国家都难以做到的。但是改革开放二十多年来,区域经济差距也达到了一个前所未有的水平,这不仅仅是因为东部区域经济基础比内地好得多[1],更主要的是与国家长期的东部倾斜政策有着很大的联系。自1978年以来,国家对东部地带的投资支持实际情况见表5—6。

表5—6　　　　　　投资倾斜与人均收入加权变异系数

| 年份 | 1978 | 1979 | 1980 | 1982 | 1983 | 1984 | 1985 | 1986 | 1987 | 1989 |
|---|---|---|---|---|---|---|---|---|---|---|
| 东部投资比重(%) | 40.09 | 42.23 | 44.50 | 50.65 | 48.17 | 50.48 | 50.13 | 51.89 | 55.49 | 57.53 |
| 东部人均投资相对水平(%) | 107.0 | 111.0 | 114.6 | 132.1 | 127.7 | 128.1 | 127.8 | 133.8 | 139.7 | 144.9 |
| 地带间人均收入加权变异系数 | 0.248 | 0.231 | 0.241 | 0.241 | 0.230 | 0.237 | 0.245 | 0.251 | 0.258 | 0.276 |

---

[1]　比如,改革开放以后,浙江、广东、福建、江苏、山东等省份发展水平提高得非常迅速,一跃成为推动东部地带强劲增长并迅速和中西部地带拉开差距的发达地区。显然这并不是因为它们原来的经济基础较好。笔者认为这主要是改革开放以来国家倾斜性投资导致的必然结果,而这种倾斜性投资就是产生增长后劲和增长潜力在区域层面上拉大差距的直接原因。

续表

| 年份 | 1990 | 1991 | 1992 | 1993 | 1994 | 1995 | 1997 | 2000 | 2001 | 2002 |
|---|---|---|---|---|---|---|---|---|---|---|
| 东部投资比重(%) | 56.77 | 57.04 | 59.70 | 61.72 | 63.35 | 65.72 | 62.82 | 61.26 | 60.76 | 60.33 |
| 东部人均投资相对水平(%) | 144.6 | 144.0 | 150.0 | 155.4 | 159.8 | 160.4 | 153.5 | 151.7 | 153.6 | 152.2 |
| 地带间人均收入加权变异系数 | 0.258 | 0.284 | 0.316 | 0.351 | 0.359 | 0.348 | 0.349 | 0.331 | 0.337 | 0.339 |

资料来源:王梦奎、李善同《中国地区社会经济发展不平衡问题研究》第100页。2000～2002年数据来自《中国区域经济统计年鉴》(2003)和《中国统计年鉴》(2002)。

注:人均国民收入加权变异系数是指将各地带的人口作为权重来考虑三大地带之间人均国民收入的差异程度。其中,投资分为两个部分:1982年前是全民基建投资,1982年之后是全社会固定资产投资。东部人均投资相对水平=东部人均投资与三大地带平均水平的百分比。

从上述数据我们可以得出以下结论:

首先,改革开放以来,我国投资几乎是全面地向东部倾斜,即无论是基本建设投资,还是全社会固定资产投资,无论是人均投资,还是投资所占比重,都是持续向东部倾斜。其基本特点是:(1)投资持续向东部倾斜,而且向东部倾斜的力度越来越大,如人均投资水平,1978年东部人均基本建设投资相当于全国平均水平的107%,2002年该指标就达到了152.2%,这基本上反映了投资倾斜力度扩大的趋势。(2)从倾斜力度强弱上区分,这一时期分为两个阶段:1979～1985年期间,投资向东部倾斜,但倾斜力度较小;从20世纪80年代中期以后,特别是90年代以来,投资向东部倾斜越来越明显,力度也越来越大,到1995年达到了顶峰(160.4%)。

其次,将人均收入差距考虑在内,改革开放以来地带人均收入差距是沿着由"比较稳定—扩大—逐步加剧"的轨迹迅速变动的。

基本特征是:(1)1979 年,中部的人均 GDP 相当于东部的 68.81%,西部相当于东部的 58.13%;到 2002 年,中部只相当于东部的 43.82%,西部相当于 34.27%,分别下降了 24.99 个百分点和 23.86 个百分点,而人均 GDP 地带加权变异系数也由 1979 年的 0.248,增加到 2002 年的 0.339,增长了 37%。(2)1979～1984 年投资向东部倾斜力度不大,地带人均收入差距上下波动,但变动幅度不大;1985 年以后,地带收入差距不断拉大;进入 90 年代,地带发展差距扩大趋势加强;到了 1995 年,地带之间人均 GDP 差距达到了最大。如 1985～1989 年人均 GDP 的加权变异系数由 0.245 上升到了 0.276,每年上升 0.008;而 1989～1995 年,变异系数却由 0.276 升至 0.348,每年上升 0.0134,上升幅度是 1985～1989 年间的 1.7 倍,1996 年和 2002 年差距得到一定缩小,但没有得到明显改善,依然保持着较大的差距。

### 三、中国资本流动的贡献差异

在市场经济条件下,资本的跨区域流动是一件极为正常的经济活动。但是,由资本流动而导致生产能力的分化,进而引起区域产业发展水平的变动却是区域经济研究者密切关注的问题。值得强调的是,无论是作为物化资本的机器、设备,还是以资金形式出现的货币资本,它们对区域产业发展的作用并不完全依赖于本身数量的多少,而是间接地取决于对区域 GDP 提高能力的强弱。

#### 1. 资金运用的效率分析

由于区域之间投资总量的差异是形成区域增长差距的动力源泉之一,因此投资在各区域的变化势必引起区域经济总量的变化。从这个角度看,区域投资对经济增长的贡献将表现为投资的增量效率上,即投资增量与 GDP 增量的关系。基于此,笔者根据附表 5—2 的基本数据测算了我国 1980～1989 年、1990～2002 年以及 2002 年三个截面上区域间投资增量对区域 GDP 变动的作用。

　　我们首先可以在理论上假定 GDP 的变动严格依存于投资增量的变化。如果假定成立的话,就可以通过变量回归研究投资的贡献率。经过计算:投资增量与 GDP 增量在 20 世纪 90 年代、80年代和 2002 年的关联系数分别为 0.998、0.999 和 0.991。这就在实证检验的基础上支持了我们最初关于两者线性关系的假设。进一步探讨,我们将其回归方程表示如下:

$$\Delta GDP_{2002} = -16.446 + 2.138 \Delta I_{2002}$$

$$\Delta GDP_{1990\sim2002} = -70.073 + 2.634 \Delta I_{1990\sim2002}$$

$$\Delta GDP_{1980\sim1989} = 9.843 + 3.821 \Delta I_{1980\sim1989}$$

　　由上述方程可以看出,20 世纪 80 年代投资增量对 GDP 的贡献更高,90 年代则降低了 1 个单位。方程中投资增量的回归系数可近似地理解为投资效率[①]。相对而言,2002 年该系数最低,达到了 2.138。区域综合投资效率呈现递减的趋势。我们认为产生这种现象的原因在于:长期优先发展东部的区域倾斜政策,在某种程度上造成了我国区域经济发展内在运行机制的扭曲,比如 2002年,东部地带的投资增量贡献系数为 2.29,而中、西部区域却分别为 1.879 和 1.491,明显小于东部区域;与此不同,1985 年同类指标,东、中、西部区域分别为 1.595、1.469 和 1.56,三者并没有太大的差距。可见,相对于 1985 年,2002 年三大地带的投资效率差距已明显拉开,这必将在长期内造成我国区域产业发展水平差距的进一步拉大。经过了十几年的积累和发展,区域投资效率之所以产生如此变化,关键在于中西部区域经济发展长期得不到政策的倾斜,致使区域消费水平低下、二元结构过于明显,产生消费结构断裂和区域所有制结构过于单一。由此可见,区域增长差距一旦达到一定程度,资本流动对区域产业发展的有利作用就会受到

---

　　① 该系数不同于投资乘数,投资乘数往往是用地区或国家投资增量和 GDP 增量的时间序列数据进行回归分析的,而在本书中笔者是用地区间同期截面数据进行分析的。

抑制。区域投资效率必然会被扭曲的运行机制部分抵消,甚至全部抵消;此时,即使对中、西部投入再多的资金,在短期内也无法实现地带本身和全国经济的快速增长,也不可能实现这些区域产业的顺畅发展。

2. 资金流向的所有制结构分析

20 世纪 90 年代以前,中国几乎是纯一色的国有经济,非国有经济不仅所占比例很低,而且发展也极为缓慢。90 年代以后,中国进入了经济转型和体制转型的时期,在自由竞争的市场经济压力下,一方面,国有经济效率低下的弊端完全暴露出来;另一方面非国有经济发展势头较猛,成为推动我国经济增长不可忽视的强劲动力。然而,由于我国的渐进式改革在区域层面上并不是同时推进的,因此国有经济的比重在区域间表现出较大的不均衡性。据笔者测算,2002 年经济发展水平较高的东部地带人均国民收入相当于全国水平的 2 倍,其国有企业产值占本区工业总产值的比重仅为 31%;而发展水平落后的中、西部区域,人均国民收入虽然是全国水平的 0.88 和 0.69,但其国有企业产值比重却高达 64%和 60%。可见区域所有制结构的差异是影响区域经济发展的又一重要因素。

除了地带之间存在如此之大的所有制结构的差异,省区间的差异也是很大的(见表 5—7)。一方面排名前五位的省份都是东部区域,它们共同的特征是:对国有企业的投资水平较低、国企的产值比重也较低。而排名后五位的省区除广西外都是西部省区,其共同特征是:国有企业投资比重高、产值比重相对也高。这再次体现了区域所有制结构的多样化程度将在很大程度上决定区域经济增长的水平。另一方面,从资金占用和产值贡献的比较来看,全国各省区普遍存在国企占用的资金比重相对于它对本区的产值贡献较高的现象,这在一定程度上也证明了国有企业投资效率低下的事实。

表 5—7　　　2002 年全国若干省份的国有产值及国有投资比重　　单位:%

| 地　区 | 国有企业占本区工业总产值比重 | 国企投资占本区总投资比重 |
|---|---|---|
| 三大直辖市 | 上海(46)、北京(58)、天津(32) | 上海(33)、北京(42)、天津(40) |
| 人均 GDP 排名前五位的省区(依次降低) | 浙江(14)、广东(19)、江苏(23)、福建(15)、辽宁(62) | 浙江(32)、广东(30)、江苏(41)、福建(36)、辽宁(40) |
| 人均 GDP 排名后五位的省区(依次提高) | 陕西(77)、云南(79)、广西(60)、甘肃(72)、贵州(74) | 陕西(58)、云南(59)、广西(52)、甘肃(66)、贵州(66) |
| 全国均值 | 58 | 42 |

资料来源:《中国区域经济统计年鉴》(2003)。

综上所述,20 世纪 80 年代资本的东移在短短的十几年间使东部众多的省份纷纷崛起,一跃成为中国最为发达的区域。而 90 年代中期以后,为促进中西部发展,大量的资金又开始西移。可见,资本流动对于区域的经济发展具有极为重要的作用。但需要强调的是,单纯追求资金的积累或者强行推进资金的转移是不能长期带来效率的改善和增长的提高。就当前而言,大量的资本已经纷纷涌入西部区域,但收到的效果却不甚理想。这就充分说明,作为发展"硬条件"之一的资本,其效率的提高离不开市场条件、制度环境、开放程度等"软条件"的配合。

# 小　结

资本的空间流动既是区域经济增长差异的结果,也是引发区域产业发展差异的主要原因。在本章中,笔者从中国区域经济增长不平衡的既定前提出发,系统地研究了我国地带及省区的资本分布格局、资本存量、人均资本等与区域经济增长的关系,并在此基础上探析了资本在区域间贡献的差异。这样做的目的是使我们在充分认识区域资本分布、资本贡献差异的前提下,为理解区域产业发展的差异提供实证依据。

**附表5—1　20世纪90年代中国地带及各省区资本分布状况**

| 区域 | 资本存量(亿元) | | | 从业人员(万人) | | | 人均资本(万元/人) | | |
|------|------|------|------|------|------|------|------|------|------|
| | 1990年 | 1995年 | 2002年 | 1990年 | 1995年 | 2002年 | 1990年 | 1995年 | 2002年 |
| **东部** | 15 094 | 53 525 | 185 392 | 23 783 | 25 807 | 27 947 | 6 347 | 20 740 | 66 337 |
| 北京 | 1 043 | 3 402 | 12 168 | 627 | 665 | 679 | 16 635 | 51 158 | 179 157 |
| 天津 | 646 | 1 881 | 6 094 | 470 | 515 | 493 | 13 745 | 36 524 | 123 700 |
| 上海 | 1 478 | 5 472 | 19 274 | 788 | 856 | 792 | 18 756 | 63 925 | 243 349 |
| 江苏 | 2 179 | 7 486 | 26 365 | 3 569 | 3 650 | 3 506 | 6 105 | 20 510 | 75 209 |
| 浙江 | 1 158 | 4 807 | 20 383 | 2 554 | 2 621 | 2 859 | 4 534 | 18 340 | 71 305 |
| 福建 | 641 | 2 603 | 9 872 | 1 348 | 1 567 | 1 707 | 4 755 | 16 611 | 57 839 |
| 山东 | 2 197 | 6 560 | 23 047 | 4 043 | 4 385 | 5 527 | 5 434 | 14 960 | 41 700 |
| 广东 | 2 137 | 9 635 | 30 607 | 3 118 | 3 551 | 4 134 | 6 854 | 27 133 | 74 030 |
| 河北 | 1 302 | 4 066 | 15 981 | 2 955 | 3 252 | 3 287 | 4 406 | 12 503 | 48 626 |
| 辽宁 | 1 684 | 4 930 | 13 227 | 1 897 | 2 028 | 2 025 | 8 877 | 24 310 | 65 307 |
| 海南 | 161 | 900 | 2 257 | 305 | 334 | 350 | 5 279 | 26 946 | 64 518 |
| 广西 | 468 | 1 783 | 6 116 | 2 109 | 2 383 | 2 589 | 2 219 | 7 482 | 23 623 |
| **中部** | 7 538 | 21 361 | 72 662 | 19 183 | 21 146 | 22 544 | 3 930 | 10 101 | 32 231 |
| 吉林 | 609 | 1 772 | 5 527 | 1 169 | 1 271 | 1 187 | 5 210 | 13 942 | 46 583 |
| 湖北 | 1 030 | 3 242 | 12 359 | 2 479 | 2 594 | 2 468 | 4 155 | 12 498 | 50 085 |
| 湖南 | 899 | 2 554 | 9 299 | 3 159 | 3 467 | 3 645 | 2 846 | 7 367 | 25 514 |
| 山西 | 833 | 1992 | 5 907 | 1 304 | 1 425 | 1 403 | 6 388 | 13 979 | 42 096 |
| 内蒙古 | 367 | 1 358 | 4 292 | 925 | 1 029 | 1 086 | 3 968 | 13 197 | 39 519 |
| 黑龙江 | 1 168 | 2 824 | 8 541 | 1 436 | 1 543 | 1 603 | 8 134 | 18 302 | 53 284 |
| 安徽 | 851 | 2 457 | 8 155 | 2 808 | 3 207 | 3 501 | 3 031 | 7 661 | 23 296 |
| 江西 | 502 | 1 425 | 5 208 | 1 817 | 2 101 | 2 131 | 2 763 | 6 782 | 24 443 |
| 河南 | 1 279 | 3 737 | 13 374 | 4 086 | 4 509 | 5 522 | 3 130 | 8 288 | 24 219 |
| **西部** | 3 765 | 11 168 | 40 959 | 11 890 | 13 073 | 13 719 | 3 167 | 8 543 | 29 857 |
| 贵州 | 338 | 896 | 3 536 | 1 652 | 1 812 | 2 016 | 2 046 | 4 945 | 17 537 |
| 陕西 | 648 | 1 750 | 6 250 | 1 576 | 1 748 | 1 789 | 4 112 | 10 011 | 34 934 |

续表

| 区域 | 资本存量（亿元） | | | 从业人员（万人） | | | 人均资本（万元/人） | | |
|------|------|------|------|------|------|------|------|------|------|
| | 1990 年 | 1995 年 | 2002 年 | 1990 年 | 1995 年 | 2002 年 | 1990 年 | 1995 年 | 2002 年 |
| 甘肃 | 379 | 1 009 | 3 697 | 1 292 | 1 483 | 1 501 | 2 933 | 6 804 | 24 638 |
| 青海 | 180 | 380 | 1 391 | 206 | 242 | 291 | 8 738 | 15 702 | 47 738 |
| 云南 | 478 | 1 671 | 6 258 | 1 923 | 2 149 | 2 341 | 2 486 | 7 776 | 26 731 |
| 宁夏 | 136 | 377 | 1 367 | 211 | 241 | 282 | 6 445 | 15 643 | 48 390 |
| 西藏 | 50 | 150 | 570 | 108 | 115 | 129 | 4 630 | 13 043 | 44 285 |
| 四川 | 1 076 | 3 294 | 12 239 | 4 304 | 4 607 | 4 668 | 2 500 | 7 150 | 26 222 |
| 新疆 | 480 | 1 641 | 5 652 | 618 | 676 | 701 | 7 767 | 24 275 | 80 567 |
| 全国 | 26 397 | 86 054 | 299 014 | 54 856 | 60 026 | 64 210 | 4 812 | 14 336 | 46 568 |

**附表 5—2　　　中国地带及各省区相关经济指标变动情况**　　　单位:亿元

| | 1980~1989 年 | | 1990~2002 年 | | 2002 年 | |
|------|------|------|------|------|------|------|
| | 投资变动 | GDP 变动 | 投资变动 | GDP 变动 | 投资变动 | GDP 变动 |
| 东部区域 | 1 836 | 6 736 | 22 685.6 | 60 778.1 | 3 010.4 | 7 117.9 |
| 北京 | 106 | 317 | 1 635.3 | 2 711.7 | 283.8 | 367.0 |
| 天津 | 60 | 179 | 723.3 | 1 740.2 | 106.2 | 211.1 |
| 上海 | 170 | 385 | 1 960.1 | 4 652.8 | 192.3 | 457.9 |
| 江苏 | 285 | 1 002 | 3 094.1 | 9 214.8 | 147.2 | 1 119.8 |
| 浙江 | 146 | 664 | 3 226.1 | 6 898.0 | 636.4 | 1 047.9 |
| 福建 | 84 | 371 | 1 115.8 | 4 160.0 | 96.3 | 428.3 |
| 山东 | 235 | 1 002 | 3 173.3 | 9 039.0 | 701.5 | 1 111.7 |
| 广东 | 309 | 1 131 | 3 589.7 | 10 210.7 | 434.4 | 1 122.0 |
| 河北 | 156 | 604 | 1 869.7 | 5 226.5 | 104.8 | 544.8 |
| 辽宁 | 200 | 723 | 1 342.6 | 4 395.2 | 184.6 | 425.1 |
| 海南 | 26 | 72 | 189.8 | 522.9 | 19.3 | 58.2 |
| 广西 | 59 | 286 | 766.0 | 2 006.4 | 103.7 | 224.2 |

续表

| | 1980～1989 年 | | 1990～2002 年 | | 2002 年 | |
|---|---|---|---|---|---|---|
| | 投资变动 | GDP 变动 | 投资变动 | GDP 变动 | 投资变动 | GDP 变动 |
| **中部区域** | 838 | 3 524 | 9 174.0 | 25 910.6 | 1 414.5 | 2 717.8 |
| 吉林 | 59 | 293 | 714.0 | 1 821.1 | 128.4 | 213.6 |
| 湖北 | 88 | 518 | 1 461.1 | 4 151.6 | 53.3 | 313.4 |
| 湖南 | 82 | 449 | 1 231.9 | 3 596.9 | 145.2 | 357.9 |
| 山西 | 80 | 267 | 715.3 | 1 572.8 | 130.0 | 221.8 |
| 内蒙古 | 71 | 225 | 644.1 | 1 415.3 | 218.7 | 188.5 |
| 黑龙江 | 119 | 410 | 923.3 | 3 186.5 | 107.1 | 340.5 |
| 安徽 | 97 | 475 | 1 010.3 | 2 911.1 | 169.2 | 279.0 |
| 江西 | 54 | 265 | 853.6 | 2 021.5 | 264.1 | 274.5 |
| 河南 | 188 | 622 | 1 620.5 | 5 233.7 | 198.5 | 528.6 |
| **西部区域** | 411 | 1 639 | 5 616.6 | 11 232.1 | 823.9 | 1 197.9 |
| 贵州 | 30 | 176 | 580.4 | 925.0 | 98.7 | 100.1 |
| 陕西 | 67 | 263 | 870.4 | 1 632.0 | 123.7 | 191.7 |
| 甘肃 | 38 | 143 | 516.8 | 918.0 | 70.4 | 88.5 |
| 青海 | 15 | 42 | 223.0 | 271.1 | 43.4 | 40.2 |
| 云南 | 47 | 279 | 752.7 | 1 779.9 | 93.8 | 157.2 |
| 宁夏 | 14 | 43 | 208.8 | 264.3 | 35.0 | 31.0 |
| 西藏 | 5 | 13 | 98.6 | 133.4 | 20.8 | 22.7 |
| 四川 | 120 | 516 | 1 642.2 | 3 984.1 | 231.4 | 453.3 |
| 新疆 | 75 | 164 | 723.6 | 1 324.3 | 106.6 | 113.3 |
| 全国 | 3 085 | 11 899 | 37 476.1 | 97 920.7 | 5 248.8 | 11 033.6 |

# 第六章　中国劳动力流动的空间
# 格局与产业分布

　　作为基本生产要素的劳动力,它在区域间、产业之间的流动速度不仅决定着区域和产业发展的均衡性程度,而且也决定着国民经济资源配置效率的高低。根据我国经济发展的进程,从新中国成立到1978年近30年的时间里,劳动力的空间流动几乎都是在政府干预下有组织实施的。不论是"文革"期间的上山下乡,还是"文革"后的知青返城,劳动力的大规模迁移和流动都是在中央政府基于对政治、经济等多方面的考虑下有序展开的。改革开放以后,伴随着我国经济的快速发展和区域差距的拉大,劳动力在区域间、产业间的自发流动开始形成。据有关部门统计,全国流动人口总数已达到12 000万人,实际数字会超过这些。但无论如何,由于劳动力的流动客观上促使了区域经济实力的进一步分化,因此,劳动力作为引致产业发展的重要一环就成为本章重点探讨的内容。

## 一、改革开放以来劳动力流动的基本特点

　　从1979年开始,随着农村家庭联产承包责任制的贯彻落实、城市经济体制改革的启动和对外开放政策的实施,中国农村劳动力完全依附于土地的命运得到了彻底的改观。一方面,改革的逐渐推进大大改善了我国农业生产力落后的局面,使农业劳动力有

了很大的剩余,客观上使广大的农业剩余劳力有着冲破城乡隔离、区域分割的动力;另一方面,随着城市经济发展水平和科技能力的提高,促进了乡镇企业的产生和发展,此外,城市产业分工的日益细化,也为吸收广大农村剩余劳动力提供了条件。正是在这种背景下,大批农业剩余劳动力从土地转移出来转变为非农从业人员[①],与此同时,也有一部分城市科技人才走向了农村乡镇企业,为施展自己的才华寻找更为广阔的空间。

实际上,整个20世纪80年代是中国劳动力流动最为活跃的一个重要时期。从这一时期起,中国人口延续数百年北上的空间特征彻底改变了,大量从中、西部区域释放出来的剩余劳动力带着各种美好的憧憬踏上了东进和南下的道路。与以前各个历史时期相比,其最大的不同是:由向稀疏区域进行开发性迁移变为向人口稠密区域的集聚性流动,即由外延扩展型迁移转变为内涵发展型流动;人口流动类型与机制发生变化——计划迁移的比重下降,自发流动的比重上升;工业和第三产业吸纳流动人口取代了农业吸纳人口占据主导地位的状况。这一时期人口的大规模流动,极大地推动了城镇化的进程,尤其是小城镇得到了迅速发展。

90年代以来,中国人口的迁移与流动又出现了大规模、跨区域、长距离的引人注目的现象。与80年代人口迁移与流动的不同之处在于,它不仅出现在城乡之间,而且出现于省区之间。具体来说,就是中、西部区域的农民向东部区域的大、中城市流动,形成了规模性和浪潮式的冲击。

从整体上看,中国流动人口的增长是迅速的。据1982年"三普"调查,全国一年以上常住流动人口共有657万人,到1990年"四普"时便上升到2 135万人,增长2.25倍。最近根据2000年人

---

① 除了在本地从事工副业生产外,劳动力有的进了当地的乡镇企业,有的走向外省市,从事建筑、修补、运输、家庭服务等工作。

口普查资料显示,全国总流动人口为12 107万人。这些流动人口,绝大多数是农村流出的剩余劳动力。1984 年中国约有农业剩余劳动力9 485万人,接近 1 亿人;1994 年超过 2 亿人,2000 年则约有 2.5 亿人。改革开放以来,通过发展乡镇企业的非农生产,已经就地安排了 1.3 亿农业剩余劳动力,其余的12 000万左右就是外出谋生的较长期的流动人口。

总的说来,改革开放以来中国的流动人口是急剧增长的。这支数量庞大的流动人口大军,对于实现中国的工业化和城镇化,实现经济的快速增长和产业的顺畅发展至关重要,同时也关系到整个社会的稳定和国家的安定。

## 二、区域增长差距与区际劳动力流动

如果从改革开放算起,中国区域之间的劳动力流动从来就没有停止过,并且人口流动方向的基本格局——从中、西部流向东部——一直也都没有发生大的变动。在 1985~1990 年间,人口净迁入的省份主要集中在东部区域,它们是北京、上海、天津、广东以及辽宁、江苏、福建、山东、海南等,而中、西部却只有五省区为净迁入区域,分别是山西、湖北、青海、宁夏和新疆。到了 20 世纪90 年代中期,原先的迁移格局没有发生大的变化,不过东部区域又新添了河北为净迁入省份,而中、西部区域则只有山西和新疆为净迁入省份,其他区域均为净迁出省区。根据 2000 年人口普查显示,在跨省流动的4 242万人口中,从四川流出的占 16.4%,从安徽流出的占 10.2%,从湖南流出的占 10.2%,从江西流出的占 8.7%,从河南流出的占 7.2%,从湖北流出的占 6.6%,六省市流出人口占全国跨省流动人口的 59.3%。从流入的区域看,流入广东的占 35.5%,流入浙江的占 8.7%,流入上海的占 7.4%,流入江苏的占 6.0%,流入北京的占 5.8%,流入福建的占 5.1%,六省市流入人口占全国跨省流动人口的 68.5%。

　　由于省份之间流入与流出劳动力的程度不同,客观上使三大地带之间的人口流向形成了一种稳定的特征。具体而言,在1985~1990年间,东部区域是人口的主要流入区,由中部流入东部的人口是由东部流入中部人口的近 2 倍,而由西部流入东部的人口则是东部流入西部人口的近 3 倍。从人口的迁入和迁出程度来看,东部吸纳了全部迁出人口的 46.27%,而东部迁出人口占总迁出人口的 40.6%,多出的 5.67 个百分点则是东部从中、西部区域净吸收的人口。与此不同,中、西部区域则为全国人口净迁出区域,净迁出中,中部人口为 2.54%,西部为 3.13%。仅就中、西部区域而言,中部区域是西部的净迁入区域,西部则为净迁出区域,并且从西部迁往中部的人口是中部迁往西部人口的近 1.5 倍(见表 6—1)。由此可见,西部区域不仅向东部区域净迁入人口,而且也向中部区域净迁入人口。

表 6—1　　　　1985~1990 年地带间人口流向(合计 100%)

| 流入地 ＼ 流出地 | 东部 | 中部 | 西部 | 小计 |
|---|---|---|---|---|
| 东部 | 35.82 | 6.66 | 3.79 | 46.27 |
| 中部 | 3.47 | 26.79 | 2.04 | 32.30 |
| 西部 | 1.31 | 1.39 | 18.73 | 21.43 |
| 合计 | 40.60 | 34.84 | 24.56 | 34 091 095(人) |

　　资料来源:国务院人口普查办公室、国家统计司编,《中国 1990 年人口普查资料》,中国统计出版社 1993 年版。转引自杨云彦的《区域经济的结构与变迁》,河南人民出版社,第 101 页。

　　注:西藏因缺资料没有计入西部区域。

　　如果将上面的分析视为 20 世纪 80 年代区域人口迁移特点的话,那么进入 90 年代以后,地带之间的人口迁移特点基本没有发生大的变动。其主要的变动反映在以下四个方面(见表 6—2、表 6—3)。

**表 6—2　　　　1990～1995 年地带间人口流向(合计 100%)**

| 流入地 ＼ 流出地 | 东部 | 中部 | 西部 | 小　计 |
|---|---|---|---|---|
| 东部 | 42.67 | 9.53 | 4.66 | 56.87 |
| 中部 | 1.99 | 21.04 | 1.35 | 24.39 |
| 西部 | 1.06 | 1.44 | 16.24 | 18.75 |
| 合计 | 45.73 | 32.02 | 22.25 | 33 228 800(人) |

资料来源:全国人口抽样调查办公室编《1995 年全国 1%人口抽样调查资料》,中国统计出版社 1997 年版。转引自杨云彦的《区域经济的结构与变迁》,河南人民出版社,第 102 页。

注:本表为 1%抽样调查。

**表 6—3　　　　1995～2000 年地带间人口流向(合计 100%)**

| 流入地 ＼ 流出地 | 东部 | 中部 | 西部 | 小　计 |
|---|---|---|---|---|
| 东部 | 31.80 | 10.67 | 7.50 | 49.97 |
| 中部 | 0.83 | 21.70 | 0.87 | 23.40 |
| 西部 | 0.67 | 1.10 | 24.97 | 26.73 |
| 合计 | 33.30 | 33.47 | 33.33 | 12 460 000(人) |

资料来源:《中国 2000 年人口普查资料》。

注:(1)从统计口径上看,1987 年迁移数量包括迁入时间在半年以上的市、镇和县之间的迁移人口;1990 年迁移数量包括迁入时间在 1 年以上的市、县之间的迁移人口;1995 年迁移数量包括迁入时间在半年以上的市、区、县之间的迁移人口;2000 年迁移数量包括迁入时间在半年以上的乡、镇、街道之间的迁移人口。(2)全部迁移人口包括地区内部和地区之间的人口迁移,不同年份在迁移时间规定和迁移范围上的差别对地区之间分布会带来一定影响。尽管如此,我们仍可以比较不同年份之间迁移流向的变化。

第一，虽然东部仍旧是中、西部区域的人口净迁入区域，但吸纳迁入人口的规模却大大提高。1990～1995 年，东部区域迁入人口为总迁入人口的 56.87%，净迁出人口为总迁出人口的 45.73%，迁出和迁入相对规模都在大幅提高的同时，迁入规模增长得更快，以致净迁入比重达到了 11.14%，是 20 世纪 80 年代的近 2 倍。与此相对应，同期，中、西部区域净迁出相对规模也大大提高，其中中部区域净迁出比率达到 7.63%，西部达到 3.5%，分别较上期增长了 2.4 倍和 1.1 倍。

第二，1996～2000 年，东部区域的迁入人口较上一时期有所降低，占总迁入人口的 49.97%，但迁出人口也出现回落，达到了历史最低点，仅为总迁出人口的 33.30%；两者相比较，东部地区净迁入人口的相对规模进一步加速，达到 16.67%。其中，来自于中部的净迁入力量较大，中部区域净迁出比率达到 10.07%，西部达到 6.6%。

第三，由于中、西部区域人口净迁入相对规模的变化呈现极大的非均衡性，致使 1990 年以后，中部区域反而对西部区域净迁出人口，其对西部区域的净迁出规模在 2000 年达到了 0.23%。总体上讲，20 世纪 90 年代以后东部区域对中西部区域人口的吸引力更为强烈，成为吸引迁移人口的密集区域。

第四，尽管全国流动人口在地带上表现出由中、西向东流的基本格局，但从前文数据我们还是可以看出，相对于各个地带人口迁入、迁出的总规模而言，地带间的净迁入、净迁出相对规模却很小，这充分表明流动人口是以近距离为主的。

此外，从流动的出发地和目的地看，迁移可以被划分为城市到城市的迁移、城市到农村的迁移、农村到农村的迁移和农村到城市的迁移四种主要类型。从这种划分来观察地区间迁移的流向，也有助于我们理解转轨时期中国人口迁移的特点。从全国来看，城市到城市的迁移和农村到城市的迁移是目前迁移的主要形式。

2000 年,两者合计占总迁移人口的 77.9%,而且农村到城市迁移的比重(40.7%)大于城市到城市的迁移比重(37.2%)。农村到农村的迁移比重较低,仅占全部迁移的 18.2%,而城市到农村的迁移比重最低,不到总迁移人口的 1/25。从时间趋势方面看,城市到城市的迁移所占比重,在东部、中部和西部三类地区都呈现上升趋势,而农村到城市的迁移比重略呈下降趋势。由于我国地域辽阔,各个区域都具有特点,因此不同省份的人口流动也就具有自己的特征。本章附表 6—1 较为详细地总结了我国各省区人口流动的基本特点。

### 三、区域劳动力的产业流向

伴随着市场经济的发展,当劳动力在区域间自由择业的时候,不同产业之间的收入差别势必造成劳动力在三次产业之间的频繁流动,即劳动力会自动地从低收益产业向高收益产业转移。就我国而言,虽然市场化改革的时间不是很长,但正如上文所述,从改革启动的那一刻起,劳动力就一直通过各种方式在区域间、产业间流动着,没有出现完全固化的情况。特别是在国家政策的引导下和产业间不同的收益率驱使下,产业间劳动力的转移速度也还是不低的。在此,为了较为翔实地反映产业间劳动力转移的实际情况,笔者用各产业劳动力就业构成变动指标来揭示我国从 1981～1990 年和 1990～2002 年两个时期各个区域产业间劳动力的转移情况。具体计算公式如下:

$$MXA^t = \frac{Lai^t}{Li^t} - \frac{Laj^t_{-1}}{Lj^t_{-1}}$$

$$= T\,产业劳动力就业份额变化$$

$$= 报告期\,T\,产业劳动力份额 - 基期\,T\,产业劳动力份额$$

式中,$MAX$ 为 $T$ 产业劳动力就业结构变动指标,该指标大于 0 表示相对于其他产业而言,$T$ 产业为劳动力净流入产业,反之则为净流出产业。同时,如果将各产业 $MAX$ 的绝对值相加,便可综合体现相应时期全国或各区域产业结构的变动程度(也可视为劳动力产业间转移的力度),在此笔者将其定义为 $CMAX$,该指标越大,表示年份内全国或区域产业结构变动程度越大,反之则反是。由此列出表 6—4。

表 6—4　　　　　1981～2002 年各区域劳动力的产业流向　　　　单位:%

| 区 域 | 1981～1990 年 | | | | 区 域 | 1990～2002 年 | | | |
|---|---|---|---|---|---|---|---|---|---|
| | $MAX_1$ | $MAX_2$ | $MAX_3$ | $CMAX$ | | $MAX_1$ | $MAX_2$ | $MAX_3$ | $CMAX$ |
| 全 国 | −14.77 | 7.96 | 6.81 | 29.54 | 全 国 | −10.13 | 0.03 | 10.09 | 20.26 |
| 北 京 | −18.94 | 9.51 | 9.43 | 37.87 | 北 京 | −4.51 | −10.26 | 14.77 | 29.54 |
| 天 津 | −19.38 | 11.29 | 7.09 | 38.76 | 天 津 | −3.22 | −7.70 | 10.92 | 21.84 |
| 上 海 | −26.92 | 21.70 | 5.23 | 53.85 | 上 海 | −0.44 | −18.78 | 19.22 | 38.43 |
| 江 苏 | −28.61 | 21.65 | 6.96 | 57.21 | 江 苏 | −9.72 | −3.06 | 12.78 | 25.56 |
| 浙 江 | −27.23 | 19.15 | 8.08 | 54.45 | 浙 江 | −22.20 | 7.59 | 14.62 | 44.41 |
| 福 建 | −16.94 | 8.05 | 8.89 | 33.87 | 福 建 | −14.05 | 5.51 | 8.54 | 28.10 |
| 山 东 | −19.54 | 13.42 | 6.12 | 39.07 | 山 东 | −22.50 | 0.33 | 22.17 | 45.00 |
| 广 东 | −21.73 | 16.51 | 5.22 | 43.46 | 广 东 | −14.93 | 1.89 | 13.04 | 29.85 |
| 河 北 | −17.00 | 10.61 | 6.39 | 34.00 | 河 北 | −11.01 | 3.58 | 7.43 | 22.02 |
| 辽 宁 | −11.95 | 6.92 | 5.04 | 23.90 | 辽 宁 | 0.40 | −12.35 | 11.95 | 24.70 |
| 海 南 | — | — | — | — | 海 南 | −11.30 | 0.20 | 11.09 | 22.59 |
| 广 西 | −7.26 | 2.69 | 4.57 | 14.52 | 广 西 | −15.86 | 0.64 | 15.22 | 31.72 |
| 吉 林 | 1.20 | −2.00 | 0.81 | 4.00 | 吉 林 | 1.20 | −10.14 | 8.94 | 20.28 |
| 湖 北 | −13.04 | 7.77 | 5.26 | 26.07 | 湖 北 | −13.83 | −2.55 | 16.37 | 32.74 |
| 湖 南 | −13.78 | 8.74 | 5.05 | 27.57 | 湖 南 | −13.11 | 3.24 | 9.86 | 26.21 |
| 山 西 | −20.57 | 10.64 | 9.93 | 41.14 | 山 西 | −1.29 | −4.59 | 5.88 | 11.76 |
| 内蒙古 | −7.05 | 3.88 | 3.16 | 14.09 | 内蒙古 | −4.90 | −5.79 | 10.69 | 21.38 |
| 黑龙江 | 0.60 | 2.94 | −3.54 | 7.08 | 黑龙江 | 10.78 | −14.02 | 3.24 | 28.05 |
| 安 徽 | −13.57 | 6.84 | 6.73 | 27.14 | 安 徽 | −13.58 | 2.32 | 11.26 | 27.16 |

| 区　域 | 1981~1990 年 | | | | 区　域 | 1990 年~2002 年 | | | |
|---|---|---|---|---|---|---|---|---|---|
| | $MAX_1$ | $MAX_2$ | $MAX_3$ | $CMAX$ | | $MAX_1$ | $MAX_2$ | $MAX_3$ | $CMAX$ |
| 江　西 | −9.92 | 7.89 | 2.03 | 19.84 | 江　西 | −20.41 | 2.42 | 18.00 | 40.82 |
| 河　南 | −14.47 | 7.82 | 6.64 | 28.93 | 河　南 | −7.79 | 1.99 | 5.80 | 15.58 |
| 贵　州 | −5.66 | 1.84 | 3.82 | 11.32 | 贵　州 | 2.32 | −5.05 | 2.73 | 10.09 |
| 陕　西 | −11.41 | 4.96 | 6.45 | 22.83 | 陕　西 | −10.55 | −2.69 | 13.24 | 26.48 |
| 甘　肃 | −7.21 | 1.52 | 5.69 | 14.42 | 甘　肃 | −10.36 | 4.13 | 6.23 | 20.72 |
| 青　海 | −6.42 | 0.64 | 5.78 | 12.84 | 青　海 | 11.84 | −11.29 | −0.55 | 23.68 |
| 云　南 | −4.12 | 2.21 | 1.91 | 8.24 | 云　南 | −6.69 | −0.80 | 7.49 | 14.98 |
| 宁　夏 | −5.16 | 1.44 | 3.72 | 10.31 | 宁　夏 | −7.07 | 1.27 | 5.80 | 14.15 |
| 四　川 | −10.31 | 4.83 | 5.48 | 20.62 | 四　川 | −19.45 | 2.94 | 16.52 | 38.91 |
| 新　疆 | 10.37 | 2.69 | −13.06 | 26.12 | 新　疆 | −5.41 | −3.73 | 9.14 | 18.29 |

注：表中数据根据《新中国 50 年地区统计资料汇编》和《中国区域经济统计年鉴》(2003)整理计算而得。海南缺少 1981 年数据，西藏自治区经济情况较为特殊，不在分析讨论范围。

20 世纪 80、90 年代两个时期是我国经济改革逐步走向深入的重要时期，通过改革逐步消除了我国经济发展中的重大体制障碍，促进了经济的快速发展，也使各个区域的产业结构得到了优化升级。由表 6—4 我们可以清楚地看出，在这两个时期里，产业结构变动程度（CMAX）同时大于全国平均水平的区域主要分布在东部，如广东、山东、江苏、浙江等，而这些省份不仅是我国经济增长最为快速的地区，而且也是我国改革过程中收益最大、增长潜力最大的省份。如果将这两个时期进行对比的话，可以发现，在整个 80 年代，产业结构变动最为激烈的地区全部都是东部地带的省份（辽宁除外）；而进入 90 年代以后，改革向内地的推进促使了中西部广大区域收益的增加，中西部区域一些省份开始出现了产业结构的急剧变动，如湖北、湖南、黑龙江、江西、安徽、四川、陕西。此时东部地带内部的一些省份产业结构变动速度趋缓，如天津、江苏、福建等。总体上讲，虽然 90 年代以后东部区域产业结构的调整速度相对放慢，但由于该区域经历了 80 年代整整 10 年的高速发展和积累，因此，中西部区域依旧远远落后于东部区域，其相对差距甚至有逐步扩大的趋势。但就整个区域经济发展的内在趋势而言，90 年代以后区域产业发展开始朝着帕累托改进的方向推移。

此外，从劳动力产业间转移的方向来看，全国在各个时期都是以第一产业就业的减少，第二、第三产业就业的增加为主要变动特征的，即劳动力总体上是沿着从第一产业退出向第二产业、第三产业进入的方向运行的。但从各个地带来看，劳动力的产业间转移主要有两个方面的特征：一是 90 年代相对于 80 年代而言，以 $CMAX$ 所反映的各地区劳动力转移速度明显放慢。二是 80 年代期间各地区劳动力基本是沿着从第一产业向第二、第三产业的方向流动；到了 90 年代以后，地带劳动力产业转移格局在全国层面上没有产生显著变化，依旧是沿着从第一产业向第二、第三产业的方向流动，但一个显著的事实是，第二产业吸纳劳动力的能力迅速降低，$MAX_2$ 仅为 0.03，取而代之的是第三产业成为重要的就业"蓄水池"。从省份情况来看，劳动力产业转移呈现出较大的非规则性，即有的区域表现为从第一产业向第二产业和第三产业的转移，有的区域则甚至表现为第一产业就业的增加、第二产业或第三产业就业的减少。具体而言，80 年代，除了吉林、黑龙江和新疆外，其他省（区）劳动力转移方向均为从第一产业向第二、第三产业的方向推进，其中吉林表现出第二产业就业减少，第一、第三产业就业增加的特征，而黑龙江和新疆则呈现出第三产就业减少，第一、第二产业就业增加的特征。90 年代以后，区域间劳动力转移的产业方向没有呈现出高度的一致性，其中，由第一、第二产业向第三产业转移的区域共有 10 个，由第一产业继续向第二、第三产业转移的区域有 14 个,而其他 5 个区域基本是按照从第二产业向第一、第三产业的方向转移。从中可以看出,全国各个省份都表现为第三产业就业的增加,这显然与我国各区域 90 年代后实施促进第三产业的发展政策有着极大的关系。

总而言之,我国劳动力的转移显示出一定的规律性,即劳动力不仅在区域内部表现为由农村向城市的流动、在区域之间表现为从欠发达区域向发达区域的转移,而且在产业上也表现出逐步向第二产业和第三产业集中的趋势,尤其是向第三产业转移的趋势更为显著。一定意义上讲,劳动力的这种流动和转移实现了我国生产资源在空间上、产业上的重新配置,不仅促进了要素效率的充分发挥和各区域乃至全国经济的快速发展,也进一步加速了产业效益的提高,在引致产业共同发展的同时,推动着产业结构的合理化和高度化。

**四、中国劳动力产业流向的特征:产业分割**

尽管已经确知,劳动力在空间上的流动是沿着从第一产业到第二产业再到第三产业的基本方向行进的,但我们却无法了解劳动力流动在产业集聚上究竟会产生什么样的特征。就这一问题,中国学者张展新(2004)通过引入产业分割的概念,剖析了中国劳动力流动与产业集聚的特点。

所谓产业分割是转型期中国的一个特殊现象,它是一种新形式的劳动力市场分割,与部门分割不同,产业分割并不完全依赖于传统的国家计划和再分配制度安排,而是与市场经济条件下的政府垄断相联系。从形式上看,中国的产业分割是与产业的开放和限制政策密切联系,即一方面是禁止和严格限制非国有企业进入主要由国有企业事业单位经营的(国家)垄断产业,包括提供全国性公共产品的产业,如邮电业、铁路运输业和电力制造业;直接关系国民经济宏观调控的产业,如银行和其他金融机构;与文化和意识形态有关的行业,如学校教育、大众传媒事业等。另一方面是没有进入限制或限制较少、非国有经济可以进入的开放产业,如工业、商业、建筑业、服务业、公路运输业等。

根据张展新的研究,中国劳动力空间流动在产业上的集聚存在着两个特征:一是劳动力进入开放产业的难度低于进入垄断产业的难度;二是不同劳动人口的就业机会在产业进入上存在显著的"梯度效应",即未迁移城市劳动者、迁移城市劳动者、未迁移农村劳动者和迁移农村劳动者进入垄断产业的可能性依次降低,具体可参见表6—5。

表6—5　　　　　　　　劳动力就业人口的分布状况

| 就业人口分类 | | 开放产业 | | 垄断产业 | | 个案合计数 |
|---|---|---|---|---|---|---|
| | | 个案数 | 百分比(%) | 个案数 | 百分比(%) | |
| 就业群体 | 迁移农村劳动者 | 15 028 | 96.92 | 477 | 3.08 | 15 505 |
| | 未迁移农村劳动者 | 16 301 | 92.18 | 1 383 | 7.82 | 17 684 |
| | 迁移城市劳动者 | 5 375 | 71.12 | 2 183 | 28.88 | 7 558 |
| | 未迁移城市劳动者 | 45 006 | 67.37 | 21 803 | 32.63 | 66 809 |
| 教育程度 | 小学及以下 | 10 706 | 92.64 | 850 | 7.36 | 11 556 |
| | 初中 | 38 914 | 91.05 | 3 823 | 8.95 | 42 737 |
| | 高中 | 18 048 | 80.10 | 4 483 | 19.90 | 22 531 |
| | 中专 | 6 168 | 57.46 | 4 566 | 42.54 | 10 734 |
| | 大专 | 5 619 | 43.07 | 7 426 | 56.93 | 13 045 |
| | 本科及以上 | 2 255 | 32.43 | 4 698 | 67.57 | 6 953 |
| 个案总数 | | 81 710 | 75.97 | 25 846 | 24.03 | 107 556 |

资料来源:国家统计局提供的第五次全国人口普查表0.95%抽样数据。转引自张展新的《劳动力市场的产业分割与劳动力人口流动》,《中国人口科学》2004年第2期。

表 6—5 显示,在开放产业和垄断产业就业的城市在业人口分别为 75.97％和 24.03％。但农村群体和城市群体的产业分布差别很大。迁移农村劳动者和未迁移农村劳动者在垄断产业就业的比例仅为 3.08％和 7.82％,而迁移城市劳动者和未迁移城市劳动者的这一比例分别为 28.88％和 32.63％,均高于城市就业人口在垄断产业的总比例。从直观看,这一组比例数据所表示的 4 个群体的垄断产业进入机会与"梯度效应"是吻合的。此外,该表还显示了城市就业人口的其他特征,即同开放产业相比,垄断产业是"人力资本密集"产业,因为中专学历劳动者在垄断产业的比例在 40％以上,中专以上学历劳动者在这一产业的比例更高。

# 小 结

从经济学意义讲,劳动力在空间上的流动无非有两大原因;一是追求高工资,一是追求新的就业机会。伴随着劳动力在区域间和产业间的流动,不仅引起区域经济增长的变动,也造成了区域产业发展水平的变化。在本章中,笔者从中国劳动力空间流动的特征出发,较为详细地分析了我国区际劳动力流动的实际情况,并在此基础上剖析了区域劳动力的产业流向特点,从而使我们更为清晰地认识到在区域增长联动下区域产业发展变化的又一深刻因素。

**附表 6—1　　　　各区域劳动力迁移和流动的基本特点**

| | |
|---|---|
| 北京 | 北京市是中国一个较大的人口省际迁入区域,1990 年人口普查资料表明,北京流动人口的总规模仍保持在 100 万人以上,最高时可达 150 万人,伴随流动人口数量的增加季节性波动逐渐消失。以往人口流动集中在春节前后和夏季的模式已不复存在,而呈现以年为周期循环。此外,北京人口的国际迁移,向国外迁出的人口多于迁入的人口 |

续表

| 天津 | 据户籍人口统计,1997年天津市人口的迁入与迁出均比1996年有不同程度的增长。迁入与迁出相抵后,全市净迁入1.05万人。与"八五"期间年均净迁入1.93万人相比,减少45.08%,表明随着市场经济的发展,全市户籍人口迁移趋于活跃,迁入与迁出人口差距缩小 |
|---|---|
| 上海 | 从1981年以后,上海人口迁移进入稳定发展时期,并始终迁入大于迁出,但变动幅度远小于80年代以前的各个阶段,平均年净迁入3.98万人,1997年净迁入4.75万人,机械增长率3.6‰。上海流动人口规模日趋扩大,1998年10月20日调查登记,全市流入人口为124.6万人,其中105.8万人是外省市及境外人士,其余为上海市区与郊县及郊县之间的流动人口。此外上海的国际人口迁移居全国首位 |
| 江苏 | 资料显示,第四次人口普查之前的5年,江苏省际人口迁移的总量为141.15万人,居全国第二位。省内迁移5年累计为118.86万人,省内迁移区域差异明显,主要由农村流向市镇。总体来看,江苏流动人口的特点是:以经济型流动人口为主,以本县市占大多数 |
| 浙江 | 80年代以后,人口迁移量比较大,而迁移率相对稳定;以省内迁移为主,省际迁移比重较小;与全国平均水平相比,省际迁移比重高于全国平均水平,省内迁移比重低于全国平均水平。根据1990年第四次人口普查资料,在流动人口中占主导的外出人口主要从事工业服务业,主要流向经济较为发达的区域、邻近区域、附近城市、社会服务较为薄弱的区域或燃料原材料区域 |
| 福建 | 福建省人口的迁移以短距离的省内迁移为主,省际迁移的频率呈上升趋势。省际迁移人口的区域分布既分散又集中,迁往外省的人口遍布全国各地,但又主要集结于华东区的6个省市,迁入人口相对集中,主要来自四川、浙江、江西、贵州、广东、广西、江苏、湖南8个省。福建人口的国际迁移和流动日益频繁,外籍华人、港澳台胞是流入福建的主要对象,而侨眷侨属到海外探亲旅游逐年增多 |
| 山东 | 改革开放以来,山东由净迁出省变为净迁入省,其主要原因是移民自身存在着迁返故地的潜在意识,以及社会经济环境的改变吸引了大量人口的迁入。从迁移流向看,省内迁移人口以"上行性"迁移为主,省外迁入人口以"平行性"迁移为主,迁往省外人口以"上行性"为主。总体来看,人口迁移规模不断扩大,由农村迁往城镇成为迁移的主要流向 |

| | |
|---|---|
| 广东 | 广东历来是人口迁移流动较为频繁的省份之一,1985～1990 年 5 年间跨省及省内跨县、市的迁入流入人口占全国的比重均居全国首位。人口迁移流动的流向特征:广东人口迁移流动是从邻省、内陆省及本省边远山区、劳动力过剩区域流向珠江三角洲区域;人口迁移流动多是农村向城市的上行迁移流动 |
| 河北 | 河北省是仅次于四川省的中国第二大人口省际迁出地。省内迁入人口以务工经商、学习培训、婚姻迁入为主,省外迁入以婚姻迁入、工作调动和随迁家属为主,河北省人口迁往外省的原因多是务工经商,其次是工作调动和投亲靠友 |
| 辽宁 | 据公安部统计数据,多年来辽宁一直属于迁入型人口。1997 年全省迁移人口 108.3 万人,其中迁入人口 57.7 万人,迁出人口 50.6 万人,省内迁移 89 万人,迁入人口 46.4 万人,迁出人口 42.6 万人,迁入迁出人口均出现明显增长。省际迁移人口 19.3 万人,省外迁入 11.3 万人,迁往省外 8 万人,出现减少趋势。1997 年全省人口净迁移率 1.7‰,其中省内 0.9‰,省外 0.8‰ |
| 海南 | 根据第四次人口普查结果,海南近 5 年人口迁移特点是:省际迁入大于省内迁入;省际的迁移大多来自邻近省份;迁入人口中,农村大于城镇,因务工经商而迁移的比重占首位 |
| 广西 | 广西是一个迁出大于迁入的区域,省际迁移遍布全国,但高度聚集在近距离区域。区内迁移差距大,迁移的主体是农村人口,迁移的主要形式是上行迁移,1990 年第四次人口普查资料表明,广西迁移人数达到 162.02 万人,与 80 年代相比迁移人数呈直线上升,且增长速度较高。此外,据"四普"资料表明,广西流动人口主要分布在城市,并以城市为主要流动方向,尤其以工商业和交通较发达的城市为主 |
| 吉林 | 据第四次人口普查资料统计,吉林省人口迁出率高于全国水平,而迁入率低于全国迁入率,1997 年吉林省迁入率为 21.36‰,迁出率为 19.46‰,改变了迁出人口多于迁入人口的局面,人口迁移流向为由县向城市迁移。此外,1990 年流动人口占全省总人口的比重较 1980 年的 1.2%上升到 2.07%,高于全国水平,但流动人口比重的增长却低于全国平均水平 |
| 湖南 | 1982～1990 年:人口迁移数量逐年增多,迁移人口的流向由平行迁移过渡到以上行迁移为主,迁移动因以经济因素为主 |

| | |
|---|---|
| 湖北 | 湖北是中国人口迁移较为活跃的区域之一，也是人口迁移的一个重要迁入区。1982~1990 年，迁移人数年均为 186.03 万人。人口迁移主要流向城市区域，而流入农村区域较少。湖北城市市区 1990 年流动人口与 1982 年相比，所占比重提高的幅度在 5 个百分点以上。流动人口主要是农业人口，其主要流入城市 |
| 山西 | 随着城乡经济的日趋活跃，近年山西省的人口迁移与流动规模也在不断扩大。其特点为：省际迁入多于迁出，迁移人口分布很广；迁入人口主要来自乡村，迁出人口主要迁往城市；流动人口主要流入城市和矿区；流动人口主要是农业人口和务工经商人口 |
| 内蒙 | 内蒙是人口迁移比较频繁的区域之一，迁移人口中主要是以区内迁移为多数。1990 年人口普查，内蒙流动人口达 104.59 万人，流动人口的数量有了快速增长。从省际人口迁移看，省际迁移主要发生在毗邻区域，迁出人口明显大于迁入人口，区内人口迁移中，农村人口迁移量最大，所占比重最高，迁移流向主要是由农村向城镇迁移 |
| 黑龙江 | 1980 年以来，黑龙江省的人口区际迁移为人口净迁出省，主要与采取了限制人口迁入政策及山东等省经济迅速发展起来等因素有关。80 年代，黑龙江省人口的省内迁移数量呈阶梯式逐年下降。90 年代起，出现回升趋势。黑龙江省的国际迁移迁出人口多于迁入人口。迁入人口主要是归侨 |
| 安徽 | 安徽省省内迁移人口迁移量增加速度较慢。人口省内迁移以上行迁移为主，迁移原因多为务工经商，农村人口迁移占大多数，流入地主要为经济较为发达的区域。安徽省近些年成为国内较大的人口净迁出省份。省际迁出人口所去区域分布广泛，却又相对集中，主要集结于 11 个省份，尤以江苏、上海人数最多。外省迁入人口最多的省是江苏和四川两省 |
| 江西 | 80 年代以来，江西省人口迁移越来越频繁，无论省际迁移还是省内迁移都比较活跃。总体而言，江西人口迁移规模大，迁出量大于迁入量，主要是省内迁移；迁移人口主要来自农村，主要流向城市 |
| 河南 | 随着改革开放的深入发展，河南的人口迁移和流动也随之增加，流动人口增加更快。人口上行性迁移大大增加，同级迁移大幅度下降。但由于河南受其经济发展水平的制约，不能形成强大的经济吸引力，迁入人口较少 |

| | |
|---|---|
| 贵州 | 贵州省是一个迁出大于迁入的省份。从迁移流向来看,迁入人口的来源和迁出人口的去向都集中在华东、中南、西南区。省外迁入人口主要由外省乡村流向贵州城镇;迁出人口则以贵州乡村流向省外乡村为主,其次才是流向省外城镇。此外,贵州省规模巨大的流动人口,无论是流入暂住人口还是流出的外流人口,从原住地到流入地均表现为由农村向城市迁移这一规律 |
| 陕西 | 陕西人口的迁移情况比中国发达省份和区域缓慢,并以省内迁移为主。1997 年迁入人口 51.45 万人,其中省内迁入 43.8 万人,省外迁入 7.65 万人。迁出人口 44.65 万人,迁往省内 37.3 万人,迁往外省 7.35 万人。省内迁移流动量远远高于省外 |
| 甘肃 | 1985~1990 年,由于各地经济发展水平和生活条件的差异,甘肃净迁出 8.15 万人,占全省总人口的 0.36%。省内人口迁移以县迁入城镇为主 |
| 青海 | 自 1985~1990 年 5 年间青海省共发生迁移人口 132.4 万人,年平均迁移人口 22.7 万人,其中省内迁移 102.2 万人,省际迁移 30.2 万人,这表明青海人口迁移主要是省内迁移。迁出人口主要以迁往城镇为主,达到 77.11% |
| 云南 | 1990 年普查结果,1985~1990 年 5 年间,云南省际人口迁移量按多少排列,仅位列第 20 位,迁移人口量明显偏低。其中,省际迁移为 53.18 万人,占总迁移量的 42.07%,属于省际迁移比重较高的省区之一。其中外省迁入 25.43 万人,迁往省外 27.74 万人,迁出大于迁入,净迁出人口 2.31 万人。在省际迁移中,西南区域是迁入云南人口最多的区域,其次是中南和华东,迁入人口最少的是东北区域。省内迁移仍是人口迁移的主要部分 |
| 宁夏 | 据户籍管理部门统计,1997 年,宁夏全区流动人口为 98 052 人,比 1996 年减少 12 671 人,下降 11.44%。省内流动人口多于省外,其中省内流动人口占 54%,比 1996 年上升了 3 个百分点 |
| 新疆 | 新疆人口迁移大进大出,地域分布不平衡。根据公安户籍统计资料,1997 年新疆的迁入总人口为 33.75 万人,迁出总人口为 25.31 万人。其中,省际迁入人口为 10.90 万人,省际迁出人口为 5.22 万人。从流动人口来源地分析,省内流动人口占 34.27%,省际流动人口占 65.47%,国际流动人口占 0.26% |

续表

| | |
|---|---|
| 四川 | 四川是中国一个较大的人口省际迁出区域,省内人口迁移以乡村人口为主,并存在着明显的地域差异,且以体力劳动者为主。此外,四川人口的国际迁移主要是向国外的人口迁出,由国外迁入省内的人口甚少 |
| 西藏 | 20 世纪 80 年代以后,西藏自主性迁移的比重越来越大。人口区际迁移波动性大、城乡差异大,其移民以汉族为主。西藏区内的人口迁移往往与该区域人口总量所占比重以及交通发达程度有着密切的关系 |

资料来源:根据地方网站整理。

# 第七章 中国区域消费的空间特征与差异

在市场经济条件下,产业结构变化的根源取决于消费需求的变化。但消费需求又受制于消费心理、人均 GDP 等因素的影响。由于各个区域自然环境、人口数量以及发展水平都不相同,客观上就造成消费的区域差异,从而在引致区域产业结构变化的同时,推动着产业发展。

## 一、中国区域消费空间特征的影响因素

中国区域消费空间特征主要是在收入差距的作用下形成的,同时也与非经济差距,如自然条件、人口分布等因素有着密切的关系。

### (一)自然环境空间差异下的区域消费

众所周知,中国的自然环境是西高东低,东部以土壤肥沃的平原为主,西部以高原山地为主;东南部水资源较好,西北部气候干旱,西南部则是明显的高原气候。正是在这种显著差异的地形以及气候的作用下,东、中、西三大地带宜农耕地、耕地及一等耕地在东、中、西三大地带所占的比例,东部最高,西部最低。气候、土地的差异再加上水资源的差异基本上确定了我国不同地域之间的资源开发和经济发展水平的差异,奠定了中国区域消费空间特征的基础。见表7—1。

**表 7—1** 中国东、中、西三大地带不同海拔高度、
地貌类型区域所占的比例(%)

| 海拔 | <100 米 | <500 米 | <1 000 米 | >1 000 米 | 地貌 | 平原 | 丘陵 | 山地 |
|------|---------|---------|-----------|-----------|------|------|------|------|
| 东部 | 41.1 | 76.6 | 94.1 | 5.9 | 东部 | 37.7 | 17.0 | 45.3 |
| 中部 | 14.4 | 48.1 | 70.6 | 29.4 | 中部 | 44.2 | 21.7 | 34.1 |
| 西部 | 0.9 | 5.9 | 17.3 | 82.7 | 西部 | 27.1 | 19.8 | 53.1 |

资料来源:王桂新,《中国人口分布与区域经济发展——一项人口分布经济学的探索研究》,华东师范大学出版社 2000 年版,第 68 页。

由自然环境的差异而引起的消费差异主要表现在两个方面:一方面是消费水平的高低上。一般来讲,在水、土、热等资源丰富的区域,同一个农民同一劳动量可以养活较多的非农业人口,使区域得到更多的非农业产出,从而提高区域的收入水平和消费水平;反之则反是。从我国的实际情况来看,目前农业生产资源优越的区域,居民的收入消费水平确实较高。一项研究表明(张平,1998):农村居民全部可支配收入,平原区域比山区高 23%,丘陵比山区高 9%;农村居民的农业收入,平原区域比山区高 29%,丘陵区域比山区高 10%。同样,在城市交通条件优越,矿产资源丰富的区域,居民消费的现代化程度较高,如石油城市大庆、钢铁城市包头、煤炭城市平顶山等。另一方面,自然环境的差异也引起了居民消费产品的差异。比如,在吃的方面,北方适合小麦生长,居民以面粉为主;南方适合水稻生产,居民主食米谷。

(二)人口分布空间差异下的区域消费

中国人口分布基本向东南半壁倾斜,呈现出很显著的地域性特征。从三大地带的人口密度来看,1997 年人口密度在每平方公里 500 人以上的省份,东部占 5/6,在每平方公里 300~500 人的省份中,东部占有一半,而每平方公里 300 人以上的省份,西部几乎为零。在人口密度每平方公里 10~100 人和 10 人以下的省份,西部多于中部,更是多于东部(东部地区没有一个地区达到这一人

口密度)。见表 7-2。

**表 7-2　　中国东、中、西地带不同人口密度区间的省区数**

| 密度(人/每平方公里) | <10 | 10~100 | 100~300 | 300~500 | >500 |
|---|---|---|---|---|---|
| 东部 | 0 | 0 | 4 | 3 | 5 |
| 中部 | 0 | 2 | 3 | 3 | 1 |
| 西部 | 2 | 3 | 6 | 0 | 0 |

资料来源:同表 7-1。

从城市来看,中国城市数量及城市人口的分布表现出更大的差异性。城市人口密度仍是东、中、西部由高到低依次排序,各省城市人口密度差异很大。如城市人口密度最大的上海市,平均每平方公里达到 1 200 多人,几乎是位列第二的北京、天津两市城市人口密度的 3 倍。东部地带的江苏、山东、广东等省城市人口密度也比较高。城市人口密度最低的西藏、青海、内蒙古等省区,平均每平方公里都在 10 人以下,西藏最低,平均每平方公里不到 1 人。与城市人口密度东南高、西北低的分布模式不同,城市化率呈东北高、西南低,由东北向西南逐渐降低的趋势。

在这种人口分布极不平衡的空间格局下,客观上就对区域性消费特征的形成产生了较大的作用。相关研究表明(张善余,1997),即使我国人口承载密度最高的、光热条件较好的热带区域,人口承载密度也不应超过每平方公里 500 人。从目前来看,中国人口密度在每平方公里 500 人以上的有 6 个省份,在 300~500 人之间的有 6 个省份。人口密度超过自然环境所能承载的限度,富裕区域即使进口粮食,也会使恩格尔系数上升,用于其他消费品的比重下降,粮食产区生态环境进一步恶化,土地生产力下降,进一步导致人地危机,同时国内食品价格上升,会使贫困缺粮区域更加缺衣少食,贫困区域增多。人口密度超过自然资源承载能力,会恶化消费环境,如居住拥挤、交通困难、用水紧张、就业困难、收入减少、社会安定系数下降等。居民生存空间缩小,居民压抑感增强,从而降低消费质量。居民在"轻、薄、短、小"日用品方面的需求增加,收入较高的居民外出旅游的消费支出增加。

(三)经济发展水平空间差异下的区域消费

理论上讲,经济发展水平越高,人均收入会越大,相应消费能力就会越强。由于我国形成了从东到西经济发展水平依次降低的空间梯度格局,因此,消费能力的地域差别也必然与其一致。但考虑到总量层面可以分为农村与城市,因此人均 GDP 就必然要分别与城镇居民人均可支配收入和农村居民人均纯收入呈现正相关的联系,并且它们的联系程度可能也会不同。另外,由于收入与支出之间存在较高的正相关关系,因此人均 GDP 与人均(城市居民与农村居民)消费支出之间也有较高的相关关系。基于此,笔者根据中国区域经济统计年鉴提供的 2002 年中国地区经济发展的有关数据,计算三大地带人均 GDP 与城镇居民可支配收入、城镇居民可支配收入与消费支出、人均 GDP 与农村居民人均纯收入、农村居民人均纯收入与农村居民生活消费支出的相关系数,它们分别为:CGI、CIE、RGI 和 RIE(见表 7—3)。

表 7—3　2002 年三大地带经济发展、居民收入与支出相关系数表

| 区　　域 | CGI | CIE | RGI | RIE |
|---|---|---|---|---|
| 东部地带 | 0.822 | 0.987 | 0.922 | 0.939 |
| 中部地带 | −0.032 | 0.848 | 0.553 | 0.675 |
| 西部地带 | 0.374 | 0.974 | 0.451 | 0.771 |
| 全　国 | 0.870 | 0.981 | 0.937 | 0.950 |

资料来源:根据《中国区域经济统计年鉴》(2003) 数据计算而得。

注：计算公式为 $\delta_{x,y} = \dfrac{\mathrm{COV}(X,Y)}{\delta_X \cdot \delta_Y}$，$\delta_x^2 = \dfrac{1}{N}\sum(X_i - \mu_x)^2$，$\delta_y^2 = \dfrac{1}{N}\sum(Y_i - \mu_Y)^2$。

从全国来看,人均 GDP 与城镇居民可支配收入、城镇居民可支配收入与城镇居民消费支出、人均 GDP 与农村纯收入、农村居民人均纯收入与生活消费支出都呈现出高度的相关关系。但在关联的程度上,三个地带还是有所差别的,东部地带的相关系数较高,西部地带却较低,中部地带的 CGI 呈微度负相关,表明该地带人均 GDP 高的省份,城镇居民的可支配收入反而低,如中部人均 GDP 最高的黑龙江省(7 660 元),城镇居民可支配收入却比较低(4 595 元);人均 GDP 最低的安徽省(4 707 元),城镇居民可支配收入却比较高(5 065 元);城镇居民可支配收入最高的湖南省(5 815 元),人均 GDP 却较低,仅为 5 105 元。可见,在收入分配格局上,各地有较大的差距。但对于大多数省市,人均 GDP 越高,消费支出也会较高。因此,消费支出的差异,很大的程度上是由经济发展的差距造成的。

**二、中国区域消费规模的空间差异**

自 1978 年历经二十多年的发展,中国的消费规模已得到了快速的提高。如图 7—1 所示:1978 年为 2 239.1亿元,而 2002 年增加到62 591亿元。平均年增长 12％左右。

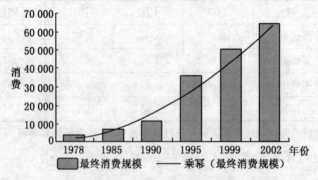

图 7—1 1978～2002 中国最终消费规模变化

（一）最终消费规模的区域差异分析

为了揭示地带以及区域之间最终消费规模的变动情况,笔者制定出各区域1978~2002年消费规模变动情况表(见表7-4)。

表7-4　　　1978~2002年中国各区域最终消费规模变动情况　　　单位:%

| 区　域 | GDP占全国的比重 | | | 最终消费占全国的比重 | | |
|---|---|---|---|---|---|---|
| | 1978年 | 2002年 | 变化 | 1978年 | 2002年 | 变化 |
| **东部地带** | 49.7 | 61.0 | 11.3 | 44.9 | 56.8 | 11.9 |
| 北京 | 3.0 | 2.8 | −0.2 | 2.0 | 2.7 | 0.7 |
| 天津 | 2.3 | 1.8 | −0.5 | 1.4 | 1.6 | 0.2 |
| 上海 | 7.5 | 4.7 | −2.8 | 2.9 | 3.9 | 1 |
| 江苏 | 6.9 | 9.2 | 2.3 | 6.4 | 7.6 | 1.2 |
| 浙江 | 3.4 | 6.7 | 3.3 | 3.9 | 5.9 | 2 |
| 福建 | 1.8 | 4.0 | 2.2 | 2.6 | 3.9 | 1.3 |
| 山东 | 6.2 | 9.1 | 2.9 | 7.0 | 8.0 | 1 |
| 广东 | 5.1 | 10.1 | 5 | 5.9 | 10.6 | 4.7 |
| 河北 | 5.1 | 5.3 | 0.2 | 4.5 | 4.4 | 0.1 |
| 辽宁 | 6.3 | 4.7 | −1.6 | 5.4 | 4.8 | −0.6 |
| 海南 | — | 0.5 | — | — | 0.5 | — |
| 广西 | 2.1 | 2.0 | −0.1 | 2.9 | 2.7 | −0.2 |
| **中部地带** | 29.4 | 27.0 | −2.4 | 33.2 | 29.6 | −3.6 |
| 吉林 | 2.3 | 1.9 | −0.4 | 2.9 | 2.3 | −0.6 |
| 湖北 | 4.2 | 4.3 | 0.1 | 4.0 | 4.2 | 0.2 |

续表

| 区　域 | GDP 占全国的比重 | | | 最终消费占全国的比重 | | |
|---|---|---|---|---|---|---|
| | 1978 年 | 2002 年 | 变化 | 1978 年 | 2002 年 | 变化 |
| 湖南 | 4.1 | 3.7 | −0.4 | 4.5 | 4.4 | −0.1 |
| 山西 | 2.4 | 1.7 | −0.7 | 2.3 | 1.9 | −0.4 |
| 内蒙古 | 1.6 | 1.5 | −0.1 | 2.1 | 1.7 | −0.4 |
| 黑龙江 | 4.8 | 3.4 | −1.4 | 5.1 | 3.6 | −1.5 |
| 安徽 | 3.1 | 3.1 | 0 | 4.4 | 3.6 | −0.8 |
| 江西 | 2.4 | 2.1 | −0.3 | 2.6 | 2.3 | −0.3 |
| 河南 | 4.5 | 5.3 | 0.8 | 5.3 | 5.5 | 0.2 |
| **西部地带** | 15.9 | 12.0 | −3.9 | 19.5 | 13.7 | −5.8 |
| 贵州 | 1.3 | 1.0 | −0.3 | 1.9 | 1.4 | −0.5 |
| 陕西 | 2.2 | 1.8 | −0.4 | 2.6 | 1.8 | −0.8 |
| 甘肃 | 1.8 | 1.0 | −0.8 | 2.1 | 1.1 | −1 |
| 青海 | 0.4 | 0.3 | −0.1 | 0.6 | 0.4 | −0.2 |
| 云南 | 1.9 | 1.9 | 0 | 2.47 | 2.4 | −0.07 |
| 宁夏 | 0.4 | 0.3 | −0.1 | 0.4 | 0.4 | 0 |
| 西藏 | — | 0.1 | — | — | 0.2 | — |
| 四川 | 6.8 | 4.2 | −2.6 | 7.9 | 4.6 | −3.3 |
| 新疆 | 1.1 | 1.4 | 0.3 | 1.5 | 1.5 | 0 |

注:根据《新中国五十年统计资料汇编》和《中国区域经济统计年鉴》(2003)计算而得;由于全国统计的总数与各区域数字之和不相等,故而结构比重之和不等于100%。

从表 7-4 的数据可以得出以下基本结论：

第一，三大地带国内生产总值的变动与消费结构比值的变动呈现一致的方向。东部地带经济实力不断加强，GDP 比重从 1978 年的 49.7％上升到 2002 年的 61.0％，提高了 11.3 个百分点；而消费结构的比重也从 1978 年的 44.9％提高到 2002 年的 56.8％，上升了近 12 个百分点。与此不同的是，中部地带和西部地带的 GDP 比重和消费比重都呈现下降的势头。

第二，从各个地带内部来看，东部地带 GDP 比重下降的有 4 个省市，上升的则有 8 个省市，以广东省上升的点数最多，达到了 5 个百分点，而上海下降幅度最大，为 2.8 个百分点。虽然东部地带有 4 个省市 GDP 比重下降，但最终消费比重却只有两个省市下降，并且相对于最终消费上升的幅度而言，下降的程度都很小，不到 1 个百分点。中、西部地带 18 个省区如果将西藏除外的话，只有湖北和河南的消费比重略有上升，这表明在二十多年的发展过程中，整个中、西部区域的最终消费规模在全国总消费中均出现萎缩的现象，以西部地带的四川降低的幅度最大，为 3.3％。与消费变化相对应，中、西部地区 GDP 比重的变化基本也是以降低为主导趋势的，中部地带有两个省份出现了上升，西部地带则有一个省份上升。这表明，消费在各区域的分布与 GDP 占全国比重的分布是一致的，变动的方向也基本是一致的。

第三，从消费比重变化与 GDP 比重变化的相对变动幅度来看，如果两者变化方向一致的话，那么对大多数的地区而言将存在一个经验的规律：凡是 GDP 比重增长的区域，其增长的幅度往往大于最终消费增长的幅度；而 GDP 比重降低的区域，其降低的幅度却往往小于最终消费降低的幅度。对此，笔者试图用消费比重与 GDP 比重之比构造出指标 3 对上述区域进行统计分析，结果可参见表 7-5。

**表7—5          区域 GDP 比重与区域消费比重变动的相对关系**

| 区域 GDP 比重与最终消费比重都上升的指标3 | | 区域 GDP 比重与最终消费比重都降低的指标3 |
|---|---|---|
| 东部（1.05）、江苏（0.52）、浙江（0.61）、福建（0.59）、山东（0.39）、广东（0.94）、河北（0.5）、湖北（2..0）、河南（0.25）、新疆（0） | | 辽宁（0.38）、广西（2.0）、中部（1.5）、吉林（1.5）、湖南（0.25）、山西（0.58）、内蒙（4）、黑龙江（1.1）、江西（1.1）、西部（1.49）、贵州（1.67）、陕西（2）、甘肃（1.25）、青海（2）、宁夏（0.7）、四川（1.27） |
| **其他的省份指标3** | | |
| 北京（－3.5）、天津（－0.4）、上海（－0.36）、河南（－0.9） | | |

注：根据表7—4整理而得。其中，西藏、海南除外，安徽、云南这一比值为0，不进行计算。

总之，经过二十多年的经济发展，我国最终消费的规模已经呈现出明显的区域特征，较1978年而言，这种新型的格局更进一步体现了空间的不平衡性。如表7—4所显示的，消费规模得到增加的区域多是经济发展水平较高或是后来迅速赶上的区域，如广东、福建等。因此，区域消费特征的动态变动就必然与经济发展水平变化呈现正的相关关系。

（二）区域内部居民消费规模的空间差异

由于城镇与农村作为两个不同的经济区域，经济发展水平的差距必然在各个区域城乡消费规模的差异上有所体现。因此，城乡间、省市间以及地带间的差距最终使消费规模在空间上呈现出错综复杂的网络结构。为了简化并直观地分析城乡消费规模的差异和特征，在此，笔者运用下述公式来计算各省市的城镇和乡村居民家庭年消费性支出规模比重。

$$LEI_i = \frac{P_i \times E_i}{\sum_{i=1}^{30} P_i \times E_i}$$

式中，$LEI_i$（Live Expenditure Index）表示第 $i$ 省或市城市居民（农

村居民)生活消费支出规模占全国城镇居民(农村居民)消费支出规模比重;$P_i$ 表示第 $i$ 省城镇人口(农村人口)数量;$E_i$ 表示第 $i$ 省城镇居民(农村居民)家庭每人生活消费支出额。

　　首先,我们来分析城镇居民消费规模的特征,具体见表 7—6。

表 7—6　　2002 年中国各省市城镇居民平均消费规模比重(%)

| 省份 | 比重 | 省份 | 比重 | 省份 | 比重 | 省份 | 比重 | 省份 | 比重 |
|---|---|---|---|---|---|---|---|---|---|
| 东部 | 61.3 | 上海 | 5.5 | 河南 | 3.3 | 陕西 | 2.1 | 甘肃 | 1.0 |
| 中部 | 25.5 | 湖北 | 4.7 | 河北 | 3.2 | 天津 | 1.9 | 海南 | 0.6 |
| 西部 | 13.2 | 四川 | 4.5 | 黑龙江 | 3.0 | 山西 | 1.8 | 青海 | 0.3 |
| 广东 | 16.6 | 湖南 | 4.1 | 安徽 | 2.9 | 江西 | 1.7 | 宁夏 | 0.2 |
| 山东 | 7.0 | 辽宁 | 4.0 | 广西 | 2.6 | 内蒙古 | 1.6 | 西藏 | 0.1 |
| 江苏 | 6.9 | 北京 | 3.6 | 吉林 | 2.3 | 贵州 | 1.5 | | |
| 浙江 | 6.6 | 福建 | 3.4 | 云南 | 2.2 | 新疆 | 1.2 | | |

　　资料来源:根据《中国区域经济统计年鉴》(2003)计算而得。

　　很明显,东部地带内部各省区居民消费规模在全国各省区中占据着较高的地位,而西部各省区的消费规模则相对较小,排序较靠后。我国城镇居民消费规模的空间分布结构不仅体现出了我国区域经济发展水平高低的空间格局,同时也反映了各个省份消费结构的不同。比如,东部地带内部各省经济发展水平高,人均收入水平也高,因此居民将其收入用于购买档次较高商品的支出规模也大。而高档次商品的价格一般也较高,故而在实践中形成了随着经济发展水平的提高,消费支出总规模不断提高的规律。

　　实际上,各个省份居民消费支出比重的大小,取决于城镇居民消费性支出的高低与非农业人口比重的大小。据此,我们可以列出二元分布表来揭示我国区域消费规模与人口分布的关系(见表7—7)。

**表7—7 中国城镇居民平均消费规模与城镇化程度二元分布表**

| | 25%以下 | 25%～30% | 30%～40% | 40%～50% | 50%～70% | 70%以上 |
|---|---|---|---|---|---|---|
| 7 000元以上 | | | | | 广东 | 上海、北京 |
| 5 000～7 000元 | 西藏 | | | 浙江、江苏福建 | | 天津 |
| 4 000～5 000元 | 云南 | 湖南、河北四川、广西 | 新疆、山东 | 湖北、海南 | | |
| 3 500～4 000元 | 贵州、甘肃 | 安徽 | 陕西、青海宁夏 | 吉林 | 辽宁 | |
| 3 500元以下 | 河南 | 江西 | 山西 | 内蒙古 | 黑龙江 | |

资料来源:根据《中国区域经济统计年鉴》(2003)计算而得。

表7—7横轴表示区域非农业人口与当地总人口的比重,表示其城镇化发展程度;纵轴表示城镇居民家庭人均每人生活消费支出。通过表7—7可以看出,上海、北京、天津三大直辖市不仅城镇化程度高,而且人均消费在全国名列前茅。而新兴发达区域,如广东、浙江、福建、江苏等区域也在不断壮大发展。从地带上看,西部地带大部分省区城镇居民消费规模偏小,集中在3 500～4 000元附近,但城镇化程度却不是很低;中部地带城镇居民人均消费支出水平在全国处于最低的水平,居民消费支出3 500元以下的5个省份都是中部区域的,而城镇化水平的空间分布在中部更是显得离散。总体来讲,与东部相比较,中、西部地带城镇居民人均消费水平与城镇化程度没有明显的关联性。

其次,让我们来看一下农村居民消费规模的特征,具体见表7—8。

表 7—8　　　　　　中国各省市农村居民消费规模比重状况　　　　单位:%

| 省份 | 比重 | 省份 | 比重 | 省份 | 比重 | 省份 | 比重 | 省份 | 比重 |
|------|------|------|------|------|------|------|------|------|------|
| 东部 | 47.2 | 湖南 | 7.0 | 广西 | 3.8 | 山西 | 1.8 | 天津 | 0.4 |
| 中部 | 34.0 | 河南 | 6.8 | 云南 | 3.4 | 内蒙古 | 1.7 | 宁夏 | 0.4 |
| 西部 | 18.8 | 浙江 | 5.5 | 福建 | 3.4 | 吉林 | 1.5 | 海南 | 0.4 |
| 广东 | 8.4 | 河北 | 5.4 | 辽宁 | 2.6 | 甘肃 | 1.4 | 青海 | 0.3 |
| 江苏 | 8.2 | 湖北 | 4.6 | 贵州 | 2.4 | 新疆 | 1.3 | 西藏 | 0.1 |
| 山东 | 7.7 | 安徽 | 4.6 | 陕西 | 2.3 | 北京 | 0.8 | | |
| 四川 | 7.1 | 江西 | 3.9 | 黑龙江 | 2.0 | 上海 | 0.6 | | |

资料来源:根据《中国区域经济统计年鉴》(2003)计算而得。

　　农村居民消费规模比重的空间分布与城市居民有着很大的相似性。在三大地带中,东部地带占据最高比重,其内部各省除了三大直辖市外,所占比重也都较高,而三大直辖市之所以比重较低,究其原因在于城市化程度高,农村人口少。西部地带所占比重最低,几乎仅是中部的 1/2,其内部各省消费规模分布得却普遍比较靠后,最低比重的 3 个省份都是西部地带的。可见,西部地带由于经济发展水平落后、城市化程度较低等原因,严重阻碍了农村居民收入的提高。中部地带农村消费规模仅次于东部,而且其内部各省所占比重也都较高,中部 9 省都位居中间的水平,离散程度最小。这说明,中部地带在大力推进工业化发展的过程中,农村经济深受工业化发展的带动,农民消费日益提高。总而言之,我国农村居民消费规模的空间分布体现了我国区域经济发展水平高低的空间格局。

　　下面,笔者仍然依照相关数据列出农村居民人均消费和城市化程度的二元分布表,以揭示我国农村区域消费规模与人口分布的关系。详见表 7—9。

表7—9　　　中国农村居民人均消费规模与城镇化程度二元分布表

| 3 000元以上 | | | | | | 上海、北京 |
|---|---|---|---|---|---|---|
| 2 000～3 000元 | | | 山东 | 浙江、福建江苏 | 广东 | |
| 1 500～2 000元 | | 湖南、江西 | | 内蒙古、湖北 | 辽宁 | 天津 |
| 1 300～1 500元 | | 广西、安徽河北、四川 | | 吉林 | 黑龙江 | |
| 1 000～1 300元 | 贵州、云南河南 | | 山西、青海新疆、宁夏陕西 | 海南 | | |
| 1 000元以下 | 甘肃、西藏 | | | | | |
| | 25%以下 | 25%～30% | 30%～40% | 40%～50% | 50%～70% | 70%以上 |

资料来源:根据《中国区域经济统计年鉴》(2003)计算而得。

表7—9横轴表示区域非农业人口与当地总人口的比例,表示其城镇化发展程度;纵轴表示农村居民家庭人均生活消费支出。表7—9揭示了我国农村居民消费状况的基本空间格局。农村居民人均消费支出达到2 000元以上的区域都是东部区域的省(市),而人均消费支出在1 300元以下的除海南、山西与河南外其他8省全都在西部区域。相对于消费规模而言,城镇化程度在地带间的差别不是十分明显,显得较为分散。

### 三、中国区域消费结构的空间差异

随着区域经济发展格局的演变,不仅消费规模的空间差距逐步显性化,而且各地的消费结构也在不断变化,并对区域经济发展以及区域产业结构的优化、升级产生了很大的影响。从现实来看,自改革开放以来,我国经济快速增长,消费结构不断升级,产业结构也随之发生了改变。产业结构逐步向高级化演进,这可以通过消费结构的变化而窥见一斑。这里,笔者所指的消费结构包含两层含义:一是从全国整体出发,各区域消费类型(商品性消费、自给性消费等)的结构；二是从二元经济结构出发的城镇与居民商品消费的支出结构。第一层着眼于动态分析，而第二层则立足于静态现状。

(一)区域消费类型结构的变化

1978年，除了三大直辖市外，我国各区域消费类型结构基本上大同小异。其特点除了少数的直辖市或工业发展迅速的省份，如辽宁、黑龙江等以外，大多数地区的自给性消费与商品性消费的比值普遍较大。到了20世纪90年代中期，这种以自给性消费与商品性消费百分比反映的区域消费类型结构已发生了很大的变化。这显然得益于市场经济的快速发展。具体见表7-10。

表7-10　　　　中国区域消费类型结构指标A的变动状况　　　　单位:%

| 年份 | 东部 | 北京 | 天津 | 上海 | 江苏 | 浙江 | 福建 | 山东 | 广东 | 河北 | 辽宁 | 广西 |
|---|---|---|---|---|---|---|---|---|---|---|---|---|
| 1978 | 39.3 | 6.5 | 11.7 | 12.2 | 40.1 | 44.1 | 50.1 | 83.5 | 26.8 | 67.9 | 26.1 | 62.8 |
| 1995 | 18.2 | 2.5 | 7.2 | 2.6 | 32.9 | 10.6 | 20.7 | 19.1 | 16.0 | 42.0 | 13.3 | 33.1 |
| 变化 | -21.1 | -4.0 | -4.5 | -9.6 | -7.2 | -33.5 | -29.4 | -64.4 | -10.8 | -25.9 | -12.8 | -29.7 |

| 年份 | 中部 | 吉林 | 湖北 | 湖南 | 山西 | 黑龙江 | 安徽 | 江西 | 河南 | | | |
|---|---|---|---|---|---|---|---|---|---|---|---|---|
| 1978 | 62.8 | 37.3 | 38.2 | 114.0 | 41.7 | 19.2 | 82.3 | 75.4 | 94.0 | | | |
| 1995 | 27.2 | 9.1 | 26.9 | 38.1 | 19.6 | 10.1 | 29.3 | 43.3 | 41.2 | | | |
| 变化 | -35.6 | -28.3 | -11.3 | -75.9 | -22.1 | -9.1 | -53.0 | -32.1 | -52.8 | | | |

| 年份 | 西部 | 贵州 | 陕西 | 甘肃 | 青海 | 云南 | 宁夏 | 四川 | 新疆 | | | |
|---|---|---|---|---|---|---|---|---|---|---|---|---|
| 1978 | 47.0 | 59.5 | 43.2 | 45.5 | 17.4 | 75.3 | 44.9 | 63.7 | 26.9 | | | |
| 1995 | 36.2 | 63.5 | 33.8 | 33.6 | 19.6 | 35.0 | 26.7 | 42.9 | 34.2 | | | |
| 变化 | -10.8 | 4.0 | -9.4 | -11.9 | 2.2 | -40.3 | -18.2 | -20.8 | 7.3 | | | |

资料来源:表中数据根据孙久文《中国区域经济实证研究》第270～271页改编。

注:变化一栏为1995年值减去1978年值。

显然，与1978年各区域自给性消费与商品性消费之比普遍较高不同的是，经过17年的发展，地区城市化和市场化发展程度的差距加大，由此引起的是大部分地区结构指标A均呈现下降趋势，特别是辽宁、吉林、黑龙江、浙江、山东、广东等省份基本上低于

20％的水平；但有些内陆省份，如湖南、河南、四川、贵州、河北等，在它们的经济结构当中农业比重较大，故而结构指标 A 仍然偏高。这表明，在商品性消费中，自给性消费所占比重的高低不仅与经济发达的程度成正比，也和区域产业市场化发展的程度密切相关。

进一步讲，消费类型的结构变化还表现在商品性消费与其他消费之间的比例变动，在此笔者计算了文化生活服务性消费与商品性消费的百分比，并将其视为结构指标 B。具体数据见表7—11。

表 7—11　　　　中国区域消费类型结构指标 B 的变动状况　　　单位：％

| 年份 | 东部 | 北京 | 天津 | 上海 | 江苏 | 浙江 | 福建 | 山东 | 广东 | 河北 | 辽宁 | 广西 |
|---|---|---|---|---|---|---|---|---|---|---|---|---|
| 1978 | 9.7 | 4.6 | 8.3 | 8.8 | 13.5 | 11.8 | 7.6 | 7.5 | 7.0 | 14.5 | 10.7 | 12.8 |
| 1995 | 21.2 | 18.0 | 24.0 | 23.9 | 21.6 | 28.0 | 24.9 | 16.7 | 25.5 | 17.3 | 16.3 | 16.7 |
| 变化 | 11.5 | 13.4 | 15.7 | 15.1 | 8.1 | 16.2 | 17.3 | 9.2 | 18.5 | 2.8 | 5.6 | 3.9 |

| 年份 | 中部 | 吉林 | 湖北 | 湖南 | 山西 | 内蒙古 | 黑龙江 | 安徽 | 江西 | 河南 | | |
|---|---|---|---|---|---|---|---|---|---|---|---|---|
| 1978 | 8.8 | 4.5 | 13.6 | 8.8 | 10.7 | 9.7 | 14.2 | 5.8 | 4.7 | 7.6 | | |
| 1995 | 19.3 | 17.6 | 30.1 | 18.8 | 19.4 | 13.9 | 18.6 | 17.1 | 20.9 | 16.8 | | |
| 变化 | 10.5 | 13.1 | 16.5 | 10.0 | 8.7 | 4.2 | 4.4 | 11.3 | 16.2 | 9.2 | | |

| 年份 | 西部 | 贵州 | 陕西 | 甘肃 | 青海 | 云南 | 宁夏 | 四川 | 新疆 | | | |
|---|---|---|---|---|---|---|---|---|---|---|---|---|
| 1978 | 10.9 | 10.7 | 25.6 | 7.9 | 8.1 | 3.3 | 8.9 | 8.5 | 14.0 | | | |
| 1995 | 18.3 | 20.7 | 12.8 | 11.1 | 13.8 | 19.2 | 18.4 | 16.6 | 34.0 | | | |
| 变化 | 7.4 | 10.0 | -12.8 | 3.2 | 5.7 | 15.9 | 9.5 | 8.1 | 20.0 | | | |

资料来源：同表 7—10。

通过对其变动的考察可以得到如下结论：(1)服务性消费的增长不仅是一个普遍的现象，而且增长速度也比较快。广东省1978年的指标 B 为7％，但到了1995年变为了25.5％，几乎达到了商品性消费的1/4；同样，浙江省1978年服务性消费为商品消费的1/10，而1995年则接近30％。(2)1995年结构指标 B 相对较高的区域几乎都分布在东部地带。而广大的中、西部区域则不一致，如新疆变动了20％的绝对幅度,服务性消费超过了商品性消费的1/3;而甘肃、陕西等地却仍然很低。总体上看,经济发展越快的区域,市场经济越发展的区域,人们的消费层次就越高,服务性消费与商品性消费的比例就会越大。

(二)城镇及农村居民消费商品结构

众所周知,中国不仅是一个区域经济发展差距大的发展中大国,而且具有极其显著的二元结构形态。因此,在我们考察区域消费的空间结构时,就必然要探讨在二元经济作用下区域的消费结构所显现出的基本特征。在此,为了简便易行,笔者试从城镇与农村居民商品消费支出结构的角度加以研究,主要探讨全国及地带间城镇和农村在各类商品消费的支出状况及其离散程度,以求能够反映出我国商品消费结构的区域特征。

表7—12　　　　中国2002年全国及三大地带城镇
居民消费结构偏离情况　　　单位:％

| 序号 | 全国 | | | 东部地带 | | | 中部地带 | | | 西部地带 | | |
|---|---|---|---|---|---|---|---|---|---|---|---|---|
| | A | B | C | A | B | C | A | B | C | A | B | C |
| 1 | 3.5 | 37.6 | 9.3 | 3.2 | 38.8 | 8.3 | 3.7 | 36.2 | 10.3 | 3.3 | 37.5 | 8.8 |
| 2 | 2.5 | 10.4 | 24.4 | 2.5 | 8.6 | 29.3 | 1.6 | 12.2 | 13.1 | 1.6 | 11.0 | 14.2 |
| 3 | 0.8 | 6.3 | 13.4 | 0.6 | 6.4 | 9.6 | 1.1 | 6.1 | 18.0 | 0.9 | 6.4 | 13.5 |
| 4 | 1.6 | 7.2 | 22.2 | 1.8 | 7.1 | 25.1 | 1.7 | 7.4 | 17.1 | 1.7 | 7.1 | 23.7 |
| 5 | 1.6 | 10.3 | 15.8 | 1.7 | 10.4 | 16.3 | 0.7 | 9.7 | 7.1 | 2.1 | 10.7 | 19.2 |
| 6 | 2.2 | 14.4 | 15.1 | 1.7 | 15.0 | 11.1 | 1.9 | 14.0 | 13.8 | 2.9 | 14.1 | 20.7 |
| 7 | 1.4 | 10.4 | 13.1 | 1.3 | 10.4 | 12.7 | 1.1 | 11.2 | 10.2 | 1.3 | 9.6 | 13.0 |
| 8 | 0.5 | 3.3 | 13.7 | 0.3 | 3.3 | 8.3 | 0.3 | 3.2 | 8.2 | 0.7 | 3.6 | 19.9 |

表 7-13 中国 2002 年全国及三大地带
农村居民消费结构偏离情况 单位:%

| 序号 | 全国 | | | 东部地带 | | | 中部地带 | | | 西部地带 | | |
|---|---|---|---|---|---|---|---|---|---|---|---|---|
| | A | B | C | A | B | C | A | B | C | A | B | C |
| 1 | 4.8 | 34.7 | 14.0 | 5.2 | 33.4 | 15.4 | 3.0 | 31.6 | 9.6 | 5.9 | 30.3 | 19.4 |
| 2 | 2.6 | 7.9 | 32.8 | 1.9 | 6.2 | 30.4 | 1.9 | 7.5 | 25.3 | 3.2 | 8.8 | 36.8 |
| 3 | 3.7 | 18.1 | 20.4 | 4.5 | 17.6 | 25.7 | 2.4 | 15.4 | 15.7 | 3.6 | 17.0 | 21.1 |
| 4 | 1.1 | 5.6 | 20.4 | 0.7 | 5.0 | 13.5 | 0.7 | 4.8 | 13.8 | 1.7 | 5.8 | 29.3 |
| 5 | 1.9 | 7.5 | 25.9 | 1.6 | 6.4 | 24.7 | 1.5 | 6.8 | 21.5 | 2.5 | 7.8 | 32.8 |
| 6 | 1.7 | 8.4 | 20.7 | 1.3 | 8.5 | 15.8 | 0.9 | 7.8 | 11.4 | 2.4 | 6.9 | 35.2 |
| 7 | 2.9 | 14.1 | 20.6 | 1.4 | 12.8 | 10.9 | 2.2 | 13.9 | 15.9 | 4.5 | 12.5 | 36.3 |
| 8 | 0.9 | 3.8 | 22.4 | 0.9 | 3.8 | 25.3 | 0.7 | 3.4 | 20.8 | 0.9 | 3.4 | 27.0 |

资料来源:根据《中国区域经济统计年鉴》(2003)计算而得。

注:纵列:1 表示食品,2 表示衣着,3 表示家庭设备及服务,4 表示医疗保健,5 表示交通和通信,6 表示文教、娱乐用品及服务,7 表示居住,8 表示其他商品及服务。横行:A 表示标准偏差,B 表示平均数,C 表示变异系数×100。并且,居民消费结构指标=各类商品消费支出/全部商品消费支出×100;变异系数反映指标之间的绝对离散状况,其计算公式为:标准偏差/平均值。

表 7-12、表 7-13 揭示了我国地带间各类商品消费的支出结构及其离散程度。

首先,从全国与地带间离散程度对比上看(指标 A 和 C),三大地带不仅与全国平均水平相差不大,而且地带之间的差别也不大。这表明全国各地城镇及农村的消费结构差异很小,消费模式基本相似,因而从商品消费支出结构所反映的居民消费的地域性特征不是很强。

其次,从地带商品消费偏离度来看,东部地带城镇居民消费第2、第4及第5类商品的相对偏离度大于全国平均水平,中部地带除第1、第3类商品外,其他消费商品均小于全国平均的离散程度,而西部则有第3、第4、第5、第6、第8类商品绝对(相对)离散程度大于平均水平。产生这种现象的主要原因是:各个区域都具有独特的自然、经济环境,比如,东部的上海温差小,而辽宁的温差较大,从而使衣着支出结构产生很大的波动;再如,东部地区所辖12个省(区)市,经济发展水平差距很大,使得城镇居民对医疗保健的需求也存在很大差异。至于西部的这种离散状况主要是因为,尽管西部区域整体的发展水平落后,但个别地区的发展水平却比较高,如新疆、云南等,它们在娱乐品、医疗保健、文教等商品上也有较大的开支,从而这些商品在西部各省区间表现出很大的离散程度。与此不同的是,农村居民消费支出的绝对离散程度,东部地带只有第1、第3、第8类商品消费程度高于平均水平;中部全部消费商品都低于全国各类商品平均的变动程度;而西部所有消费商品的波动幅度均高于全国平均水平,其中振幅较大的集中在第6、第7类商品上。

最后,从商品消费支出的结构上来看,东部与中、西部的差距在表面上并不大,但所体现的本质和内涵却不同。比如,在食品消费比重方面,东部大于中、西部地区,但对比农村和城镇数据,可以发现,各地带城镇食品消费比重均高于农村食品消费比重。这是因为,一方面,农村在食品的消费上主要是以自给自足为主,因此,不论经济发展水平如何,农村居民在食品上的购买支出在各地差别不大。相对而言,城镇差别就很大。由于城镇对粮食的自给性消费程度远远低于农村地区,所以城镇在食品上的消费支出要比自给程度高的农村多计入了一块;另一方面,城镇居民食品消费的层次差别很大。从这个角度看,东部区域的食品消费结构远远优于中、西部。比如,在粮食消费上,北京、上海、浙江、江苏、广东、海南等地粮食消费占食品消费比重低于10%,而黑龙江、吉林、河南以及西部的甘肃、青海、宁夏、新疆等省份都大于15%。肉禽的消费比重南方区域较高,广东、海南、广西等略高于30%,安徽、湖南、四川、贵州及新疆略高于 25％。再如，从家庭设备用品及服务看，东部地带省份中耐用消费品支出占家庭设备的比重普遍高于中、西部区域（见表 7－14）。其中东部地带耐用消费品占家庭设备消费的比重集中在 55％以上，中部地带集中在 50％～55％，而西部则集中在 50％～60％。

**表 7－14**　　　　　三大地带城镇居民耐用消费品支出
占家庭设备比重的省份数

| 比重<br>地带 | 40%以下 | 40%～50% | 50%～55% | 55%～60% | 60%～70% | 70%以上 |
|---|---|---|---|---|---|---|
| 东部地带 | 1 | 1 | 1 | 2 | 5 | 2 |
| 中部地带 | | 2 | 5 | 2 | | |
| 西部地带 | | 1 | 2 | 5 | 1 | |

资料来源：根据《中国区域经济统计年鉴》(2000)整理。

　　总而言之，伴随着区域增长格局的变化，区域消费规模以及消费结构也在不断变动，最终表现出一定的区域性特征。可以肯定地说，这种区域性的特征既是经济发展演进的结果，也是促使产业升级和产业发展的动力。

# 小　结

　　区域消费是与区域经济增长水平高度关联的经济因素，其规模总量和结构层次的变化是引致区域产业结构变化的重要变量，这也是我们在分析区域产业发展水平差异时所必须考虑的重要因素。在本章中，笔者从影响我国地带和省区消费差异的原因谈起，较为全面地揭示了我国消费规模和消费结构的空间特征及其变动，同时也对中国二元经济结构下的消费特征作出了深入分析，从而为后文的区域产业发展差异埋下了伏笔。

# 第八章　中国区际贸易的空间
## 特征与产业发展

区际贸易既是维系区域之间相互联系的行为方式,也是促进全国产业分工的重要手段。但由于我国现行统计数据的匮乏,因此关于区际贸易的研究历来是一大难点。在本章中,笔者将在相关学者研究的基础上展开分析。[①]

### 一、中国区际贸易演变特征

改革开放以来,我国区际贸易取得了长足的发展,无论是在总量上,还是在结构上都有了明显的突破。可以肯定地说,区域间的贸易行为既是产业分工的体现,也是推动各区域形成特色化产业的基本诱因。具体来讲,从 20 世纪 80 年代开始,我国商品的跨区域贸易总量有了相当大的增加。此处,笔者将利用各区域调入调出商品总额占本区域 GDP 的比重来揭示区际贸易的增长情况(见表 8—1)。

---

① 在这方面有研究的学者主要有:周振华,《地区发展——中国经济分析(1995)》;王梦奎,《中国地区社会经济发展不平衡问题研究》;叶裕民,《中国区域开发论》;陈家海,《中国区域经济发展政策》。在本章中,笔者主要参阅了上述研究的重要内容,特此说明。

表 8—1　　　　　　　　　中国区际贸易总额情况

| 年份 | 调入调出商品总额与本区 GDP 比 | | | 调入调出总额增速与GDP 增速比 | | 调出总额增速与调入总额增速比 | |
|------|------|------|------|------|------|------|------|
| | 1980 | 1989 | 1992 | 1989/1980 | 1992/1980 | 1989/1980 | 1992/1980 |
| 天津 | 1.24 | 0.89 | 1.85 | 0.72 | 1.49 | 0.67 | 0.92 |
| 山西 | 0.27 | 0.25 | 0.95 | 0.93 | 3.49 | 0.83 | 3.00 |
| 上海 | 0.81 | 0.67 | 2.15 | 0.83 | 2.65 | 0.86 | 1.11 |
| 江苏 | 0.26 | 0.20 | 1.11 | 0.77 | 4.28 | 0.95 | 6.99 |
| 浙江 | 0.23 | 0.15 | 0.53 | 0.67 | 2.34 | 1.01 | 0.98 |
| 福建 | 0.32 | 0.14 | 0.46 | 0.45 | 1.42 | 0.82 | 0.74 |
| 江西 | 0.24 | 0.20 | 0.77 | 0.82 | 3.24 | 1.48 | 1.55 |
| 山东 | 0.20 | 0.10 | 1.04 | 0.51 | 5.29 | 1.25 | 1.01 |
| 河南 | 0.26 | 0.21 | 0.79 | 0.80 | 3.11 | 0.88 | 1.87 |
| 湖北 | 0.26 | 0.16 | 1.13 | 0.59 | 4.30 | 1.00 | 1.19 |
| 广东 | 0.01 | 0.19 | 0.01 | 0.63 | 3.06 | 1.58 | 0.83 |
| 四川 | 0.23 | 0.22 | 0.39 | 0.98 | 1.70 | 0.79 | 1.36 |
| 云南 | 0.29 | 0.35 | 0.24 | 1.21 | 0.80 | 4.67 | 0.94 |
| 青海 | 0.44 | 0.33 | 0.77 | 0.75 | 1.73 | 0.64 | 2.25 |

资料来源：周振华《区域发展——中国经济分析(1995)》,1996 年。王梦奎《中国区域社会经济发展不平衡问题研究》,2000 年。

　　由表 8—1 可以看出：(1)1989～1992 年调入调出总额与1980～1989年的同类指标相比,除云南省外,各省区、市调入调出总额均得到了快速的增长。(2)以调入调出总额与 GDP 的增长相比,1980～1989 年,各省区产品调入调出总额增长速度略低于同期各区域 GDP 增长速度,表明这一段时期各区域的经济增长主要是靠区内需求带动的。进入 90 年代以后,各地区之间交换量迅速增加,并逐步超过各区域经济增长的水平,显示出区域经济增长的外向需求带动的特征。90年代各区域经济增长速度明显高于80年代,应该说外向需求的增强起到了不可忽视的作用。(3)从调入调出量的比较来看,80年代许多区域调入量大于调出量,区际贸易逆差省份多于顺差省份;90年代以后这种情况基本没有改变,但是除浙江、福建、广东、云南外,许多省份调出量增长快于调入量的增长。浙江、福建、广东这几个沿海省份的调入量包括了其他省份经这些省的口岸出口的部分。总体上讲,各区域经济增长越来越依赖于区外需求的增长。

从另外一个角度看,伴随着区域间贸易总量迅速增长的同时,贸易的结构也在不断变化。根据王梦奎等人的研究,他们将区域贸易的种类按照区域的输出商品结构或输入的商品结构进行了划分。也就是将区域间输出和输入产品按加工程度和顺序分为了农业、采掘业、中间投入品工业、消费品工业和投资品等类型,并按照一个区域内各类产品输出(或输入)的比重结构来决定该区域区际贸易的类型。

**表 8—2　　　　1992 年若干省份部门输出比重及输出结构分类　　单位:%**

| 区域 | 农业 | 采掘业 | 消费品 | 中间投入品 | 投资品 | 建筑业 | 服务业 | 输出结构类型 |
|------|------|--------|--------|-----------|--------|--------|--------|-------------|
| 河北 | 16.3 | 11.3 | 15.9 | 28.4 | 17 | 0 | 9.2 | 中间投入品—投资品 |
| 北京 | 2.7 | 0.4 | 29.9 | 14.6 | 20.8 | 0 | 31.7 | 服务业—消费品 |
| 福建 | 5.2 | 1.1 | 38 | 15.4 | 22.6 | 0 | 17.7 | 消费品—投资品 |
| 广东 | 6.4 | 0.5 | 34 | 18.5 | 29.4 | 0 | 8.6 | 消费品—投资品 |
| 广西 | 16 | 1.6 | 25.4 | 26.9 | 18.8 | 0 | 18.8 | 中间投入品—消费品 |
| 河南 | 15.7 | 10.7 | 25.3 | 28.1 | 15.7 | 0 | 0.1 | 中间投入品—消费品 |
| 湖北 | 14.1 | 1.8 | 22.1 | 25.2 | 22.7 | 0 | 12.2 | 中间投入品—投资品 |
| 湖南 | 10.3 | 16.2 | 17.1 | 33 | 18.8 | 0 | 4.1 | 中间投入品—投资品 |
| 吉林 | 4.4 | 4.4 | 6.7 | 19.9 | 50.4 | 2.1 | 12.1 | 投资品—中间投入品 |
| 江苏 | 3.4 | 2.2 | 28.7 | 20.9 | 34.3 | 0 | 9 | 投资品—消费品 |
| 江西 | 1.9 | 17.3 | 12.3 | 43 | 16.8 | 0 | 7.7 | 中间投入品—采掘业 |
| 辽宁 | 6.3 | 0.6 | 7.1 | 53.1 | 29.6 | 0 | 5 | 中间投入品—投资品 |
| 山西 | 3.6 | 43.4 | 8.6 | 27.3 | 4.7 | 0 | 12.4 | 采掘业—中间投入品 |

续表

| 区域 | 农业 | 采掘业 | 消费品 | 中间投入品 | 投资品 | 建筑业 | 服务业 | 输出结构类型 |
|------|------|--------|--------|------------|--------|--------|--------|--------------|
| 上海 | 1.5 | 0.9 | 23.5 | 22.6 | 25.5 | 0.7 | 24.8 | 投资品—服务业 |
| 四川 | 1.3 | 1.4 | 27.7 | 23.7 | 35 | 0 | 10.7 | 投资品—消费品 |
| 天津 | 0.6 | 1.8 | 22.1 | 41.3 | 31.1 | 0 | 2.7 | 中间投入品—投资品 |
| 云南 | 4.3 | 4.4 | 65.2 | 20.1 | 2.3 | 1.2 | 2.5 | 消费品—中间投入品 |
| 浙江 | 7.1 | 0.2 | 42.8 | 15.4 | 23 | 0.3 | 9.7 | 消费品—投资品 |

资料来源:摘自王梦奎等《中国区域社会经济发展不平衡问题研究》,第186页,商务印书馆2000年版。

由表8-2可以看出,中国各省份输出结构大致可以划分为四种类型:一是服务—制成品输出省份,指分类名称中含有服务业的省份,如北京和上海;二是制成品输出省份,指分类中含有消费品工业和投资品的省份,如广东、福建、浙江、四川和江苏等;三是初级产品输出省份,指分类名称中只含农业、采掘业或中间投入品工业的省份,如山西、江西等;四是混合型输出省份,指分类中含有一个制造业部门或一个初级产品部门的省份,如中间投入品—投资品省份,包括河北、湖南、湖北、辽宁和天津等,其他还有吉林、河南、广西和云南等。一定意义上讲,1992年区域的商品输出结构较1987年已经有了明显的改善,具体表现为:一是北京和上海这两个全国最发达的区域,已出现了以服务为主要输出部门的高级输出结构类型。二是制成品省份有了明显的增加,1987年属于这一类型的只有北京、上海、辽宁、天津、广东和江苏等省份(周振华,1995),而1992年则增加了浙江、福建和四川等省份。三是在初级产品输出省份中,产品的加工程度已逐步提高,一个突出的特点是农产品输出的比重均已退到了第三位以后。另外,原始矿产品输出也越来越少,反映出产品加工程度在不断提高。四是混合型输出类型的结构升级表现得最为明显,许多省份,如山东、福建、四川等省已确定了以制成品输出为主的地位,而湖北、辽宁、天津和吉林等省正在逐步形成以制成品输出为主的格局。

## 二、中国区际贸易与区域产业发展的关系

一个区域的输出结构与其产业结构有着直接的联系。一般来说,区域的产业结构决定了该区域的输出结构,而该区域的输出结构又引致了区域产业结构的发展。

根据上文分析可知,我国的区际贸易联系被分成了四种相对独立的基本形式。对此笔者认为,四种类型应当是与经济发展的阶段性相适应的。首先,服务—制成品类型。这种贸易类型的一个显著特征就是服务业产品在整个区域产品输出结构中占据了较大的比重,这不仅表明该区域是其他区域对服务品需求的较大的供给者,也充分体现出该区域服务业发展水平远远优于其他区域。其次,制成品类型。与其他类型不同,这一类型是以消费品的输出为最大的比重。一般来讲,制成品行业的主要特征就是对生产的技术水平要求高,同时产品的附加值也高。这样一来,对于那些经济发展水平低、资本匮乏、技术落后的区域而言,就不可能在制成品生产中占据强大的区位竞争优势,因此从事制成品区际贸易的区域往往是较发达区域。再次,混合型输出结构。在以混合型输出为主的区域中,一个重要的特征是投资品或中间投入品的输出比重较大。从产业经济学基本原理可知,这些区域往往是那些处于工业化的加速时期经济发展水平欠发达的区域。最后是初级产品类型。初级产品生产对于生产技术的要求较低,并多属于劳动密集型,但产品的附加值也较低。当各个区域在全国分工格局中进行激烈角逐时,那些经济发展水平较为落后的区域往往选择初级产品作为其主要的输出部门。

总而言之,区际贸易的四种类型实质是经济发展到某一具体阶段的产物,它既是区域产业分工的结果,也是进一步促进产业升级的原因。从空间上看,正是由于区域经济发展水平的不同才使各区域产业发展水平和产业结构的高级化程度不同,最终造成各

区域产品的输出结构也就不同。一旦区域之间产品输出类型形成之后,区域间相互的产品输出和输入就会推动各区域经济的快速发展,也将最终引致区域所处经济发展阶段的递进,从而推动着区域输出类型和产业结构的不断升级。因此,笔者认为,各区域输出结构与其产业结构两者间不仅有着惊人的相似性,也具有强烈的互动联系特性。具体来讲主要表现在以下几个方面:

第一,随着市场经济体制的建立,市场需求在塑造产业结构方面起着越来越大的作用,因此,各区域的产业结构变动日益依赖于区外需求结构的影响,也就是说,需求结构和区域输出结构对区域产业结构的反作用越来越大。

第二,受区外需求结构影响的区域输出结构的变化,反映了区域产业结构优化升级的方向,是区域产业结构不断适应市场变化的具体体现。

第三,区域的输出结构的变化有利于促进全国各区域产业结构合理分工格局的形成,避免各区域形成产业结构"刚性",使各区域产业结构在不断变化和调整中,始终保持与不断变化的需求结构相适应的动态平衡状态。

# 小　结

区际贸易是区域间重要的经济联系方式,与区域消费相似,区际贸易主要反映了区域间的外溢需求状况。因此区域消费的空间差异和区域间的贸易联系是需求因素作用于区域产业发展的两个重要方面。由于中国区际贸易统计数据的不足,因而在本章中笔者主要就中国区际贸易的规模演变、结构特征进行了简要的分析,进而从定性的角度探讨了中国区际贸易对区域产业发展的影响。

# 第九章　不平衡增长格局下的区域产业结构：1990～2002 年

　　由于区域增长差距是经济总量在空间分布不平衡的集中表现，因此，在这一空间经济总量分布不平衡的背后也就掩盖了内部各个产业部门发展规模、发展速度、发展潜力等的空间不平衡性。我国作为一个发展中的大国，目前正处于经济起飞和经济转型阶段，区域产业结构问题不仅具有特殊的重要性，而且存在着其他任何国家都不可比拟的复杂性。进入 20 世纪 90 年代以来，区域差距在经历了由缩小到迅速扩大的历程之后，区域产业结构相应也发生了急剧变化。因此研究与分析进入 90 年代以来中国区域经济不平衡增长下的区域产业结构变动情况，对于实现我国经济快速增长和缩小区域差距，以及进行行之有效的产业结构调整，有着重大的现实意义。

## 一、不平衡增长格局下区域产业产值增长速度比较

　　2003 年，全国国内生产总值已达到 117 251.9 亿元，其中第一产业为 17 092.1 亿元，第二产业为 61 274.1 亿元，第三产业为 38 885.7 亿元，经济总量规模得到了快速扩张。与此相同，三大地带及其内部各省份经济的快速增长，有效地支持了综合国力的提升。

通过表9－1的资料可以得出以下结论。

表 9－1　　　　　　　1990～2002 期间中国地带及其内部

三次产业产值增长速度的对比

| 地带 | 年平均增长*（%） | | | | | 区位指向（LQ 值）** | | | | |
|---|---|---|---|---|---|---|---|---|---|---|
| | GDP | 一产 | 二产 | 三产 | 人均GDP | GDP | 一产 | 二产 | 三产 | 人均GDP |
| 全国 | 15.44 | 10.21 | 17.41 | 16.43 | 14.40 | 1.00 | 1.00 | 1.00 | 1.00 | 1.00 |
| **东部** | 17.72 | 10.57 | 18.37 | 20.10 | 16.53 | 1.15 | 1.04 | 1.06 | 1.22 | 1.15 |
| 北京 | 16.75 | 6.93 | 12.83 | 21.42 | 15.83 | 1.08 | 0.68 | 0.74 | 1.30 | 1.10 |
| 天津 | 17.02 | 9.81 | 15.41 | 20.39 | 16.39 | 1.10 | 0.96 | 0.88 | 1.24 | 1.14 |
| 上海 | 17.81 | 8.65 | 14.93 | 22.51 | 17.43 | 1.15 | 0.85 | 0.86 | 1.37 | 1.21 |
| 江苏 | 18.29 | 10.04 | 18.94 | 21.88 | 17.38 | 1.18 | 0.98 | 1.09 | 1.33 | 1.21 |
| 浙江 | 19.73 | 9.84 | 20.90 | 22.64 | 18.84 | 1.28 | 0.96 | 1.20 | 1.38 | 1.31 |
| 福建 | 20.05 | 13.37 | 23.33 | 20.38 | 18.49 | 1.30 | 1.31 | 1.34 | 1.24 | 1.28 |
| 山东 | 17.58 | 10.37 | 19.34 | 19.59 | 16.75 | 1.14 | 1.02 | 1.11 | 1.19 | 1.16 |
| 广东 | 18.35 | 8.58 | 20.61 | 19.63 | 15.98 | 1.19 | 0.84 | 1.18 | 1.20 | 1.11 |
| 河北 | 17.36 | 12.70 | 18.75 | 18.34 | 16.46 | 1.12 | 1.24 | 1.08 | 1.12 | 1.14 |
| 辽宁 | 14.61 | 11.01 | 14.02 | 16.72 | 13.99 | 0.95 | 1.08 | 0.81 | 1.02 | 0.97 |
| 海南 | 16.26 | 14.31 | 17.96 | 17.43 | 14.18 | 1.05 | 1.40 | 1.03 | 1.06 | 0.98 |
| 广西 | 15.21 | 10.76 | 18.01 | 16.77 | 13.93 | 0.99 | 1.05 | 1.03 | 1.02 | 0.97 |
| **中部** | 15.66 | 9.94 | 17.46 | 17.32 | 14.31 | 1.01 | 0.97 | 1.00 | 1.05 | 0.99 |
| 吉林 | 14.88 | 11.19 | 16.40 | 17.54 | 13.91 | 0.96 | 1.10 | 0.94 | 1.07 | 0.97 |
| 湖北 | 16.16 | 7.73 | 18.68 | 19.20 | 14.99 | 1.05 | 0.76 | 1.07 | 1.17 | 1.04 |
| 湖南 | 15.83 | 9.48 | 17.53 | 15.39 | 14.54 | 1.03 | 0.93 | 1.01 | 0.94 | 1.01 |

| 地带 | 年平均增长*（%） | | | | | 区位指向（LQ 值）** | | | | |
|------|------|------|------|------|-----------|------|------|------|------|-----------|
|      | GDP | 一产 | 二产 | 三产 | 人均GDP | GDP | 一产 | 二产 | 三产 | 人均GDP |
| 山西 | 13.69 | 7.62 | 14.36 | 15.20 | 12.30 | 0.89 | 0.75 | 0.82 | 0.93 | 0.85 |
| 内蒙古 | 15.14 | 10.54 | 16.76 | 16.19 | 14.16 | 0.98 | 1.03 | 0.98 | 0.99 | 0.98 |
| 黑龙江 | 15.19 | 8.92 | 16.16 | 17.01 | 14.39 | 0.98 | 0.87 | 0.93 | 1.04 | 1.00 |
| 安徽 | 15.13 | 10.00 | 16.38 | 18.62 | 14.20 | 0.98 | 0.98 | 0.94 | 1.13 | 0.99 |
| 江西 | 15.64 | 9.73 | 17.78 | 19.02 | 14.62 | 1.01 | 0.95 | 1.02 | 1.16 | 1.02 |
| 河南 | 17.03 | 12.14 | 19.97 | 17.55 | 15.94 | 1.10 | 1.19 | 1.15 | 1.07 | 1.11 |
| 西部 | 14.69 | 9.69 | 16.31 | 16.77 | 13.15 | 0.95 | 0.95 | 0.94 | 1.02 | 0.91 |
| 贵州 | 13.47 | 8.98 | 14.57 | 16.72 | 11.99 | 0.87 | 0.88 | 0.84 | 1.02 | 0.83 |
| 陕西 | 14.42 | 9.21 | 15.93 | 15.60 | 13.25 | 0.93 | 0.90 | 0.91 | 0.95 | 0.92 |
| 甘肃 | 13.93 | 10.57 | 15.07 | 14.70 | 12.45 | 0.90 | 1.04 | 0.87 | 0.89 | 0.86 |
| 青海 | 14.12 | 8.08 | 15.65 | 15.44 | 12.53 | 0.91 | 0.79 | 0.90 | 0.94 | 0.87 |
| 云南 | 14.24 | 8.94 | 16.20 | 16.74 | 12.77 | 0.92 | 0.88 | 0.93 | 1.02 | 0.89 |
| 宁夏 | 14.50 | 10.00 | 16.05 | 15.31 | 12.63 | 0.94 | 0.98 | 0.92 | 0.92 | 0.88 |
| 西藏 | 15.82 | 9.00 | 20.34 | 19.93 | 13.92 | 1.02 | 0.88 | 1.17 | 1.21 | 0.97 |
| 四川 | 15.22 | 10.17 | 16.61 | 18.00 | 14.51 | 0.99 | 1.00 | 0.95 | 1.10 | 1.01 |
| 新疆 | 15.83 | 10.25 | 18.98 | 16.85 | 13.68 | 1.03 | 1.00 | 1.09 | 1.03 | 0.95 |

资料来源：根据《改革开放 17 年的中国区域经济》和《中国区域经济统计年鉴》(2003)数据计算而得。

* 各产业 1990～2002 年的年均增长速度具体公式为：$V_i = e^{\frac{1}{12} \times \ln(\frac{z_{2002}}{z_{1990}})} - 1$，式中，$V_i$ 为 $i$ 产业的年均增长速度，$z_i^t$ 为 $i$ 产业的第 $t$ 年的产值。

** 该指标特指：相对于全国平均水平各地区某一产业的增长能力的高低。即 LQ＞1，说明地区某一产业的平均增长速度高于全国水平，增长势头比较猛;LQ=1,说明地区某一产业的平均增长速度等于全国水平,增长势头一般;LQ<1,说明地区某一产业的平均增长速度小于全国水平,增长势头比较弱。

首先,1990~2002 年期间,全国 GDP 总量年平均增长速度为15.44%,以全国平均增长速度为标准的区域年平均增长率的区位商值表明:(1)三大地带中,东部区域的增长速度快于全国平均水平。(2)东部区域有 10 个省份快于平均增长速度,按大小排列依次为福建、浙江、广东、江苏、上海、山东、河北、天津、北京、海南;中部地带有 4 个省份快于全国平均水平,按大小排列依次为河南、湖北、湖南、江西;西部地带只有 2 个省份高于全国平均水平,依次为新疆和西藏。

其次,人均国内生产总值增长的区位指向也极为明显。东部地带的人均 GDP 增长速度依旧高于全国平均水平,中、西部地带仍然低于全国水平。从地带内来看,1980~2002 年间,东部地带12 个省、市中全部高于全国平均水平;中部地带只有山西和江西低于全国水平;西部地带则只有四川高于全国平均水平。显然,中、西部地带及其内部省份人均 GDP 增长速度普遍滞后于全国水平。有一点要说明的是,从分时期的角度来看,东部地带内的广东、江苏、海南、广西四个省份曾经是快速增长的省份[①],而 1990~2002 年时期增长速度放缓,这是与 90 年代后期国家宏观经济环境的变化密切相关的。从 1997 年之后,我国国民经济承受着东南亚金融危机及国内消费需求疲软的双重压力,发达区域在这一时期的经济发展所遭到的冲击程度远远大于欠发达区域,并且从国家拉动经济增长的政策中获益也比较小。其结果是,过去呈高速增长的某些省份,经济增长和人均 GDP 增长幅度开始下降,而欠

---

① 比如,"八五"期间,江苏、广东、海南、广西的人均 GDP 区位指向分别是 1.56、1.66、1.57、1.47,而到了"九五时期",这些地区的人均 GDP 区位指向分别降低到0.97、0.82、0.51、0.49。

发达区域则基本上保持了原有的增长态势。

最后,从三次产业的发展情况来看,中部和西部地带第一产业的年均增长速度低于全国水平,东部地带则高于全国平均水平;第二产业和第三产业的年均增长速度只有西部地带低于全国平均水平,东、中部地带都高于全国平均水平。在地带内部,三次产业的省区增长差异比较大。(1)在第一产业的区位指向中,东部地带以海南、福建、河北、辽宁、广西、山东 6 省区高于全国平均水平;中部地带以河南、内蒙古、吉林 3 省区高于全国平均水平;西部只有甘肃的增长速度高于全国水平。(2)1990～2002 年期间,由于特定的宏观经济形势的影响,三大地带第二产业增长速度都有不同程度的放慢,其中以东部地带更为明显。这一时期,在东部地区第二产业的区位指向中,福建、山东、浙江和广东四个省明显高于平均增长水平,海南和广西略高于平均水平,其他省份基本显著低于平均水平;中部地带内,湖北、湖南、河南和江西高于全国平均水平,但超过的幅度都不算高,增长最快的河南省也只高于全国平均水平的 15%;西部地带内部有西藏、新疆两省区高于全国平均水平。从全国整体来看,第二产业增长速度最大的差距也没有超过 1 倍。(3)在 1990～2002 年期间,第三产业成为多数省区、市推动经济增长、解决就业、扩大消费的主要领域。虽然全国第三产业的增长速度为 16.43%,略低于第二产业的平均增长速度,但一个显著的事实是,在 1996～2000 年期间,全国第三产业的增长速度达到 18.31%,远远高于同期第二产业的增长速度(13.89%)。在东部,只有广西和辽宁略高于全国平均水平,其余省市都显著高于全国平均水平;中部地带内,湖南、内蒙古、山西落后于全国平均水平,其余省份也是基本持平或明显高于平均水平;西部地带内明显高于全国平均水平的有西藏和四川,其余省份虽然没有大幅度地低于全国平均水平,但也基本与全国第三产业平均增长速度持平。

## 二、不平衡增长格局下区域产业产值构成比变动分析

当区域之间各产业以不同的增长速度变动时,产业间的产值构成比例必然会发生相应的变化,而这种产值结构比的变动,实际上就是区域分工格局的演变。我国自 20 世纪 90 年代以来,区域分工格局已经产生了较大幅度的改变。见表 9—2。

表 9—2　　　　三大地带及其内部三次产业产值比例变动对比　　　单位:%

| 地带 | 第一产业 | | | 第二产业 | | | 第三产业 | | |
|---|---|---|---|---|---|---|---|---|---|
| | 1990 年 | 1995 年 | 2002 年 | 1990 年 | 1995 年 | 2002 年 | 1990 年 | 1995 年 | 2002 年 |
| 全国 | 27 | 20.5 | 15.3 | 41.6 | 48.8 | 50.4 | 31.4 | 30.7 | 34.3 |
| 东部 | 23.7 | 15.4 | 10.7 | 43.8 | 51.2 | 48.3 | 32.5 | 33.4 | 40.8 |
| 北京 | 8.8 | 5.8 | 3.1 | 52.4 | 44.1 | 34.8 | 38.8 | 50.1 | 62.2 |
| 天津 | 8.8 | 6.9 | 4.1 | 57.7 | 54.5 | 48.8 | 33.5 | 38.6 | 47.1 |
| 上海 | 4.3 | 2.5 | 1.6 | 63.8 | 57.3 | 47.4 | 31.9 | 40.2 | 51.0 |
| 江苏 | 25.1 | 16.5 | 10.5 | 48.9 | 52.7 | 52.2 | 26 | 30.8 | 37.3 |
| 浙江 | 25.1 | 15.9 | 8.9 | 45.5 | 52 | 51.1 | 29.4 | 32.1 | 39.3 |
| 福建 | 28.3 | 22.2 | 14.2 | 33.3 | 42.1 | 46.1 | 38.4 | 35.7 | 39.7 |
| 山东 | 28.1 | 20.2 | 13.2 | 42.1 | 47.4 | 50.3 | 29.8 | 32.4 | 36.5 |
| 广东 | 26.1 | 16.1 | 8.8 | 39.9 | 51.8 | 49.6 | 34 | 32.1 | 40.8 |
| 河北 | 25.4 | 22.1 | 15.6 | 43.2 | 46.4 | 49.8 | 31.4 | 31.5 | 34.6 |
| 辽宁 | 15.9 | 14 | 10.8 | 50.9 | 49.8 | 47.8 | 33.2 | 36.2 | 41.4 |
| 海南 | 49 | 35.9 | 36.6 | 21.2 | 21.6 | 23.4 | 29.8 | 42.5 | 40.0 |
| 广西 | 39.1 | 30.4 | 24.4 | 26.4 | 37.7 | 35.2 | 34.5 | 31.9 | 40.6 |
| 中部 | 32.4 | 26.2 | 17.8 | 38.9 | 43.8 | 46.5 | 28.7 | 30 | 35.7 |
| 吉林 | 29.4 | 26.9 | 19.9 | 42.9 | 42.5 | 43.6 | 27.7 | 30.6 | 36.6 |
| 湖北 | 35.1 | 25.9 | 14.2 | 38 | 43.1 | 49.2 | 26.9 | 31 | 36.6 |

续表

| 地带 | 第一产业 | | | 第二产业 | | | 第三产业 | | |
|---|---|---|---|---|---|---|---|---|---|
| | 1990 年 | 1995 年 | 2002 年 | 1990 年 | 1995 年 | 2002 年 | 1990 年 | 1995 年 | 2002 年 |
| 湖南 | 37.5 | 31.2 | 19.1 | 33.6 | 37.2 | 40.0 | 28.9 | 31.6 | 40.5 |
| 山西 | 18.8 | 15.4 | 9.7 | 48.9 | 49.9 | 52.5 | 32.3 | 34.7 | 37.8 |
| 内蒙古 | 35.3 | 31.2 | 21.6 | 32.1 | 37.8 | 42.0 | 32.6 | 31 | 36.4 |
| 黑龙江 | 22.4 | 19.3 | 11.5 | 50.7 | 52.4 | 56.1 | 26.9 | 28.3 | 32.4 |
| 安徽 | 37.3 | 29 | 21.6 | 37.4 | 46.9 | 43.5 | 25.3 | 24.1 | 34.9 |
| 江西 | 41.1 | 31.1 | 21.9 | 31.2 | 37.4 | 38.8 | 27.7 | 31.5 | 39.3 |
| 河南 | 34.9 | 25.4 | 20.9 | 35.5 | 47.3 | 47.8 | 29.6 | 27.3 | 31.3 |
| **西部** | 33.4 | 27.6 | 19.7 | 34.1 | 39.4 | 42.2 | 32.5 | 33 | 38.1 |
| 贵州 | 38.5 | 36 | 23.7 | 35.7 | 37.2 | 40.1 | 25.8 | 26.8 | 36.2 |
| 陕西 | 26.1 | 22.7 | 14.9 | 39 | 40.6 | 45.5 | 34.9 | 36.7 | 39.6 |
| 甘肃 | 26.4 | 20 | 18.4 | 40.5 | 46.7 | 45.7 | 33.1 | 33.3 | 35.9 |
| 青海 | 25.3 | 23.5 | 13.2 | 38.4 | 39.6 | 45.2 | 36.3 | 36.9 | 41.7 |
| 云南 | 37.2 | 25.3 | 21.1 | 34.9 | 44.5 | 42.8 | 27.9 | 30.2 | 36.1 |
| 宁夏 | 26 | 21.2 | 16.0 | 39.1 | 43.7 | 45.9 | 34.9 | 35.1 | 38.0 |
| 西藏 | 50.9 | 41.9 | 24.6 | 12.9 | 23.8 | 20.4 | 36.2 | 34.3 | 55.0 |
| 四川 | 35.2 | 27.6 | 21.1 | 36.1 | 42.1 | 40.7 | 28.7 | 30.3 | 38.3 |
| 新疆 | 34.7 | 30 | 19.1 | 30.7 | 36.3 | 42.1 | 34.6 | 33.7 | 38.9 |

资料来源：根据《改革开放 17 年的中国区域经济》与《中国区域经济统计年鉴》(2003)有关数据整理而得。

从表 9-2 获知，首先，区域产业结构转型的程度与经济发展水平有着很强的对应性。一般来讲，经济发展水平相对滞后的区域,其产业结构也呈现出比较落后的特征。在三大地带间,东部地带经济发展水平比较高,其三次产业构成则以第二、第三产业为主。并且,随着经济的发展,产业之间的构成也在变化,表现出第一产业不断收缩,第二、第三产业构成逐渐提高的特征。相对而言,中、西部地带尽管在变动方向上与东部地带相似,但由于其发展水平的滞后使得第一产业构成仍然比较大,中、西部地带产业结构水平明显劣于全国平均水平。

其次,结合表9-1区域各产业的区位商值来分析地带内部各省份的产业构成变动,就能够进一步发现区域间产业结构变动中的特点。一方面,由于20世纪90年代后期国内受到了较大的外部因素冲击;另一方面,国家又在这一时期实施了西部大开发政策,因此,区域产业的区位指向产生了一定的变化,主要表现为发达区域的工业受到了强烈的抑制。但就当前的区域产业产值构成状况来讲,仍然能够反映出区域产业构成上的变动规律。

(1)在经济发展水平高的东部地带内部,经济增长速度快于全国GDP增长速度的有两类省份,一类是北京、上海、天津,它们共同的特征是第二产业区位指向明显小于1,而第三产业的区位指向都大于1。由于这类区域经济状况水平在全国处于最高水平,因此,随着经济增长速度的提高,第三产业产值比重便大幅度上升。另一类区域是经济发展水平比较高的省区,包括广东、山东、浙江、福建、江苏5省,它们在全国第二产业和第三产业的区位指向当中最高,这也就决定了它们在全国工业和第三产业地域分工格局中有着较高的地位。实际数据也证明了这一点,即一方面这些地区的第二产业基本占据主导地位,另一方面第三产业的产值比重从1995年以来,呈现快速增长的势头。除此之外,在其余的四个省份中,可以分为两组:一是GDP区位指向小于1的地区,如辽宁。在辽宁的三次产业区位指向中,只有第二产业的区位指向小于1,因此可以推断第二产业是导致辽宁GDP增长速度降低的主导性因素。另一组是，海南、广西和河北。这三个省份具有一个共同的特征：三次产业的区位指向以第一产业的 LQ 值为最高，因此，在整个东部地区内这三个省份的第一产业产值结构也较大，显著高于地带内其他省份。

（2）在欠发达的中部地带，由于吉林、内蒙古、河南的第一产业始终保持着较高区位商值，因此这些省份的第一产业的构成都高于中部地带的平均值，基本上都在 20％左右。由于中部地区整体的经济实力不强，决定了第二产业对这一地区的经济增长具有至为关键的作用。实际上，表 9－2 也证明了这一点，即除了江西以外，中部各省的第二产业产值比重都显著高于第一产业和第三产业的产值比重。进一步分析，我们还可以发现，凡是第二产业区位指向小于 1 的省份，如吉林、山西、黑龙江、安徽、内蒙古，它们的 GDP 区位指向也都小于 1。因此，在中部地带内，第二产业 LQ 值的高低不仅直接决定着 GDP 的增长速度，而且与产业结构表现出完全一致的正相关关系。

（3）在不发达的西部地带，其内部各个省份经济发展水平都比较低，生产力水平也比较落后。地带内第一产业区位商值比较大的省份，如甘肃、新疆，其所对应的第一产业构成却低于西部平均水平，并表现出持续下降的趋势。一个饶有兴趣的现象是：一方面，西部地区内部各省份的 GDP 增长速度显著地依赖于第二产业的区位商，即凡是第二产业区位指向小于 1 的省份，如贵州、陕西、甘肃、青海、云南、宁夏、四川，它们的 GDP 区位指向也都小于 1；但另一方面，相对于第三产业的产值比重提高的程度而言，第二产业的产值比重并没有出现显著提高。之所以出现这种情况，乃是因为，一方面，第三产业构成中很大一部分是为第一产业提供服务的部门得到了较大的扩张；另一方面，各个区域都将第三产业作为本区域新的经济增长点，造成区域产业政策向第三产业过度倾斜。

### 三、不平衡增长格局下区域产业结构效益变动分析

仅仅了解区域产业结构的产值比例和增长速度的变化是不够的,随着产业部门的分化与整合,产业结构的变动也会产生结构效益[①]。为了比较准确地反映区域产业的结构效益,此处,将引入区域内三次产业从业人员结构,并用某产业结构比例与该产业从业人员结构比例的比值来表示产业的结构效益指数,数值越大,表明该产业结构效益越好;反之,产业结构效益越差。1990~2002年期间,中国区域产业结构的转移并没有引起该区域产业结构效益状况的改善,有些比例虽然在上升,却引起了产业结构的恶化。对各省区结构效益指数进行归一化处理(见表9-3),可以看到20世纪90年代以来我国区域产业结构效益变动有以下几方面的特征。

首先是三大地带的结构效益。东部地带的第三产业有着相对较高的结构效益。通过对1990、1996、2002年三个截点的数据比较分析,发现东部的第三产业结构效益指数在三大地带的同期是最高水平,相对而言,第二产业的结构效益指数在三大地带中却比较低;中部地带的第一产业、第二产业和第三产业的结构效益指数都比较高,与其他地带相比,第一产业的结构效益最佳,第二、第三产业的结构效益与最高水平相差不多;不同的是,西部地带以第二产业的结构效益为最佳,而第三产业的结构效益却是最劣的。

其次,三大地带的动态结构效益变动趋势。中部与西部地带第一产业和第二产业的结构效益在1990、1996、2002年表现出逐渐递减的趋势,第三产业的结构效益则逐渐提高。这表明,在中、

---

① 此处所说的结构效益是将产业的发展与吸纳的就业作为一个整体来考虑的,因此,它更多地体现着产业发展的社会效益状况,而与产业自身的竞争力没有具体的联系。

西部地带由于经济发展水平相对落后，第二产业在吸纳就业的同时，第一产业仍在吸收剩余劳动力，而第三产业吸纳就业的功能没有充分发挥出来。东部地带第二产业结构效益持续上升，而第一产业和第三产业在1990年以后的总趋势是下降的，因此东部地带第三产业在就业方面的"蓄水池"功能逐渐发挥出来。此外，从全国整体来看，第一、第三产业结构效益在20世纪90年代是在下降的，而第二产业的结构效益却在不断提高。换句话说，这表明东部地带产业结构效益的变动趋势与全国的变动趋势完全一致。之所以产生这种情况，是因为一方面东部地带在全国经济总量的增长中占据着绝对优势和较高的权重；另一方面东部地带经济发展水平高，劳动力的流动多是从中、西部向东部移动，于是劳动力的跨地带流动使得东部结构效益变动趋势成为了全国结构效益变动趋势形成的主导力量。

表9—3　　　　三大地带及其内部三次产业结构效益的产业间转移　　单位：%

| 地带 | 第一产业 | | | | | 第二产业 | | | | | 第三产业 | | | | |
|---|---|---|---|---|---|---|---|---|---|---|---|---|---|---|---|
| | 1990年 | 1996年 | 2002年 | 差幅1 | 差幅2 | 1990年 | 1996年 | 2002年 | 差幅1 | 差幅2 | 1990年 | 1996年 | 2002年 | 差幅1 | 差幅2 |
| 全国 | 0.11 | 0.11 | 0.08 | 0 | -0.03 | 0.48 | 0.57 | 0.61 | 0.09 | 0.04 | 0.41 | 0.32 | 0.31 | -0.09 | -0.01 |
| 东部 | 0.10 | 0.1 | 0.08 | 0 | -0.07 | 0.49 | 0.53 | 0.54 | 0.04 | 0.01 | 0.41 | 0.37 | 0.38 | -0.04 | 0.01 |
| 北京 | 0.21 | 0.18 | 0.13 | -0.03 | -0.10 | 0.43 | 0.42 | 0.41 | -0.01 | -0.01 | 0.36 | 0.4 | 0.46 | 0.04 | 0.06 |
| 天津 | 0.16 | 0.14 | 0.10 | -0.02 | -0.08 | 0.42 | 0.42 | 0.46 | 0 | 0.03 | 0.42 | 0.44 | 0.44 | 0.02 | 0.00 |
| 上海 | 0.15 | 0.11 | 0.06 | -0.04 | -0.11 | 0.42 | 0.46 | 0.49 | 0.03 | 0.03 | 0.43 | 0.43 | 0.44 | 0 | 0.01 |
| 江苏 | 0.15 | 0.12 | 0.08 | -0.03 | -0.08 | 0.4 | 0.5 | 0.53 | 0.08 | 0.03 | 0.45 | 0.4 | 0.39 | -0.05 | -0.01 |
| 浙江 | 0.13 | 0.11 | 0.10 | -0.02 | -0.05 | 0.4 | 0.47 | 0.47 | 0.12 | 0 | 0.47 | 0.37 | 0.43 | -0.1 | 0.06 |
| 福建 | 0.12 | 0.12 | | | -0.05 | 0.4 | 0.49 | 0.52 | 0.08 | | 0.47 | 0.39 | 0.39 | -0.08 | 0.00 |
| 山东 | 0.1 | 0.1 | | | -0.03 | 0.4 | 0.5 | 0.62 | 0.1 | 0.12 | 0.5 | 0.4 | 0.29 | -0.1 | -0.11 |
| 广东 | 0.13 | 0.11 | 0.07 | -0.02 | -0.08 | 0.44 | 0.55 | 0.54 | 0.11 | 0.01 | 0.43 | 0.34 | 0.39 | -0.09 | 0.05 |
| 河北 | 0.09 | 0.12 | | | -0.03 | 0.33 | 0.5 | 0.51 | 0.17 | 0.01 | 0.58 | 0.38 | 0.41 | -0.2 | 0.03 |
| 辽宁 | 0.15 | 0.16 | | 0.10 | -0.07 | 0.4 | 0.42 | 0.54 | 0.09 | | 0.4 | 0.36 | | -0.06 | -0.03 |
| 海南 | 0.16 | 0.16 | 0.14 | 0 | -0.04 | 0.49 | 0.49 | 0.57 | -0.03 | 0.11 | 0.35 | 0.29 | | 0.03 | -0.09 |
| 广西 | 0.09 | 0.09 | | | -0.03 | 0.46 | 0.63 | 0.65 | 0.17 | 0.02 | 0.45 | 0.28 | 0.27 | -0.17 | -0.01 |
| 中部 | 0.12 | 0.1 | | -0.02 | -0.06 | 0.64 | 0.63 | 0.59 | -0.01 | -0.04 | 0.24 | 0.27 | 0.33 | 0.03 | 0.06 |
| 吉林 | 0.19 | 0.19 | 0.10 | | -0.11 | 0.46 | 0.6 | 0.60 | 0.14 | 0 | 0.36 | 0.32 | 0.33 | -0.04 | -0.04 |
| 湖北 | 0.15 | 0.13 | 0.07 | -0.02 | -0.10 | 0.46 | 0.57 | 0.67 | 0.11 | 0.10 | 0.39 | 0.3 | 0.25 | -0.09 | -0.04 |
| 湖南 | 0.12 | 0.12 | | | -0.05 | 0.42 | 0.55 | 0.48 | 0.13 | -0.07 | 0.46 | 0.33 | 0.43 | -0.13 | 0.10 |

续表

| 地带 | 第一产业 | | | | | 第二产业 | | | | | 第三产业 | | | | |
|---|---|---|---|---|---|---|---|---|---|---|---|---|---|---|---|
| | 1990年 | 1996年 | 2002年 | 差幅1 | 差幅2 | 1990年 | 1996年 | 2002年 | 差幅1 | 差幅2 | 1990年 | 1996年 | 2002年 | 差幅1 | 差幅2 |
| 山西 | 0.11 | 0.11 | 0.06 | 0 | −0.07 | 0.48 | 0.52 | 0.58 | 0.04 | 0.06 | 0.41 | 0.37 | 0.37 | −0.04 | −0.00 |
| 内蒙古 | 0.19 | 0.17 | 0.10 | −0.02 | −0.11 | 0.42 | 0.52 | 0.63 | 0.1 | 0.11 | 0.39 | 0.31 | 0.26 | −0.08 | −0.05 |
| 黑龙江 | 0.18 | 0.18 | 0.06 | 0 | −0.14 | 0.46 | 0.52 | 0.66 | 0.06 | 0.14 | 0.36 | 0.3 | 0.28 | −0.06 | −0.02 |
| 安徽 | 0.12 | 0.11 | 0.09 | −0.01 | −0.05 | 0.51 | 0.63 | 0.58 | 0.12 | −0.05 | 0.37 | 0.26 | 0.32 | −0.11 | 0.06 |
| 江西 | 0.15 | 0.14 | 0.10 | −0.01 | −0.07 | 0.36 | 0.56 | 0.61 | 0.2 | 0.05 | 0.49 | 0.3 | 0.29 | −0.19 | −0.01 |
| 河南 | 0.11 | 0.11 | 0.08 | 0 | −0.05 | 0.45 | 0.57 | 0.58 | 0.12 | 0.01 | 0.44 | 0.32 | 0.35 | −0.12 | 0.03 |
| 西部 | 0.12 | 0.09 | 0.06 | −0.03 | −0.08 | 0.7 | 0.67 | 0.63 | −0.03 | −0.04 | 0.18 | 0.24 | 0.31 | 0.06 | 0.07 |
| 贵州 | 0.08 | 0.09 | 0.03 | 0.01 | −0.07 | 0.56 | 0.63 | 0.73 | 0.07 | 0.1 | 0.36 | 0.28 | 0.24 | −0.08 | −0.04 |
| 陕西 | 0.09 | 0.09 | 0.06 | 0 | −0.03 | 0.45 | 0.51 | 0.63 | 0.06 | 0.12 | 0.46 | 0.4 | 0.30 | −0.06 | −0.10 |
| 甘肃 | 0.08 | 0.11 | 0.07 | 0.03 | −0.04 | 0.53 | 0.61 | 0.56 | 0.08 | −0.05 | 0.39 | 0.28 | 0.37 | −0.11 | 0.09 |
| 青海 | 0.1 | 0.08 | 0.02 | −0.02 | −0.08 | 0.48 | 0.51 | 0.73 | 0.03 | 0.22 | 0.42 | 0.41 | 0.25 | −0.01 | −0.16 |
| 云南 | 0.07 | 0.05 | 0.04 | −0.02 | −0.01 | 0.53 | 0.66 | 0.68 | 0.13 | 0.02 | 0.4 | 0.29 | 0.28 | −0.11 | −0.01 |
| 宁夏 | 0.1 | 0.09 | 0.07 | −0.01 | −0.02 | 0.49 | 0.52 | 0.57 | 0.03 | 0.05 | 0.41 | 0.39 | 0.36 | −0.02 | −0.03 |
| 西藏 | 0.11 | 0.09 | 0.07 | −0.02 | −0.02 | 0.52 | 0.58 | 0.56 | 0.06 | −0.02 | 0.37 | 0.33 | 0.38 | −0.04 | 0.05 |
| 四川 | 0.09 | 0.1 | 0.06 | 0.01 | −0.04 | 0.46 | 0.56 | 0.60 | 0.13 | 0.04 | 0.45 | 0.31 | 0.30 | −0.14 | −0.01 |
| 新疆 | 0.14 | 0.12 | 0.05 | −0.02 | −0.07 | 0.43 | 0.52 | 0.66 | 0.09 | 0.14 | 0.43 | 0.36 | 0.27 | −0.07 | −0.09 |

资料来源:根据《中国统计年鉴》(1991、1997、2002)有关三次产业结构与从业人员结构比例进行归一处理计算而来。

## 四、不平衡增长格局下区域间产业结构分析

各个区域是全国经济的组成部分,每一个区域都会在相对独立的前提下追求本区域利益的最大化。从单个区域讲,它可以采取尽可能有效的方法实现最大的利益,但从区域之间形成的结果来看,却很可能导致区域间产业的同构,不利于区域间进行协调的、合理的分工布局,以致进一步影响区域产业发展。基于此,伴随区域经济增长,区域间的产业结构关系也是影响区域产业发展的重要因素,其表现形式有两个:一是区域主导产业选择过于集中;二是区域产业结构趋同严重。

(一)各区域主导产业的选择过于集中

改革开放的根本是引入市场机制,实现了由计划经济体制向市场经济体制的转变,市场激发了数亿中国大众的创造性和活力。

但是,20 世纪 80 年代以来中国产业结构调整过程中也出现了一系列新的问题。其中,最关键的是各区域产业结构普遍出现"大而全、小而全";区域优势得不到发挥;区域经济发展当中普遍缺乏主导产业;主导产业选择不科学,发展力度不够。在各省(区)市制定的《"九五"计划和 2010 年远景目标纲要》中,绝大部分省区都把主导产业集中在汽车机械、冶金、化工、电子、建筑建材及农副产品等六大产业(详见表 9—4)。这种主导产业过于集中的局面造成了国家有限的资源被过度集中在某些特定的产业部门之中,产业之间有机联系的整体很可能会被这些产业的过度发展而破坏,使得国民经济增长缺乏区域产业结构的有效支撑,区域产业受到抑制。

表 9—4　　　　　　　　各省区市主导产业选择比较

| 区域 | 1 | 2 | 3 | 4 | 5 | 6 | 区域 | 1 | 2 | 3 | 4 | 5 | 6 |
|---|---|---|---|---|---|---|---|---|---|---|---|---|---|
| 辽宁 | √ | √ | √ | √ |   |   | 江西 | √ | √ | √ | √ | √ | √ |
| 河北 | √ | √ | √ | √ | √ |   | 湖南 | √ | √ | √ | √ |   | √ |
| 天津 | √ | √ | √ |   |   |   | 湖北 |   |   |   |   |   |   |
| 北京 | √ | √ |   |   |   |   | 河南 |   |   |   |   |   |   |
| 山东 | √ | √ | √ |   | √ |   | 新疆 |   |   | √ | √ |   | √ |
| 江苏 | √ | √ |   | √ |   |   | 西藏 |   |   |   |   |   |   |
| 上海 | √ | √ | √ |   |   |   | 宁夏 |   |   |   |   |   |   |
| 浙江 | √ | √ |   |   |   |   | 甘肃 |   |   |   |   |   |   |
| 福建 | √ | √ | √ |   | √ |   | 陕西 |   |   |   |   | √ | √ |
| 广东 | √ | √ |   |   |   |   | 贵州 |   |   |   |   |   |   |
| 广西 | √ |   |   | √ |   |   | 青海 |   |   | √ | √ |   |   |
| 海南 |   | √ |   | √ |   |   | 云南 |   |   | √ | √ |   | √ |
| 黑龙江 | √ | √ | √ |   |   | √ | 四川 | √ | √ | √ | √ | √ | √ |

续表

| 区域 | 1 | 2 | 3 | 4 | 5 | 6 | 区域 | 1 | 2 | 3 | 4 | 5 | 6 |
|---|---|---|---|---|---|---|---|---|---|---|---|---|---|
| 吉林 | √ | √ | √ | | | √ | 全国 | 26 | 24 | 25 | 18 | 20 | 14 |
| 内蒙古 | √ | | | √ | | √ | 东部 | 12 | 11 | 10 | 6 | 7 | 1 |
| 山西 | | √ | √ | | | | 中部 | 9 | 8 | 8 | 5 | 5 | 6 |
| 安徽 | √ | √ | √ | | √ | | 西部 | 5 | 5 | 7 | 7 | 7 | 6 |

资料来源:引自叶裕民《中国区域开发论》,中国轻工业出版社 2000 年版,第 165 页。

注:表中,1 汽车机械,2 电子(通讯),3 化工,4 冶金,5 建筑建材,6 农副产品加工。

**(二)区域产业结构趋同性严重**

在计划经济体制下,区域产业布局长期受行政干预,使得产业区域布局和各地的经济、文化、社会、自然条件相脱离。在区域比较优势和绝对优势受损失的同时,导致区域间产业结构,特别是工业结构趋同严重,结构趋同逐渐成为我国经济增长中一个较大的"瓶颈"。

尽管区域产业结构趋同在短缺经济消除之前推动了产业发展和经济的增长,但是面对随之而来的生产能力过剩,其致命弱点显露无遗,不仅表现在难以适应需求结构转换,缺乏产业整体的发展空间,更重要的是表现在缺乏高效率的有发展优势的主导产业及其成长和发展的条件,使结构调整困难重重。一方面,区域产业结构趋同加强了区域内产业之间的相互依存关系,使产业部门跨越区域竞争和发展不仅受到区域内关联产业规模较小的结构制约,而且受到区域外产业结构雷同区域的强力抵制,引发"过度竞争"。另一方面,区域产业结构趋同造就的产业,不仅规模狭小、生产效率低下,而且大多不符合产业布局的一般要求,以至于严重缺乏产业重组的经济优势和效率依据。

从当前的区域产业结构趋同化的情况来看又有以下两种表现形式。

首先,区域工业产品结构趋同,具体反映在工业布局集中度下降,分散度大幅度提高。

集中度指标可用全国工业总产值总构成中前三位省区比重的总和及最大比重和最小比重之间的差表示。分散度指标是指前三位省区比重值减去其余各省区比重平均值的差和其余各区域比重平均值之比[①],计算公式如下：

$$V_x = \frac{\sum X_i / n}{\sum X_j - \sum X_i / n} = \frac{\sum X_i}{n \sum X_j - \sum X_i}$$

式中：$X_i (i = 1, 2, \cdots, n)$ 为其余各省区的比重；$X_j (j = 1, 2, 3)$ 为前三名省区的比重；$n$ 为去掉前三名后的区域数。$V_x$ 越趋近于 0,表明集中度越高；$V_x$ 越趋近于 1,表明分散度越大。

根据我国 1984 年到 1998 年全国工业总产值及各省区工业总产值变化资料,代入上式进行计算,结果如下：我国工业区域布局集中度的绝对值指标是：1984 年,工业布局中前三位省区域绝对值比重之和为 28.5%(上海为 10.6%,江苏 9.7%,辽宁 8.2%),工业布局中最大比重和最小比重的极差为 10.4%；1992 年,工业布局中前三位省区比重之和为 31.58%,其中江苏 12.61%,山东 9.59%,广东 9.38%,工业布局中最大比重和最小比重的极差为 12.6%；1998 年,前三位省市工业总产值占全国总产值的比重是 32%,其中广东 11.40%,江苏 11.08%,浙江 9.52%,工业布局中最大比重和最小比重的极差为 11.39%。从我国工业布局的集中度绝对指标来看,我国工业布局的集中度从 1984 年以后一直呈现下降趋势,到 1992 年开始,集中度有所上升。

---

① 关于集中度指标和分散度指标,可参阅何诚颖著的《中国产业结构理论和政策研究》,中国财政经济出版社出版。

我国工业区域布局分散度的相对值指标,1984 年为 0.111 5,1992 年为 0.087 1,1998 年为 0.082 1。具体见表 9—5。

表 9—5　　　　　中国工业布局分散度绝对指标和相对指标

| 年份 | 前三位省市工业总产值占全国的比重(%) | 第一位所占比重(%) | 第二位所占比重(%) | 第三位所占比重(%) | 最大比重和最小比重的极差(%) | 工业布局分散度相对指标 |
|------|------|------|------|------|------|------|
| 1984 | 28.5 | 10.6 | 9.7 | 8.2 | 10.4 | 0.111 5 |
| 1992 | 31.58 | 12.61 | 9.59 | 9.38 | 12.6 | 0.087 1 |
| 1998 | 32 | 11.4 | 11.08 | 9.52 | 11.39 | 0.082 1 |

资料来源:《中国统计年鉴》(1985、1993、1996)。

上述数据表明,我国工业布局集中度在不断下降,而分散度在不断提高。这个过程到 1992 年经过治理整顿后有所好转。

其次,工业部门结构相似性增大。

以 1984 年全国工业净产值的部门结构作为标准,然后对全国各省市区的工业部门进行相关分析并计算两者相关系数(即相似系数),结果是:在所统计的 28 个省市区中(不包括西藏),除偏在性资源产业所占比重较大的山西、黑龙江和云南三省外,其他省市区都和全国标准结构保持了较高的一致性,其中相似系数在 0.9 以上的省(区)共 17 个,占区域总数的 60.7%,剔除偏在性资源产业部门后的部门比较,相似系数不足 0.8 的只有云南省 1 个,超过 0.9 的达 25 个,占区域总数的 89.3%(见表 9—6)。

表 9—6　　　　1984 年各省区工业净产值部门结构的相似系数

| 外向型发达区域 | | | 非外向型发达区域 | | |
|------|------|------|------|------|------|
| 区域 | 相似系数 I | 相似系数 II | 区域 | 相似系数 I | 相似系数 II |
| 天津 | 0.965 | 0.977 | 北京 | 0.903 | 0.934 |
| 上海 | 0.934 | 0.959 | 河北 | 0.957 | 0.962 |

续表

| 外向型发达区域 | | | 非外向型发达区域 | | |
| --- | --- | --- | --- | --- | --- |
| 区域 | 相似系数 I | 相似系数 II | 区域 | 相似系数 I | 相似系数 II |
| 江苏 | 0.949 | 0.966 | 山西 | 0.651 | 0.936 |
| 浙江 | 0.950 | 0.975 | 辽宁 | 0.931 | 0.942 |
| 福建 | 0.877 | 0.914 | 吉林 | 0.940 | 0.970 |
| 山东 | 0.803 | 0.972 | 黑龙江 | 0.638 | 0.972 |
| 广东 | 0.970 | 0.975 | 湖北 | 0.970 | 0.979 |
| 非外向型中等发达区域 | | | 开发型不发达区域 | | |
| 区域 | 相似系数 I | 相似系数 II | 区域 | 相似系数 I | 相似系数 II |
| 安徽 | 0.878 | 0.885 | 内蒙古 | 0.824 | 0.918 |
| 江西 | 0.951 | 0.976 | 广西 | 0.914 | 0.945 |
| 河南 | 0.937 | 0.956 | 贵州 | 0.894 | 0.923 |
| 湖南 | 0.971 | 0.973 | 云南 | 0.712 | 0.732 |
| 四川 | 0.980 | 0.990 | 青海 | 0.979 | 0.948 |
| 陕西 | 0.928 | 0.957 | 宁夏 | 0.824 | 0.921 |
| 甘肃 | 0.867 | 0.874 | 新疆 | 0.815 | 0.903 |

资料来源:《走向现代化的选择》,经济科学出版社第132页。

注:相似系数 I 为全部门的结构比较,相似系数 II 为剔除煤炭、石油、冶金中的采选和森林工业中的采运等偏在性资源产业的结构比较结果。

以1998年全国工业增加值的部门结构作为标准,然后对部分省市区的工业部门进行相关分析并计算两者相关系数(即相似系数),结果是:所统计的大部分省区的工业部门结构相似系数都有大幅度下降,相似系数在0.5以上的有福建、天津、北京、浙江等地,这些省市的产业结构和全国产业结构具有比较高的相似性,而山东、河北、辽宁等地的结构相似系数较 1984 年有大幅度下降,说明这些省区自 1984 年以来区域产业结构调整有自己的区域特色。具体详见表 9—7。

表 9—7　　　　1998 年部分省区工业增加值部门结构相似系数

| 外向型发达区域 | | | 非外向型发达区域 | | |
|---|---|---|---|---|---|
| 区域 | 相似系数 I | 相似系数 II | 区域 | 相似系数 I | 相似系数 II |
| 天津 | 0.782 | 0.795 | 北京 | 0.855 | 0.844 |
| 浙江 | 0.591 | 0.518 | 辽宁 | 0.217 | 0.214 |
| 福建 | 0.781 | 0.752 | 河北 | 0.233 | 0.201 |
| 山东 | 0.327 | 0.384 | | | |

　　资料来源:《各省市统计年鉴》及《中国统计年鉴》(1999)。其中,山东省为"限额以上工业企业",福建省为"规模以上工业企业指标",河北省为全部国有及年产品销售收入 500 万元以上非国有工业企业,浙江省和全国为1997 年数据。

　　注:相似系数 I 为全部门的结构比较,相似系数 II 为剔除煤炭、石油、冶金中的采选和森林工业中的采运等偏在性资源产业的结构比较结果。

　　总而言之,通过上文的分析可以看到区域产业结构虽然有所好转,但趋同的基本情况依旧存在,各区域以本区的短期利益为出发点在区域产业政策上做出调整,虽然客观上也获得了某种程度上的好处,但却造成了区域间产业结构的趋同,而这种趋同的结果必然会通过区域增长的联动来抑制区域产业发展水平的提高。

**五、不平衡增长格局下地带产业竞争力分析**

　　产业竞争力是产业发展水平高低的综合性反映,因此当我们着力考察不平衡增长下区域产业结构的变化时,必然要把问题放在由产业结构变动所综合表现出来的产业竞争力上。为了较为准确地分析"九五"期间我国三大地带产业竞争力水平,笔者将使用偏离—份额分析法[①]进行定量研究。

　　该方法是以一定时期全国各产业生产总值的增长比例为基准,分别计算各区域按照全国平均增长率可能形成的假定份额,进而将这一份额与各区域的实际增长额进行比较,分析区域各产业总产值增长相对于全国平均水平的偏离情况。因为这种偏离主要是由产业结构因素和区位因素造成的,所以可以通过计算产业结构偏离因素来分析区域产业结构对区域产业竞争力的影响,具体公式如下:

$$p_j = \sum_{i=1}^{n} \left[ \left( \frac{E_{it}}{E_{i0}} \right) e_{ij0} \right] - \left( \frac{E_t}{E_0} \right) e_{j0}$$

式中:$p_j$ 是 $j$ 区域产业结构偏离份额,$e_j$ 是 $j$ 区域总产值,$E$ 是全国总产值,$t$ 是期末,$0$ 是期初,$i$ 是各个产业。

　　一般来讲,计算的产业结构偏离份额的值如果是正值,则表示区域产业结构素质较好;如果是负值,则表示区域产业结构素质较差。此外,与产业结构偏离份额紧密相连的另一指标是竞争力偏离分量或差异偏离分量。假定区域所有各产业部门与全国形态部门均按相同的比例增长,这时如果区域应达到的增长量与区域实际的增长量相偏离,那就是由竞争力的差异造成的。一个区域的产业结构即使是最优的、兴旺部门在其中占到很大比重,但如果存在经营管理不善、政策不对头、地方人力资源素质下降等情况,其发展速度仍然可以低于全国平均水平。这种偏离则主要是竞争力削弱造成的。反之,一个产业结构较差的区域,如果努力加强其竞争力,仍有可能取得较好的成绩。

　　总之,用这两个偏离分量可以反映出区域经济增长的外部与内部因素、主观与客观因素的作用情况,同时也是表示区域产业结构对区域经济增长作用比较好的方法。基于此,针对我国三大地带,根据1996～2002年间国家与地带三次产业增长的实际情况,

---

　　① 周起业等:《区域经济学》,中国人民大学出版社1990年版,第110页。

可以编制偏离—份额分析表(表9—8、表9—9、表9—10)。

**表9—8    1996~2002年期间三大地带产业偏离—份额分析表**  单位:亿元

| 部门 | 全国 | | | 东部 | | | 中部 | | | 西部 | | |
|---|---|---|---|---|---|---|---|---|---|---|---|---|
| | 1996年分部门产值 | 2002年分部门产值 | 增长系数 | 1996年分部门产值 | 2002年实际产值 | 2002年应到产值 | 1996年分部门产值 | 2002年实际产值 | 2002年应达到产值 | 1996年分部门产值 | 2002年实际产值 | 2002年应达到产值 |
| 第一产业 | 13 844 | 15 877 | 1.15 | 6 327 | 7 544 | 7 256 | 4 906 | 5 594 | 5 626 | 2 611 | 2 739 | 2 994 |
| 第二产业 | 32 513 | 54 650 | 1.68 | 19 165 | 34 187 | 32 214 | 8 608 | 14 584 | 14 469 | 4 290 | 5 879 | 7 211 |
| 第三产业 | 22 528 | 45 372 | 2.01 | 14 038 | 28 880 | 28 273 | 5 662 | 11 190 | 11 403 | 2 828 | 5 301 | 5 696 |
| 总计 | 68 885 | 115 899 | 1.68 | 39 530 | 70 611 | 67 743 / 66 509 | 19 176 | 31 369 | 31 499 / 32 264 | 9 729 | 13 919 | 15 901 / 16 369 |

资料来源:中国统计局网站和《新中国五十年统计年鉴》、《中国区域经济统计年鉴》(2003)。

**表9—9    中国三大区域偏离分析比较表**

| 区域 | 计划期区域增长量 | 全国份额分量 | 结构偏离分量 | 竞争力偏离分量 | 总偏离量 |
|---|---|---|---|---|---|
| 东部地带 | 31 081 | 26 979 | 1 234 | 2 868 | 4 102 |
| 中部地带 | 12 193 | 13 088 | —765 | —130 | —895 |
| 西部地带 | 4 190 | 6 640 | —468 | —1 982 | —2 450 |

**表9—10    三大地带产业竞争力偏离分析表**

| | 东部地带 | | | 中部地带 | | | 西部地带 | | |
|---|---|---|---|---|---|---|---|---|---|
| | 一产 | 二产 | 三产 | 一产 | 二产 | 三产 | 一产 | 二产 | 三产 |
| 各产业按全国比例应增长量 | 929 | 13 049 | 14 235 | 720 | 5 861 | 5 741 | 383 | 2 921 | 2 868 |
| 各产业竞争力偏离分量 | 288 | 1 973 | 607 | —32 | 115 | —213 | —256 | —1 332 | —394 |
| 各产业实际增长量 | 1 217 | 15 022 | 14 842 | 688 | 5 976 | 5 528 | 128 | 1 589 | 2 473 |

续表

| | 东部地带 | | | 中部地带 | | | 西部地带 | | |
|---|---|---|---|---|---|---|---|---|---|
| | 一产 | 二产 | 三产 | 一产 | 二产 | 三产 | 一产 | 二产 | 三产 |
| 各产业竞争力指数(针对全国增长水平)(%) | 1.31 | 1.15 | 1.04 | 0.96 | 1.02 | 0.96 | 0.33 | 0.54 | 0.86 |

从偏离—份额分析表可以看到:(1)中、西部地带在1996～2002年间总产值的实际增长量小于全国份额分量,也就是小于当中、西部地带按全国平均增长速度增长时的增量。而东部地带情况刚好相反,可见东部地带发展情况相当好。(2)东部地带结构偏离份额为正值,达到了1 234;中、西部地带情况不同,结构偏离份额为负值,分别是－765和－468。由此可见,我国东部地带的产业结构较为优越,一方面,兴旺部门比重高;另一方面,产业部门发展速度也较快。中、西部地带产业结构存在问题较多,对区域产业竞争力的促进作用不是很强。(3)1996～2002年期间,西部地带由于种种原因,例如区域政策失误、管理不善等,产业竞争力比较差,竞争力偏离分量达到－1 982,这一劣势加上结构的偏差,足以将西部地带推到危机的边缘。中部地带产业竞争力没有明显的优势,而东部地带的竞争力偏离分量则明显大于零,达到了2 868,可见,相对与中西部地带而言,东部地带有着显著的产业竞争力优势。(4)从偏离份额来看,东部地带在全国居于领先地位,确实在全国经济增长中起到了"领头羊"的作用。相对而言,中、西部地带整体情况欠佳,特别是在中部潜伏的问题更多。

为了进一步说明地带内各个产业的状况,从表9－10可以看出:(1)东部地带竞争力之所以还能够保持正值,根本原因在于它的第二产业明显优于其他地带,竞争力偏离分量达到了1 973;同时,东部地带的第三产业竞争力也比较高,竞争力偏离分量大于

0,达到了 607,可见东部地带的竞争力水平为最高。(2)中部地带第二产业竞争力偏离分量都为较小的正值,基本保持了微弱的竞争优势,但该地带的第一产业和第三产业在发展中积聚了一些问题,竞争力偏离分量显著小于 0。(3)西部地带中所有产业都处于竞争劣势状态,相对于全国而言,第一产业的竞争实力只相当于全国平均水平的 33%,第二产业也只相当于全国竞争实力的 54%,这可能与西部整体经济发展层次低、产业发展的能力低有关。(4)进一步分析,中部地带和西部地带的第三产业竞争力分量虽然同为负值,但内涵却不同。西部地带之所以出现负值,是因为甘肃、陕西和宁夏等省区的第三产业发展严重滞后,若将该三省剔除,西部地带第三产业竞争力偏离分量将骤然升至 18;中部区域内部各省第三产业增长速度较为平均,因此−213 的偏离分量基本能够代表中部地带第三产业发展的总体水平。

# 小　结

区域产业结构是衡量区域产业发展水平的核心,并且区域产业结构必定会在区域经济增长的联动中发生变化,这既是理论的共识,也是实践的总结。基于此,本章在区域经济增长联动的前提下,详尽分析了中国区域产业结构所表现出的各种变化及其空间特点。其中着重研究了中国三大地带的基本情况。从一定意义上讲,从本章开始,本书已将研究的核心转移到了中国区域产业的发展上。

# 第十章 中国三次产业发展水平的空间特征与比较

## 一、中国第一产业发展的环境与空间特征

长期以来,我国都把农业作为基础性的产业来抓,并把不断巩固和加强农业的发展作为重中之重。20 世纪 90 年代以来各区域都非常重视农业的发展,不断地优化、调整产业内部的结构;但由于国家宏观调控机制不完善,农业经济效益流失严重。一方面,导致农民增产不增收、涨价不涨利的现象普遍存在,农民收入增加缓慢,严重削弱了他们发展农业的积极性及农业自我积累、自我发展的能力;另一方面,制约了农业经济总量的大幅度提高和发展质量的改善,靠天吃饭的落后农业生产方式没有得到大的改善。因而,在总体上表现出第一产业的发展水平滞后于第二、第三产业的发展水平。随着三次产业结构的变化,第一产业内部结构也发生着新的变动,在表现出明显的空间特征的同时,其与区域增长水平也呈现出某种特殊的联系。

### (一)中国第一产业发展环境的空间特征

中国是一个幅员辽阔的大国,有着全世界最多的人口,这就自然决定了第一产业尤其是农业在国民经济发展中的重要地位。尽管工业化进程的加速减少了第一产业的产值比重,但第一产业的

综合效率却在迅速提高,农业总产值增速也在不断加快。正是在这样的条件下,才使得我国的工业化,乃至信息化具备了坚实的物质保障和基础。基于此,笔者将针对我国第一产业发展所赖以生存的环境做一分析。

1. 全国耕地面积的空间差异性

以 1996 年数据[①]为准,全国总耕地面积为130 039.2千公顷,其中排名前四位的省份依次为黑龙江(11 773千公顷)、四川(9 169.1千公顷)、内蒙古(8 201千公顷)、河南(8 110.3千公顷)。而排名为后五位的省(区)、市依次为青海(688 千公顷)、天津(485.6 千公顷)、西藏(362.6 千公顷)、北京(343.9 千公顷)、上海(315.1 千公顷),它们共占总耕地面积的 1.68%。可见,先天的地理条件在各个省区有着天壤之别,这从根本上决定了第一产业发展的空间布局和潜在发展能力的差异。

从地带的角度来看,土地资源的空间差异或特征将更加明显。其中,尤以西部的土地资源更加充足。西部地区不仅拥有广袤的土地资源,而且拥有较高的人均耕地面积和绝大部分草原面积(见表 10—1)。西部土地面积占全国的 71.4%,人均占有耕地 2 亩,是全国平均水平的 1.3 倍。耕地后备资源总量大,未利用土地占全国的 80%,其中有 5.9 亿亩适宜开发为农用地,1 亿亩适宜开发为耕地,占全国耕地后备资源的 57%。西部草原面积占全国的 62%,西南部生物资源非常丰富,特色农牧业和生物资源开发利用前景十分广阔。但是,西部土地资源的质量与东部和中部区域有较大差异。总体上看,西部区域山地面积比例高,没有大规模种植粮食的优势。西南和西北在自然条件上也存在差异,西南区域有充足的雨水、多气候带和丰富的动植物资源;西北区域干旱少雨、

①　一般来讲,关于耕地面积的统计数据各年数值差别不大。本书资料源自《中国区域经济统计年鉴 2000》,海洋出版社 2001 年版,第 86 页。

光照充足,青藏高原具有独特的高原自然气候条件。因此,西部区域适合发展适应本地土地资源和自然条件的特色农业。西部的部分地区也有生产粮食的优势,如四川和陕西汉中区域等。

**表 10—1** 　　　　　　　　**1998 年地带土地资源分布**

| 区　域 | 总面积<br>(万平方公里) | 耕地面积<br>(千公顷) | 草原面积<br>(千公顷) |
|---|---|---|---|
| 东部区域 | 106 | 27 736 | 216 |
| 中部区域 | 167 | 36 607 | 542 |
| 西部区域 | 687 | 30 629 | 30 722 |
| 西南区域 | 237 | 11 122 | 9 910 |
| 西北区域 | 308 | 11 401 | 13 076 |

资料来源:根据《中国区域经济统计年鉴》(2000)计算调整。

**2. 乡村劳动力的空间分布**

截至 2002 年底,全国乡村劳动力共计 4.85 亿人(不含剩余劳动力),其中约有 66%从事农、林、牧、渔业,而近 16%分布在农村的工业或建筑业,其余 18%在交通运输、仓储及邮电通讯业、批发零售贸易业、餐饮业和其他非农行业。换句话讲,在我国农村中,吸纳农业劳动力的部门仍旧是传统的、占主导地位的农、林、牧、渔四大行业。但是,如果从空间的角度来看,各省区乡村劳动力就业分布与全国的就业格局有很大的差异。首先,北京、天津、上海三个大直辖市的农村劳动力很少。其中上海在三市当中最多,但是也不过 254 万人,仅占全国 1/20 的水平,而北京、天津则不超过200 万人。此外,在就业结构方面,北京和天津两个直辖市的农、林、牧、渔业仍是主要的提供农村就业的行业,占农村劳动力就业的 40%左右。而农村中的第二、第三产业就业比例则分别为 30%左右的水平。其中,上海就业比重最高的是工业和建筑业,达到了47%,农、林、牧、渔业和第三产业分别占到了 31%、21%。其次,从耕地面积排名前 10 位的省区来看,东部区域有三个,即山东、河北、江苏三省。该三省的农村劳动力在农、林、牧、渔行业就业的比例明显低于全国 66% 的平均水平,其中江苏 51%、河北 60%、山东 64%,其他的省份都高于 70%。表 10-2 告诉我们,以三大地带为基本统计单元时,除了东部区域①的就业结构明显优于全国的整体水平以外,广大的中、西部区域依旧靠传统的农业来吸纳农村劳动力。这就表明,经济相对发达的区域,其农村各行业发展得比较快。江苏、山东、河北这些农业大省,在整个农村经济发展过程中,农村工业、建筑业以及第三产业逐步发展、壮大成为一股强大的力量,支撑着这些区域农村经济的持续发展,推动着该区域农村就业结构的不断转换与优化。

**表 10-2**　　　　　　**2002 年三大地带农村劳动力就业结构**　　　　单位:%

| 区　域 | 农林牧渔就业比例 | 工业及建筑业就业比例 | 其他产业就业比例* |
|---|---|---|---|
| 全国 | 65.92 | 15.38 | 18.69 |
| 东部区域 | 59.35 | 19.92 | 20.73 |
| 中部区域 | 69.87 | 12.91 | 17.21 |
| 西部区域 | 73.81 | 8.78 | 17.41 |

资料来源:根据《中国区域经济统计年鉴》(2003)计算整理而得。

\* 该项包括交通运输业、仓储及邮电通讯业,批发零售贸易业餐饮业,其他非农行业三个组成部分。

### 3. 农村迂回化程度的空间差异

近二十年来,随着我国经济的快速发展,农业机械化程度明显提高。2002 年,全国平均每公顷土地占用农业机械总动力为 4.45

---

　① 按照国家的统一口径计算的东部地区中,海南与广西农村就业结构并没有和中西部地区有显著差别,实际上如果按经济发展水平来分类的话,这两省也应当划在中西部地区。

千瓦。以此为标准,全国各个省区有着较大的差别(见表10-3)。

**表 10-3**　　　　　**2002 年中国农村生产迂回化程度**　单位:千瓦/公顷

| 全国 | 东部区域 | 北京 | 天津 | 上海 | 江苏 | 浙江 | 福建 | 山东 |
|------|----------|------|------|------|------|------|------|------|
| 4.45 | 7.52 | 11.10 | 12.62 | 10.87 | 5.90 | 9.66 | 6.38 | 10.61 |
| 广东 | 河北 | 辽宁 | 海南 | 广西 | 中部区域 | 吉林 | 湖北 | 湖南 |
| 5.44 | 10.83 | 5.56 | 2.76 | 3.72 | 3.81 | 2.06 | 3.15 | 6.32 |
| 山西 | 内蒙古 | 黑龙江 | 安徽 | 江西 | 河南 | 西部区域 | 贵州 | 陕西 |
| 4.07 | 1.84 | 1.48 | 5.65 | 3.71 | 8.07 | 2.19 | 1.43 | 2.27 |
| 甘肃 | 青海 | 云南 | 宁夏 | 西藏 | 四川 | 新疆 | | |
| 2.36 | 4.09 | 2.27 | 3.53 | 4.02 | 1.97 | 2.04 | | |

资料来源:根据《中国区域经济统计年鉴》(2003)计算整理而得。

表10-3清晰地显示出农村的迂回化程度在全国有着极大的不平衡性。一方面,东部12省(区)市农村生产的迂回化程度除了海南、广西以外,均高于全国平均水平;另一方面,广大的中、西部区域18省(区)只有湖南、河南、安徽三省高于全国平均的迂回化水平,其他省区都低于全国平均水平。因此,区域经济越发达,农村的迂回化程度也就越高,两者表现出一定的正相关性。

(二)第一产业内部各行业发展水平的空间特征

第一产业是一个门类较大的产业部门,其内部包含许多具体的行业部门。为了全面地对第一产业在空间层面上的特征进行比较,笔者将试从第一产业内部进行探讨。

由于第一产业内部行业的发展与自然禀赋有着天然的联系,因此在我国这样一个地域辽阔的国家,第一产业内部行业的差异非常明显。一般来讲,中国农业地理传统格局是东农西牧,北麦南稻,这种既定格局没有发生根本性变化。但从1990年到2002年间各省区主要农产品在全国的地位等级结构关系来看,一些省区在全国的相对地位变动仍较明显,在一定程度上表明了这些省区农业地域分工职能强度开始发生的变化(参见表 10－4)。

表 10－4　　　1990、2002 年中国农业结构变动的空间特征　　单位:%

| 省区 | 1990 年 | | | | 2002 年 | | | | 结构变动 | | | |
|---|---|---|---|---|---|---|---|---|---|---|---|---|
| | 农 | 林 | 牧 | 渔 | 农 | 林 | 牧 | 渔 | 农 | 林 | 牧 | 渔 |
| 全国 | 65.0 | 4.0 | 26.0 | 5.0 | 54.5 | 3.8 | 30.9 | 10.8 | −10.5 | −0.2 | 4.9 | 5.8 |
| 北京 | 55.0 | 1.0 | 40.0 | 4.0 | 39.1 | 5.6 | 50.9 | 4.5 | −15.9 | 4.6 | 10.9 | 0.5 |
| 天津 | 63.0 | 1.0 | 27.0 | 9.0 | 47.5 | 0.8 | 38.2 | 13.4 | −15.5 | −0.2 | 11.2 | 4.4 |
| 河北 | 71.0 | 3.0 | 23.0 | 3.0 | 53.1 | 2.2 | 40.9 | 3.8 | −17.9 | −0.8 | 17.9 | 0.8 |
| 山西 | 69.0 | 6.0 | 22.0 | 3.0 | 64.6 | 7.1 | 27.8 | 0.5 | −4.4 | 1.1 | 5.8 | −2.5 |
| 内蒙古 | 57.0 | 4.0 | 30.0 | 9.0 | 56.6 | 4.9 | 37.6 | 0.9 | −0.4 | 0.9 | 7.6 | −8.1 |
| 辽宁 | 60.0 | 2.0 | 28.0 | 10.0 | 47.7 | 2.5 | 31.9 | 17.9 | −12.3 | 0.5 | 3.9 | 7.9 |
| 吉林 | 72.0 | 2.0 | 22.0 | 4.0 | 61.9 | 2.1 | 35.2 | 0.8 | −10.1 | 0.1 | 13.2 | −3.2 |
| 黑龙江 | 75.0 | 3.0 | 20.0 | 2.0 | 62.8 | 2.1 | 32.5 | 2.7 | −12.2 | −0.9 | 12.5 | 0.7 |
| 上海 | 43.0 | 1.0 | 44.0 | 12.0 | 41.6 | 3.3 | 35.7 | 19.3 | −1.4 | 2.3 | −8.3 | 7.3 |
| 江苏 | 62.0 | 1.0 | 28.0 | 9.0 | 57.9 | 1.8 | 22.7 | 17.6 | −4.1 | 0.8 | −5.3 | 8.6 |
| 浙江 | 59.0 | 5.0 | 24.0 | 12.0 | 46.8 | 6.6 | 18.0 | 28.6 | −12.2 | 1.6 | −6.0 | 16.6 |
| 安徽 | 70.0 | 5.0 | 23.0 | 16.0 | 54.6 | 5.3 | 30.0 | 10.1 | −15.4 | 0.3 | 8.0 | 7.1 |
| 福建 | 52.0 | 9.0 | 23.0 | 16.0 | 40.8 | 7.7 | 20.5 | 31.0 | −11.2 | −1.3 | −2.5 | 15.0 |
| 山东 | 61.0 | 3.0 | 23.0 | 13.0 | 56.3 | 1.9 | 27.6 | 14.2 | −4.7 | −1.1 | 4.6 | 1.2 |
| 河南 | 74.0 | 4.0 | 21.0 | 1.0 | 62.0 | 2.8 | 34.2 | 1.1 | −12.0 | −1.2 | 13.2 | 0.1 |
| 湖北 | 63.0 | 4.0 | 24.0 | 9.0 | 55.8 | 2.4 | 29.5 | 12.4 | −7.2 | −1.6 | 5.5 | 3.4 |
| 湖南 | 55.0 | 7.0 | 29.0 | 9.0 | 50.5 | 4.2 | 38.5 | 6.8 | −4.5 | −2.8 | 9.5 | −2.2 |
| 广东 | 50.0 | 5.0 | 24.0 | 21.0 | 47.7 | 3.2 | 25.5 | 23.6 | −2.3 | −1.8 | 1.5 | 2.6 |
| 广西 | 58.0 | 7.0 | 30.0 | 5.0 | 50.8 | 4.3 | 33.4 | 11.4 | −7.2 | −2.7 | 3.4 | 6.4 |
| 海南 | 45.0 | 7.0 | 29.0 | 9.0 | 42.1 | 13.6 | 18.0 | 26.3 | −2.9 | 6.6 | −11.0 | 17.3 |
| 四川 | 62.0 | 4.0 | 33.0 | 1.0 | 50.4 | 3.4 | 43.3 | 2.8 | −11.6 | −0.6 | 10.3 | 1.8 |
| 贵州 | 65.0 | 5.0 | 28.0 | 2.0 | 64.6 | 4.2 | 29.9 | 1.3 | −0.4 | −0.8 | 1.9 | −0.7 |
| 云南 | 65.0 | 9.0 | 26.0 | 0 | 60.4 | 7.3 | 30.3 | 2.1 | −4.6 | −1.7 | 4.3 | 2.1 |
| 西藏 | 43.0 | 2.0 | 48.0 | 7.0 | 52.1 | 2.1 | 45.8 | 0.0 | 9.1 | 0.1 | −2.2 | −7.0 |
| 陕西 | 73.0 | 5.0 | 21.0 | 1.0 | 69.4 | 5.2 | 24.6 | 0.8 | −3.6 | 0.2 | 3.6 | −0.2 |

| 省区 | 1990 年 | | | | 2002 年 | | | | 结构变动 | | | |
|------|------|------|------|------|------|------|------|------|------|------|------|------|
| | 农 | 林 | 牧 | 渔 | 农 | 林 | 牧 | 渔 | 农 | 林 | 牧 | 渔 |
| 甘肃 | 71.0 | 3.0 | 26.0 | 0.0 | 71.6 | 3.9 | 24.3 | 0.3 | 0.6 | 0.9 | −1.7 | 0.3 |
| 青海 | 47.0 | 3.0 | 45.0 | 5.0 | 43.7 | 4.1 | 52.1 | 0.2 | −3.3 | 1.1 | 7.1 | −4.8 |
| 宁夏 | 71.0 | 5.0 | 22.0 | 2.0 | 57.2 | 5.5 | 34.6 | 2.6 | −13.8 | 0.5 | 12.6 | 0.6 |
| 新疆 | 76.0 | 3.0 | 21.0 | 0.0 | 69.1 | 2.1 | 28.2 | 0.6 | −6.9 | −0.9 | 7.2 | 0.6 |

资料来源:根据《中国统计年鉴》(1991)和《中国区域经济年鉴》(2003)计算整理而来。

注:江西省数据缺失。

　　2002 年与 1990 年相比,全国农业内部产业结构变动呈现出种植业地位的下降和畜牧业与渔业地位上升的特点。受全国农业结构变动总趋势的牵动,各省区农业产业结构变动趋势呈现出与全国趋势一致的特点,同时也反映出了各省区自身的特点。其中,内蒙古、上海、海南、西藏、甘肃种植业比重呈上升趋势,其余各省(区)均呈明显下降趋势。牧业除了上海、江苏、浙江、福建、海南、西藏和甘肃有所下降外,其余各省区均有所上升。而渔业比例上升的则有 22 个省区。这种变动结果改变了各省区在全国农业地理格局中的地位。

　　其实,了解中国国情的人都知道,对于中国这样一个疆域辽阔的发展中大国,农业既是国民经济的基础,同时也是长期以来发展最为缓慢、滞留劳动力资源最多的产业[1]。这种现实情况导致我国农业的发展水平严重地落后于第二、第三产业[2],长期处于低水平、低效益运行的状态。而正是这种低效益运行的农业,因为受自

---

[1]　在中国各省中几乎 1/2～1/3 的劳动力资源滞留在农业当中。

[2]　以 1996 年为例,当年 GDP 为 68 593.8 亿元,其中农业增加值 13 884.2 亿元,按农业就业人口计算,人均增加值 3 993 元;而第二、第三产业人均增加值则分别为 20 774 和 11 875 元,农业增加值仅及第二、第三产业的 1/3 强。

然因素制约大,再加上农产品市场需求刚性大、弹性小,农产品加工滞后,某些农产品易腐烂、难以储藏又极易造成某些农产品的相对过剩,这些因素使得中国各省区农业始终处于"弱质产业"状态。无论是经济发达的省区还是经济比较落后的省区,农业的低效益从整体上带来了各个省区产业结构系统运行的低效益。到了20世纪90年代,"弱质"农业的发展还受到需求制约与结构性矛盾的困扰。所谓需求制约和结构性矛盾,是指中国农产品市场供求矛盾已经从供给总量短缺、需求无法选择条件下的数量问题转化为供求之间因为品种和品质不适应而形成的结构性问题。这就是市场上所出现的大多数农产品都不同程度存在着过剩,而社会对优质农产品的需求又不得不依赖进口的情况,这种供求不适应矛盾是80年代末以来农业增产而农民不增收的深层原因。正因为此,90年代政府提出了"两高一优"[①]的农业发展模式。也正是在这种背景下,90年代以来各省区农业内部产业结构发生了上述的大幅度变动。

　　到2002年为止,各省区第一产业内部各行业产生了新的空间特征。为了揭示20世纪90年代以来我国第一产业各行业区位优势的变化,笔者采用行业结构的区位商值来刻画这一特征。其公式如下:

$$S_{ij} = \frac{z_{ij}/z_i}{Z_j/Z}$$

式中,$S_{ij}$ 为 $i$ 区域第一产业 $j$ 行业的区位商值,$z_{ij}$ 为 $i$ 区域第一产业 $j$ 行业产值,$z_i$ 为 $i$ 区域第一产业产值总和,$Z_j$ 为全国第一产业 $j$ 行业产值,$Z$ 为全国第一产业的产值总和。根据该指标,计算得1990和2002年各省区第一产业各行业区位商值。具体见表10—5。

---

　　① 它的基本含义是以市场需求为导向,以市场机制为资源配置机制来有效配置各种农业资源,实现农业的高产、优质和高效。

表 10—5　　1990、2002 年中国第一产业行业区位商值变动的空间特征

| 省区 | 1990 年 | | | | 2002 年 | | | | 结构变动 | | | |
|---|---|---|---|---|---|---|---|---|---|---|---|---|
| | 农 | 林 | 牧 | 渔 | 农 | 林 | 牧 | 渔 | 农 | 林 | 牧 | 渔 |
| 北京 | 0.85 | 0.25 | 1.54 | 0.80 | 0.72 | 1.47 | 1.65 | 0.41 | −0.13 | 1.22 | 0.11 | −0.39 |
| 天津 | 0.97 | 0.25 | 1.04 | 1.80 | 0.87 | 0.22 | 1.24 | 1.24 | −0.10 | −0.03 | 0.20 | −0.56 |
| 河北 | 1.09 | 0.75 | 0.88 | 0.60 | 0.97 | 0.57 | 1.32 | 0.35 | −0.12 | −0.18 | 0.44 | −0.25 |
| 山西 | 1.06 | 1.50 | 0.85 | 0.60 | 1.19 | 1.88 | 0.90 | 0.05 | 0.13 | 0.38 | 0.05 | −0.55 |
| 内蒙古 | 0.88 | 1.00 | 1.15 | 1.80 | 1.04 | 1.30 | 1.22 | 0.08 | 0.16 | 0.30 | 0.07 | −1.72 |
| 辽宁 | 0.92 | 0.50 | 1.08 | 2.00 | 0.88 | 0.65 | 1.03 | 1.65 | −0.04 | 0.15 | −0.05 | −0.35 |
| 吉林 | 1.11 | 0.50 | 0.85 | 0.80 | 1.13 | 0.56 | 1.14 | 0.08 | 0.02 | 0.06 | 0.29 | −0.72 |
| 黑龙江 | 1.15 | 0.75 | 0.77 | 0.40 | 1.15 | 0.55 | 1.05 | 0.25 | 0.00 | −0.20 | 0.28 | −0.15 |
| 上海 | 0.66 | 0.25 | 1.69 | 2.40 | 0.76 | 0.87 | 1.16 | 1.78 | 0.11 | 0.62 | −0.53 | −0.62 |
| 江苏 | 0.95 | 0.25 | 1.08 | 1.80 | 1.06 | 0.48 | 0.73 | 1.62 | 0.11 | 0.23 | −0.35 | −0.18 |
| 浙江 | 0.91 | 1.25 | 0.92 | 2.40 | 0.86 | 1.74 | 0.58 | 2.63 | −0.05 | 0.49 | −0.34 | 0.23 |
| 安徽 | 1.08 | 1.25 | 0.85 | 0.60 | 1.00 | 1.41 | 0.97 | 0.93 | −0.08 | 0.16 | 0.12 | 0.33 |
| 福建 | 0.80 | 2.25 | 0.88 | 3.20 | 0.75 | 2.05 | 0.66 | 2.86 | −0.05 | −0.20 | −0.22 | −0.34 |
| 山东 | 0.94 | 0.75 | 0.88 | 2.60 | 1.03 | 0.51 | 0.90 | 1.31 | 0.09 | −0.24 | 0.02 | −1.29 |
| 河南 | 1.14 | 1.00 | 0.81 | 0.20 | 1.14 | 0.73 | 1.11 | 0.10 | 0.00 | −0.27 | 0.30 | −0.10 |
| 湖北 | 0.97 | 1.00 | 0.92 | 1.80 | 1.02 | 0.62 | 0.96 | 1.14 | 0.05 | −0.38 | 0.04 | −0.66 |
| 湖南 | 0.85 | 1.75 | 1.12 | 1.80 | 0.93 | 1.10 | 1.25 | 0.63 | 0.08 | −0.65 | 0.13 | −1.17 |
| 广东 | 0.77 | 2.00 | 1.15 | 4.20 | 0.88 | 1.91 | 1.06 | 2.17 | 0.11 | −0.09 | −0.09 | −2.03 |
| 广西 | 0.89 | 1.75 | 1.15 | 1.00 | 0.93 | 1.15 | 1.08 | 1.05 | 0.04 | −0.60 | −0.07 | 0.05 |
| 海南 | 0.69 | 1.75 | 1.12 | 1.80 | 0.77 | 3.61 | 0.58 | 2.42 | 0.08 | 1.86 | −0.54 | 0.62 |
| 四川 | 0.95 | 1.00 | 1.27 | 0.20 | 0.93 | 0.90 | 1.40 | 0.26 | −0.02 | −0.10 | 0.13 | 0.06 |
| 贵州 | 1.00 | 1.25 | 1.08 | 0.40 | 1.19 | 1.12 | 0.97 | 0.12 | 0.19 | −0.13 | −0.11 | −0.28 |
| 云南 | 1.00 | 2.25 | 1.00 | 0.00 | 1.11 | 1.92 | 0.98 | 0.19 | 0.11 | −0.33 | −0.02 | 0.19 |
| 西藏 | 0.66 | 0.50 | 1.85 | 1.40 | 0.96 | 0.57 | 1.48 | 0.00 | 0.30 | 0.07 | −0.37 | −1.40 |
| 陕西 | 1.12 | 1.25 | 0.81 | 0.20 | 1.27 | 1.38 | 0.80 | 0.07 | 0.15 | 0.13 | −0.01 | −0.13 |
| 甘肃 | 1.09 | 0.75 | 1.00 | 0.00 | 1.31 | 1.03 | 0.79 | 0.03 | 0.22 | 0.28 | −0.21 | 0.03 |
| 青海 | 0.72 | 0.75 | 1.73 | 1.00 | 0.80 | 1.09 | 1.69 | 0.01 | 0.08 | 0.34 | −0.04 | −0.99 |
| 宁夏 | 1.09 | 1.25 | 0.85 | 0.40 | 1.05 | 1.46 | 1.12 | 0.24 | −0.04 | 0.21 | 0.27 | −0.16 |
| 新疆 | 1.17 | 0.75 | 0.81 | 0.00 | 1.27 | 0.56 | 0.91 | 0.05 | 0.10 | −0.19 | 0.10 | 0.05 |

　　资料来源：根据表 10—4 整理而来。

由表10-5我们可以发现,2002年全国各省区农林牧渔业区位商值大于1的省份以及它们的变动方向。详见表10-6。

**表10-6** **2002年全国各省区农林牧渔业区位商值**
**大于1的省份及其变动方向**

| 行业 | 2002年区位商值大于等于1 | 变动方向 |
|---|---|---|
| 农 | 晋(1.19)、内蒙(1.04)、吉(1.13)、黑(1.15)、苏(1.06)、鲁(1.03)、鄂(1.02)、贵(1.19)、滇(1.11)、陕(1.27)、甘(1.31)、新(1.27) | 上升 |
| | 皖(1.0)、豫(1.13)、宁(1.05) | 下降 |
| 林 | 京(1.47)、晋(1.88)、内蒙(1.30)、浙(1.74)、皖(1.41)、琼(3.61)、陕(1.38)、甘(1.03)、青(1.09)、宁(1.46) | 上升 |
| | 闽(2.05)、湘(1.1)、桂(1.15)、黔(1.12)、滇(1.92) | 下降 |
| 牧 | 京(1.65)、津(1.24)、冀(1.32)、内蒙(1.22)、吉(1.14)、黑(1.05)、豫(1.11)、湘(1.25)、川(1.40)、宁(1.12) | 上升 |
| | 辽(1.03)、沪(1.16)、桂(1.08)、藏(1.48)、青(1.69) | 下降 |
| 渔 | 浙(2.63)、桂(1.05)、琼(2.42) | 上升 |
| | 津(1.24)、辽(1.65)、沪(1.78)、苏(1.62)、闽(2.86)、鲁(1.31)、鄂(1.4)、粤(2.17) | 下降 |

资料来源:根据表10-5整理而得。

从表10-6可以看出:(1)我国农业的区位分布比其他行业更为分散,有15个省(区)的区位商值大于或等于1,其中12个省区处于上升趋势,这充分表明农业的发展不仅受到了各个省区的普遍重视,而且农业的发展水平也比较成熟,发展潜力比较大。(2)除农业外,区位优势在各个省区分布较为广泛的行业还有畜牧业和林业,全国有15个省市的畜牧业和林业区位商值大于或等于1。其中,有10个省区的畜牧业和林业区位商值处于上升的趋势,这表明畜牧业和林业发展也正在被一些地区作为重点行业加以扶持,其发展的空间也正在不断拓展。此外,我们可以发现渔业的区位商值虽然也有所变化,但该行业的空间依附性很强,其发展的潜力受到地区资源条件的限制。(3)从三大地带的角度来看,各行业区位商值大于或等于1的省份,东部区域中农业有2个省、林业有5个省、牧业有6个省、渔业有10个省;中部区域中农业有7个省、林业有4个省、牧业有5个省、渔业有1个省;西部区域中农业有6个省、林业有6个省、牧业有4个省、渔业0省。可见,中、西部区域在农业和畜牧业上有着很强的优势,而东部区域则有着其他区域不可比拟的渔业优势。

(三)第一产业产品生产差异的空间分析

与第一产业四大行业所具有的空间特征相似,各个行业的产品也有着较强的空间特征。着眼于全国省区空间差异的考虑,笔者将针对各个行业的各种产品进行详细比较。

从1990年算起,全国各个省区的农产品发生了较大的变化,并形成了新的空间格局(见表10-7)。具体而言,与1990年相比,我国粮食产量的集中度(前8名各省区粮食总量占全国的比重)由1990年的54.1%提高到2002年的54.3%,仅提高了0.2%。从主要省份构成上看,一方面,湖北省粮食生产的地位降低,从1990年的第七位落到2002年的第十位。另一方面,河南、四川、黑龙江、河北粮食生产的地位得到一定程度的提高。

表10-7　　　　中国主要农产品生产集中度变动分析(%)

| 农产品 | 农产品集中度 | | 排名前8位的省区 | |
|---|---|---|---|---|
| | 1990年 | 2002年 | 1990年 | 2002年 |
| 粮食 | 54.1 | 54.3 | 川(9.6)鲁(7.5)豫(7.4)苏(7.2)湘(6.0)皖(5.7)鄂(5.5)黑(5.2) | 豫(9.5)鲁(7.3)川(7.2)黑(6.6)苏(6.5)皖(6.2)湘(5.6)冀(5.4) |
| 油料 | 62.3 | 68.9 | 鲁(13.2)川(9.7)豫(9.4)皖(8.0)苏(7.0)鄂(5.9)冀(4.6)湘(4.5) | 豫(14.6)鲁(11.9)皖(9.80)鄂(8.5)苏(7.6)川(7.0)冀(5.3)湘(4.2) |
| 棉花 | 90.7 | 92.4 | 鲁(22.8)豫(15.0)冀(12.7)鄂(11.5)新(10.4)苏(10.3)皖(5.3)湘(2.7) | 新(30.4)豫(15.5)鲁(14.6)冀(8.1)苏(7.3)皖(6.8)鄂(6.5)湘(3.1) |
| 糖料 | 89.3 | 90.4 | 粤(31.7)桂(23.8)滇(8.8)黑(8.5)闽(5.6)琼(5.2)新(2.9)内(2.8) | 桂(44.7)滇(16.9)粤(12.8)新(4.5)黑(4.3)琼(3.6)内(1.9)闽(1.7) |
| 水果 | 67.3 | 59.3 | 粤(17.5)鲁(13.1)冀(9.4)川(6.8)辽(5.9)浙(5.7)桂(4.9)闽(4.0) | 鲁(15.4)豫(11.6)冀(8.1)皖(5.7)粤(5.6)鄂(4.3)陕(4.3)桂(4.3) |

续表

| 农产品 | 农产品集中度 | | 排名前8位的省区 | |
|---|---|---|---|---|
| | 1990年 | 2002年 | 1990年 | 2002年 |
| 猪牛羊肉 | 58.5 | 56.0 | 川(16.2)湘(7.5)鲁(7.4)苏(6.3)闽(5.9)鄂(5.5)豫(4.9)冀(4.8) | 川(10.4)豫(8.8)湘(8.4)鲁(7.5)冀(6.7)吉(4.8)皖(4.7)桂(4.6) |
| 水产品 | 79.5 | 79.4 | 粤(16.8)鲁(13.6)浙(11.3)闽(9.6)苏(9.5)辽(8.7)鄂(5.7)湘(4.3) | 鲁(15.5)粤(13.4)闽(12.4)浙(10.7)辽(8.3)苏(7.4)鄂(6.0)桂(5.7) |

注:1990年数据注引自汪宇明,《中国省区经济研究》,第175页,华东师范大学出版社;2002年数据根据《中国区域经济年鉴》(2003)计算整理而来。

与粮食集中度相比,其他经济作物的省区专门化分工程度比较高。从油料来看,由1990年的62.3%上升到了2002年的68.9%,前8名的省区没有发生改变,但彼此的前后顺序却有变动。如河南从原来的第三名进入到了第一名,而四川却由第二名后退到了第六名。棉花集中度由1990年的90.7%提升至2002年的92.4%,是集中度最高的农产品,区域分工特别明显,其中山东、河北位置后挪,新疆成为中国最大的棉花生产省区,相应江苏、安徽、湖南地位上升。糖料生产区域分工格局的变动主要集中在甘蔗生产上,广西一跃成为全国最大的糖蔗生产基地,约占全国总产量的2/5强,广东、云南、海南、福建仍然为全国糖蔗重要生产省份。而甜菜主要集中在黑龙江、新疆和内蒙古三省区,集中了全国总产量的70.8%。2002年全国水果集中度相对于1990年有所下降,但其中最为明显的变化是河南、安徽、湖北和陕西,它们分别跃居全国第二位、第四位、第六位和第七位,相应地,广东的地位明显后移,辽宁、浙江、福建、四川则从八大水果生产省区中竞争出局。

猪、牛、羊肉总产量排位前八名的省区变化明显的是湖北和江苏,它们分别被淘汰出局,安徽、广西则挤入前八名之列,分别位居第七名和第八名的位置。至于水产品的区位特点,名列前八名的省区除湖北外,其余全部是东部省区。

总而言之,我国农产品区域分工地位的升降与个别省份地位的变动表明:一方面,我国农业生产领域的区域专门化分工具有相对稳定性,绝大多数农产品专业化分工具有高度的地理联系率;另一方面,近年来各省区农业比较优势的发挥使一些农产品基地发生位移和空间扩散,冒出一些在全国地域分工中的新兴基地。如广西的糖蔗和肉类生产、新疆的棉花、陕西的水果和黑龙江粮食生产基地等,以致出现南糖北运、北粮南运、西棉东输的新的地理联系方向。这种农业区域生产格局直到20世纪90年代末也没有发生明显的变化。具体可参见附表10—1所显示的第一产业各类产品生产空间集中度情况。

总之,根据对附表10—1、附表10—2、附表10—3的观察,我们不难发现,尽管我国经济发展水平在空间上有着明显的差异,但对于第一产业各类产品的生产而言,它的空间差异程度更多的是与自然条件、资源禀赋等非经济因素紧密联系的,与各区域实际的经济发展水平没有呈现正的相关关系。

## 二、中国第二产业发展的环境与空间特征

### (一)中国第二产业发展环境的空间特征

一个区域适合发展什么产业和现有的产业结构如何变动,受到许多影响因素的制约。对于第二产业而言,这些因素主要包括生产要素的供给、技术及人力资本状况、基础设施的完备程度、市场容量的大小等。它们既是造成第二产业发展水平区域差异的基本原因,也是指导第二产业在区域层面上实现合理分工的基本因素。

### 1. 工业生产资源的空间分布

农业资源和工业资源不同,比如土地资源、水资源等皆对农业生产起着关键的作用,但对工业生产的作用相对很小。在此处,工业资源特指工业加工用的自然资源,如矿产资源。就我国而言,虽然经济发展水平呈现出由东到西逐步递减的梯度格局,但资源的

分布却明显地表现为从西向东的反梯度趋势。并且,西部区域是我国的资源富集区,不仅农业资源丰富,而且工业资源也位居首位,开发潜力很大,这也是西部形成特色经济和优势产业的重要基础和有利条件。

西部具有显著的矿产资源优势,虽然部分矿产资源的开发成本较高,但是矿业开发已经成为西部重要的支柱产业。西部的能源资源非常丰富,特别是天然气和煤炭储量,占全国的比重分别高达 87.5% 和 39.0%(见表 10—8)。

表 10—8 　　　　　2002 年三大地带能源资源在全国的比重　　　　单位:%

| 地　　带 | 煤保有储量比重 | 原油探明储量比重 | 天然气探明储量比重 |
|---|---|---|---|
| 东部区域 | 44.3 | 50.9 | 10.3 |
| 中部区域 | 16.7 | 22.0 | 2.1 |
| 西部区域 | 39.0 | 27.1 | 87.5 |

资料来源:根据《中国区域经济统计年鉴》(2003)计算调整。

从表 10—8 所显示的基本情况来看,中部区域在三大地带中的资源含量比较贫乏,而东、西两个地带资源的总量基本相当。但从人均占有量的角度来分析,西部各省份的人均矿产资源基本都居于全国前列。根据有关专家对 48 种矿产资源潜在价值的计算,西部区域人均矿产资源有以下的排名(见表 10—9)。

表 10—9 　　　　　　　西部区域各省区人均矿产资源排名

| 地　　区 | 矿产资源 | |
|---|---|---|
| | 指数 | 排名 |
| 全国 | 100.0 | |
| 四川 | 249.7 | 5 |
| 贵州 | 103.4 | 10 |

| 地　区 | 矿产资源 | |
|:---:|:---:|:---:|
| | 指数 | 排名 |
| 云南 | 139.3 | 6 |
| 西藏 | 37.7 | 20 |
| 陕西 | 87.5 | 13 |
| 甘肃 | 90.7 | 12 |
| 青海 | 324.1 | 4 |
| 宁夏 | 324.9 | 3 |
| 新疆 | 126.2 | 9 |

资料来源:摘自胡鞍钢《西部开发新战略》,中国计划出版社。

在全国已探明储量的 156 种矿产资源中,西部区域有 138 种。在 45 种主要矿产资源中,西部有 24 种占全国保有储量的 50% 以上,另有 11 种占 33%~50%。西部区域全部矿产保有储量的潜在总价值达 61.9 万亿元,占全国总额的 66.1%。目前已形成塔里木、黄河中游、柴达木、东天山北祁连、西南三江、秦岭中西段、攀西黔中、四川盆地、红水河右江、西藏"一江两河"十大矿产资源集中区。2000 年,西部区域的矿业产值分别占其工业总产值和国内生产总值的 17.3% 和 5.97%,比全国平均水平分别高出 7.09 和 1.67 个百分点。攀枝花、六盘水、金昌、克拉玛依等城市已经成为区域经济发展中心。此外,西部区域成矿地质条件优越,以往的地质勘查程度较低,具有巨大的开发利用潜力。

2. 基础设施建设状况

基础设施的完善程度在很大程度上决定着区域经济发展水平的高低,而现代经济的发展则对基础设施的供给水平提出了更高的要求。工业革命从根本上打破了传统的封闭的、自给自足的农业经济,使经济运行的轨迹进入到了一个开放的、交融循环的市场经济之中。在这种情况下,工业的发展水平将在很大程度上受到交通运输、通讯设备等基础设施的制约。从我国的现实来看,全国各个省区的基础设施建设状况有着很大的差异(见表10—10)。

**表 10—10　1999～2002 年底各区域在全国交通通讯总量中的份额** 单位:%

| 地　带 | 铁路营业里程比重 | | 等级铁路里程比重 | | 本地电话用户比重 | | 互联网用户比重 | |
|---|---|---|---|---|---|---|---|---|
| | 1999 年 | 2002 年 | 1999 年 | 2002 年 | 1999 年 | 2002 年 | 1999 年 | 2002 年 |
| 东部区域 | 29.2 | 31.27 | 39.1 | 35.46 | 58.3 | 56.24 | 76.3 | 64.92 |
| 中部区域 | 46.1 | 44.00 | 34.6 | 35.16 | 28.4 | 28.11 | 18.8 | 24.02 |
| 西部区域 | 24.7 | 24.73 | 26.3 | 29.38 | 13.3 | 11.05 | 4.9 | 11.06 |

资料来源:根据《中国区域经济统计年鉴》(2000、2003)计算调整。

　　通过表10—10的数据可以看出,虽然经过长期建设,我国三大地带基础设施状况依旧存在着较大的差距,尤其是电话和互联网方面,东部和中、西部区域的差距仍然很大。但在交通网络的建设上,中、西部地区已有了很大改善,与东部区域在总量上的差距显得不是很大。总的来看,基础设施在全国的空间分布具有下述特征。

　　第一,相对于东部地区,中、西部区域的基础设施仍旧取得了一定的成就。以1999年为参照系数,东部地区除了铁路营业里程在全国的比重有所上升以外,其他三项指标均出现了不同程度的降低,其中下降幅度最大的当数互联网用户的比重;与此相对应,西部地区除了本地电话用户比重出现轻微降低之外,其他三项指标均得到提高,尤其以互联网用户比重上升的幅度更大。由此可见,自1998年以来实施的西部大开发战略,对改善西部地区的基础设施条件确实起到了较大的作用。

　　第二,中、西部地区的通讯设施与东部区域存在明显差距。2002年,中部区域长话业务电路、本地电话用户和互联网用户在全国的比重分别为23.56％、28.11％和24.02％；而西部区域长话业务电路、本地电话用户和互联网用户则在全国的比重分别仅占16.09％、11.05％和11.06％，大大低于东部，也低于中部。由于通讯设施在经济活动和社会生活中的地位日益重要，因此，对于中西部地区而言，通讯设施的落后已成为制约经济发展的重要"瓶颈"。

第三，西部地区交通设施的密度稀，通达深度差，公路网等级低。若按区域面积计算，西部铁路、公路和邮递线路的密度均低于全国平均水平，与东、中部的差距十分明显。具体而言，在三大地区中，只有西部地区的铁路网和公路网的密度低于全国的平均水平，分别相当于全国水平的44％和60％，相当于中部地区的30％和52％、东部区域的19％和26％。西部地区每个机场的服务面积高达12.7万平方公里，分别是东、中部区域的5.5倍和1.9倍。

总体上看，西部交通、通讯等基础设施落后，投资硬环境尚不完善。一项综合评价（魏后凯，2000年）表明，1999年除宁夏外，西部各省区市经济基础设施的发展水平在全国排序均在20位以后，而西部地区的基础设施状况相对好一些。此外，西部平均出海距离高达2 236公里，运输成本高，对于当地制造业的发展和企业扩大国内外市场规模构成较大制约。

3. 对外开放程度的空间差距

在发展外向型经济的潜力和吸引区域外生产要素流入的能力方面，三大地带存在着明显差异。具体而言，东部区域的对外开放程度远远大于中、西部区域，而西部区域与中部区域的差距则相对较小。如果以西部区域为1，那么，2002年东、中、西三大地带进出口总值的差异比为145：3.25：1，外商投资企业数的差异比为16.2：1.7：1，外商企业总投资累计额的差异比为22.1：2.4：1，90％以上的进出口和80％以上的外商直接投资集中在东部区域（见表10—11）。其中东部区域的沿海南部在各项对外联系的指标上占据很大的比重,这主要是由广东省所带来的①,如果将广东省剔除,东部区域沿海中部的整体对外联系程度则比较大;中部区域的中南区域和中北区域对外联系的能力相差不大;西部区域的西南和西北区域在进出口所占比重上基本持平,但是在吸引外商直接投资方面,西北仅占全国的 0.97%,比西南(占全国的1.72%)还要落后(见表 10—12)。

**表 10—11　2002 年东中西三大地带进出口总值和外商投资情况**

| 区域 | 进出口总值 | | 外商投资企业 | | 外商企业投资总额 | |
|---|---|---|---|---|---|---|
| | 当年数(万美元) | 比重(%) | 当年数(户) | 比重(%) | 当年数(万美元) | 比重(%) |
| 全国 | 330 239 488 | 100 | 205 990 | 100 | 95 029 446 | 100 |
| 东部 | 32 083 986 | 97.15 | 176 234 | 85.55 | 82 369 224 | 86.68 |
| 中部 | 719 452 | 2.18 | 18 872 | 9.16 | 8 941 436 | 9.41 |
| 西部 | 179 510 | 0.67 | 10 884 | 5.29 | 3 718 786 | 3.91 |

资料来源:根据《中国区域经济统计年鉴》(2003)计算调整,全国数值为地区加总。

**表 10—12　2002 年中国各区域进出口和吸引外资占全国比重**　　单位:%

| 区　域 | 出口比重 | 进口比重 | 外商直接投资实际金额比重 |
|---|---|---|---|
| 东部区域 | 97.71 | 96.56 | 87.43 |
| 沿海北部 | 19.26 | 18.40 | 23.32 |
| 沿海中部 | 30.95 | 35.49 | 33.42 |
| 沿海南部 | 47.51 | 42.67 | 30.69 |
| 中部区域 | 1.7 | 2.68 | 9.88 |

---

①　广东省占全国的进、出口比重分别为:36.8%、41.0%,占全国而外商直接投资实际金额和外商企业投资总额的比重分别为 22% 和 24.9%。

| 区　域 | 出口比重 | 进口比重 | 外商直接投资实际金额比重 |
|---|---|---|---|
| 中南 | 0.91 | 1.31 | 6.23 |
| 中北 | 0.79 | 1.37 | 2.65 |
| 西部区域 | 0.59 | 0.75 | 2.69 |
| 西北 | 0.20 | 0.25 | 0.97 |
| 西南 | 0.39 | 0.50 | 1.72 |

资料来源：根据《中国区域经济统计年鉴》(2003)计算调整。

　　从贸易和外商直接投资比重看，目前，中、西部在全国所占份额微不足道。对外开放不仅仅是为了利用国际市场和国际资源，更重要的是通过引进资本、技术和经验，促进经济体制改革。因此，中、西部在对外开放方面还相当落后，在全国处于劣势。但是，不同于中部区域的是，西部区域的西北、西南区域与中亚、西亚、南亚和东南亚不少国家毗邻，在同周边国家实行沿边开放、发展边境贸易方面已打下了一定基础。因此，西部区域在扩大对外开放方面具备一定的区位条件，而且初步形成了沿边开放的相对比较优势，这一点是中部区域所不具备的。

　　4. 市场规模的空间差距

　　市场规模的大小反映了一个区域的经济活力和潜在的增长能力，市场规模越大的区域，经济拓展的空间也就越大，分工与专业化的程度也就越高，相应地工业发展水平也会较高。从 2002 年的经济数据来看，我国国内市场主要集中在东部区域，无论是最终消费的规模还是资本形成总量的规模在全国三大地带中都位居榜首，几乎占到了全国同类指标的一半以上。与此相反，中、西部区域受收入水平和人口密度的限制，本地市场容量相对狭小，两区域同类指标总和也不及东部区域高。

　　具体来讲，从 2002 年最终消费和资本形成各占全国支出的比重来看,东部区域是主要市场,这两项指标分别高达 56.75% 和 61.71%,占全国市场的一半以上。其中,沿海北部则又是主要的市场,两类指标都高于沿海中部和沿海南部。中部的该两项指标分别为 29.56% 和 25.01%,虽然大大低于东部区域,但明显高于西部区域,并且中南与中北区域的市场规模相当,两者几乎没有什么差距。西部这两项指标分别为 13.69% 和 13.28%(见表 10-13),其中西北区域的比重更低于西南区域,表明西部区域在整体市场规模过低的前提下,其内部分区域的市场规模也呈现出严重的非均衡性的特征。从西部经济规模看,2002 年西部 GDP 占全国的比重约为 12%,本地的市场容量从总量上看似乎不小,但是考虑到西部人口密度和人均收入水平都比较低,加上产业分工的专业性,西部区域除了自给自足的产业外,相当一部分产业需要到东部和中部区域开拓市场。

表 10-13　　　　　　2002 年各区域支出占全国的比重　　　　单位:%

| 区　域 | 最终消费 | 资本形成 |
|---|---|---|
| 东部区域 | 56.75 | 61.71 |
| 沿海北部 | 21.54 | 25.20 |
| 沿海中部 | 17.47 | 21.54 |
| 沿海南部 | 17.74 | 14.97 |
| 中部区域 | 29.56 | 25.01 |
| 中北区域 | 15.01 | 13.17 |
| 中南区域 | 14.55 | 11.84 |
| 西部区域 | 13.69 | 13.28 |
| 西北区域 | 5.10 | 6.05 |
| 西南区域 | 8.59 | 7.23 |

资料来源:根据《中国区域经济统计年鉴》(2003)整理而得。

5. 劳动力供给质与量的空间差异

地带经济的不平衡性,客观上也就决定了劳动力供给的质与量具有较大的空间差异。这里所谓劳动力供给的质与量特指劳动力供给的成本和人力资源的素质两个方面。

首先,从我国劳动力供给成本的实际情况来看(参见图10—1),地域广阔的中、西部区域劳动力供给较为充裕,劳动力成本较低,在全国具有一定的比较优势。而中部区域劳动力供给成本的优势相对更为明显,尤其是中北区域劳动力成本更低,2002年仅为9 622元,相当于全国平均水平的77%,相当于最高平均工资区域的50%。从城镇职工年平均工资可以看出,大部分中、西部区域城镇劳动力价格低于全国水平(西南区域除外),但西部区域与全国的平均工资水平差距并不大,把西藏考虑在内,距离全国平均水平的落差在[-579,1 319]区间之内;中部区域距离全国平均工资水平的差距较大,其中最大工资水平的中南地区与全国平均货币工资的最小绝对差也达到了2 638元。尽管中、西部区域有着一定的劳动力低成本优势,但从近年来经济运行的情况来看,这种优势发挥的成效并不大。从根本上讲,影响中、西部发挥劳动力低成本优势的因素有两个:一是全国各个区域都存在大量的农村冗余劳动力,中、西部的低成本劳动力优势难以发挥。二是中、西部区域的大量劳动力向东部流动,大大增加了东部劳动力供给,也相应减弱了中、西部区域在劳动力供给上的成本优势。

其次,总体上讲,东、中、西三大区域存在着较大的人力资本和知识、技术差距。中、西部区域人力资本不足,突出表现为受教育程度普遍较低。从绝对量上看[1],2003年东、中、西三类地区文盲及半文盲人口总数分别为43 306人、32 904人、33 745人。考

---

① 根据2003年人口变动情况抽样调查样本数据,抽样比为0.982%。详见《中国统计年鉴2004》,中国统计出版社2004年版,第109页。

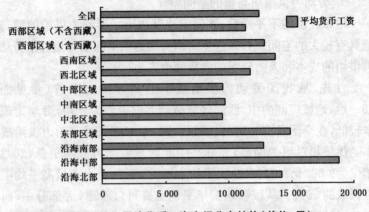

**图10—1　平均货币工资空间分布结构(单位:元)**

虑到地区人口规模的差异,我们利用相对指标,即各地区文盲及半文盲人口占全国文盲及半文盲人口总量比重与该地区 15 岁以上(含 15 岁)人口数量与全国 15 岁(含 15 岁)以上人口数量比重的商值来观测三类地区受教育程度。总的来讲,中部地区的这一相对指标比较好,西部地区最差,东、中、西地区这一指标的商值分别为 0.93、0.82、1.36。此外,根据抽样调查显示,2003 年全国大专以上人口的比重,东部为 49.97%,中部为 31.35%,而西部仅为 18.67%。可见三大地带在人力资源方面存在着较大的差距。

与全国平均水平比较,大多数省份特别是人口较多的省份中劳动者受教育程度较低。2003 年,高中文化程度人口占 6 岁(含 6 岁)以上人口的比重低于全国平均水平的东部有 1 个,中部有 3 个,西部省份有 9 个,大专以上人口比重低于全国平均水平的东部有 4 个,中部有 7 个,西部省份有 7 个(见表 10—14)。但西部区域也有少数城市的人力资本水平较高,如西安、成都等。

表 10—14　　　　　　2003 年地区人口按教育程度分组比重　　　　单位:%

| 东部 | 高中 | 大专及以上 | 中部 | 高中 | 大专及以上 | 西部 | 高中 | 大专及以上 |
|---|---|---|---|---|---|---|---|---|
| 北京 | 25.35 | 20.29 | 吉林 | 17.17 | 6.42 | 贵州 | 8.67 | 5.29 |
| 天津 | 23.08 | 10.86 | 湖北 | 13.84 | 5.44 | 陕西 | 16.80 | 6.38 |
| 上海 | 29.05 | 16.67 | 湖南 | 14.62 | 4.70 | 甘肃 | 12.45 | 4.44 |
| 江苏 | 14.26 | 4.96 | 山西 | 12.69 | 5.38 | 青海 | 11.09 | 5.06 |
| 浙江 | 13.76 | 6.17 | 内蒙古 | 13.78 | 5.46 | 云南 | 4.88 | 1.83 |
| 福建 | 13.45 | 4.66 | 黑龙江 | 14.03 | 4.90 | 宁夏 | 12.86 | 5.53 |
| 山东 | 13.56 | 5.49 | 安徽 | 11.71 | 4.91 | 西藏 | 2.72 | 0.82 |
| 广东 | 13.46 | 5.07 | 江西 | 16.21 | 6.28 | 四川 | 10.68 | 3.74 |
| 河北 | 13.45 | 6.60 | 河南 | 12.04 | 3.20 | 新疆 | 12.36 | 10.00 |
| 辽宁 | 15.58 | 8.97 | | | | 重庆 | 11.11 | 3.61 |
| 海南 | 16.40 | 5.78 | | | | | | |
| 广西 | 11.28 | 4.52 | | | | | | |

资料来源:根据《中国统计年鉴 2003》计算整理而得,其中数据均为 2003 年人口变动抽样调查数据,抽样比为 0.982%。全国的高中、大专及以上人口比重分别为 13.37%、5.49%。

　　除此之外,与人力资本不足密切相关的区域知识和技术能力的差距也是很大的,空间分布极为不均,知识和技术能力较强的区域主要集中在少数大中型城市。以东、西部为例,除吸收知识能力与东部差距不大外,西部综合知识发展程度、人均专利授权数和获取知识能力分别相当于东部的 35%、30% 和 14%(见表 10—15)。从局部看,西部部分城市和区域存在一定的优势,如西安、成都等。

**表 10—15　　　　　东西部区域知识和技术指标比较**

| 项　　目 | 东部平均<br>数值指数 | 西部平均<br>数值指数 | 西部相当于<br>东部水平(%) |
|---|---|---|---|
| 综合知识发展 | −159 | −56 | 35 |
| 获取知识能力 | −208 | −29 | 14 |
| 吸收知识能力 | −108 | −88 | 81 |
| 人均专利授权数(件/百万人口) | 82.718 5 | 24.956 | 30 |
| 人均国际检索工具收录论文数(篇/百万人口) | 28.918 2 | 7.748 | 26 |

资料来源:摘自胡鞍钢《西部开发新战略》,中国计划出版社 2000 年版。

(二)中国工业行业发展水平的空间特征

1. 工业行业结构的空间特点

按照国家统计局的分类,我国工业部门可分为 40 个大的行业。这些行业的空间特征是,东部沿海区域产值比重较大的行业主要集中在一些增长迅速、技术含量较高的新兴产业,而中西部区域产值比重较大的行业则多是那些增长缓慢、加工层次较低的传统产业。为了全面反映工业结构的空间特征,笔者利用 1997 年《中国工业统计年报的数据资料》探讨我国东、中、西部独立核算工业各行业产值占其工业总产值和全国的比重(见附表 10—4)。

总体上看,在 40 个工业行业当中产值比重较大的前 10 个行业,东部区域依次为纺织业,电子及通信设备制造业,化学原料及化学制品制造业,电气机械及器材制造业,交通运输设备制造业,黑色金属冶炼及压延加工业,非金属矿制品业,食品加工业,普通机械制造业,电力、蒸汽、热水的生产和供应业,石油加工及炼焦业。这 10 个行业共占东部区域独立核算工业总产值的 57.96%。

与此相对应,中部区域产值比重较大的前 10 个行业依次是:化学原料及化学制品制造业,食品加工业,非金属矿制品业,交通运输设备制造业,电力、蒸汽、热水的生产和供应业,纺织业,黑色金属冶炼及压延加工业,煤炭采选业,石油和天然气开采业,石油加工及炼焦业。这 10 个行业共占中部区域独立核算工业总产值的 59.38%。

西部区域产值比重较大的前 10 个行业依次是:化学原料及化学制品制造业,烟草加工业,黑色金属冶炼及压延加工业,石油和天然气开采业,电力、蒸汽、热水的生产和供应业,交通运输设备制造业,非金属矿制品业,食品加工业,电子及通信设备制造业,有色金属冶炼及压延加工业。这 10 个行业共占西部区域独立核算工业总产值的 60.38%。

由此可见,与东部区域相比,广大的中西部区域产值比重较大的行业除交通运输设备和电子通信设备制造业外,大多属于增长速度缓慢、加工层次较低的传统产业,尤其是采掘业和原料工业。相反,近年来一些增长迅速的新兴行业,如服装、皮革、文体用品、化纤、电气机械、仪器仪表等行业,不仅在整个中西部区域工业总产值中所占的比重小,而且在全国同行业产值中的比重也不到20%,远远低于东部同类行业的产值比重。这种行业结构的空间特征导致我国工业增长呈现出极大的非均衡性特点。[①]

近年来,国家统计局工业交通统计司在一份研究报告中指出,根据各个行业从工业化转入正常以后两个阶段(20 世纪 80 年代中后期与 90 年代以后)的增长状况,将其与该时期工业平均增长速度相比,可把全国工业行业分为四种类型[②]。

一是持续增长行业,即在轻工业和重工业化阶段均高于同期工业平均增长速度的行业。这类行业包括:电子、运输设备制造、

---

　　① 很明显,中西部地区的这种工业行业结构也是导致近年来中西部工业增长缓慢的重要原因之一。

　　② 国家统计局工业交通统计司编:《大透析:中国工业现状、诊断与建议》,中国发展出版社 1998 年版,第 42 页。

电气机械及器材、皮革毛皮及羽绒制品、医药、服装、塑料制品、文体用品、金属制品、非金属矿采选等。

二是上升行业,即在前一阶段增长速度较低,而在后一阶段增长速度较高的行业。属于这类行业的有:木材加工、家具制造、仪器仪表和非金属矿物制品。

三是增长趋缓行业,指的是前一阶段增长速度较高,而以后的阶段增长速度则较低的行业。主要有:饮料、烟草、石油开采、造纸、化学原料、化纤、有色金属矿采选、黑色金属矿采选和印刷。

四是相对低增长行业,即在各个时期的增长速度均低于工业平均增长水平的行业。主要有:煤炭开采、木材采运、食品、纺织、电力、石油加工、黑色金属冶炼及压延加工、有色金属冶炼及压延加工、橡胶制品和机械工业。

依据这一分类标准,在1997年全国独立核算工业总产值中,东部持续增长行业占34.7%,高于全国平均水平近5个百分点。而中、西部区域则都低于全国水平(见表10—16)。

表10—16　　1997年三大地带工业总产值构成(按增长类型分)　　单位:%

| 区域 | 全部工业 | 持续增长行业 | 上升行业 | 增长趋缓行业 | 相对低增长行业 | 其他行业 |
|------|---------|------------|---------|------------|-------------|---------|
| 全国 | 100.0 | 29.8 | 7.9 | 18.7 | 42.0 | 1.6 |
| 东部 | 100.0 | 34.7 | 7.4 | 15.9 | 40.1 | 1.9 |
| 中部 | 100.0 | 20.7 | 9.5 | 21.3 | 46.9 | 1.6 |
| 西部 | 100.0 | 20.4 | 6.9 | 29.3 | 42.5 | 0.9 |

资料来源:国家统计局编《1997年工业统计年报》。

注:由于没有包括其他矿采选业、其他制造业、煤气生产和供应业以及自来水生产和供应业,因而表中所列出的四类行业产值比重之和小于100%。

由表10—16可以看出,目前,中、西部区域有近70%的工业产值是依靠相对低增长行业和增长趋缓行业实现的,持续增长行业和上升行业所占比重约为 30%。相反,在东部沿海区域工业总产值中,持续增长行业和上升行业占 42.1%,增长趋缓行业和相对低增长行业占 56%,其中,增长趋缓行业仅占 15.9%。尽管中部与西部区域持续增长行业所占比重相差无几,但中部上升行业产值要略高于西部区域,而增长趋缓行业产值却要低于西部区域。值得注意的是,1997 年,中部相对低增长行业所占比重不仅高于东部区域,而且也高于西部区域。

2. 工业行业专业化分工的空间特点

长期以来,我国在培育和发展区域工业专业化的过程中,主要强调了与本区域优势相结合的原则,突出当地的优势。这一点从国家历次制定的"五年计划"中可以看出来。比如,在每次的计划中,国家大多把能源和原材料工业作为中西部工业发展的重点,而将那些技术含量较高、加工程度较深的行业作为东部工业发展的重点。经过几十年的逐步发展,目前在我国东、中、西三大地带已形成了一大批专业化部门。

为了进一步分析各工业行业的专业化程度,笔者计算了 1997 年东、中、西三大地带独立核算工业 40 个行业的区位商(见附表 10-4),并作出了三大地带该 40 个行业的区位商雷达分布图(见图 10-2、图 10-3、图 10-4)。分析结果表明,东部区域的优势产业主要是那些具有深加工性、技术含量高的重型加工工业和以非农产品为原料的轻工业;而中西部区域在全国具有一定专业化意义的产业大多属于采掘业和原料工业,以及一些以农产品为原料的轻工业和国防工业。

具体来讲,东部区域具有专业化意义的前 10 个产业有文教体育用品制造业,电子及通信设备制造业,服装及其他纤维制品制造业,仪器仪表及文化、办公用机械制造业,皮革、毛皮、羽绒及其制造业,化学纤维制造业,电气机械及器材制造业,塑料制品业,其他制造业,金属制品业(见图 10-2)。

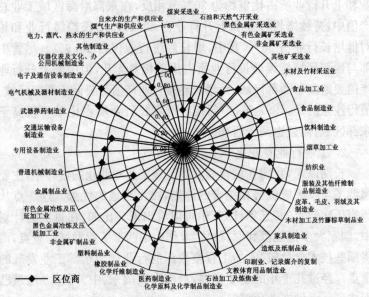

图 10—2  1997 年东部地区工业行业区位商分布

中部区域具有明显专业化意义(所谓明显是指区位商值大于 2)的产业有煤炭采选业和木材及竹材采运业;具有一定专业化意义的产业有石油和天然气开采业,黑色金属矿采选业,有色金属矿采选业,非金属矿采选业,食品加工业,饮料制造业,烟草加工业,木材及竹、藤、棕、草制品业,家具制造业,非金属矿制品业,有色金属冶炼及压延加工业,交通运输设备制造业,武器弹药制造业,电力、蒸汽、热水的生产和供应业(见图 10—3)。

西部区域具有明显专业化意义(同上)的产业有石油和天然气开采业、烟草加工业、有色金属冶炼及压延加工业、武器弹药制造业;具有一定专业化意义的产业有煤炭采选业,有色金属矿采选业,木材及竹材采运业,饮料制造业,印刷业,化学原料及化学制品制造业,医药制造业,黑色金属冶炼及压延加工业,电力、蒸汽、热水的生产和供应业(见图10—4)。

总之,从东、中、西三大地带区位商分布图可以直观地看出,在所列出的 40 个工业行业的区位商分布情况中,东部区域的分布较为均匀,其次是中部,而西部则呈现出分布集中度较大的特点。这从另外一个侧面反映出,东部区域整体工业行业发展得较为均衡,而各个行业优劣差别不大的现实;相对而言,中、西部区域则出现对某些行业过度依赖,行业之间发展极为不均衡,而且相互优劣悬殊过大。

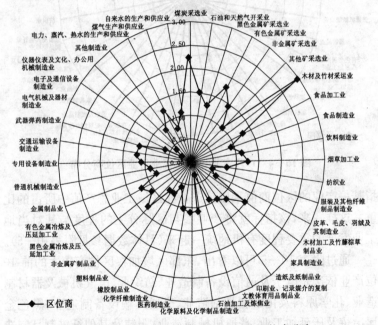

图10—3 1997 年中部地区工业行业区位商分布

尽管区位商能够很好地反映区域间的分工状况,但专业化程度高的行业却并不一定在本区域占据重要位置。因此,为了克服这一缺陷,笔者试采用加权区位商来表示。所谓加权区位商就是

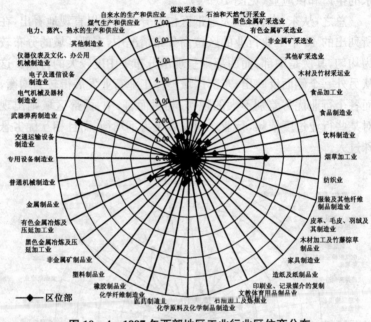

**图10—4　1997年西部地区工业行业区位商分布**

指某一产业的区位商值乘以该产业在区域工业总产值中所占的比重。这样一来,该指标就将产业参与区际分工的程度与其对当地工业发展的重要程度有机地统一起来(具体数据参见附表10-5)。

通过附表10-5可以看出,东部区域加权区位商较大的前10位产业依次是电子及通信设备制造业、纺织业、电气机械及器材制造业、化学原料及化学制品制造业、交通运输设备制造业、黑色金属冶炼及压延加工业、普通机械制造业、服装及其他纤维制品制造业、食品加工业、非金属矿制品业;中部区域加权区位商较大的前10位产业依次是煤炭采选业,食品加工业,非金属制品业,化学原料及制品业,运输设备业,电力、石油和天然气开采业,黑色金属冶炼及加工业,纺织业,石油加工及冶炼业;西部区域加权区位商较大的前10位产业依次是烟草加工业、武器弹药业、石油和天然气开采业、有色金属冶炼及加工业、化学原料及制品业、黑色金属冶炼及加工业、电力、非金属制品业、运输设备业、食品加工业。

（三）第二产业空间差异与区域差距的关联性

虽然我们已经对我国的第二产业的空间特征有了一个初步的认识和了解，但是正如前文所揭示的那样，我国第二产业的发展水平与各个区域人均PPS的高低是有着很强的正相关性的。那么，各区域第二产业内部的结构性变动与区域人均GDP的变化有着什么样的联系呢？显然，这是问题的关键。为了对这一问题作出回答，笔者将对第二产业内部行业结构的变化进行分析（见表10—17）。

表10—17　　中国1985～1997年各区域工业内部结构的变化　　单位：%

| 区域 | 初级产品生产 | | | 制造业 | | |
|---|---|---|---|---|---|---|
| | 1985年 | 1997年 | 比重变化 | 1985年 | 1997年 | 比重变化 |
| 东部平均 | 4.17 | 4.10 | −0.06 | 95.84 | 95.90 | 0.06 |
| 北京 | 0.75 | 0.90 | 0.15 | 99.25 | 99.10 | −0.15 |
| 天津 | 2.65 | 4.61 | 1.96 | 97.35 | 95.39 | −1.96 |
| 江苏 | 1.64 | 1.37 | −0.27 | 98.36 | 98.63 | 0.27 |
| 浙江 | 1.14 | 0.74 | −0.40 | 98.86 | 99.26 | 0.40 |
| 福建 | 3.98 | 2.50 | −1.48 | 96.02 | 97.50 | 1.48 |
| 山东 | 9.62 | 9.34 | −0.28 | 90.38 | 90.66 | 0.28 |
| 广东 | 2.41 | 3.10 | 0.69 | 97.59 | 96.90 | −0.69 |
| 河北 | 10.08 | 9.13 | −0.95 | 89.92 | 90.87 | 0.95 |
| 辽宁 | 4.61 | 8.15 | 3.54 | 95.39 | 91.85 | −3.54 |
| 广西 | 4.77 | 6.07 | 1.30 | 95.23 | 93.93 | −1.30 |

续表

| 区域 | 初级产品生产 | | | 制造业 | | |
|------|------|------|------|------|------|------|
| | 1985 年 | 1997 年 | 比重变化 | 1985 年 | 1997 年 | 比重变化 |
| **中部平均** | 10.95 | 13.74 | 2.79 | 89.05 | 86.26 | −2.79 |
| 吉林 | 7.05 | 9.51 | 2.46 | 92.95 | 90.49 | −2.46 |
| 湖北 | 2.24 | 3.94 | 1.70 | 97.76 | 96.06 | −1.70 |
| 湖南 | 5.51 | 7.09 | 1.58 | 94.49 | 92.91 | −1.58 |
| 山西 | 24.33 | 26.56 | 2.23 | 75.67 | 73.44 | −2.23 |
| 内蒙古 | 14.60 | 16.30 | 1.70 | 85.40 | 83.70 | −1.70 |
| 黑龙江 | 22.07 | 33.52 | 11.45 | 77.93 | 66.48 | −11.45 |
| 安徽 | 4.59 | 7.63 | 3.04 | 95.41 | 92.37 | −3.04 |
| 江西 | 9.27 | 8.66 | −0.61 | 90.73 | 91.34 | 0.61 |
| 河南 | 8.90 | 10.43 | 1.53 | 91.10 | 89.57 | −1.53 |
| **西部平均** | 12.16 | 16.29 | 4.12 | 87.84 | 83.71 | −4.12 |
| 贵州 | 6.23 | 7.57 | 1.34 | 93.77 | 92.43 | −1.34 |
| 陕西 | 4.72 | 8.50 | 3.78 | 95.28 | 91.50 | −3.78 |
| 甘肃 | 9.06 | 16.77 | 7.71 | 90.94 | 83.23 | −7.71 |
| 青海 | 10.58 | 21.99 | 11.41 | 89.42 | 78.01 | −11.41 |
| 云南 | 7.65 | 5.95 | −1.70 | 92.35 | 94.05 | 1.70 |
| 宁夏 | 17.72 | 14.53 | −3.19 | 82.28 | 85.47 | 3.19 |
| 西藏 | 23.02 | 22.90 | −0.12 | 76.98 | 77.10 | 0.12 |
| 四川 | 5.97 | 7.44 | 1.47 | 94.03 | 92.56 | −1.47 |
| 新疆 | 24.51 | 40.92 | 16.41 | 75.49 | 59.08 | −16.41 |
| 全国 | 6.02 | 6.84 | 0.82 | 93.98 | 93.16 | −0.82 |

资料来源:根据《中国工业经济统计年鉴 1998》,中国统计出版社 1998
年版。

注:上海、海南和重庆的数据缺失。

根据国际的分类方法,第二产业可分为初级产品生产与制造业和建筑业。在我国,建筑业是独立核算的,而初级产品生产与制造业的分类则更为详细。一般来讲,属于初级产品生产的工业部门有:煤炭采选业、石油和天然气开采业、黑色金属业、有色金属业、非金属矿采运业,以及木竹材的采运业,其他部门均归属于制造业。理论上讲,工业化水平主要表现为制造业的发展水平,而初级产品的生产,如农业一样,尽管本身也有一定的增长速度,但比重呈减少的趋势。

通过表 10—17 可以发现,在 1985～1997 年的 13 年间,大部分区域的初级产品生产(主要是采矿业)的比重呈上升趋势,只有东部沿海 5 个省份是下降的。这表明,一方面,我国在十几年间重视采掘工业的发展,在中西部条件好的区域进行重点建设,收到了良好效果;另一方面,像我国这样处于高速发展的大国,采掘工业必须与制造业保持相应的比例,同步获得增长。从各区域制造业的比重来看,地带性差异并不如前文的地带收入差距那样明显,除个别省份低于 90% 以外,大多数省份均高于 90%。

针对表 10－17 中所显示的数据,笔者进一步测算了我国 1985 和 1997 年两年的初级产品、制造业的区位商与人均 PPS 及其变动情况(参见表 10—18、表 10—19)。

通过表 10—18,我们进一步看到相对于全国人均 PPS 而言,各个省区的差别早在十几年以前(1985 年)就已形成了既定的格局,而十几年以后的 1997 年不过是在以前收入差距的格局下进一步发展而已。相对于 1985 年而言,1997 年东部的大部分省区人均 PPS 大都出现了上升的趋势,而中、西部若干省份则不同程度地出现了下降。考虑到表 10—19 所揭示的同期工业内部专业化结构(区位商)的变动状况,下面笔者就人均 PPS 与工业内部行业区位商的关系作一分析。

表 10—18 　　1985 年、1997 年全国各区域人均 PPS 分布情况

| 区　域 | 1985 年人均GDP | 1997 年人均GDP | 1985 年人均PPS | 1997 年人均PPS | 人均 PPS变动 |
|---|---|---|---|---|---|
| **东部平均** | 1 404 | 10 649 | 1.65 | 1.76 | 0.11 |
| 北京 | 2 702 | 16 735 | 3.17 | 2.76 | −0.40 |
| 天津 | 2 198 | 13 739 | 2.58 | 2.27 | −0.31 |
| 上海 | 3 855 | 25 750 | 4.52 | 4.25 | −0.27 |
| 江苏 | 1 053 | 9 344 | 1.23 | 1.54 | 0.31 |
| 浙江 | 1 063 | 10 515 | 1.25 | 1.74 | 0.49 |
| 福建 | 737 | 9 258 | 0.86 | 1.53 | 0.67 |
| 山东 | 887 | 7 590 | 1.04 | 1.25 | 0.21 |
| 广东 | 1 025 | 10 428 | 1.20 | 1.72 | 0.52 |
| 河北 | 719 | 6 079 | 0.84 | 1.00 | 0.16 |
| 辽宁 | 1 413 | 8 725 | 1.66 | 1.44 | −0.22 |
| 海南 | 729 | 5 698 | 0.85 | 0.94 | 0.09 |
| 广西 | 471 | 3 928 | 0.55 | 0.65 | 0.10 |
| **中部平均** | 759 | 5 079 | 0.89 | 0.84 | −0.05 |
| 吉林 | 868 | 5 504 | 1.02 | 0.91 | −0.11 |
| 湖北 | 808 | 5 899 | 0.95 | 0.97 | 0.03 |
| 湖南 | 626 | 4 643 | 0.73 | 0.77 | 0.03 |
| 山西 | 838 | 4 736 | 0.98 | 0.78 | −0.20 |
| 内蒙古 | 809 | 4 714 | 0.95 | 0.78 | −0.17 |
| 黑龙江 | 1 062 | 7 243 | 1.25 | 1.20 | −0.05 |
| 安徽 | 646 | 4 390 | 0.76 | 0.73 | −0.03 |

续表

| 区　域 | 1985 年人均GDP | 1997 年人均GDP | 1985 年人均PPS | 1997 年人均PPS | 人均 PPS变动 |
|---|---|---|---|---|---|
| 江西 | 597 | 4 155 | 0.70 | 0.69 | −0.01 |
| 河南 | 580 | 4 430 | 0.68 | 0.73 | 0.05 |
| **西部平均** | 661 | 3 805 | 0.77 | 0.63 | −0.15 |
| 贵州 | 420 | 2 215 | 0.49 | 0.37 | −0.13 |
| 陕西 | 604 | 3 634 | 0.71 | 0.60 | −0.11 |
| 甘肃 | 608 | 3 137 | 0.71 | 0.52 | −0.19 |
| 青海 | 808 | 4 066 | 0.95 | 0.67 | −0.28 |
| 云南 | 486 | 4 042 | 0.57 | 0.67 | 0.10 |
| 宁夏 | 737 | 4 025 | 0.86 | 0.66 | −0.20 |
| 西藏 | 894 | 3 194 | 1.05 | 0.53 | −0.52 |
| 四川 | 570 | 4 029 | 0.67 | 0.66 | −0.01 |
| 新疆 | 820 | 5 904 | 0.96 | 0.98 | 0.01 |
| 全国 | 853 | 6 053 | 1.00 | 1.00 | |

资料来源:《新中国五十年统计资料汇编》。

**表 10—19　1985 年、1997 年全国各区域初级产品与制造业区位商**

| 区　域 | 初级产品区位商 | | | 制造业区位商 | | |
|---|---|---|---|---|---|---|
| | 1985 年 | 1997 年 | 变动 | 1985 年 | 1997 年 | 变动 |
| **东部平均** | 0.69 | 0.60 | −0.09 | 1.020 | 1.029 | 0.010 |
| 北　京 | 0.12 | 0.13 | 0.01 | 1.056 | 1.064 | 0.008 |
| 天　津 | 0.44 | 0.67 | 0.23 | 1.036 | 1.024 | −0.012 |
| 江　苏 | 0.27 | 0.20 | −0.07 | 1.047 | 1.059 | 0.012 |

续表

| 区　域 | 初级产品区位商 | | | 制造业区位商 | | |
|---|---|---|---|---|---|---|
| | 1985 年 | 1997 年 | 变动 | 1985 年 | 1997 年 | 变动 |
| 浙　江 | 0.19 | 0.11 | −0.08 | 1.052 | 1.065 | 0.014 |
| 福　建 | 0.66 | 0.37 | −0.30 | 1.022 | 1.047 | 0.025 |
| 山　东 | 1.60 | 1.37 | −0.23 | 0.962 | 0.973 | 0.011 |
| 广　东 | 0.40 | 0.45 | 0.05 | 1.038 | 1.040 | 0.002 |
| 河　北 | 1.67 | 1.33 | −0.34 | 0.957 | 0.975 | 0.019 |
| 辽　宁 | 0.77 | 1.19 | 0.43 | 1.015 | 0.986 | −0.029 |
| 广　西 | 0.79 | 0.89 | 0.10 | 1.013 | 1.008 | −0.005 |
| **中部平均** | 1.82 | 2.01 | 0.19 | 0.948 | 0.926 | −0.022 |
| 吉　林 | 1.17 | 1.39 | 0.22 | 0.989 | 0.971 | −0.018 |
| 湖　北 | 0.37 | 0.58 | 0.20 | 1.040 | 1.031 | −0.009 |
| 湖　南 | 0.92 | 1.04 | 0.12 | 1.005 | 0.997 | −0.008 |
| 山　西 | 4.04 | 3.88 | −0.16 | 0.805 | 0.788 | −0.017 |
| 内蒙古 | 2.43 | 2.38 | −0.04 | 0.909 | 0.898 | −0.010 |
| 黑龙江 | 3.67 | 4.90 | 1.23 | 0.829 | 0.714 | −0.116 |
| 安　徽 | 0.76 | 1.12 | 0.35 | 1.015 | 0.992 | −0.024 |
| 江　西 | 1.54 | 1.27 | −0.27 | 0.965 | 0.980 | 0.015 |
| 河　南 | 1.48 | 1.52 | 0.05 | 0.969 | 0.961 | −0.008 |
| **西部平均** | 2.02 | 2.38 | 0.36 | 0.935 | 0.899 | −0.036 |
| 贵　州 | 1.03 | 1.11 | 0.07 | 0.998 | 0.992 | −0.006 |
| 陕　西 | 0.78 | 1.24 | 0.46 | 1.014 | 0.982 | −0.032 |
| 甘　肃 | 1.50 | 2.45 | 0.95 | 0.968 | 0.893 | −0.074 |

| 区　域 | 初级产品区位商 | | | 制造业区位商 | | |
|---|---|---|---|---|---|---|
| | 1985 年 | 1997 年 | 变动 | 1985 年 | 1997 年 | 变动 |
| 青　海 | 1.76 | 3.21 | 1.46 | 0.951 | 0.837 | −0.114 |
| 云　南 | 1.27 | 0.87 | −0.40 | 0.983 | 1.010 | 0.027 |
| 宁　夏 | 2.94 | 2.12 | −0.82 | 0.876 | 0.917 | 0.042 |
| 西　藏 | 3.82 | 3.35 | −0.48 | 0.819 | 0.828 | 0.008 |
| 四　川 | 0.99 | 1.09 | 0.10 | 1.001 | 0.994 | −0.007 |
| 新　疆 | 4.07 | 5.98 | 1.91 | 0.803 | 0.634 | −0.169 |

注:本表数据根据表 10—17 加工而得。

　　总体来看,制造业区位商值的高低与人均 PPS 有着显著的相关关系,仅就三大地带而言,两者之间正的相关关系是相当明显的(见图 10—5),图 10—5 清晰地显示出,在所涉及的各种指标上,均表现出按东、中、西依次下降的顺序。相对于 1985 年而言,1997年的人均 PPS 与制造业区位商所表现出的三大地带降低的趋势更为明显。这表明经过了十几年的发展,三大地带经济发展的水平显著拉开了差距,其背后的原因很可能是由于制造业的区位竞争能力产生差距造成的。

　　为了进一步对各个地带内部制造业区位商与省区人均 PPS的依存关系有一个清楚的认识,我们将对人均 PPS 的变动值与制造业区位商的变动值以三大地带为单元分别进行探讨。由于人均 PPS 与制造业区位商的量纲并不完全一致,那么强行进行统计分析的话,所得出的结果将会出现很大的偏差,并且所显示的关系也不明显。因此,笔者针对原始数据进行了标准化处理,具体公式如下:

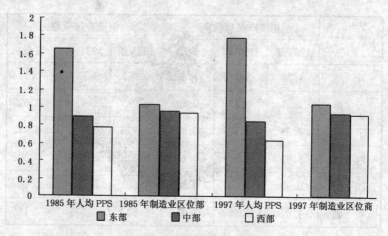

图 10—5 1985～1997 年我国人均 PPS 与制造业区位商

$$BZX_i = \frac{X_i}{\max(X) - \min(X)}$$

式中，$X_i$ 是指标序列 $X$ 的第 $i$ 个值，而 $\max(X)$、$\min(x)$ 则是指所在地带指标序列 $X$ 的最大和最小值。通过处理，不仅将需要进行比较分析的指标划为同一量纲，而且也保持了原始数据最初的特征[①]。通过分析，笔者作出了三大地带分省区的关联图形，见图 10—6、图 10—7、图 10—8。

从上述图形可以得出以下结论：

首先，东、中、西三大地带的人均 PPS 变动与其对应的制造业区位商的变动呈现极强的正向关联性，两个指标的变化基本表现为一致的方向。即制造业区位商值变动为正时，人均 PPS 的变动也为正值，反之则反是。

_____

① 也就是指这种处理方法并不像其他的标准化处理方法那样，改变了数据正、负号特征。

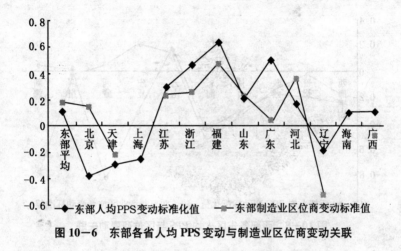

**图 10—6 东部各省人均 PPS 变动与制造业区位商变动关联**

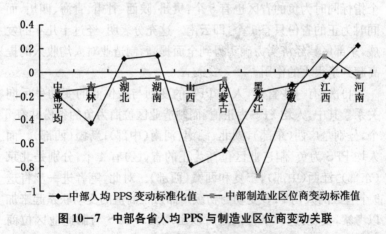

**图 10—7 中部各省人均 PPS 与制造业区位商变动关联**

其次,1985～1997 年的 13 年间,东部地带 10 个省区(海南和上海数据缺)两个指标同时为正的省份有 6 个,分别是江苏、浙江、福建、山东、广东、河北,同时为负的只有 2 个省区:天津和辽宁。中部 9 省区中两个指标同时为正的省区有 5 个,分别是吉林、山西、内蒙古、黑龙江、安徽,没有同时为负的省区。西部 9 省区中两

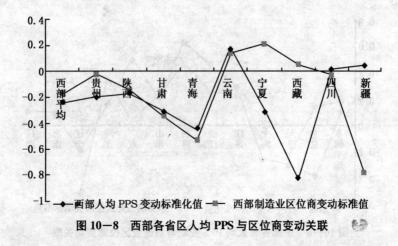

图 10—8　西部各省区人均 PPS 与区位商变动关联

个指标同时为负的省区也有 5 个：贵州、陕西、甘肃、青海、四川，而同时为正的省份只有 1 个，即云南。这充分表明，经过十几年的发展，东部区域经济实力确实得到全面提高，制造业对人均收入的提高起到了很大的作用。

　　再次，有一些省份，人均 PPS 的变动与区位商的变动呈反向关系。其中，人均 PPS 为正值，而制造业区位商为负的省份共有 5 个，分别是广西（东部）；湖北、湖南、河南（中部）；新疆（西部）。而人均 PPS 为负、制造业区位商为正的省（区）有 4 个，分别是北京（东部），江西（中部），宁夏和西藏（西部）。对此，笔者进一步将这 9 个省区的人均 PPS 变动与初级产品区位商值的变动联系起来加以考察，发现：这 9 个省区之所以出现人均 PPS 与制造业区位商的反向变动，主要是因为这些区域中大部分省区的人均收入与其初级产品产业的竞争力变化有着较强的关联性。从图 10—9 可以看出，除北京外的其他区域，人均 PPS 的变化与初级产品区位商的变化表现出变动方向、变动趋势①,甚至变动的幅度都完全一致。之所以出现这种情况,是因为虽然某些区域的制造业比重和竞争力提高了,但由于各个区域的经济实力、发展阶段乃至优势产业不同,以致制造业竞争力提高对人均收入提高的作用无法抵消因初级产品比重下降对人均收入降低的影响,反而使该区域人均PPS出现了下降,比如图 10−9 中的江西、宁夏和西藏。反过来讲,也可能出现初级产品比重提高对人均收入的正面效应远远大于制造业区位商下降对人均收入负面效应的现象,致使区域人均PPS出现了上升的反常情况,如广西、湖北、湖南、河南、新疆。

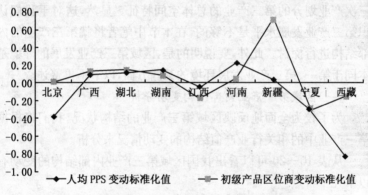

**图10−9 分地带人均PPS与初级产品区位商变动关联**

最后,需要指出的是,尽管这些区域出现了反向的变动关系,但制造业依旧是人均收入提高的主动力。这是因为,在由计划经

---

① 在变动趋势上,西藏地区的人均 PPS 变动与初级产品的区位商的变动是不相同的,而在该两项指标的变动幅度上河南与新疆也不一致。之所以产生这种现象,笔者认为,西藏地区的人均 PPS 变化更多的是与非经济因素相联系,如国家扶持等,故无法用经济原因解释。而河南与新疆地区与其他地区不同,河南是农业大省,人均 PPS 必然与影响农业产值变动的因素相关,新疆地区则是资源严重依赖型地区,其经济的发展与人均收入的变动与资源型产业,如石油开采、煤炭等行业的变动有着极强的关系。

济向市场经济过渡的时期里,地方政府独立的经济决策权不断扩大,各个区域都致力于发展那些附加值较高的制造业,以致全国各个区域的制造业产值比重几乎都在90%以上,并有进一步上升的趋势,而初级产品在整个工业中的地位则逐步下降。这表明,加快制造业的发展是实现产业结构升级、推动工业化和缩小区域差距的重要手段。

### 三、中国第三产业发展水平的空间特征

前文已从总体上描述了随着区域经济增长的变化,区域间以三次产业划分的第三产业的总体空间特征。显然,这对于我们认识第三产业发展水平是不够的,在本节中笔者将就第三产业的内部结构进行探讨。此外,要说明的是,区域第三产业发展的环境基本同于第一、第二产业发展环境的某些方面,以下不再赘述。

（一）区域第三产业内部结构变动分析

为了较为全面地反映区域第三产业的结构状况,我们将根据第三产业中的相关行业产值结构的变动情况来分析。

从表10-20可以看出我国区域第三产业内部结构的变动有以下几个特点:

表10-20　　1985年、1999年全国各区域第三产业内部结构变动

| 区　域 | 交通通讯 | | 商业贸易 | | 金融保险 | | 房地产 | |
|---|---|---|---|---|---|---|---|---|
| | 1985年 | 1999年 | 1985年 | 1999年 | 1985年 | 1999年 | 1985年 | 1999年 |
| **东部平均** | 19.85 | 19.76 | 32.33 | 27.84 | — | 14.33 | — | 8.91 |
| 北京 | 15.02 | 13.44 | 30.33 | 16.88 | 22.22 | 25.38 | 3.6 | 5.57 |
| 天津 | 24.28 | 23.36 | 32.25 | 21.37 | 18.48 | 16.39 | 3.62 | 7.08 |
| 上海 | 21.07 | 13.59 | 42.53 | 22.28 | 16.84 | 28.86 | 0.38 | 10.52 |
| 江苏 | 22.35 | 17.48 | 28.49 | 28.20 | 16.2 | 14.14 | 10.06 | 11.35 |

续表

| 区　域 | 交通通讯 | | 商业贸易 | | 金融保险 | | 房地产 | |
|---|---|---|---|---|---|---|---|---|
| | 1985 年 | 1999 年 | 1985 年 | 1999 年 | 1985 年 | 1999 年 | 1985 年 | 1999 年 |
| 浙江 | 19.59 | 19.94 | 38.78 | 38.93 | 13.06 | 10.43 | 7.35 | 5.07 |
| 福建 | 21.14 | 27.78 | 25.5 | 25.00 | 22.48 | 12.42 | 5.03 | 7.35 |
| 山东 | 18.39 | 17.94 | 30.49 | 26.34 | 17.49 | 15.94 | 10.76 | 10.36 |
| 广东 | 20.57 | 23.44 | 39.36 | 27.27 | 12.06 | 8.92 | 2.84 | 13.42 |
| 河北 | 18.53 | 23.68 | 24.14 | 27.08 | 15.09 | 13.12 | 9.48 | 5.64 |
| 辽宁 | 26.01 | 19.07 | 30.94 | 34.91 | 14.35 | 7.59 | 5.38 | 5.43 |
| 海南 | 15.53 | 21.20 | 35.98 | 31.89 | 14.77 | 15.55 | 4.92 | 4.27 |
| 广西 | 15.87 | 20.67 | 29.52 | 37.03 | 17.71 | 2.38 | 6.64 | 6.06 |
| 中部平均 | 21.22 | 20.62 | — | 26.30 | — | 11.84 | — | 7.46 |
| 吉林 | 17.3 | 21.20 | 29.54 | 24.22 | 18.14 | 11.39 | 6.33 | 5.93 |
| 湖北 | 18.88 | 16.40 | 38.78 | 30.67 | 13.78 | 14.72 | 6.12 | 5.79 |
| 湖南 | 17.67 | 19.22 | 30.7 | 25.19 | 11.63 | 10.37 | 10.23 | 6.95 |
| 山西 | 26.25 | 23.49 | 23.17 | 21.26 | 13.13 | 16.34 | 4.25 | 4.45 |
| 内蒙古 | 20.25 | 28.46 | 36.81 | 25.13 | 11.04 | 5.70 | 3.37 | 3.60 |
| 黑龙江 | 27.8 | 18.23 | 20.98 | 27.42 | 16.1 | 12.63 | 5.37 | 6.18 |
| 安徽 | 21.46 | 18.34 | 29.22 | 31.91 | 13.24 | 10.04 | 8.68 | 10.54 |
| 江西 | 18.5 | 22.65 | 23.34 | 21.83 | 12.33 | 13.66 | 10.13 | 10.31 |
| 河南 | 22.92 | 24.13 | 25.42 | 24.53 | 14.17 | 10.15 | 11.25 | 9.92 |
| 西部平均 | 20.30 | 19.00 | — | 26.36 | — | 11.66 | — | 6.35 |
| 贵州 | 29.74 | 17.36 | 34.74 | 25.48 | 12.63 | 10.44 | 2.11 | 6.29 |
| 陕西 | 17.05 | 22.54 | 18.6 | 17.74 | 17.05 | 6.67 | 4.65 | 4.93 |

续表

| 区　域 | 交通通讯 | | 商业贸易 | | 金融保险 | | 房地产 | |
|---|---|---|---|---|---|---|---|---|
| | 1985 年 | 1999 年 | 1985 年 | 1999 年 | 1985 年 | 1999 年 | 1985 年 | 1999 年 |
| 甘肃 | 23.53 | 13.53 | 36.08 | 34.17 | 11.76 | 17.06 | 0.39 | 6.78 |
| 青海 | 16.22 | 16.21 | 26.73 | 19.59 | 15.32 | 17.96 | 1.8 | 3.56 |
| 云南 | 19.21 | 17.45 | 35.48 | 29.04 | 12.81 | 11.15 | 2.97 | 8.81 |
| 宁夏 | 18.95 | 19.86 | 20.26 | 22.60 | 21.24 | 16.87 | 2.29 | 5.06 |
| 西藏 | — | 15.54 | — | 26.80 | — | 4.49 | — | 0.72 |
| 四川 | 29.74 | 18.14 | 34.74 | 28.68 | 12.63 | 12.80 | 2.11 | 7.68 |
| 新疆 | 15.95 | 24.78 | 31.13 | 24.75 | 14.79 | 11.04 | 0.39 | 2.33 |

资料来源:《中国国内生产总值核算历史资料》(1952～1995);各地区统计年鉴(2000)。

第一,金融保险虽然是近年来迅速发展起来的行业,但它在大部分区域第三产业总值中所占的比重却在下降。这可能是因为,第三产业中其他行业的产值上升得更快。但从绝对额的区域分布来看,上海、北京、江苏、浙江、山东、广东六省金融保险业总额占全国金融保险业总值的比重达到了 55％左右,并且三大地带在该行业的分布也极为不平衡,其中东部占到了 68％,中部为 22％,西部为 10％。由此可见,对于全国各区域来讲,金融保险业的发展空间还很大,它将是第三产业发展的重点部门。

第二,商业贸易在大部分区域的第三产业中仍占据绝对优势,几乎所有区域的商业贸易产值比重都在 20％。这就表明大多数省区的第三产业结构还比较落后,仅仅靠商业贸易来驱动第三产业的发展。与 1985 年相比,商业贸易在不同的区域表现出较为一致的变动趋势,即全国有 8 个省区商业贸易比重呈现上升趋势,而其他区域则一律表现为降低。并且,上升的省区大部分集中在西部区域。从区域商业贸易产值占全国商业贸易产值的比重可以看出,全国的商业批发中心明显地转向长江三角洲区域。1985年全国的商业批发中心主要集中在广东、上海、北京、天津等区域;而到了1999年,浙江、江苏和上海成为全国最大的批发中心,广东和京津区域的商业批发作用则明显下降。

第三,交通通讯业的比重在多数区域呈下降的势头。这种下降如果是发生在经济发展水平较高的东部区域,应该是一种规律的体现。但如果是在经济不发达的西部区域,其本来就相对薄弱的交通通讯业比重的下降就显得更为薄弱,这充分反映出这些区域基础设施的投入还比较落后。

第四,从房地产行业发展的情况来看,全国大部分区域第三产业中房地产行业产值都有所提高,其中只有8个省区的房地产行业产值占第三产业的产值是下降的。这表明,房地产行业已成为大部分区域热衷发展的重点行业。从全国房地产行业的区域分布来看,1999年广东、江苏、山东、上海等区域占全国房地产行业的总产值比重最高,四区之和达到了47%,而这些区域都处于东部区域。从地带来看,东、中、西地带的房地产产值分别占全国房地产总产值为68%、23%和9%。可见房地产行业在空间上的发展也是极为不平衡的。

需要强调的是,由于我国区域增长水平差异极大,因此第三产业发展水平有较大差异的现状也合情合理。笔者认为,我国各区域第三产业的发展基本上与本区的发展水平相适应。从上述四个具体行业来看,东部地带经济发达,而其四个行业的结构变动也是较为合理的。一方面,商业贸易、交通运输行业产值开始下降;另一方面,金融保险、房地产行业在全国的地位逐步增强。从而显示出与国外中等发达国家和区域相一致的变动趋势。中部区域经济发展水平位居中游,工业化是其面临的重要任务,从这个意义上讲,中部地带第三产业中的金融保险、房地产等行业较为滞后,而商业服务业却相对超前,有一定的畸形特征。对于西部地带而言,第三产业内部行业的结构也不合理,除了商业贸易占有较大的比重外,交通通讯业所占比重过小,客观上阻碍了经济发展的要求。

(二)第三产业四大层次的空间特征

经历了几十年的发展,区域间第三产业已经形成了较大的差别。为了对第三产业在区域间差异状况有一个总体的了解,在此笔者测算了我国 1999 年第三产业四个层次的空间状况。需要说明的是,按照标准分类,第三产业是指除第一、第二产业以外的其他各业。在实践中它被分为两大部分:一是流通部门,二是服务部门。具体又可分为四个层次:第一层次为流通部门,包括交通运输、仓储及邮电通信业,批发和零售贸易,餐饮业。第二层次是为生产和生活服务的部门,包括金融、保险业,地质勘查业,水利管理业,房地产业,社会服务业,农、林、牧、渔服务业,交通运输辅助业,综合技术服务业等。第三层次是为提高科学文化水平和居民素质服务的部门,包括教育、文化艺术及广播电影电视业,卫生、体育和社会福利业,科学研究业等。第四层次是为社会公共需要服务的部门,包括国家机关、政党机关和社会团体以及军队、警察等。据此,笔者列出了反映我国第三产业四大层次的结构性指标(见表10—21)。

表 10—21　　　　　1999 年中国第三产业四大层次空间结构　　　单位:%

| 区域 | 各区域三产四个层次结构状况 | | | | 区域各层占同层的比重 | | | |
|---|---|---|---|---|---|---|---|---|
| | 一 | 二 | 三 | 四 | 一 | 二 | 三 | 四 |
| **东部平均** | 47.60 | 35.24 | 10.94 | 6.22 | 63.41 | 66.19 | 57.53 | 52.62 |
| 北京 | 30.32 | 44.61 | 20.43 | 4.64 | 2.53 | 5.24 | 6.72 | 2.46 |
| 天津 | 44.72 | 39.07 | 11.44 | 4.76 | 2.00 | 2.46 | 2.01 | 1.35 |
| 上海 | 35.87 | 49.91 | 11.29 | 2.93 | 4.80 | 9.42 | 5.96 | 2.49 |

续表

| 区域 | 各区域三产四个层次结构状况 | | | | 区域各层占同层的比重 | | | |
|---|---|---|---|---|---|---|---|---|
| | 一 | 二 | 三 | 四 | 一 | 二 | 三 | 四 |
| 江苏 | 45.68 | 36.71 | 9.92 | 7.69 | 8.48 | 9.60 | 7.27 | 9.06 |
| 浙江 | 58.87 | 25.88 | 9.57 | 5.69 | 7.21 | 4.47 | 4.62 | 4.43 |
| 福建 | 52.78 | 31.33 | 9.46 | 6.43 | 4.99 | 4.18 | 3.53 | 3.86 |
| 山东 | 44.28 | 37.31 | 10.76 | 7.65 | 8.10 | 9.62 | 7.77 | 8.89 |
| 广东 | 50.71 | 35.87 | 8.37 | 5.05 | 10.78 | 10.75 | 7.02 | 6.81 |
| 河北 | 50.76 | 29.70 | 9.91 | 9.63 | 5.16 | 4.26 | 3.97 | 6.22 |
| 辽宁 | 53.97 | 27.87 | 12.37 | 5.78 | 5.95 | 4.33 | 5.39 | 4.05 |
| 海南 | 53.09 | 32.44 | 9.54 | 4.93 | 0.71 | 0.61 | 0.50 | 0.42 |
| 广西 | 57.70 | 18.79 | 14.85 | 8.65 | 2.71 | 1.25 | 2.76 | 2.58 |
| **中部平均** | 46.93 | 30.09 | 13.29 | 9.70 | 25.36 | 22.92 | 28.35 | 33.28 |
| 吉林 | 45.43 | 28.40 | 17.04 | 9.13 | 1.74 | 1.54 | 2.58 | 2.23 |
| 湖北 | 47.07 | 30.63 | 13.69 | 8.60 | 4.14 | 3.80 | 4.76 | 4.81 |
| 湖南 | 44.41 | 25.80 | 16.02 | 13.77 | 3.71 | 3.04 | 5.29 | 7.31 |
| 山西 | 44.75 | 31.19 | 11.15 | 12.91 | 1.75 | 1.72 | 1.72 | 3.21 |
| 内蒙古 | 53.59 | 23.36 | 13.29 | 9.76 | 1.47 | 0.90 | 1.44 | 1.70 |
| 黑龙江 | 45.65 | 32.81 | 13.09 | 8.45 | 2.85 | 2.88 | 3.22 | 3.35 |
| 安徽 | 50.25 | 32.44 | 11.55 | 5.77 | 2.99 | 2.72 | 2.71 | 2.18 |
| 江西 | 44.48 | 34.94 | 10.67 | 9.90 | 2.20 | 2.44 | 2.08 | 3.11 |
| 河南 | 48.66 | 29.72 | 12.45 | 9.17 | 4.50 | 3.87 | 4.54 | 5.38 |

续表

| 区域 | 各区域三产四个层次结构状况 | | | | 区域各层占同层的比重 | | | |
|------|------|------|------|------|------|------|------|------|
| | 一 | 二 | 三 | 四 | 一 | 二 | 三 | 四 |
| **西部平均** | 45.36 | 31.20 | 14.46 | 8.97 | 11.23 | 10.89 | 14.13 | 14.10 |
| 贵州 | 42.84 | 30.52 | 16.38 | 10.26 | 0.85 | 0.85 | 1.28 | 1.29 |
| 陕西 | 40.28 | 31.92 | 17.57 | 10.24 | 1.56 | 1.74 | 2.68 | 2.51 |
| 甘肃 | 47.70 | 34.53 | 11.50 | 6.27 | 1.01 | 1.03 | 0.96 | 0.84 |
| 青海 | 35.80 | 31.66 | 15.58 | 16.96 | 0.24 | 0.30 | 0.41 | 0.72 |
| 云南 | 46.49 | 30.41 | 16.24 | 6.86 | 1.92 | 1.77 | 2.65 | 1.80 |
| 宁夏 | 42.46 | 34.94 | 13.45 | 9.15 | 0.26 | 0.30 | 0.32 | 0.35 |
| 西藏 | 42.35 | 19.19 | 20.52 | 17.95 | 0.13 | 0.09 | 0.26 | 0.36 |
| 四川 | 46.82 | 32.48 | 12.28 | 8.41 | 3.80 | 3.72 | 3.94 | 4.34 |
| 新疆 | 49.53 | 26.33 | 14.06 | 10.08 | 1.46 | 1.09 | 1.63 | 1.88 |

资料来源:根据《中国区域经济统计年鉴》(2000)数据计算而得。

从表10—21可以看出,我国第三产业中的各个层次发展水平有着很强的空间不平衡性特征。在第三产业四个层次产值占全国同层产值的比重中,东部地带四个层次在全国占据着绝对的优势,产值几乎都在一半以上;而中、西部区域总共占有的比重之和不超过40%～50%,并且中部高于西部的同类指标。从地带内的省区来看,四个层次的结构分布更为不平衡,其中东部地带内的流通部门除了海南外,其他各区域都在2%以上;中部区域虽然低于东部,但除了湖北、湖南和河南外,各个省区的流通部门产值却分布得较为均匀,基本都处在1%～3%之间;相对而言,西部地区流通部门的差异较大,除四川较高外,其他省区都很低。从服务部门来看,三大服务部门(生产生活、科技教育、政府服务)产值比重依旧表现出东部各省高于中、西部区域内省区的总体特征。因此,仅仅从第三产业各个层次产值的比重来分析就可以发现,越是发达的区域,第三产业内各个层次的产值基本都比较高。

此外,通过观察各区域四个层次的结构,可以发现:在东部各省,流通部门和为生产、生活提供服务的部门的产值比重基本都高于中西部区域内各省区的这一指标,显示出东部地带及其大部分省区在流通领域和为生产生活服务领域发展得较为快速,在第三产业中占据绝对的权重。相对而言,科技教育和政府服务部门的产值比重却表现出东部各省基本上要小于中西部区域内这些指标的情况。产生这种现象的原因主要有两个:一是中西部地带内部各省第三产业总量较低,而在发展具体的第三产业时,科技教育和政府服务部门又发展得较为迅速,故而在第三产业中这类部门产值占据较高的比重;另一原因是,中西部区域一直是技术实力不足,投入在科技、教育方面的资金具有较高的边际收益,同时在中西部区域,政府机构比较庞大,因此才导致第三、第四层次产值构成的提高。

(三)区域经济增长与第三产业各层次的关系

按照配第一克拉克法则,发展水平越高或人均收入越高的国家或区域,其第三产业的发展程度也就越高。如果仅谈第三产业总产值与经济增长关系的话,这已经在前文中分析过。但就第三产业内的四个层次与经济增长的关系而言,却仍没有一个清楚的认识。据此,笔者研究了第三产业中四大层次与区域经济增长的关系。此处,表示区域经济增长水平高低的指标仍采用各区域的人均PPS指标;而四个层次在区域间发展水平的高低,我们用其区位商值来间接表示。最终,笔者计算出了全国、东部、中部和西部各个区域人均PPS与其四大层次的区位商的关联系数(见表10—22)。

表 10—22

| 区域 | 各区 PPS | 第一层次 | 第二层次 | 第三层次 | 第四层次 |
|------|----------|----------|----------|----------|----------|
| 全国 | 全国各区人均 PPS | −0.298 | 0.702 | −0.189 | −0.588 |
| 东部 | 东部各区人均 PPS | −0.745 | 0.827 | 0.246 | −0.756 |
| 中部 | 中部各区人均 PPS | −0.138 | 0.049 | 0.444 | −0.252 |
| 西部 | 西部各区人均 PPS | 0.282 | −0.233 | −0.141 | 0.094 |

注:各个层次的区位商值等于各区域某一层次产值占该区域第三产业的比重和全国同一层次产值占全国第三产业比重的商。

对于表 10—22 的结论需要说明两点:一是其计算结果是以静态分析作为前提的,即在同一时期,区域间两个指标的关联;二是计算的结论只反映依存关系,并不具有具体的政策含义。基于此,我们可以发现以下三个特点:(1)从全国整体来看,区域人均收入的高低与第二层次(为生产和社会服务的部门)呈现出正向的关联性,即人均收入越高的区域,第二个层次的发展水平也就越高。而其他三个层次,在全国层面上基本表现出与人均收入负的关联关系,尤其是第四层次关联程度较高,这说明在全国,凡是政府服务部门产值高的区域,其人均收入反而较低。(2)东部地带内部各地区人均 PPS 与各层次区位商的关系基本表现出和全国较为一致的特点,只不过在第三层次与人均 PPS 的关系上,东部呈现出弱的正向关系。(3)中西部地带各省人均收入的高低与本省各层次区位商的关系不是很明显,最大的关联系数也只不过是 0.444,由此说明在经济发展水平较低的区域,其第三产业各个层次的发展水平并不是影响人均收入水平最直接的和重要的因素。这同时也表明,在经济欠发达区域,第三产业对其经济增长的作用还相对弱小。因此,对于中西部区域,尤其是西部区域各省,它们将面临着总量调整和结构调整的双重任务。

# 小 结

由于三次产业是一个较为宽泛的概念,其内部涉及许多更为细分的行业,因此对于各个具体的行业的讨论是在研究产业发展时必不可少的、重要的一环。基于此,在本章中笔者首先简要地分析了我国三次产业发展的空间特征,随后详细地揭示了我国三次产业内部各行业发展水平的空间差异与特点,并在此基础上进一步探讨了区域三次产业内部各个行业的发展水平与区域经济增长之间的联系,从而使我们能够在总体上把握住不平衡增长格局下区域产业发展的空间结构和特征。尤其是考虑到我国正处于工业化的加速时期,因此对于第二产业,特别是制造业的发展水平以及它与区域经济增长的关系进行了较为细致而深入的研究。

附表 10—1　　　2002 年主要农产品生产空间集中度　　　单位:%

| 省区市 | 谷物 | 棉花 | 花生 | 油菜籽 | 芝麻 | 黄红麻 | 甘蔗 | 甜菜 | 烤烟 |
|---|---|---|---|---|---|---|---|---|---|
| 北京 | 0.19 | 0.06 | 0.31 | 0.00 | 0.00 | 0.00 | 0.00 | 0.00 | 0.00 |
| 天津 | 0.33 | 1.26 | 0.07 | 0.00 | 0.11 | 0.00 | 0.00 | 0.00 | 0.00 |
| 河北 | 5.67 | 8.18 | 9.47 | 0.28 | 1.79 | 6.37 | 0.00 | 1.15 | 0.23 |
| 山西 | 1.95 | 1.53 | 0.26 | 0.09 | 1.23 | 0.00 | 0.00 | 1.44 | 0.38 |
| 内蒙古 | 2.76 | 0.06 | 0.09 | 2.67 | 0.90 | 0.00 | 0.00 | 15.21 | 0.42 |
| 辽宁 | 3.50 | 0.06 | 3.43 | 0.02 | 1.57 | 0.00 | 0.00 | 3.10 | 1.22 |
| 吉林 | 5.00 | 0.00 | 1.26 | 0.00 | 7.29 | 0.00 | 0.00 | 5.94 | 0.84 |
| 黑龙江 | 5.52 | 0.00 | 0.24 | 0.05 | 0.90 | 0.00 | 0.00 | 34.13 | 2.95 |
| 上海 | 0.32 | 0.02 | 0.03 | 0.88 | 0.11 | 0.00 | 0.10 | 0.00 | 0.00 |
| 江苏 | 6.79 | 7.38 | 5.65 | 12.39 | 2.69 | 0.64 | 0.38 | 0.06 | 0.00 |

续表

| 省区市 | 谷物 | 棉花 | 花生 | 油菜籽 | 芝麻 | 黄红麻 | 甘蔗 | 甜菜 | 烤烟 |
|---|---|---|---|---|---|---|---|---|---|
| 浙江 | 2.12 | 0.45 | 0.30 | 3.97 | 0.56 | 1.27 | 1.26 | 0.00 | 0.00 |
| 安徽 | 6.11 | 6.85 | 7.62 | 14.43 | 18.95 | 21.02 | 0.34 | 0.02 | 1.45 |
| 福建 | 1.46 | 0.00 | 1.63 | 0.16 | 0.11 | 0.00 | 1.31 | 0.00 | 5.02 |
| 江西 | 3.68 | 1.36 | 2.75 | 3.64 | 3.48 | 1.91 | 1.45 | 0.00 | 0.80 |
| 山东 | 7.52 | 14.68 | 22.53 | 0.54 | 0.45 | 3.82 | 0.00 | 0.02 | 3.89 |
| 河南 | 9.62 | 15.56 | 22.68 | 5.31 | 30.94 | 33.12 | 0.31 | 0.00 | 12.76 |
| 湖北 | 4.58 | 6.57 | 4.88 | 14.35 | 23.32 | 15.29 | 1.02 | 0.00 | 3.38 |
| 湖南 | 5.70 | 3.11 | 2.11 | 8.23 | 1.23 | 2.55 | 2.00 | 0.00 | 8.16 |
| 广东 | 3.19 | 0.00 | 5.07 | 0.09 | 0.22 | 1.27 | 14.60 | 0.00 | 2.30 |
| 广西 | 3.48 | 0.02 | 3.25 | 0.66 | 0.56 | 7.01 | 50.98 | 0.00 | 0.52 |
| 海南 | 0.37 | 0.00 | 0.65 | 0.00 | 0.34 | 0.64 | 4.16 | 0.00 | 0.05 |
| 四川 | 6.43 | 0.49 | 3.74 | 13.72 | 0.56 | 5.10 | 1.90 | 0.02 | 4.13 |
| 贵州 | 1.98 | 0.02 | 0.51 | 6.06 | 0.00 | 0.00 | 0.82 | 0.00 | 14.35 |
| 云南 | 2.96 | 0.00 | 0.36 | 1.94 | 0.00 | 0.00 | 19.24 | 0.02 | 31.05 |
| 西藏 | 0.24 | 0.00 | 0.00 | 0.43 | 0.00 | 0.00 | 0.00 | 0.00 | 0.00 |
| 陕西 | 2.23 | 0.87 | 0.47 | 2.33 | 2.13 | 0.00 | 0.00 | 0.21 | 2.39 |
| 甘肃 | 1.51 | 1.42 | 0.01 | 1.92 | 0.00 | 0.00 | 0.00 | 2.25 | 0.66 |
| 青海 | 0.14 | 0.00 | 0.00 | 2.15 | 0.00 | 0.00 | 0.00 | 0.00 | 0.00 |
| 宁夏 | 0.69 | 0.00 | 0.00 | 0.01 | 0.00 | 0.00 | 0.00 | 0.00 | 0.00 |
| 新疆 | 2.00 | 30.04 | 0.06 | 1.22 | 0.00 | 0.00 | 0.00 | 36.41 | 0.05 |
| 重庆 | 1.99 | 0.00 | 0.57 | 2.44 | 0.56 | 0.00 | 0.13 | 0.00 | 3.00 |

附表 10—2　　　　2002 年畜产品生产空间集中度　　　　单位:%

| 省区市 | 肉类产量 | 奶类 | 绵羊毛 | 山羊毛 | 羊绒 | 禽蛋 | 蜂蜜 |
|---|---|---|---|---|---|---|---|
| 北京 | 1.07 | 3.93 | 0.45 | 1.12 | 1.09 | 0.62 | 1.06 |
| 天津 | 0.68 | 2.40 | 0.36 | 0.27 | 0.01 | 0.99 | 0.04 |
| 河北 | 6.96 | 10.63 | 9.32 | 13.16 | 7.66 | 15.81 | 3.02 |
| 山西 | 0.99 | 3.37 | 2.50 | 4.80 | 5.68 | 1.86 | 0.94 |
| 内蒙古 | 2.21 | 12.06 | 19.03 | 14.48 | 38.51 | 1.12 | 0.87 |
| 辽宁 | 3.85 | 2.20 | 2.98 | 3.16 | 3.16 | 6.49 | 3.06 |
| 吉林 | 3.10 | 1.35 | 7.05 | 1.02 | 0.41 | 3.41 | 2.08 |
| 黑龙江 | 2.19 | 17.12 | 5.69 | 0.71 | 1.65 | 3.44 | 2.95 |
| 上海 | 0.78 | 2.00 | 0.02 | 0.48 | 0.00 | 0.67 | 0.26 |
| 江苏 | 5.30 | 3.25 | 0.24 | 0.02 | 0.00 | 7.61 | 2.46 |
| 浙江 | 2.24 | 1.59 | 0.53 | 1.58 | 0.00 | 1.77 | 26.34 |
| 安徽 | 4.81 | 0.53 | 0.04 | 0.23 | 0.10 | 4.68 | 4.38 |
| 福建 | 2.16 | 1.01 | 0.00 | 0.03 | 0.00 | 1.66 | 2.46 |
| 江西 | 2.97 | 0.56 | 0.00 | 0.00 | 0.00 | 1.44 | 3.21 |
| 山东 | 9.52 | 8.34 | 6.35 | 24.74 | 7.16 | 16.22 | 3.82 |
| 河南 | 8.65 | 2.78 | 2.92 | 6.83 | 3.59 | 12.26 | 9.60 |
| 湖北 | 4.22 | 0.72 | 0.01 | 0.08 | 0.00 | 4.55 | 2.87 |
| 湖南 | 7.17 | 0.21 | 0.00 | 0.02 | 0.00 | 2.55 | 3.63 |
| 广东 | 5.29 | 0.79 | 0.00 | 0.02 | 0.00 | 1.33 | 4.80 |
| 广西 | 3.77 | 0.22 | 0.00 | 0.00 | 0.00 | 0.61 | 2.42 |
| 海南 | 0.60 | 0.00 | 0.00 | 0.00 | 0.00 | 0.13 | 0.19 |
| 四川 | 8.62 | 2.81 | 1.56 | 1.22 | 0.25 | 4.92 | 11.11 |

续表

| 省区市 | 肉类产量 | 奶类 | 绵羊毛 | 山羊毛 | 羊绒 | 禽蛋 | 蜂蜜 |
|---|---|---|---|---|---|---|---|
| 贵州 | 2.10 | 0.18 | 0.10 | 0.10 | 0.00 | 0.32 | 0.64 |
| 云南 | 3.58 | 1.36 | 0.51 | 0.26 | 0.29 | 0.54 | 2.42 |
| 西藏 | 0.26 | 1.74 | 2.75 | 4.14 | 6.93 | 0.01 | 0.00 |
| 陕西 | 1.32 | 5.93 | 1.05 | 2.98 | 5.41 | 1.88 | 1.10 |
| 甘肃 | 1.06 | 1.24 | 4.98 | 4.44 | 3.03 | 0.50 | 0.53 |
| 青海 | 0.35 | 1.68 | 5.18 | 2.15 | 2.67 | 0.06 | 0.19 |
| 宁夏 | 0.29 | 2.20 | 2.18 | 2.46 | 3.62 | 0.37 | 0.38 |
| 新疆 | 1.52 | 7.22 | 24.20 | 9.48 | 8.79 | 0.92 | 1.32 |
| 重庆 | 2.32 | 0.58 | 0.00 | 0.01 | 0.00 | 1.28 | 1.85 |

附表 10—3　　　　2002 年林产品生产空间集中度　　　单位:%

| 省区市 | 橡胶 | 松脂 | 生漆 | 油桐籽 | 油茶籽 | 核桃 |
|---|---|---|---|---|---|---|
| 北京 | 0.00 | 0.00 | 0.00 | 0.00 | 0.00 | 3.02 |
| 天津 | 0.00 | 0.00 | 0.00 | 0.00 | 0.00 | 0.10 |
| 河北 | 0.00 | 0.00 | 0.00 | 0.00 | 0.00 | 9.00 |
| 山西 | 0.00 | 0.00 | 0.00 | 0.00 | 0.00 | 11.58 |
| 内蒙古 | 0.00 | 0.00 | 0.00 | 0.00 | 0.00 | 0.00 |
| 辽宁 | 0.00 | 0.00 | 0.00 | 0.00 | 0.00 | 2.52 |
| 吉林 | 0.00 | 0.00 | 0.00 | 0.00 | 0.00 | 0.42 |
| 黑龙江 | 0.00 | 0.00 | 0.00 | 0.00 | 0.00 | 0.00 |
| 上海 | 0.00 | 0.00 | 0.00 | 0.00 | 0.00 | 0.00 |
| 江苏 | 0.00 | 0.00 | 0.00 | 0.00 | 0.00 | 0.00 |

续表

| 省区市 | 橡胶 | 松脂 | 生漆 | 油桐籽 | 油茶籽 | 核桃 |
|---|---|---|---|---|---|---|
| 浙江 | 0.00 | 0.66 | 0.28 | 0.09 | 3.84 | 0.00 |
| 安徽 | 0.00 | 0.83 | 2.81 | 0.86 | 2.54 | 0.05 |
| 福建 | 0.01 | 10.98 | 1.56 | 4.73 | 7.43 | 0.01 |
| 江西 | 0.00 | 8.66 | 12.52 | 3.66 | 22.18 | 0.07 |
| 山东 | 0.00 | 0.00 | 0.00 | 0.00 | 0.00 | 2.32 |
| 河南 | 0.00 | 0.06 | 13.10 | 11.14 | 0.74 | 4.49 |
| 湖北 | 0.00 | 0.66 | 3.79 | 3.47 | 1.89 | 0.64 |
| 湖南 | 0.00 | 3.70 | 2.50 | 10.40 | 42.16 | 0.89 |
| 广东 | 4.61 | 20.81 | 0.00 | 0.96 | 3.49 | 0.00 |
| 广西 | 0.22 | 40.00 | 0.64 | 14.74 | 12.69 | 0.07 |
| 海南 | 57.46 | 0.94 | 0.00 | 0.00 | 0.00 | 0.00 |
| 四川 | 0.00 | 0.65 | 17.15 | 13.66 | 1.20 | 20.73 |
| 贵州 | 0.00 | 0.79 | 19.09 | 24.88 | 1.13 | 2.19 |
| 云南 | 37.70 | 11.27 | 5.24 | 4.38 | 0.56 | 21.95 |
| 西藏 | 0.00 | 0.00 | 0.00 | 0.00 | 0.00 | 0.50 |
| 陕西 | 0.00 | 0.01 | 12.91 | 2.38 | 0.06 | 10.22 |
| 甘肃 | 0.00 | 0.00 | 1.15 | 0.16 | 0.00 | 4.77 |
| 青海 | 0.00 | 0.00 | 0.00 | 0.00 | 0.00 | 0.02 |
| 宁夏 | 0.00 | 0.00 | 0.00 | 0.00 | 0.00 | 0.02 |
| 新疆 | 0.00 | 0.00 | 0.00 | 0.00 | 0.00 | 3.82 |
| 重庆 | 0.00 | 0.00 | 7.26 | 4.46 | 0.09 | 0.58 |

**附表 10—4  1997 年三大地带工业各行业产值占工产值及全国比重** 单位:%

| 工业行业 | 东部区域 | | 中部区域 | | 西部区域 | |
|---|---|---|---|---|---|---|
| | 产值构成 | 占全国比重 | 产值构成 | 占全国比重 | 产值构成 | 占全国比重 |
| 工业总产值 | 100 | 65 | 100 | 24.4 | 100 | 10.5 |
| 煤炭采选业 | 1.10 | 31.7 | 5.02 | 54.5 | 2.94 | 13.8 |
| 石油和天然气开采业 | 1.69 | 40.1 | 4.12 | 36.7 | 6.03 | 23.2 |
| 黑色金属矿采选业 | 0.23 | 61.4 | 0.31 | 31 | 0.17 | 7.6 |
| 有色金属矿采选业 | 0.33 | 37.3 | 1.01 | 43.4 | 1.04 | 19.3 |
| 非金属矿采选业 | 0.79 | 55.5 | 1.31 | 34.6 | 0.87 | 9.9 |
| 其他矿采选业 | 0.01 | 67.1 | 0.01 | 25.3 | 0.01 | 7.6 |
| 木材及竹材采运业 | 0.06 | 14.6 | 0.76 | 72.1 | 0.32 | 13.3 |
| 食品加工业 | 4.96 | 58.2 | 7.26 | 32 | 5.17 | 9.8 |
| 食品制造业 | 2.05 | 69.9 | 1.81 | 23.2 | 1.25 | 6.9 |
| 饮料制造业 | 2.07 | 56.9 | 2.73 | 28.2 | 3.36 | 14.9 |
| 烟草加工业 | 0.76 | 26.2 | 2.41 | 31.1 | 7.68 | 42.7 |
| 纺织业 | 7.88 | 73.7 | 5.78 | 20.3 | 3.94 | 6 |
| 服装及其他纤维制品制造业 | 3.52 | 85.3 | 1.42 | 12.9 | 0.46 | 1.8 |
| 皮革、毛皮、羽绒及其制造业 | 2.16 | 81.4 | 1.09 | 15.4 | 0.53 | 3.2 |
| 木材加工及竹藤棕草制品业 | 0.83 | 58.5 | 1.36 | 36.2 | 0.46 | 5.3 |
| 家具制造业 | 0.48 | 66.1 | 0.54 | 28 | 0.26 | 5.9 |
| 造纸及纸制品业 | 1.84 | 65.9 | 1.84 | 24.7 | 1.63 | 9.4 |
| 印刷业、记录媒介的复制 | 0.83 | 63.7 | 0.78 | 22.6 | 1.09 | 13.7 |
| 文教体育用品制造业 | 1.03 | 91.1 | 0.24 | 8 | 0.06 | 0.9 |
| 石油加工及炼焦业 | 3.81 | 65.9 | 4.02 | 26.1 | 2.86 | 8 |
| 化学原料及化学制品制造业 | 6.62 | 62.3 | 7.36 | 26 | 7.69 | 11.7 |
| 医药制造业 | 1.75 | 61.9 | 1.86 | 24.7 | 2.35 | 13.4 |
| 化学纤维制造业 | 1.57 | 81.4 | 0.71 | 13.8 | 0.58 | 4.8 |

续表

| 工业行业 | 东部区域 | | 中部区域 | | 西部区域 | |
|---|---|---|---|---|---|---|
| | 产值构成 | 占全国比重 | 产值构成 | 占全国比重 | 产值构成 | 占全国比重 |
| 橡胶制品业 | 1.28 | 72.9 | 0.84 | 18 | 0.99 | 9.1 |
| 塑料制品业 | 2.50 | 76.8 | 1.56 | 18 | 1.03 | 5.2 |
| 非金属矿制品业 | 4.97 | 57.9 | 7.23 | 31.6 | 5.57 | 10.5 |
| 黑色金属冶炼及压延加工业 | 5.41 | 62.4 | 5.73 | 24.8 | 6.86 | 12.8 |
| 有色金属冶炼及压延加工业 | 1.60 | 48.3 | 2.53 | 28.7 | 4.69 | 23 |
| 金属制品业 | 3.50 | 75 | 2.34 | 18.8 | 1.78 | 6.2 |
| 普通机械制造业 | 4.47 | 70.9 | 3.53 | 21 | 3.15 | 8.1 |
| 专用设备制造业 | 3.10 | 66.6 | 3.19 | 25.7 | 2.21 | 7.7 |
| 交通运输设备制造业 | 5.75 | 62.2 | 6.85 | 27.8 | 5.71 | 10 |
| 武器弹药制造业 | 0.05 | 8.6 | 0.43 | 28 | 2.24 | 63.4 |
| 电气机械及器材制造业 | 6.07 | 80.3 | 2.88 | 14.3 | 2.53 | 5.4 |
| 电子及通信设备制造业 | 7.59 | 85.9 | 1.13 | 4.8 | 5.08 | 9.3 |
| 仪器仪表及文化、办公用机械制造业 | 1.12 | 83.8 | 0.33 | 9.3 | 0.57 | 6.9 |
| 其他制造业 | 1.53 | 75.5 | 1.13 | 20.9 | 0.45 | 3.6 |
| 电力、蒸汽、热水的生产和供应业 | 4.24 | 56.9 | 6.01 | 30.3 | 5.9 | 12.8 |
| 煤气生产和供应业 | 0.15 | 69.6 | 0.11 | 18.8 | 0.15 | 11.6 |
| 自来水的生产和供应业 | 0.39 | 65.2 | 0.42 | 26.3 | 0.32 | 8.5 |

注："产值构成"是指以所在区域工业总产值为100进行衡量的话各行业所占比重；"占全国比重"是指占全国同类行业的比重。

附表10—5　　1997年三大地带工业各行业区位商和加权区位商

| 工业行业 | 东部区域 | | 中部区域 | | 西部区域 | |
|---|---|---|---|---|---|---|
| | 区位商 | 加权区位商 | 区位商 | 加权区位商 | 区位商 | 加权区位商 |
| 煤炭采选业 | 0.49 | 0.53 | 2.23 | 11.21 | 1.31 | 3.86 |
| 石油和天然气开采业 | 0.62 | 1.04 | 1.50 | 6.20 | 2.21 | 13.32 |

续表

| 工业行业 | 东部区域 | | 中部区域 | | 西部区域 | |
|---|---|---|---|---|---|---|
| | 区位商 | 加权区位商 | 区位商 | 加权区位商 | 区位商 | 加权区位商 |
| 黑色金属矿采选业 | 0.94 | 0.22 | 1.27 | 0.39 | 0.72 | 0.12 |
| 有色金属矿采选业 | 0.57 | 0.19 | 1.78 | 1.80 | 1.84 | 1.91 |
| 非金属矿采选业 | 0.85 | 0.67 | 1.42 | 1.86 | 0.94 | 0.82 |
| 其他矿采选业 | 1.03 | 0.01 | 1.04 | 0.01 | 0.72 | 0.01 |
| 木材及竹材采运业 | 0.22 | 0.01 | 2.95 | 2.25 | 1.27 | 0.41 |
| 食品加工业 | 0.90 | 4.44 | 1.31 | 9.52 | 0.93 | 4.83 |
| 食品制造业 | 1.08 | 2.20 | 0.95 | 1.72 | 0.66 | 0.82 |
| 饮料制造业 | 0.88 | 1.81 | 1.16 | 3.16 | 1.42 | 4.77 |
| 烟草加工业 | 0.40 | 0.31 | 1.27 | 3.07 | 4.07 | 31.23 |
| 纺织业 | 1.13 | 8.93 | 0.83 | 4.81 | 0.57 | 2.25 |
| 服装及其他纤维制品制造业 | 1.31 | 4.63 | 0.53 | 0.75 | 0.17 | 0.08 |
| 皮革、毛皮、羽绒及其制造业 | 1.25 | 2.71 | 0.03 | 0.60 | 0.30 | 0.16 |
| 木材加工及竹藤棕草制品业 | 0.90 | 0.74 | 1.48 | 2.02 | 0.50 | 0.23 |
| 家具制造业 | 1.02 | 0.49 | 1.15 | 0.62 | 0.56 | 0.15 |
| 造纸及纸制品业 | 1.01 | 1.87 | 1.01 | 1.86 | 0.90 | 1.46 |
| 印刷业、记录媒介的复制 | 0.98 | 0.81 | 0.93 | 0.72 | 1.30 | 1.42 |
| 文教体育用品制造业 | 1.40 | 1.44 | 0.33 | 0.08 | 0.09 | 0.01 |
| 石油加工及炼焦业 | 1.01 | 3.86 | 1.07 | 4.30 | 0.76 | 2.18 |
| 化学原料及化学制品制造业 | 0.96 | 6.35 | 1.07 | 7.84 | 1.11 | 8.57 |
| 医药制造业 | 0.95 | 1.67 | 1.01 | 1.88 | 1.28 | 3.00 |
| 化学纤维制造业 | 1.25 | 1.97 | 0.57 | 0.40 | 0.46 | 0.27 |
| 橡胶制品业 | 1.12 | 1.43 | 0.74 | 0.62 | 0.87 | 0.86 |
| 塑料制品业 | 1.18 | 2.95 | 0.74 | 1.15 | 0.50 | 0.51 |
| 非金属矿制品业 | 0.89 | 4.43 | 1.30 | 9.36 | 1.00 | 5.57 |

| 工业行业 | 东部区域 | | 中部区域 | | 西部区域 | |
|---|---|---|---|---|---|---|
| | 区位商 | 加权区位商 | 区位商 | 加权区位商 | 区位商 | 加权区位商 |
| 黑色金属冶炼及压延加工业 | 0.96 | 5.20 | 1.02 | 5.82 | 1.22 | 8.36 |
| 有色金属冶炼及压延加工业 | 0.74 | 1.19 | 1.18 | 2.98 | 2.19 | 10.27 |
| 金属制品业 | 1.15 | 4.04 | 0.77 | 1.80 | 0.59 | 1.05 |
| 普通机械制造业 | 1.09 | 4.88 | 0.86 | 3.04 | 0.77 | 2.43 |
| 专用设备制造业 | 1.02 | 3.18 | 1.05 | 3.36 | 0.73 | 1.62 |
| 交通运输设备制造业 | 0.96 | 5.51 | 1.14 | 7.80 | 0.95 | 5.44 |
| 武器弹药制造业 | 0.13 | 0.01 | 1.15 | 0.49 | 6.04 | 13.53 |
| 电气机械及器材制造业 | 1.24 | 7.50 | 0.59 | 1.69 | 0.51 | 1.30 |
| 电子及通信设备制造业 | 1.32 | 10.03 | 0.20 | 0.22 | 0.89 | 4.50 |
| 仪器仪表及文化、办公用机械制造业 | 1.29 | 1.44 | 0.38 | 0.13 | 0.66 | 0.37 |
| 其他制造业 | 1.16 | 1.78 | 0.86 | 0.97 | 0.34 | 0.15 |
| 电力、蒸汽、热水的生产和供应业 | 0.88 | 3.71 | 1.24 | 7.46 | 1.22 | 7.19 |
| 煤气生产和供应业 | 1.07 | 0.16 | 0.77 | 0.08 | 1.10 | 0.17 |
| 自来水的生产和供应业 | 1.00 | 0.39 | 1.08 | 0.45 | 0.81 | 0.26 |

注：所谓加权区位商就是指某一产业的区位商值乘以该产业在区域工业总产值中所占的比重。

# 参考文献

1.［美］H. 钱纳里：《工业化和经济增长的比较研究》，上海三联书店1995年版。

2.［美］E. 胡佛：《区域经济学导论》，商务印书馆1991年版。

3.［美］道格拉斯·C. 诺思著，陈郁、罗华平等译：《经济史中的结构与变迁》，上海三联书店与上海人民出版社1997年版。

4.［美］蒋中一：《数理经济学的基本方法》，商务印书馆1999年版。

5. 胡佛等：《区域经济学导论》，上海远东出版社1998年版。

6. 韦伯：《工业区位论》，商务印书馆1997年版。

7. 艾萨德：《区域学》，辽宁科技出版社1991年版。

8. 赫希曼：《经济发展战略》，经济科学出版社1991年版。

9. 瓦尔特·尼科尔森：《微观经济理论——基本原理与扩展》，中国经济出版社1999年版。

10. 哈特向：《地理学性质的透视》，商务印书馆1981年版。

11. 罗伯特·迪金斯：《近代地理学创造人》，商务印书馆1984年版。

12. 沃尔特·克里斯泰勒：《德国南部中心地原理》，商务印书馆1998年版。

13. 萨克斯：《全球视角下的宏观经济学》，上海三联书店1998年版。

14. 保罗·克鲁格曼著，黄胜强译：《克鲁格曼国际贸易新理论》，中国社会科学出版社2001年版。

15. 张培刚、杨建文：《新发展经济学》，河南人民出版社1999年版。

16. 杨建文：《国际新格局下的中国》，比利时皇家国际研究所1997年版。

17. 杨建文：《中国：走出了一条渐进式改革道路》，上海文化出版社1998年版。

18. 厉无畏、杨建文、陈建豪：《转型中的中国经济》，上海人民出版社

1998 年版。

19. 李伯溪:《地区政策与协调发展》,中国财政经济出版社 1995 年版。

20. 中国改革与发展专家组:《中国东南沿海的经济起飞》,上海远东出版社 1996 年版。

21. 周起业、刘再兴等:《区域经济学》,中国人民大学出版社 1989 年版。

22. 刘再兴:《区域经济理论与方法》,中国物价出版社 1995 年版。

23. 刘再兴:《中国区域经济:数量分析与对比研究》,中国物价出版社 1995 年版。

24. 陆大道、薛凤旋:《1997 中国区域发展报告》,商务印书馆 1997 年版。

25. 陆大道、刘毅等:《1999 中国区域发展报告》,商务印书馆 1999 年版。

26. 中国现代化报告课题组:《中国现代化报告 2001》,北京大学出版社 2001 年版。

27. 孙久文:《中国区域经济实证研究——结构转变与发展策略》,中国轻工业出版社 1999 年版。

28. 王梦奎、李善同:《中国地区社会经济发展不平衡问题研究》,商务印书馆 2000 年版。

29. 胡鞍钢等:《中国地区差距报告》,辽宁人民出版社 1995 年版。

30. 王绍光、胡鞍钢:《中国:不平衡发展的政治经济学》,中国计划出版社 1999 年版。

31. 胡鞍钢等:《社会与发展——中国社会发展地区差距研究》,浙江人民出版社 2000 年版。

32. 胡鞍钢:《地区与发展:西部开发新战略》,中国计划出版社 2001 年版。

33. 蔡昉等:《制度、趋同与人文发展——区域发展和西部开发战略思考》,中国人民大学出版社 2002 年版。

34. 程选:《我国地区比较优势研究》,中国计划出版社 2001 年版。

35. 魏后凯:《21 世纪中西部工业发展战略》,河南人民出版社 2000 年版。

36. 魏后凯:《区域经济发展的新格局》,云南人民出版社 1995 年版。

37. 魏后凯等:《中国地区发展:经济增长、制度变迁与地区差异》,经济管理出版社 1997 年版。

38. 国务院发展研究中心:《中国跨世纪区域协调发展战略》,经济科学出版社 1997 年版。

39. 张可云:《区域大战与区域经济关系》,民主与建设出版社 2001 年版。

40. 程建国等:《中国地带差距与中西部开发》,清华大学出版社 2000 年版。

41. 范剑平等:《中国城乡居民消费结构的变化趋势》,人民出版社 2001 年版。

42. 叶裕民:《中国区域开发论》,中国轻工业出版社 2000 年版。

43. 汪宇明:《中国省区经济研究》,华东师范大学出版社 2000 年版。

44. 张敦富、覃成林:《中国区域经济差异与协调发展》,中国轻工业出版社 2001 年版。

45. 王一鸣:《中国区域经济政策研究》,中国计划出版社 1998 年版。

46. 王铮等:《理论经济地理学》,科学出版社 2002 年版。

47. 舒元等:《现代经济增长模型》,复旦大学出版社 1998 年版。

48. 史忠良等:《产业经济学》,经济管理出版社 1999 年版。

49. 方甲等:《西方经济发展理论》,中国人民大学出版社 1990 年版。

50. 汪斌:《国际区域产业结构分析导论——一个一般理论及其对中国的应用》,上海人民出版社 2001 年版。

51. 黄继忠:《区域内经济不平衡增长论》,经济管理出版社 2001 年版。

52. 赵公卿、汪同三等:《中国经济西进》,社会科学文献出版社 2001 年版。

53. 王述英:《现代产业经济理论与政策》,山西经济出版社 1999 年版。

54. 辛向阳等:《东西均衡:天平上的中国》,中国社会出版社 1995 年版。

55. 陈栋生:《区域经济学》,河南人民出版社 1993 年版。

56. 陈栋生、魏后凯:《西部经济崛起之路》,上海远东出版社 1996 年版。

57. 杨开忠:《中国区域发展研究》,海洋出版社 1989 年版。

58. 胡乃武等:《中国经济非均衡发展研究》,山西高校出版社 1994 年版。

59. 蒋岳、刘垠:《中国地区经济增长比较研究》,辽宁人民出版社 1992 年版。

**参阅文章:**

1. Sylvie Demurger 等:《地理位置与优惠政策对中国地区经济发展的相关贡献》,《经济研究》2002 年第 9 期。

2. 林毅夫等:《中国经济转型时期的地区差距分析》,《经济研究》1998 年第 6 期。

3. 杨建文:《论西部大开发的战略思考》,《毛泽东邓小平理论研究》2000 年第 2 期。

4. 张平:《中国农村居民区域间收入不平等与非农就业》,《经济研究》1998 年第 8 期。

5. 段庆林:《我国农村地区消费模式研究》,《中国农村经济》(京)1999 年第 3 期。

6. 朱林耿、赵振斌:《论区域产业竞争力》,《经济地理》2002 年第 1 期。

7. 夏小林、王小鲁:《中国城市化进程分析——兼评城市化方针》,《改革》2000 年第 2 期。

8. 唐文进、田蓓:《珠江三角洲和长江三角洲经济转型的制度变迁模式比较——兼谈西部地区走向市场经济的对策》,《云南财贸学院学报》2002 年第 2 期。

9. 方勇、张二震:《长江三角洲地区外商直接投资与地区发展》,《中国工业经济》2002 年第 1 期。

10. 赵改栋、赵花兰:《产业—空间结构:区域经济增长的结构因素》,《财经科学》2002 年第 1 期。

11. 邹蓝:《中西部地区的改革发展与沿海要素西移》,《自然资源学报》第 13 卷第 7 期。

12. 胡少维:《中国区域经济发展分析》,《预测》1994 年第 3 期。

13. 张锐:《中国区域经济发展:前景与对策》,《预测》1994 年第 5 期。

14. 孙焱林:《我国区域经济增长差异的实证分析》,《统计与决策》2002 年第 10 期。

15. 邢培彬:《培育产业优势　加快区域经济发展》,《发展论坛》2002 年第 10 期。

16. 张炜玲:《浅析我国区域经济差异及对策》,《财会研究》2002 年第 9

期。

17. 魏中海、李保刚:《区域经济发展的软环境因素及对策思考》,《理论研究》2002 年第 2 期。

18. 张明龙:《区域经济发展模式的比较与思考》,《求实》2002 年第 9 期。

19. 陈栋生:《新世纪中国区域经济走势初探》,《工业技术经济》2002 年第 4 期。

20. 白和金:《区域经济的优势定位》,《宏观经济研究》2002 年第 7 期。

21. 欧阳坚:《论工业经济在区域经济发展中的地位和作用》,《经济问题探索》2002 年第 6 期。

22. 徐梅:《当代西方区域经济理论评析》,《经济评论》2002 年第 3 期。

23. 魏守华、王缉慈、赵雅沁:《产业集群:新型区域经济发展理论》,《经济经纬》2002 年第 2 期。

24. 吴玉华:《区域投资对区域经济发展的影响和作用》,《金融教学与研究》2001 年第 6 期。

25. 吴国清:《区域经济工业增长质量的要素分析与评价》,《财经理论与实践》2001 年第 1 期。

26. 慕志刚:《中国区域经济发展差异与金融政策变迁》,《经济前沿》2001 年第 8 期。

27. 潘菁:《关于资本流动与我国区域经济发展的探讨》,《湖南商学院学报》2001 年第 5 期。

28. 司正家:《区域经济增长机制探略》,《新疆社会科学》2001 年第 4 期。

29. 赵伟:《区际开放:左右未来中国区域经济差距的主要因素》,《经济学家》2001 年第 5 期。

30. 曹阳:《区域经济发展的差异性与制度发展的非均衡》,《经济学家》2001 年第 4 期。

31. 刘淑琴:《区域经济不平衡对国民经济影响分析》,《山西财政税务专科学校学报》2001 年第 2 期。

32. 王晓燕:《我国区域经济发展战略演变初探》,《煤炭经济研究》2000 年第 12 期。

33. 刘乃全:《区域经济理论的新发展》,《外国经济与管理》2000 年第 9 期。

34. 陈计旺:《企业跨地区投资、兼并与区域经济协调发展》,《生产力研究》2000年第4期。

35. 吴焕新:《中国区域经济回眸与展望》,《财经理论与实践》2000年第5期。

36. 王海军:《建国以来区域经济发展思想的理论与实践》,《求实》2000年第9期。

37. 孙海鸣、刘乃全:《区域经济理论的历史回顾及其在20世纪中叶的发展》,《外国经济与管理》2000年第8期。

38. 庞娟:《产业转移与区域经济协调发展》,《理论与改革》2000年第3期。

39. 王丽英:《我国区域经济发展的阶段性与模式选择》,《现代财经》1999年第11期。

40. 李进参:《区域经济发展经历的三个不同阶段及其产业发展模式选择》,《云南经济管理干部学院学报》1999年第2期。

41. 唐任伍、章文光:《试论产业调整与区域经济发展》,《新视野》1999年第6期。

42. 骆泽斌:《区域经济发展的微观机制——分工的二重性与区域经济发展》,《经济问题探索》1998年第10期。

43. 张可云:《中国区域经济发展水平差距现状与趋势分析》,《开发研究》1998年第5期。

44. 覃成林:《中国区域经济差异变化的空间特征及其政策含义研究》,《地域研究与开发》1998年第2期。

45. 高伯文:《建国以来区域经济发展战略布局的历史演进及其特点》,《当代中国史研究》1998年第3期。

46. 庞效民、王志辉:《关于第三产业与区域经济发展关系的基本认识》,《地域研究与开发》1997年第1期。

47. 周起业:《梯度理论是怎么一回事》,《地区发展战略研究》1987年第2期。

48. 郭凡生:《何为反梯度理论》,《开发研究》1986年第3期。

**部分英文文献:**

1. Yanrui Wu: "Productivity, Growth and Economic Integration in the Southern China Region", *Asian Economic Journal*, 2000. Vol. 14 No1.

2. H. Richardson: *Regional and Urban Economics*, Penguin Books, 1978.

3. H. Sibert, RegionalL Economic Growth: *Theory and Policy*, Scranton: International Textbook Company, 1969.

4. Paul Krugman: "Increasing Returns and Economic Geography", *Journal of Political Economic*, 1991, 99(3).

5. Baumol, William J.: *Productivity Growth, Convergence, and Welfare: What the Long-Run Data Show*, 1986, 1 072~1 085.

6. Yanrui Wu: "Producitivity, Growth and Economic integration in the Southern China Region", *Asian Economic Journal*, 2000. Vol. 14No1.

7. Song Xueming: "Zhongguo quyu jingji fazhan jiqi shoulianxing", (China's Economic Development and Convergence), *Jingji yanjiu* [*Economic Studies*], no. 9 (1996): 38—44.

8. Tsui, Kai-yuen: "China's Regional Inequality, 1952~1985, "*Journal of Comparative Economies*, 15 (March 1991): 1  21.

# 后　记

　　本书以"空间增长—区域产业发展"为基本框架,通过对区域产业发展的因素分解,探讨了中国区域产业发展的基本特征。从研究范式上看,本书属于实证研究,但从应用角度看,本书所得出的基本结论对推动中国区域经济的协调发展具有较强的政策意义。

　　本书是上海市第十七次马克思主义学术著作出版基金资助书目,当我得知这一消息时,心中很是兴奋和欣喜,但冷静之余,却备感惶恐。欣喜的是经过多年的努力,终于有了一个初步的阶段性成果;惶恐的是,毕竟要把本人的成果公开展示,去接受学界同仁的批评、指正。回想本书的写作和修改过程,可谓感慨万千。虽说它是在博士论文基础上修改而成的,但其中大量的数据在今天看来已非常滞后,需要重新更新,修改的难度可想而知。更为困难的是,经过了两年的发展和变化,当时的一些分析结论和观点已不再适用,这就迫使我进一步查阅和搜索了大量文献资料,在行文和观点上给予重新修正。

　　记得5年前,也就是2000年,我怀着虔诚的求学之心来到上海社会科学院攻读博士学位,期间遇到了日后成为我导师的杨建文研究员。恩师渊博的知识、严谨的学风、豁达的胸襟,给我留下了终生难忘的印象。他对学术研究兢兢业业、孜孜以求的不懈精神成为我终生追索的财富。今天,他又在百忙之中为本书作序,这使我备感荣幸。如果说本书是我取得的一点成绩的话,这显然与恩师的培养和教导分不开。感激之情,难以言表,惟有铭记在心。

　　人生是由一个个发展阶段组成的,学者的学术生命自然也是如此。这就不得不提起我在攻读硕士研究生期间,将我引入学术殿堂的导师们,正是他们使我懂得了什么是学术研究,也正是他们激发了我进一步学习深造的勇气。他们是河南大学的耿明斋教授、魏成龙教授,海南大学的李仁君教授等。在此,对他们表示真诚的谢意!

感谢主持并参加本人博士学位论文答辩的各位老师,他们在答辩会上所提出的宝贵意见,不仅大大减少了本书修改时的工作负荷,而且当时的许多中肯建议也成为本书重要的观点,同时也使得本人的后续研究有了目标。值此出版之际,向他们表示崇高的敬意!感谢复旦大学的石磊教授、华东师范大学的潘英丽教授、上海社会科学院的左学金研究员、厉无畏研究员、张幼文研究员。

本书的写作和修改是独立完成的,但在这个过程中,我从许多老师和学长的答辩解惑和共同讨论中得到了帮助和启迪,在此,由衷地表示感谢,他们是王贻志研究员、王振研究员、陈家海研究员、洪民荣研究员、刘建国教授、周冯琦研究员、鲍杰博士、冯云飞博士、朱家凤博士、王涛博士、闫彦明博士、郑玉琳博士、朱瑞博博士、李国俊博士等。在求学之路上,同窗之情难以忘怀,特别感谢刘洁博士、任凌玉博士、张来春博士、郑洪涛博士给予的许多帮助。

感谢一直深爱我的父母亲,是他们在我二十几年的学习、工作生涯中一如既往的支持,才使我走到了今天。养育之恩,感怀至深!最后,还要感谢我的夫人马蕾女士在本书写作和修改期间给予的支持和理解,正是她承担了繁重的家务劳动,才使我能够静下心来,专心于学术研究。这本书是献给他们的。

胡晓鹏

2005 年 4 月 26 日于上海

**图书在版编目(CIP)数据**

不平衡增长格局下中国区域产业发展的实证研究/胡晓鹏著．－上
海：上海财经大学出版社，2006.7
ISBN 7-81098-625-2/F・575

Ⅰ.不… Ⅱ.胡… Ⅲ.地区经济-经济发展-研究-中国 Ⅳ.F127

中国版本图书馆 CIP 数据核字(2006)第 023626 号

□ 责任编辑 李宇彤
□ 封面设计 周卫民

BUPINGHENGZENGZHANGGEJUXIAZHONGGUOQUYUCHANYEFAZHANDESHIZHENGYANJIU
不平衡增长格局下中国区域产业发展的实证研究

胡晓鹏 著

上海财经大学出版社出版发行
(上海市武东路 321 号乙 邮编 200434)
网 址：http://www.sufep.com
电子邮箱：webmaster @ sufep.com
全国新华书店经销
江苏启东市人民印刷有限公司印刷装订
2006 年 7 月第 1 版 2006 年 7 月第 1 次印刷

850mm×1168mm 1/32 8.875 印张(插页:2) 230 千字
印数：0 001－1 500 定价：22.00 元